湖北省社会科学基金项目“史源学视野下
张燧《千百年眼》整理与研究”（2011LW018）成果

# 史源学视野下张燧《千百年眼》研究

朱志先 著

武汉大学出版社
WUHAN UNIVERSITY PRESS

**图书在版编目(CIP)数据**

史源学视野下张燧《千百年眼》研究/朱志先著．—武汉：武汉大学出版社，2018.8

ISBN 978-7-307-20344-0

Ⅰ.史…　Ⅱ.朱…　Ⅲ.笔记小说—小说研究—中国—明代
Ⅳ.I207.419

中国版本图书馆 CIP 数据核字(2018)第 142223 号

责任编辑：李　程　　责任校对：李孟潇　　版式设计：汪冰滢

出版发行：**武汉大学出版社**　(430072　武昌　珞珈山)

(电子邮件：cbs22@whu.edu.cn　网址：www.wdp.com.cn)

印刷：北京虎彩文化传播有限公司

开本：720×1000　1/16　印张：18　字数：295 千字　插页：1

版次：2018 年 8 月第 1 版　2018 年 8 月第 1 次印刷

ISBN 978-7-307-20344-0　定价：59.00 元

# 自　　序

拙作成稿之后，曾想请益师长为序获得勉励之语，但觉努力不够，不敢造次师门；亦想按照学界套路恳求名流作序，自感资历尚浅，岂敢恣意冒攀。煎熬之下，惟有自我剖析，对拙作略叙一二，权作自我安慰。

《千百年眼》十二卷，系晚明湘潭张燧的读书笔记，全书共分 511 个条目，每个条目皆有醒目标题。在著述性质上，属于纂辑之札记；在编撰体例上，着力会通，强调释疑；在内容分类上，可分为历史评论、史学评论、史实考证及史事记述；在内容的编排上，以时间为序，自先秦迄明代。《千百年眼》刊出后，自明代迄今，备受学人关注。

鄙人孤陋寡闻，2005 年，拜读钱茂伟先生《明代史学的历程》时，知晓张燧《千百年眼》一书，接着又拜读钱茂伟先生《张燧〈千百年眼〉：晚明史学的杰作》(《学术月刊》2001 年第 5 期)、王子今先生《〈千百年眼〉》(《博览群书》2002 年第 7 期)、鄢烈山先生《张燧的异端说》(《群言》1991 年第 9 期)等。在众家的研究与绍介下，我认识到《千百年眼》是一本好书，于是购买了河北人民出版社 1987 年版标点本《千百年眼》。仔细研读之后，在博士学位论文《明人汉史学研究》中写了一点有关《千百年眼》的内容，且发现一些内容可以继续深究之。2008 年参加工作之后，我接着继续探研《千百年眼》一书，并比照其他不同版本，究其史源，辨其异同。历经十年，从资料整理与学术研究的角度，相继撰成《〈千百年眼〉校释》和《史源学视野下张燧〈千百年眼〉研究》，形成姊妹篇。

拙作主要言及五个方面内容：其一，探究张燧的生平及《千百年眼》的版本情况。辨析学界有关张燧生平研究中的不足，指出张燧未曾东渡日本，最终卒于家；介绍《千百年眼》不同版本之间的差异。其二，考察张燧《千百年眼》的接受史。梳理《千百年眼》在明清时期、民国时期及在日本的传播接受情况。其三，考辨张燧《千百年眼》与宋、明学者著述之间的关系。诸如辨析《千百年眼》抄录宋人、明人笔记的相关情况及其原因。

其四，探析张燧《千百年眼》的编纂思想。《千百年眼》系张燧抄录他书而成，并非随意拼凑之作，其间蕴含着张燧的会通意识、识见意识、批判意识和经世意识。其五，分析张燧《千百年眼》的学术价值，主要从《千百年眼》与历史知识传播及张燧学术鉴识对学界的影响两个方面进行论析。

啰嗦之余，欲言拙作价值几许，鄙人觉得通过对张燧生平的考察、《千百年眼》史源学探究及张燧编纂思想的探研，为学界了解张燧其人及《千百年眼》一书提供参照。当然，囿于笔者识见陋浅，难能全面而准确地把握《千百年眼》，撰述中定会有不少错谬之处，敬祈学界同道斧正。

**朱志先识于双璧斋**

2018年5月

# 目　　录

# 绪　论

## 一、选题意义

明代正德、嘉靖以后，官方政治对思想的控制日渐放松，加上王阳明心性之学的流播，使学界崇尚个性、追求自由的学风日渐兴盛。如吴从先所言“人各一是非，我亦一是非。布衣可以参衮钺之权，月旦非以擅春秋之柄。遇恨则骂，遇嬉则笑，遇快则赏，遇奇则惊。遇愤激则按剑相从，遇节侠则欲以身代。可以史臣之肺腑通之我，可以我之肝胆照史臣，纵口横笔，太史公复起不易吾言，而后读史无遗憾也”①。学者思想之自由，基本脱离了朱子藩篱之约束。另外，随着明代实录逐渐在世间流播，而官修国史的颓废，促使民间私人修史的风气变得非常兴盛。民间私人修史大体可分为三种类型：一是私修明代的国史；二是摘抄、整理历代正史，形成种种节选本、简编本；三是对前人著述的摘抄与改编，即以读书札记性质成书。对于明代私修国史，学界论之甚多。而后两种撰述形态，则为后人所不屑，尤其是四库馆臣对此嗤之以鼻。清代学者李慈铭称“明人割裂古书之妄习，虽多存古义，采取颇富，而支离卤莽，得不胜失”②。尽管清人及后世学者对明代摘抄、整理及改编前人著作而成书的做法诟病甚多，言其肆意割裂、没其出处掩为己有等，但此类形态中，亦不乏杰出之作，如李贽《藏书》《续藏书》即是对历代正史的节选，他以自己的理解予以重新编排，形成一部纪传体通史。因为李贽《藏书》《续藏书》的史料源于正史，其评点中征引他人的观点大多予以注明，这样使学界在研究李贽的学术时，就能做到有的放矢。但是，还有许多著述的史源问题很难把

① 吴从先：《史纲评要》，中华书局 1974 年版，第 1 页。

② 李慈铭：《越缦堂读书记》，辽宁教育出版社 2001 年版，第 33 页。

握，诸如杨慎《丹铅诸录》、焦竑《焦氏笔乘》、邹泉《尚论编》、贺详《史取》、张燧《千百年眼》等，这些著述对后世影响较大。如果不了解上述著述的史源问题，那么在论析时“张”冠李“戴”的现象是经常出现的。为更好地了解这些著述的真实面貌，使研究趋于客观，进行相关史源考察应该是必要的。因为“治史学的人所凭藉的是史料，有史料然后方有历史……治史学的人对于史料的真伪应该是最先着手审查的，要是不经过这番工作，对于史料毫不加一审查而即应用，则其虽下笔万言，而一究内容，全属凭虚御空，那就失掉了存在的资格”①。

虽然，清人对明代学术的评价并不是很客观，但明人著述不严谨的情况确实是存在的。这是由多种原因促成的，有的是仓促草率成书，有的是为“立言”而故意掩袭他人之作，有的是书商为提高发行量以名人署名，有的是作读书札记而日久成稿（这种类型的著作在随后刊刻中，往往很难区分哪些是摘抄的资料，哪些是作者的观点），等等。这样，给明代学术史、思想史的研究，就带来很多困惑或误区。钱茂伟在探讨深化明代史学史研究时，便提出：

> 史源讨论可以引入史学史研究。前人编书，缺乏研究，都是材料抄来抄去。现在的编书经验告诉我们，未经过拷问，将别人的东西信手拈来，是很会出差错的。史源分析是讨论一部史著学术水平的重要手段，会促使人对材料读得更仔细。没有这种解剖，只有作品思想、体裁的整体介绍，就会显得空洞。史学史研究之所以不对历史学其它二级学科专家产生作用，正在于它的整体介绍，没有对材料来源及水平做深入研究②。

如果不对一部史著作史源学的考察，仅仅从宏观而论，的确会出现誉非其人的现象。譬如，以《疑耀》《史纲评要》来论析李贽的思想，那便是张“冠”李“戴”和“吴”冠李“戴”了。“历史研究者只有在认真考证史料、准确解读史料、合理运用史料的基础上，才能对历史问题作出相对客观正

---

① 顾颉刚：《当代中国史学》，上海古籍出版社2002年版，第36页。

② 钱茂伟：《明末清初明史编纂特点三论》，《史学月刊》2009年第4期，第119页。按：为行文方便，文中师长前辈皆直书其名，并非不敬。

确的结论。”①亦如陈垣先生所言：“考寻史源，有二句金言：毋信人之言。人实诳汝。”②

本书试图在对张燧《千百年眼》校点整理的基础上，探究其史源问题③，不仅可以对《千百年眼》进行一个系统的梳理，同时，可以更清楚把握《千百年眼》的学术价值，进而以此为个例探究晚明的学术风气。

张燧《千百年眼》于万历四十二年刊出后，明清学人对此书有很高的评价，竞相摘抄转录。由于其书观点犀利，在清初修四库时，张燧《千白年眼》被列为禁毁书。即便如此，乾隆时期仍有不少学人在研读是书。此书明末流传到日本，在日本学界也产生很大影响，著名学者林春胜《鹅峰文集》中《论千百年眼》一文，对张燧之文予以专门论述。日本著名汉学家内藤湖南《中国史学史》中征引不少《千百年眼》的内容。1888 年，浙江四明人士王惕斋在日本以铜版刊印此书，随之，上海史学社、进步书局、新文化书社、大达图书供应社、河北人民出版社等纷纷刊印此书。著名学人余嘉锡、顾颉刚、周作人、金毓黻、陈登原等都参阅过此书，且多有较高评价。钱茂伟称此书乃晚明的杰作④，王子今称其为学术真金⑤。但是，面对各种不同版本流行于世，其弊端在于：民国时期的本子都是仅有句读，有些本子仅以条目的顺序排列，没有卷数，而后来有标点的本子则没有校记，且错谬处尚多，不利于学界对《千百年眼》的研究。另外，从目前的研究状况而言，对此书进行褒扬的较多，且多是以《千百年眼》的文本而论张燧的思想，较少从史源学的层面对《千百年眼》予以考察，然后再探究其价值。正如陈寅恪先生所言，评析古人之思想，“对于古人之学

---

① 陈志强：《研究视角与史料——“查士丁尼瘟疫”研究》，《史学集刊》2006 年第 1 期，第 45 页。李典蓉《〈清史稿·刑法志〉史源问题探析》亦指出“凡著史必有史源，追溯史书的纂修过程与取材用舍，除可了解史论的建构过程，亦可略见当代人物对史书的影响”，“今人若解释史书中的文字，务必要极加小心，立论谨慎。若将视作史料，作为观点论证之根据，务要细加考证”。（《清史研究》2012 年第 4 期，第 91、102 页）

② 光明日报社史学专刊编：《史坛纵论》，重庆出版社 1984 年版，第 67 页。

③ 按：有关张燧《千百年眼》不同版本的整理，参见笔者另一拙著《〈千百年眼〉校释》。

④ 钱茂伟：《张燧〈千百年眼〉：晚明史学的杰作》，《学术月刊》2001 年第 5 期。

⑤ 王子今：《千百年眼》，《博览群书》2002 年第 7 期。

说，应具有了解之同情，方可下笔。盖古人著书立说，皆有所为而发。故其所处之环境，所受之背景，非完全明了，则其学说不易评论”，且“所谓真了解者，必神游冥想，与立说之古人，处于同一境界，而对于其持论所以不得不如是之苦心孤诣，表一种之同情，始能批评其学说之是非得失，而无隔阂肤廓之论”①。即我们在同情理解之基础上，才能更好地把握古人的思想，这就需要真正了解张燧《千百年眼》的编纂意图，做到把《千百年眼》还给《千百年眼》的前提下，才能比较准确地分析张燧的学术思想及《千百年眼》的价值②。

正是鉴于上述想法，本书的学术价值及其实践意义，可体现在以下三个方面：

第一，从接受史的角度来考察张燧《千百年眼》在中国及日本不同历史时段的接受情况，便于把握《千百年眼》之影响。

第二，通过对张燧《千百年眼》与杨慎、李贽、焦竑、张大龄等相关著述之间关系的考察，有助于探究张燧纂辑《千百年眼》的编纂思想，进而有助于学界更准确地把握《千百年眼》的学术价值。

第三，从史源学的角度来考察张燧《千百年眼》与焦竑、张大龄等相关著述的关系，不仅有助于了解张燧撰述《千百年眼》的编纂意图，且有助于探析明代的学风问题。

## 二、学术史回顾与前瞻

### （一）有关张燧《千百年眼》之学术研究

#### 1. 研究成果

从1888年王惕斋以铜版刊印《千百年眼》后，以不同形式刊印的版本

① 陈寅恪：《冯友兰〈中国哲学史〉上册审查报告》，《金明馆丛稿二编》，三联书店2001年版，第279页。

② 恰如顾颉刚所言：“我们所以不能丢去伪书的理由：（一）用之已久，影响甚大；（二）用史的眼光看，作伪状况也是史；（三）可以考一个人或一种学说变迁的样子，可以知大家对于他的观念怎样。”参见顾颉刚：《顾颉刚读书笔记》卷一《伪书不能废》，中华书局2011年版，第259页。《千百年眼》在撰述方面虽然有很多缺憾，通过对其进行系统的梳理，可见此书的撰述形态，亦可窥明清时期之学风。

较多，但学界多是征引其内容，或是略作简评，真正进行系统研究的还比较少。

目前对张燧《千百年眼》的研究有两种形态。

第一是学术研究，诸如对《千百年眼》进行系统研究。王蔚《千载得失利弊之“异说”》指出：“张燧生于明万历年间，他以史论随笔的灵活形式，大胆地道出了他对有史以来各类文史典籍、史实人物的新颖见解，给人以耳目一新之感。”①鄢烈山《张燧的“异端”说》介绍了张燧学说“异端”的表现②。钱茂伟《张燧〈千百年眼〉：晚明史学的杰作》通过对《千百年眼》的梳理，分析张燧的学术思想、《千百年眼》关于史学的思考及《千百年眼》的历史地位，认为《千百年眼》系晚明史学的杰作，“改变了明代史学的形象”③。针对钱茂伟的研究，王嘉川认为“钱先生是赞誉张燧而不是胡应麟。明人学风空疏，引据前人往往不注出典，张燧《千百年眼》即为一例，钱先生未究史源，不免所誉非人”④。王嘉川评论胡应麟的史论影响时指出，晚明张燧的史论之作《千百年眼》，其正文第一条“上古文籍”即节抄胡应麟《经籍会通》正文第一条，而其全书所引录胡应麟论述二十余条，绝大多数都是稍异数字而直接引录，但只是在其卷十“李泰伯非不喜孟子”一条中批驳胡应麟论述“无根”时，才惟一一次点出“胡元瑞”这一姓名⑤。王氏此论，比较有道理，但由于研究对象不一，王氏对此问题没有进一步的深入研究。王子今《千百年眼》以张燧论秦汉史为例，分析张燧历史鉴识力，称《千百年眼》乃“学术的真金”⑥。周文象《张燧〈千百年眼〉

① 王蔚：《千载得失利弊之“异说”》，《读书》1988年第12期，第71页。

② 鄢烈山：《张燧的“异端”说》，《群言》1991年第9期。

③ 钱茂伟：《张燧〈千百年眼〉：晚明史学的杰作》，《学术月刊》2001年第5期，此文又见于钱氏《中国传统史学的范型嬗变》（黑龙江人民出版社2010年版，第285～299页）。另，钱氏《张燧和〈千百年眼〉》（《社会科学报》2000年7月27日）是对《千百年眼》一书的介绍。钱氏属于学界较早系统研究《千百年眼》者，其观点对学界影响较大，遗憾之处在于缺乏对《千百年眼》史源方面的考虑。

④ 王嘉川：《布衣与学术：胡应麟与中国学术史研究》，商务印书馆2005年版，第365页。

⑤ 王嘉川：《布衣与学术：胡应麟与中国学术史研究》，商务印书馆2005年版，第405页。

⑥ 王子今：《千百年眼》，《博览群书》2002年第7期。此文已经指出《千百年眼》中“秦法弃灰”“七国缓削则不反”存在史源问题。

研究》从“张燧生平与《千百年眼》的刊刻与著录”“《千百年眼》的史料解析”“《千百年眼》的内容研究”“《千百年眼》的史学价值”四个方面对《千百年眼》予以研究，尤其是张燧生平的考察，颇具新见①。谢贵安《中国史学史》对张燧的史论进行了探究②。

第二是知识传播。诸如将《千百年眼》内容予以白话翻译的，像昆仑出版社《千百年眼》之翻译本③、何木风等《历史的千年眼》④之类。王克忠主编《小故事大人生》收录张燧《千百年眼》众多内容，其体例是以小故事的形式把《千百年眼》的内容予以白话翻译，对《千百年眼》的描述是：“此书上起远古，下迄明代，涉及政治、军事、经济、文教、科技，还有很多为正史所不载的逸闻轶事。记述具体，议论新奇。正如书名所示，作者想要看透千百年来中国的历史。”⑤

贾岚生主编，赵子仪编著《笔记小品精粹》共选录张燧《千百年眼》一书 84 个条目，主要是对其内容进行翻译。如：“尧帝仁心”“微子并未去周”“左氏贬损荀息”“南子是谁”“春秋时的葬法”“庄周之情”“吕不韦的愚蠢”“秦为什么能称帝”“九鼎不被秦所使用”“天亡秦”“项羽的忧患不是刘

---

① 周文象：《张燧〈千百年眼〉研究》，武汉大学硕士学位论文，2011 年。按：台湾东吴大学 2013 届史学硕士毕业生陈盈明撰有《张燧〈千百年眼〉研究》毕业论文，指导老师为黄兆强。遗憾笔者寡闻未能见到此学位论文，仅见其目录（该论文共分三章，第一章“《千百年眼》中的评价与分析”，论析“对豪杰形象以及对情感、生命的重视”“论政治缺失与论制度”“评价中的‘忠’概念”；第二章“《千百年眼》中的学思与价值观”，论析“正统论”“张燧的宗教倾向”“历史意识”；第三章“《千百年眼》中的考据”，分析“该书中的各式考据”“运用时序为考据工具及比较归纳法的应用”）。

② 谢贵安：《中国史学史》，武汉大学出版社 2012 年版，第 346~348 页。

③ 张燧著，邱崇丙译注：《千百年眼》，昆仑出版社 2001 年版。按：此本在标点上基本和河北人民出版社 1987 年版《千百年眼》一样，所谓译注只有白话翻译，没有注释。

④ 何木风、陈小蒙：《历史的千年之眼》，广西人民出版社 2010 年版。按：此著是对《千百年眼》中故事典例予以白话解说，此书封面提示《千百年眼》是“一部被誉为凝聚中国古代学术遗产的精华之作，一部史识独异、质疑五千年历史文化的旷世奇书，一部盛传久远、被治学论道者无比推崇的历史札记”。其《前言》指出“发挥张燧本意……一册在手，张燧的高见一览无余”。但遗憾的是如果不从史源学的角度来分析《千百年眼》，那么《历史的千年之眼》对张燧的高评几乎是空中楼阁，或者说是“他”冠“张”戴，实属不妥。

⑤ 王克忠主编：《小故事大人生》，新世界出版社 2007 年版，第 176~209 页。

邦”等①。此书对张燧的“作者简介”如下：

> 张燧，生卒年不详，字和仲，明代湖南潇湘人。其事迹生平史籍无载，后人通过考察，了解到张燧“兄弟皆生富贵，好治生产业，而燧独务友朋，耽书史，不为苟同”。明朝灭亡前夕，为避难，张燧东渡日本，终老于彼。张燧博学多闻，勇于思考，能够不拘于传统思想的束缚，揭示隐微，提出异议，往往能独出己见，一鸣惊人。著述多种，而独“《千百年眼》盛传于世”②。

此书对张燧《千百年眼》的“作品简介”如下：

> 《千百年眼》为一部史论随笔的合集。全书12卷，511条。书中对于很多历史上的定论都能大胆质疑，客观分析，且有理有据，恰如邹元标在《千百年眼序》所说，“起古人相与论辩，亦必心服”。此书上起远古，下逮明朝，涉及政治、军事、经济、文教、科技等多领域的内容，还有许多为正史所不载的逸闻轶事。记述具体，议论新奇。作者目光深邃，见识独特，使得此书异彩流溢，盛传于一时。康熙帝将此书列为头等禁书，自己却终生秉烛攻读不辍，足见其魅力之深厚。《千百年眼》虽然在有清一代被列入《全禁书目》，然在晚清又重新盛行于书界，并有多种刊本行世。当今有学者讨论张燧《千百年眼》的价值，认为晚明多史论而少史考，此书专论史部，亦考亦论，“无疑是最具代表性的一部史著”，“堪称晚明史学的杰作”③。

赵子仪编著《你应该知道的2000个文学常识》“笔记小说·《千百年眼》”条目的内容为：

---

① 贾岚生主编，赵子仪编著：《笔记小品精粹》，海潮出版社2010年版，第135~162页。

② 贾岚生主编，赵子仪编著：《笔记小品精粹》，海潮出版社2010年版，第134页。

③ 贾岚生主编，赵子仪编著：《笔记小品精粹》，海潮出版社2010年版，第134页。

《千百年眼》的作者是明代的张燧。他是一位博览群书的学者，勇于思考，往往能够摆脱传统思想的束缚，揭示隐微，提出异议。所以他创造了这部质疑五千年历史文化的旷世奇书。

此书上起远古，下逮明朝，涉及政治、军事、经济、文教、科技，还有许多为正史所不载的奇闻逸事。记述具体，议论新奇。正如书名所示，作者想要看透千百年来中国的历史，康熙帝曾将此书列为禁书，自己却终生攻读①。

严凌君主编《古典的中国民间人性生活读本》第1册，完整收录有《千百年眼》卷十一"张千载高谊"条，并予以白话翻译②。对张燧及其《千百年眼》评道："张燧，字和仲，湖南潇湘人，生于明万历初年。他的《千百年眼》是一部富有创意的晚明史论随笔。张燧和朱舜水一样，前半生在中国，后半生寓居日本。"③按：此论完全是照搬钱茂伟之言。

众多对《千百年眼》一书进行白话翻译及选录其内容的行为，对于《千百年眼》相关内容的传播不无裨益。

2. 学术评价

明清以来，学人对张燧及其《千百年眼》评析较多，兹列如下：

王夫之《船山全书·俟解》称"读史亦博文之事，而程子斥谢上蔡为玩物丧志。所恶于丧志者，玩也。玩者，喜而弄之之谓。……近世有《千百年眼》、《史怀》、《史取》诸书及屠纬真《鸿苞》、陈仲淳《古文品外录》之类，要以供人之玩，而李贽《藏书》，为害尤烈，有志者勿惑焉，斯可与于博文之学"④。

清人孙点称《千百年眼》"上下五千年，纵横十万里，网罗美备，持论尤极平允。其抒写心得，独具只眼处，足令阅者惊其新颖，得未曾有。然

① 赵子仪编著：《你应该知道的2000个文学常识》，哈尔滨出版社2009年版，第91页。

② 严凌君主编：《古典的中国民间人性生活读本》，海天出版社2012年版，第98~99页。

③ 严凌君主编：《古典的中国民间人性生活读本》，海天出版社2012年版，第98页。

④ 王夫之：《思问录·俟解》，中华书局1956年版，第1~2页。

核其事实，按之情理，并无一毫偏倚于其间，洵杰作也”①。俞樾《古今史要弁言》称《千百年眼》“网罗散失，渊博精详，因考据行其议论，远可追知幾《史通》，近之则赵氏之《劄记》，王氏之《商榷》也。原书本名《千百年眼》，久佚无传本，有友人以重价购自东瀛，将付石印，意犹豫，因贻书嘱予审定。予曰此葫□秘本也，幸而得之，夜光之出重渊，邺骑之来宝玦矣”②。王承平指出“上下数千年，碎玉零金，无美不备，原名‘千百年眼’，其命名之意深焉矣”③。

章炳麟《膏兰室札记》卷三《张燧〈千百年眼〉论古人文辞》条称“明张燧作《千百年眼》十二卷，证驳疏谬，尤信伪书，固是明世积习；而时有卓越过人者”④。周作人评孟子时指出：“明末张和仲著《千百年眼》十二卷，评论古今颇有见识，卷三有‘孟子辟杨墨’一则云……”⑤

孙中田、关德富主编《中外文艺禁书大观》“《千百年眼》”条认为：“这是一部记载历代人物事迹的笔记，对历史上各个时期的重要人物，上自帝王，下及文人学者的事迹、言行作了叙述和评论。在清代是列为全毁的禁书”。其特点是“每卷记一朝的历史人物，每人或每事为一条目，叙事评论，仍不脱明人迂阔议论积习，但考证经史仍有学术价值，其中一些评论，有一定见地；评古人诗文，间作翻案文章，只可备一说而已”⑥。

卜维萍、米有华等编《阅读与写作》称《千百年眼》“一书是明代一部别开生面的文史随笔，史论部分比重较为大些。其书标新立异，全书共五百余条，上迄先秦典籍，下到诸史百家，涉及面之广也极为罕见”⑦。此书引有《千百年眼》卷三“孟子善言《诗》”和卷九“柳公权诗意”条，并且以此

---

① 张燧：《千百年眼》，《孙点跋》，光绪乙巳本，上海史学社印。

② 张燧：《千百年眼》，《古今史要弁言》，光绪乙巳本，上海史学社印。

③ 张燧：《千百年眼》，《古今史要序》，光绪乙巳本，上海史学社印。

④ 章炳麟：《膏兰室札记》，《章太炎全集》（一），上海人民出版社 1982 年版，第 267 页。按：《膏兰室札记》成书于 1892~1893 年。

⑤ 周作人著，陈子善、张铁荣编：《周作人集外文 1904—1948》，海南国际新闻出版中心 1995 年版，第 499 页。

⑥ 孙中田、关德富主编：《中外文艺禁书大观》，吉林文史出版社 1992 年版，第 23 页。

⑦ 卜维萍、米有华等编：《阅读与写作》，中央民族学院出版社 1992 年版，第 479 页。

两条布置“思考与讨论”，其题面为“这两则短文都是作者在阅读时留下的随笔。作者并不是被动地接受书本中的知识，而是在阅读过程中，联想到自己已知的各方面知识，产生了新的认识、新的看法。试联系自己的实际，谈谈读书笔记的作用”①。

黄立振称“《千百年眼》十二卷，明张和仲纂。所记上自彝轩，下迄明代，凡经史百家，稗官野语，小说家乘，无不搜罗殆尽。以千百年事，为千百年眼，以此为鉴”②。

赵传仁、鲍延毅、葛增福主编《中国书名释义大辞典》对“《千百年眼》”的解释为：“是书集古今书籍中的舛错谬误，以及千百年来的一些俗识庸论，予以批评。对一些似是而非，疑而不清之处予以点拨，一匡腐儒之迂阔，顿呈慧眼之卓识，令人耳目一新。所谓‘千百年眼’，有慧眼识千秋之意。”③

杨子江《何新批判——研究与评估》中，何新称“明有奇士张燧曾著奇书《千百年眼》”④。

关峰《周作人战时思想散论以〈药堂语录〉〈书房一角〉为中心》称张燧《千百年眼》“有不同凡俗的直见”⑤。

以上诸条主要论述张燧不同凡响的观点，甚至认为可与《史通》《廿二史劄记》等相媲美。另外，因《千百年眼》中充满着突破世俗的新见，故出现了不少把《千百年眼》进行白话译注或史事解析式的通俗性读物。

---

① 卜维萍、米有华等编：《阅读与写作》，中央民族学院出版社 1992 年版，第 480 页

② 黄立振编著：《800 种古典文学著作介绍续编》，中州古籍出版社 1987 年版，第 471 页。

③ 赵传仁、鲍延毅、葛增福主编：《中国书名释义大辞典》，山东友谊出版社 2007 年版，第 81 页。

④ 杨子江编纂：《何新批判——研究与评估》，四川人民出版社 1999 年版，第 161 页。

⑤ 关峰：《周作人战时思想散论以〈药堂语录〉〈书房一角〉为中心》，《南京师大学报》2009 年第 4 期。

### (二)有关张燧《千百年眼》研究的不足及未来的方向

1. 研究不足的表现

首先，对于《千百年眼》版本而言，目前流于市面的版本较多，但缺少相对较好的校点本，这一定程度上会影响到对《千百年眼》的研究。

其次，学界对张燧及其《千百年眼》进行系统研究的还不多，主要侧重于介绍层面，且人云亦云者较多。

再者，目前的研究多着眼于对《千百年眼》文本自身的解读，缺乏对《千百年眼》内容的史源考究，常常会出现论非其人的现象。譬如，《千百年眼》中不少条目是直接抄录他人的，如果不先从史源考究的角度入手，那么仅凭借《千百年眼》的内容来评析张燧的思想，恐怕不妥。

2. 未来的努力方向

第一，随着对《千百年眼》研究的进一步深入，势必要对其进行史源学的考证，从而更好地把握张燧的学术价值趋向。

第二，要对张燧《千百年眼》与其他相关著述之间的关系进行详细的梳理，然后再对《千百年眼》做更深入的探究，避免采取“拿来主义”的态度。

第三，要把张燧《千百年眼》一书放在晚明特定的历史文化背景下进行考察，避免就事论事的做法，这样通过对《千百年眼》一书的研究，可以更好了解明代史学的存在状态。

第四，《千百年眼》一书版本甚多，流传较广，在江户时代已传入日本，且有不少日本学人对其进行征引乃至研究。在中国，自明清以来，学界对此书关注较多。故应从传播学、接受学的角度，分析《千百年眼》一书的影响。

## 三、研究结构与思路

### (一)考释研究

首先，考察《千百年眼》在中国及日本的接受史；其次，详细探究张燧《千百年眼》与杨慎、李贽、焦竑、陈继儒、张大龄等相关著述的关系，并分析其原因；再者，考察张燧的编纂思想及《千百年眼》的学术价值。

### （二）基本思路及主要研究方法

#### 1. 基本思路

在史源学视野下对张燧《千百年眼》进行整理与研究，首先，了解《千百年眼》的版本及其刊印情况，选择一个比较好的底本为依据，通过互校、本校、理校、他校等方法进行校勘，做好校记。这样较好地了解《千百年眼》的文本情况，有助于进一步了解《千百年眼》一书的传播与接受状况。其次，要根据张燧《千百年眼》中所提供的直观线索，诸如"李卓吾曰""杨升庵曰""弇州外史曰"等，查找相关书目，进而核对《千百年眼》一书的史源出处。再者，根据张燧《千百年眼》中张燧所作《序》，熟悉张燧的学术眼光，然后阅读《千百年眼》刊刻以前与张燧学术观点相近的著述，诸如《狂夫之言》《七修类稿》等，考察与《千百年眼》一书的史源关系。

对于张燧《千百年眼》的研究，具体从以下四个层面入手：

第一，史源考释。根据《千百年眼》内容，考证其与明代及明代以前相关著述之间的关系，诸如与陆游《老学庵笔记》、洪迈《容斋随笔》、杨慎《升庵集》、李贽《藏书》《续藏书》《焚书》《续焚书》、郎瑛《七修类稿》、陆深《俨山外集》、王鏊《震泽长语》等之间的考察。尤其是与张燧同时代作者著述关系的考证，要弄清相关著述的刊刻时间及其传播情况，方能确定其与《千百年眼》之间的关系。

第二，考察《千百年眼》的传播与接受史，便于了解《千百年眼》一书的影响。其一，梳理《千百年眼》文本的流传情况，这样有助于掌握《千百年眼》刊刻以后在海内外的传播情况。其二，探究《千百年眼》内容的接受史。整理《千百年眼》刊刻以后，海内外学人是如何学习、征引及研究《千百年眼》。这方面不仅要弄清学人对《千百年眼》的正确接受情况，更要辨析对《千百年眼》的误读。通过探究《千百年眼》的接受史，进一步论析张燧的学术鉴识力对明清及以后学人的影响。

第三，探究张燧的编纂思想及《千百年眼》的学术价值。在对《千百年眼》进行史源学考释的基础上，进而探讨张燧学术思想中的悖论——求实与因袭同时出现的原因。另外，根据《千百年眼》纂述形式及内容，分析张燧的编辑思想，进而探究《千百年眼》的学术价值。

第四，由张燧《千百年眼》的撰述形态探析明代史学的存在形式。通过对《千百年眼》的史源学考察，可以此为个例探究明代的学风问题，及明代中叶以后学人著述中出现理想与实际的悖离问题。

总之，本书要解决以下问题：学界一直认为张燧《千百年眼》乃是一部难得的佳作，张燧本人颇具学术鉴识力，那么，张燧《千百年眼》备受学界好评的原因在何处？《千百年眼》的文本到底是一个什么样的情况？张燧《千百年眼》与杨慎、李贽、焦竑等人的著述之间是什么关系，以及这些关系的形成原因？

2. 主要研究方法

第一是考据法，这是本书的基本研究方法。通过对相关资料的梳理，弄清《千百年眼》与其他著述之间的关系。

第二是归纳法，从具体到一般。尽管前人对《千百年眼》有一定的研究，形成了一定的假说和理论，可以作为本书的演绎依据，但应更广泛地搜集史料，通过归纳得出更为扎实稳妥的结论。

第三是运用诠释学、文化传播学的理论，对张燧《千百年眼》刊刻以后在海内外的流传情况进行分析，进而探求学界对《千百年眼》的接受状况。

## 四、创新点和难点

1. 创新点

第一，突破仅从张燧《千百年眼》的文本本身来论其学术思想的做法，从史源学的角度予以考察，然后再论析其相关思想。

第二，通过考究张燧《千百年眼》与杨慎、李贽、焦竑、张大龄等著述之间的关系，从微观角度切入探究明代学风问题。

第三，从《千百年眼》一书的刊刻及其流播情况，探究《千百年眼》的接受史及其对学界的影响。

2. 难点

对于《千百年眼》的史源考释方面，工作比较琐碎，在资料查找方面需要下很大的工夫，尽可能要查找每一个条目的史源出处，并进行归类分析，找出其原因所在，难度相对较大。

# 第一章　张燧与《千百年眼》绍介

明代中晚期以后，张燧的家族在湘潭颇有名望，其父张嘉言为进士，官至广州司理，兄弟皆为举人。张嘉言归田后，专门从事商业，资产颇丰，建有稽古堂藏书楼，备子弟读书之用。张燧以善读书享誉乡邻，其生平史册载记较少，相关志书载其崇祯年间卒于家。但有的学者认为张燧像朱舜水、陈元赟等人一样，在明末东渡日本且卒于日本。孰是孰非，当予考究。另外，张燧《千百年眼》一书刻出后，备受欢迎，有万历本，清代节选本，日本刻本、抄本，民国印本，甚者还有改名本，对其刻印情况予以梳理，便于更好了解其传播与接受史。

## 第一节　张燧与《千百年眼》述论

### 一、张燧简介

张燧，字和仲，湖南湘潭人，生卒年月不详。其祖父张大学，字文轩，"端谨有法度"，为人仗义，在当地颇有声望①。其父张嘉言，字克扬②，万历壬辰(1592)进士，著有《在公录》。

从目前史籍所见，仅有关于张嘉言及张燧的相关记载。张嘉言初任广州司理时，突遇士兵哗变，张嘉言随机应变，灵活妥当地处理了这次突发事件③。万历庚戌(1610)，京师正阳门楼失火需要修缮，内监认为需用银

---

① 王闿运：光绪《湘潭县志》卷八《张嘉言传》，清光绪十五年刻本。

② 郭金台《石村诗文集》文集卷上《张寰应小传》及沈德符《万历野获编》卷二十《张寰应工部》称张嘉言字寰应。

③ 参见郭金台《石村诗文集》文集卷上《张寰应小传》、冯梦龙《智囊补》语智部辩才卷十九《张嘉言》、王闿运光绪《湘潭县志》卷八《张嘉言传》、邓显鹤《沅湘耆旧集》卷二十一。究其史源，有关张嘉言灵活处理士兵哗变之事当源自郭金台之文。

十三万，时任司郎中的张嘉言觉得内监造此楼耗费太多，“此楼在民间当费三千金，今天家举事，不可同众宜加倍为六千。诸大珰忿极气满，口重不能辨诘，但奋拳欲殴之。时监督科道在列，亦不出一言剖析，但劝解散去”，张嘉言由此与诸太监结怨①。万历辛亥(1611)进行京察，张嘉言“以不谨罢归”②。

张嘉言罢归之后，没有赋闲在家荒度余生，也没有继续保持士大夫的清议姿态，而是专注于殖产兴业。主要是有计划地经营农桑蔬果之贩卖，早出晚归，“虽猥屑薄业亦累资，岁至百千计”，经过四十余年的努力积聚，资产数十万，僮仆千余人，每年租子有万石，可谓一个足谷翁。张嘉言晚年经常参与一些修桥筑路等慈善事业，年八十余卒。张嘉言死后不久，便出现了大规模的农民起义，社会陷入无序状态。因而，郭金台对此叹道：“天生伟人食太平福，决非偶然者。或曰公苦忌者以富掩其才，观公所著《在公录》，则真掩之也，富犹可吊也。”③

张嘉言致力于农桑蔬果之经营，同时，也非常关注对子弟的培养，

---

① 沈德符：《万历野获编》卷六《箭楼》，中华书局1959年版，第174~175页。

② 沈德符：《万历野获编》卷二十《张寰应工部》，中华书局1959年版，第515页。按：郭金台认为张嘉言是“以诖误落职还”(参见《石村诗文集》文集卷上《张寰应先生小传》)；沈德符认为张嘉言“素以负气称”，“起家司理好与人讦，且自尊大，以故屡踬宦涂”(《万历野获编》卷六《箭楼》，中华书局1959年版，第174~175页)；王闿运则认为张嘉言“取工部郎中时，齐楚浙三党，皆务攻东林，歙人汪文言以计破三党。嘉言楚人主楚遂罢归”(参见《(光绪)湘潭县志》卷八之三《张嘉言传》)。与张嘉言同时代的梅鼎祚有《赠张寰应司理四首》，其《序言》评张嘉言“日接贤士大夫，握手促膝，送抱推襟，士大夫进而不敢以私请，退而各欢然自得也。时且税务繁兴，民生恇扰，君侯奋力以身肩其任，而逆折貂珰于数百里之外，奸徒裴回不敢骤越境者，伊谁之烈耶！六邑士民咸愿得即真，而兢兢恐未能借焉，某不啻有群小之愠辱君侯，俯为昭雪。昔人赋穷鸟而咏镬鱼，要以衔知己申亮节云尔”(参见《鹿裘石室集》卷六，明天启三年玄白堂刻本)。

③ 郭金台《石村诗文集》文集卷上《张寰应先生小传》。按：王闿运《湘潭县志》卷八《张嘉言传》亦载，张嘉言“家居以商贾业自晦，明代士大夫尚清议，仕宦者殖财产即莫敢论荐，嘉言集童奴百余人，课业有程，农桑蔬果，稗贩经纪，朝暮躬督之四十余年，致资产数十万，租入万石，童仆万指，然后散财施予，造桥渡百数，修岳市石磴至山顶，工费巨万。其所周给，动至数万金”。

“谢仕四十余年，课诸儿，烈、煃先后举乡荐，燧读书成名，诸孙亦森秀阶除”①。建有稽古堂藏书楼，备子弟读书之用。有关张燧兄张烈、弟张煃的记载，邓显鹤《沅湘耆旧集》中有“张举人煃一首”：“煃字□□，湘潭人，天启辛酉举人，克扬工部嘉言之子，与兄烈齐名，烈亦万历己酉举人。”其诗为：“《小除前一夕口占》：积雪凝冰逼岁除，惟闻比屋叹萧疏。偷闲深坐浑无寐，炉火篝镫味道书。”②

有关张燧的生平记载，较早的为郭金台《张和仲小传》：

> 张燧，字和仲，出潭华族，父兄弟皆贵，好治生产业，而和仲汲汲务友朋书史，言动静治，不尚苟同。自太学还，构香海居③，周匝清流古木，中系一舸，无浓寒溽暑，晨起手一卷，命僮着纸笔自随，有省辄记识之，虽藩溷不释，兴至，偕僧具香茗上舟，拽荡前湾浓阴树下，展书凝坐，篆烟茶沸，往往好鸟送音，弄羽其上，亦不知去也。予常至其地，三叹，谓太平受读书福，无如此君者，所著《未见编》《千百年眼》《易筏》行世。或曰与其好友夏君宪，讳楷者同纂。时未乱，以病卒于家，又考终云④。

王闿运《湘潭县志》卷八《张嘉言传》载：

> 嘉言次子燧，字和仲，兄弟皆生富贵，好治生产业，而燧独务友朋，耽书史不为苟同，肄业国子监。还构香海居，周匝清流古木，中系以舟，无寒暑。晨起即手一卷，命僮仆载纸笔自随，有省辄识之，虽藩溷不释。兴至，偕僧具香茗，泛舟绿阴，展书凝坐，好鸟送音，欣然忘返，所著有《易筏》及《未见编》《千百年眼》均刊行，而《千百年眼》盛传于时，王夫之谓当时词人恃此为稗贩之具，其后阮元亦称

---

① 郭金台《石村诗文集》文集卷上《张寰应先生小传》。王闿运《湘潭县志》卷八《张嘉言传》亦载：张嘉言“二子(烈、煃)乡举有文名……(张)燧独务友朋，耽书史不为苟同，肄业国子监”。

② 邓显鹤：《沅湘耆旧集》卷二十四，清道光二十三年邓氏南邨草堂刻本。

③ 按：郭金台此言非虚，据张燧刊于崇祯六年(1633)《经世挈要・纪事》的落款为“湘潭张燧顿首识于香海之稽古堂中”，香海之稽古堂即郭金台所言之香海居。

④ 郭金台：《石村诗文集》文集卷上。

其书湘中顾无有传之者。燧与南昌陈宏绪善，尝为宏绪言汉淮阴侯之难，鄼侯阴使人于南越托其子于赵佗，佗令去韩之半为韦。今土司韦氏者，其后也。文终书韦氏世宝守之，其后盛传韩信有后为韦，源自燧也。崇祯末，以疾卒于家。燧友人夏楷，字君宪，燧所著，楷皆助之成书。燧先卒，楷至康熙中犹存，不求仕进，隐身以终。楷好为诗，当钟惺、谭元春之诗盛行，周圣楷等争相附和，楷断断自异，为诗多感述时事，哀而不怨，邓显鹤以为苌楚诗人之遗①。

按：王闿运所论张燧之生平疑源自郭金台之文②，认为张燧因病于崇祯末年卒于家中。

但是，在光绪十四年(1888)王惕斋所刊印的《千百年眼》中，有驻日公使孙点的一篇序跋，其文为：

明张君和仲燧，籍潇湘，读书好古，不求闻达。尝著有《千百年眼》一书，上下五千年，纵横十万里，网罗美备，持论尤极平允。其抒写心得，独具只眼处，足令阅者惊其新颖，得未曾有。然核其事实，按之情理，并无一毫偏倚于其间，洵杰作也。时当明末，天下汹汹，不可以朝夕居，浮海东游，籍以避世。此稿适行箧中。日本为同文国，当时朝政未改，崇尚儒术，列藩建学，优礼名流。胜朝遗民，若朱舜水、陈升庵、戴曼公、张非文等，先后来东，昌明汉学。海滨文物，于焉极盛。酒井藩主与张君善，得读所著，忻然心赏，即付梨枣，以饷同好。未几，复毁于兵火。后三百年，四明王子惕斋来游，从侯公家，得初印善本，宝之多年，欲再搜访其一，竟不可得。中原坊肆及藏书家非特未见，且未之闻。因用铜版缩刊二册，将以传播四方，扩人眼界，其意良厚。刊将成，乞余校正。原本讹谬，亦所不免。偶举所见，略为更易。即竣事，为志其缘起以□之。至其佳处，美不胜收，明眼人自当共赏，不待赘言矣。

孙点之《跋》可以提供如下信息：其一，《千百年眼》是一部通论性的

---

① 王闿运：光绪《湘潭县志》，清光绪十五年刻本。

② 按：王闿运有关张嘉言的记载亦当是源自郭金台《张寰应先生小传》。

杰作，且“网罗美备”，观点新颖；其二，张燧是在明末时乱之际流亡日本，且随身携带着《千百年眼》；其三，张燧与酒井藩主关系很好，藩主很欣赏《千百年眼》，予以刊刻，但很快“毁于兵火”，即使在日本也不好觅得此本；其四，王惕斋好不容易得到其初印本，缘于中国没有流播此书，甚者，“中原坊肆及藏书家非特未见，且未之闻”，故以“铜版缩刊二册”，借以传播其内容。

有关张燧之生平，到此有两种说法：其一，于崇祯末年天下未乱之际，因病卒于家；其二，崇祯末年天下大乱时，避乱于日本。对于这两种说法，后来学者多持第二种观点。

王承平《古今史要·序》：

> 是书为前明张和仲先生所著，上下数千年，碎玉零金，无美不备，原名《千百年眼》，其命名之意深焉矣。先生生于明末，遁迹扶桑，不求仕进。三百年于兹是书，乃得以由东岛而入中土，然则吉光片羽之幸未泯灭者，彼都人士珍藏之意可见，好古之意亦可见矣①。

王承平此《序》，当是参依孙点《跋》，另外，俞樾《古今史要·弁言》有文，“原书本名《千百年眼》，久佚无传本，有友人以重价购自东瀛，将付石印，意犹豫，因贻书嘱予审定”。

徐凌霄、徐一士据孙点之跋，认为“张氏书成于万历四十二年，明末避地日本，携稿自随。光绪十四年，始重印传入中国”②。

《顾颉刚学术文化随笔》第四编“文化篇·《千百年眼》”条有文：

> 张燧，字和仲，自署其籍贯为潇湘……张氏为明末人，迨明亡入日本，其书传于东土。清末，驻日公使馆职员孙点始得而刊之，乃传于世③。

---

① 按：王承平此《序》，当是参依孙点《跋》。

② 徐凌霄、徐一士：《凌霄一士随笔》(1)，山西古籍出版社 1997 年版，第 253 页。

③ 顾颉刚著，顾洪编：《顾颉刚学术文化随笔》，中国青年出版社 1998 年版，第 422 页。

可见顾颉刚亦是由孙点《跋》认为张燧最后东渡日本。

宋恕《宋恕集》指出，日本学者馆森鸿(1863—1942)《亲灯余录》中载有张燧在日本之言行，并称“其所记永明太后、朱舜水、张斐、独立禅师、张燧、汤来贺之言行，尤此土之要故也”①。按：今关天彭《日本流寓的明末诸士》中言他和馆森鸿(字袖海)聊天时，得知《千百年眼》一书，经馆森鸿介绍，今关天彭找到王惕斋刊印的《千百年眼》②，由此可知，馆森鸿所言张燧在日本一事亦是通过孙点《千百年眼·跋》得知。

钱茂伟根据孙点《千百年眼·跋》认为“明朝末年后张燧避难东渡到了日本”③，王子今亦认为此乃新发现，“值得治学术史者重视”④。

上述观点，不管是直接或间接都认可孙点的观点，即认为张燧在明末东渡日本，那么上述观点是否正确呢?

我们不妨先分析一下郭金台之论。

郭金台，字幼隗，湘潭人，其所著《石村诗文集》载有《张寰应先生小传》《张和仲小传》。光绪十四年本《湘潭县志·张嘉言传》附《张燧传》，即是采纳郭金台之说，认为张燧卒于家⑤。郭金台这篇《张和仲小传》是相对较早记载张燧生平的文章，其言张燧“时未乱，以疾卒于家”，“时未乱”至少可以界定到李自成攻陷北京前⑥。另据，《石村文集》中序跋的落款，最早的为崇祯庚辰(1640)，还有崇祯壬午(1642)，张燧《经世挈要》中其自序的《纪事》，落款为崇祯六年(1633)十一月十一日。还有林春胜《论〈千百年眼〉》中指出“闻崇祯之乱，文武百官二百人降于闯贼，未闻有几多义士也。若使燧在此时，以何解之?”说明崇祯朝覆灭前，张燧已经

① 宋恕:《亲灯余录序》，胡珠生编:《宋恕集》，中华书局1993年版，第295页。

② 今关天彭:《日本流寓之明末诸士》，北京今关研究室1928年版，第1页。

③ 钱茂伟:《中国传统史学的范型嬗变》，黑龙江人民出版社2010年版，第287页。又见于《张燧〈千百年眼〉:晚明史学的杰作》(《学术月刊》2001年第5期)。王宝平《清季寓日中国人刻书考述》亦是据孙点《千百年眼·跋》认为张燧是明末避战乱赴日(《文献》2011年第4期)。

④ 王子今:《千百年眼》，《博览群书》2002年第7期。

⑤ 《湘潭县志》(光绪十四年本)，顾廷龙主编，《续修四库全书》编纂委员会编:《续修四库全书》第712册，上海古籍出版社2002年版，第643~644页。

⑥ 按:吴文治主编《明诗话全编》(10)指出张燧约1642年前后在世(江苏古籍出版社1997年版，第10938页)。

去世。依郭金台之言、张燧《经世挈要·纪事》的落款以及林春胜之论，大致可以推定张燧1633年还健在，因病卒于1640年左右。

再来看今关天彭的观点，其所著《日本流寓的明末诸士》中对张燧及其《千百年眼》介绍较多①。

1925年除夕，今关天彭在与馆森鸿交谈中了解到张燧及其《千百年眼》，通过阅读王惕斋刊印之《千百年眼》，对孙点《跋》中所言感到疑惑，于是找到酒井板的《千百年眼》，此书卷头有清田儋叟(1719—1785)、皆川淇园(1734—1807)所作序，卷末系栗元恺的跋文。皆川淇园及栗元恺的序跋介绍了酒井板的刊印过程，大体是皆川淇园听闻《千百年眼》所载内容很好，便在书肆寻觅此书，一直没有找到此书。后来听栗元恺称他的一位爱好古籍的朋友田君修有此书，经栗元恺介绍，皆川淇园得以拜读《千百年眼》，而田君修亦认为《千百年眼》是本奇书，便请皆川淇园校订，并于明和四年(1767)刊印②。由于田君修所刊《千百年眼》的序跋中并无介绍张燧与酒井藩主的关系，今关天彭通过分析认为孙点所言张燧在明末时东来日本完全是空穴来风，子虚乌有之事③，张燧与酒井藩主的关系亦是附会④，称"中原坊肆及藏书家非特未见，且未之闻"，无非是出于满足读者猎奇的心理，借以提高其卖点⑤。

今关天彭分析孙点《千百年眼·跋》有故弄玄虚、夸张不实之说有一定道理。首先，孙点善于作广告性的书跋，且效果极好，如其所言："四明王惕斋商于日本之东都，爨刻《千百年眼》，既属余校订，念其可以医俭腹者之病，厥功匪浅，欣然应之，未一月而竣事，近闻已畅行于中外矣。昨又以《诊病奇侅》抄本，乞为删润，受而读之……"⑥他为王惕斋刊

---

① 参见今关天彭：《日本流寓之明末诸士》，北京今关研究室1928年版，第1~8页。按：《鲁迅日记》1929年6月20日载："晚内山延饮于陶乐春，同席长谷川本吉、绢笠佐一郎、横山宪三、今关天彭、王植三，共七人。天彭君见赠《日本流寓之明末名士》一本。"(人民文学社1959年版，第648页)

② 有关明和四年刻本《千百年眼》的序跋可参见附录一。

③ 今关天彭：《日本流寓之明末诸士》，北京今关研究室1928年版，第4页。

④ 今关天彭：《日本流寓之明末诸士》，北京今关研究室1928年版，第5页。

⑤ 今关天彭：《日本流寓之明末诸士》，北京今关研究室1928年版，第7~8页

⑥ 参见丹波元简：《诊病奇侅·孙点叙》，山西科学教育出版社1986年版。

印《千百年眼》作《跋》后一个月，王惕斋又请他为所刊《诊病奇侅》作《叙》，其文为："王子满腹经纶，苦无用处，乃以善本付之手民，以公诸世，亦救时之良品欤！良医、良相俱征于此，谁谓此中人不具大知识耶！"①其次，王惕斋应该是一个爱好古籍，善于运作的书商。光绪十四年在日本看到丹波元简的《诊病奇侅》比较实用，便予以刊印，并请留日外交官傅云龙作《叙》，傅云龙称"王君惕斋见日本丹波氏元简所著《诊病奇侅》二卷为医者导诊腹一法……问叙于云龙……惕斋刊之，是以仁术一端欤！"除了傅云龙的《叙》之外，还有廖宗诚《叙》："充此术而善行之，将跻夭扎于仁寿，不谓之非常不可也。惕斋印之，以广其传，其功顾不伟哉！"沈文莹称《诊病奇侅》之译者松井操为"医学之孙武"。可见，一本书有四篇颇具煽动性的序跋，自然可以提高其卖点。鉴于书跋的广告性效应，今关天彭所言孙点《千百年眼跋》的不实之词，当不是无中生有。

再者，作为日本江户时代的著名学者林鹅峰（1618—1680），曾经是酒井藩主的幕僚，偶然从书肆中购得张燧的《千百年眼》，并且予以仔细点读，写有《论千百年眼》一文，对《千百年眼》一书评价并不高，"唯恐初学之士躐等，驰虚远者见此等之书，则其害甚于博弈酒色乎！故今一览之后，缄封之，藏于匣底，不使儿辈见之，伊川先生不见杂书之戒，宜哉！"②文中未见介绍张燧与酒井藩主的关系。倘若张燧与酒井藩主关系密切，林鹅峰应该在文中会提及张燧在日本的情况，或者是张燧与酒井藩主交游的情况。可见，孙点所言，的确有点故弄玄虚之感。

综上所论，张燧《千百年眼》于明末清初已传入日本，但张燧卒于家的可能性更大。其原因在于：郭金台，系湘潭人，生于1609年，卒于1676年，在张燧1633年刊印《经世挈要》时，郭金台24岁，对于张燧这位湘潭名人，郭金台自然相对比较了解。据《张和仲小传》所言，郭金台还去过张燧的家，甚至他为张嘉言③、张和仲作的《传》为《湘潭县志》所

① 参见丹波元简：《诊病奇侅·孙点叙》，山西科学教育出版社1986年版。

② 林恕：《鹅峰先生林学士文集》卷四十八"论二·论千百年眼"，日本元禄二年（1689）刻本。按：据《论千百年眼》一文的落款，可知此文撰于1657年。

③ 《石村文集·张寰应先生小传》，《四库禁毁书丛刊》集部第84册，北京出版社2000年版，第565页。按张嘉言，字寰应。万历壬辰进士。

采纳。故郭金台所掌握的情况可信度更强些，如果张燧真的避难日本，郭金台也没有必要为其掩饰。由此可见，《千百年眼》一书曾东传日本，然后又回传中国，但张燧本人未东渡日本，卒于家之说更可靠些。

## 二、《千百年眼》简介

张燧所撰《千百年眼》共有十二卷，系张燧的读书笔记，共511个条目(卷一28条，卷二40条，卷三45条，卷四46条，卷五43条，卷六55条，卷七47条，卷八37条，卷九46条，卷十42条，卷十一34条，卷十二48条)。

在内容的编排上，以时间为序，自先秦迄明代。卷一至卷三主要涉及先秦相关问题；卷四至卷六主要涉及秦汉魏晋相关问题；卷七至卷八主要抄录南北朝及隋唐相关问题；卷九至卷十一主要涉及宋元相关问题；卷十二是涉及明代的相关问题。

在内容的分类上，可分为历史批评、史学批评、史实考证及史事记述①。(见表1.1)

在编撰的体例上，着力会通(自先秦迄明代，涉及两千余年之历史)，强调释疑(多以醒目标题，揭示历史疑案)。

在著述的性质上，应该属于纂辑之札记②。

---

① 钱茂伟认为"《千百年眼》的内容，从论述方法上来说，大体上可分三部分，一是史事考据，二是史事论述，三是历史现象的归纳"(《张燧〈千百年眼〉：晚明史学的杰作》，《学术月刊》2001年第5期)。周文象在此方面着力较多，将全书的511条划分为三个方面：史事(史实记载、史实考证及史论)、史书与史学发展(史考、史书评论及史学发展)、人物(人物事迹记载、人物考证及人物事迹评价)。参见周文象：《张燧〈千百年眼〉研究》，武汉大学硕士学位论文，2011年。依张燧《千百年眼·小引》所论，其所抄内容系"可喜可悦可惊可怪之语，俗儒所不敢道，与文人之所不能道"，且有自己见解之文。

② 可参见董恩林：《历史编纂学论纲》，《华中师范大学学报》2000年第4期。

表 1.1　　《千百年眼》内容分类表①

| 内容 | | 条目 | 数量 | |
|---|---|---|---|---|
| 历史批评 | 人物 | 巢、许非旷士，汤、武不可并言，三书纪周穆王之贤，管仲知鲍叔尤深，晋文公知大计，秦缪公学于宁人，赵盾弑君报，季子之贤有定论，老彭即老聃，左氏非丘明，子羽貌武，子贡不如仪封人，孔子不言乐，庄周未能忘情，孟子性善无定论，孟子权衡失准，曾孟称孔子，夫子贤于尧舜，孟子善言《诗》，孟子不尽信《武城》，告子性学，子胥、种、蠡皆人杰，田单用疑，商鞅善托其君，商鞅徙言令便者，平原君所失不独毛遂，范睢、蔡泽倜傥，吕不韦之愚，章邯未可轻，陈涉秦民之汤武，范增智不如儿女子，汉王未尝颠倒豪杰，萧何器识，萧何治未央宫有深意，韩信威名，张良未尝为韩，汉高祖尊母不尊父，高祖竟王刘濞，平勃未可议，文帝奢俭之异，文帝用贾生，贾生厚德，李广无长者风，袁盎幸免，亚夫之死以忌，窦太后专制，申公不知止，司马安拙宦，卜式不习文章，田千秋之贤，董仲舒忠质文之说甚谬，武帝神智，方望贤于范增，高光二帝不可优劣，子陵不仕有深意，伏波未是烈士，陈蕃悬榻，李膺已甚，景毅耻不与党锢，孔文举关系，刘表工书，孙权之劣，昭烈遗命之非，孔明比管乐有取，子房孔明学术，孔明事业文章，司马懿非孔明敌，杨颙不知孔明，高贵乡公文学，阮籍巧附司马昭，王衍羞见其女，陶侃被诬，庾亮失计，王导遗诛，王逸少经济，王猛死不忘晋，苻坚拙于用多，梁武杀业，尉迟公隐德，长孙无忌、褚遂良有死道，李绩一言之祸，阎立本知狄仁杰，徐有功难于皋陶，骆宾王器识，卢怀慎先见，李太白深心，房管用违其才，房管长策，杜子美隐德，李泌相业，陆贽忌才，卢杞愧其子，韩昌黎晚信佛老，李虚中子平，王叔文之冤，牛李有同恶，李德裕知所本，王朴异才，韩熙载晦于声色，卢多逊愧其父，郭忠恕清节，丁谓长者言，寇莱公奢俭不同，庞籍隐德，韩范事业，曾子固诗才，雷简夫知苏明允，温公体贴人情，温公行己之度，坡公远识，坡公学长生，八字可定介甫，介甫寡助，王介甫冥贬，章惇有功于长沙，叶石林长厚，岳飞文章，王安石流祸与秦桧等，朱陆异同，朱子浅于说经，张千载高谊，刘辰翁节行，许衡有江汉之思，陈遇今之子房，陈瑛重逊国诸臣之毒，王靖远武略，文正保全善类之功，康海负屈，杨介甫父子相业文章，阳明为理学中兴，国朝三大功臣，王晋溪识阳明 | 132 | 317 |

① 按：此表是对《千百年眼》所含 511 条内容予以分类。

续表

| 内容 | | 条目 | 数量 | |
|---|---|---|---|---|
| 历史批评 | 史事 | 上古文籍，许由让天下非难，帝尧善爱其子，瞽象杀舜之由，帝赉良弼，伊尹放君之误，夷齐辨，商之后独盛于夏周，武王追王明文，秦霸不由孟明，胶舟之报，楚子问鼎，楚之不竞，执礼之执当作執，立言之难，孔子无所不佩，孔子不梦周公非衰，季文子三思，孔子请讨齐桓，阳虎之奸，鲁公室与战国相终始，曾点二事俱不类，子夏《易》说，三礼之乖异，孟子不行三年丧，孟子辟杨墨，魏襄王竹简与孔壁同功，吴亡不系西施，苏代为燕昭间齐，乐毅、田单两贤相厄，乐毅去就无歉，杨龟山误贬蔺相如，救阙与非奢不可，应侯用蔡泽，黄歇之祸不在李园，燕吴之所以亡，客非负齐，战国九流中辩士，读书句读，秦之所以帝，立扶苏无救于亡秦，天亡秦，项氏之忧不在沛公，高帝入关有天幸，高祖为义帝发丧，高祖赐姓之陋，虞美人戚姬，吕后邪谋在暮年，左右袒所以令众，汉文赐吴王几杖，《过秦论》出《丹书》，赵盖韩杨之冤不由廷尉，七国缓削则不反，武帝纪元，太常卿用侯，汉和亲与宋岁币等，视草之义，武帝遗命，苏武娶胡妇有见，霍光疏昌邑王之罪，交道之弊，西汉文章之陋，赵充国屯田是计，陈汤之功不当以矫制废，二疏之去以许伯，言灾异不当著事应，歆向废图谱之学，汉儒解经之陋，清谈始于汉末，蔡中郎秘《论衡》，曹操讽汉复九州岛，借荆州所以保吴，荆、蜀形势，取刘璋不系孔明，《梁父吟》讥晏子，晋武以不废立致乱，惠帝废储，《徙戎论》无救于晋，晋室所以败，《兰亭》未可议，英雄自相服，孟嘉论乐非是，苻秦之亡不由慕容垂，金土不可同价，沈约《韵书》之谬，唐世女祸，太宗纵囚有所仿，狄仁杰不杀易之、昌宗，徐敬业之败，玄宗惨刻，《孝经》《春秋》甚灵，古人言《易》不及周公，陆秉大衍数解，唐诗之盛不关选举，唐以失形势致乱，杜子美诗意，儒者说诗之谬，德宗不能饵怀光，唐宦官之祸，昌黎史祸，柳子厚《非国语》报，道家三尸神之谬，刘禹锡不敢用糕字，唐不立后之祸，柳公权诗意，宋儒教之盛昉于赵普，烛影斧声，赵普遗祸，种放之隐由母，晋唐不通字学，楚王元佐自废，天书之兴仿辽俗，寇准天书由王旦，夏竦剖棺之报，麦舟非范希文父子所难，范仲淹先见，韩范不识奇士，苏文之伪，宋儒谈天，毕仲游格言，介甫裁抑宗室，介甫废礼经，章惇雷州之报，种师道策虏有见，龟山不轻解《易》，宋高宗不欲恢复，秦桧为金人作间，秦桧身后之报，张浚忌杀曲端，采石之战有先备，守唐邓可以图恢复，赵九龄遗功，程朱论《周官》法度，程子静坐之说类禅，宋人损益经文，吾儒异端，夹杂道学，儒语似佛，佛典辅儒教而行，名教之累，宋儒不知诲君之义，韩侂胄内批之报，历代宦寺之祸，唐宋始祖之非，宋兴亡相类，宋仁厚立国之报，元世弊政，中华名士耻为元虏用，金陵形势，李善长之诬，齐黄误国，革除死难之多，国朝相业，西杨荐贤，杨善迎銮之功，刘忠宣事业，锦衣卫之横，盗贼有同恶，永陵议礼是非，天生人才为世用 | 161 | 317 |

续表

| 内容 | 条目 | | 数量 | |
|---|---|---|---|---|
| 历史批评 | 制度 | 世官之弊、封建难复、井田不可行、大赦始于春秋、秦法弃灰有故、汉初封计户口、文帝复行族诛之法、短丧不自文帝、汉用吏胥之效、汉选法之善、汉乡亭之重、唐封建之善、明皇废资格、藩镇之弊、唐科目不足凭、均输之害、青苗之害、元祐诸贤无定见、经义取士之弊、宋乐屡变无成、取士良法、国朝乐律不讲、待宗藩之法、理财急务 | 24 | 317 |
| 史学批评 | 史家 | 董狐疑词、太史公权衡、史迁文章宾主、太史公知己、史迁不解作赋、毛郑说《诗》之妄、卫宏序《诗》之谬、班掾史妙、崔浩受祸不由作史、刘知幾无史才、崔枢白马之祸不足惜、宋时史氏显达、林丘山史笔之重 | 13 | 47 |
| | 史著 | 古史之谬、《金縢》非古书、孔子著述、《南》《雅》《颂》无优劣、二《雅》当以体别、《诗序》不可废、《诗·小雅·雨无》解、《诗》亡辩、《孟子》句读、虞卿复相赵、古文多譬况、古书之伪、《史记》多为后人淆乱、图谱之益、古《易》《尚书》古文今文辨、《汉书》真本、杨王孙文翁史失其名、《汉书》缺典、程伊川论班马、汉末史传屈笔、《出师表》缺句、晋史矛盾、退之《淮西碑》失实、郑綮辞相、新旧《唐书》优劣、朱温不宜入正统、《五代史》韩通无传、《五代史》不公、《纲目》正秦统、《通鉴》省文之谬、《纲目》之误、传注相沿之误、元人修史之陋 | 34 | |
| 史实考证 | | 四岳为一人、尧不诛四凶、纳于大麓非山麓、象刑辩、舜葬苍梧考、《禹贡》为古今地理之祖、微子不奔周、太王未尝剪商、三监武庚之叛不同情、殷有三人、周过其历之谬、歌诗与作诗不同、春秋逸《诗》《书》、废井田自管仲、尾大不掉、左氏贬荀息、秦三良之殉不由缪公、《论语》出闵子门人手、南子是南蒯、四科不列曾子、儒者说《春秋》之失、鲁郊禘不出成王之赐、春秋葬不择时、孟子非受业子思、孙叔敖碑考、孙武入郢之举疑伪、西施不随范蠡、秦先时自有张禄、秦不绝儒生与经籍、黔首之称不自秦始、九鼎不为秦用、长城不自始皇、秦亡不由兵弛、高祖酬赏遗辕生、侯公碑考、淮南厉王未尝反、声歌之妙至晋而亡、扬雄始末辨、明帝前已有佛典、汉晋赐金帛各有所盛、《中庸》自晋已孤行、骆宾王四子受诬、《滕王阁记》出处、《周易举正》、《阿房赋》蹈袭、肃宗灵武之举非篡、子美不咏海棠有故、诗词讹字、李杜始末考、吴越改元之证、徐锴征猫事非实、梁灏谢启之讹、赤壁考、《二疏赞》误、老泉是子瞻号、温泉寒火、李泰伯非不喜《孟子》、宋南渡兵饷所出、张浚遗诛、丝纶簿、项襄毅受诬、古今改元之误 | 62 | |

续表

| 内容 | 条目 | 数量 |
| --- | --- | --- |
| 史事记述 | 不日成之、风马牛不相及、匏瓜、蛴可疗目、仲连使秦不终帝、秦用客之功、秦火后遗书、坑儒考、秦世文章、相不足凭、漂母风旨与圯上老人同、韩信有后、汉告友之侈封、四皓赐碑、宣室不宜名斋殿、文帝不能用李广、武帝封建多不克终、汉武怜才、司马相如《美人赋》、客星为灾、蔡邕有后、曹操不复姓、曹操疑冢、武乡遗言不及姜维、八阵图、汉祚之长、李密《陈情表》讹字、晋室久乱、张翰莼鲈、刘琨负其母、阿堵、陶渊明不欲诸子仕宋、不识一丁、隋氏富庶、隋文帝滥杀、隋炀帝毁谶、唐高祖杀降、贺季真乞休在耄年、唐宋逸诗赋、白乐天行藏、八司马伸气、郭汾阳后裔之贤、板本之始、希夷《易》说、古章奏皆手书、王钦若遗善、夏竦不值一文、"杀之三，宥之三"出处、苏文赖以不废、张商英《无佛论》、教主之号不祥、宋礼儒臣、童贯为真太师、蔡京奸状、杨龟山论朋党、谯定《易》学、《中兴十策》、朱胜非善处苗刘、秦桧以悍妇绝后、中兴战功不纪武穆、佛语通儒、陈同甫格言、宋元亡征、雁足书、郭守敬历法、御制《尚书》二解、圣祖待滁阳王之厚、郭英遗功、圣祖优容解缙、太监云奇、杨本将才、宋参军奇谋、方孝孺有后、国朝名臣久任、翰林不肯撰元宵致词、王威宁御士、王振老仆、于忠肃捍土木之变、龚遂荣定迎銮之礼、达官朵耳、倭漆匠、梁文康却秦藩请边地、经筵面奏、我朝胜前代二十二事 | 85 |

按："《千百年眼》内容分类表"中的归类可能不一定非常准确，但在一定程度上可以看出张燧在编纂《千百年眼》时的思想倾向。在内容的选择上，偏重于历史史事、历史人物的批评。同时，兼有对史实考证及相关史事的选录，这符合明代中晚期学术的主流形态①；在标题的拟定上，张燧多选取一些具有判断性的用语，诸如"比""非""不""不可""有""无""未能""未尝"等，且用简洁明晰的词句作为标题；在史事、人物评析上，张燧侧重于选录一些不同寻常的观点，依清代四库馆臣的说法就是明人善

① 参见葛兆光《明代中后期的三股史学思潮》(《史学史研究》1985 年第 1 期)、杨艳秋《明中后期的史学思潮》(《史学史研究》2001 年第 2 期)、钱茂伟《论明中叶史学的转型》(《复旦学报》2001 年第 11 期)、廉敏《明代的论史风气》(《学习与探索》2007 年第 2 期)及杨绪敏《明中叶以来史学考据的兴起及其成就与缺失》(《安徽史学》2009 年第 4 期)，上述学者从不同方面论述了明代中晚期的学术生存状态，颇具借鉴意义。

为臆说翻案文章①；在史家史著批评上，张燧善于选择对名家名著进行批评的内容，像对司马迁、班固、刘知幾等史家的批评，对《史记》《汉书》《唐书》《资治通鉴》《资治通鉴纲目》等史学名著的评析，且相关言说颇有道理；在史实考证上，张燧主要选取一些比较有争议的问题，像微子是否奔周、孟子是否受业于子思、古今改元的错误等。

另外，《千百年眼》中的确有属于张燧自己的评析内容，有的在开篇、有的在结尾，相对比较简要，大多和引文融在一起。但也有一些张燧直接发论的，皆以“张和仲曰”发论，兹录其文如下。

①卷二“孔子请讨陈恒”条，在征引李贽之论后，有“张和仲曰：至言至言！先正有云：三桓之无君，与晋之三大夫，齐之田氏一也。孔子虽去位，而三桓终不敢篡鲁，孔子之功也。② 则夫请讨之举，未必全无关系，而圣人亦何尝枉却沐浴之劳也？拈出与识者辨之”③。

②卷二“子贡不如仪封人”条，对罗近溪之论，有“张和仲曰：近溪此说，可谓前无古人矣。然子贡亦有说得着处，如仲尼焉学之问是也。盖学贤是常事，学不贤，非孔子不能。舜之好问好察，殆是千载同调，非深于道者，不易识也”。

③卷三“苏代为燕昭间齐”条，有“张和仲曰：代之所为，不过倾诈反复之术，与兵家之用间等耳。必有乐毅，然后能号召五国，连兵济上。毅所谓发纵指示之功也，岂代可拟哉！”

④卷六“杨颙不知孔明”条，有“张和仲曰：杨主簿深达相臣之体，而未亮孔明之心。夫死生有命，况孔明之死生，何等关系，而谓食少事烦，竟致夭没也？不意死仲达，犹能骀后生明眼人！”④

---

① 方以智《通雅》指出“《经济类编》、《古论大观》、《实用编》、《学古》、《适用编》、《弋说》、《千百年眼》、《尚论》、《快编》，皆可折衷，指其偏礅拘胶之两病，以醒后人”，且认为而“翻案见者”是“偏锋之弊”。

② 按：张燧所称“先正有云”，其内容源自王应麟《通鉴答问》卷一《简子使尹铎为晋阳》。

③ 张燧：《千百年眼》卷二《孔子请讨陈恒》，河北人民出版社 1987 年版，第 32 页。按：本书征引源自《千百年眼》者，未特别说明，均源自该本。

④ 按：这条明显标明张燧所论之内容，当是和张大龄《玄羽外编》有关，张大龄之文：“玄羽逸史曰：杨主簿深达相臣之体，而未亮孔明之心。孔明有难，告之以其心，而深取于其言。”（《玄羽外编》，《四库全书存目丛书》史部第 287 册，齐鲁书社 1997 年版，第 716 页）

⑤卷九“希夷《易》说”条，有“张和仲曰：今之学《易》者，又不过剿紫阳氏规磨之谈，不知视买椟还珠何如也！”

⑥卷九“寇准天书由王旦”条，有“张和仲曰：公不听门生之三策，而惑于其婿之片语，岂所谓利令智昏者耶？王文正机关，与美珠之遗，若出一辙，君臣之间，不啻有市心矣。”

⑦卷十“王介甫冥贬”条，有“张和仲曰：京下诸奸，所以媚附介甫者至矣。封至真王，祀至配享，岂吝此片字之褒乎？况荆、舒二语，章章诗传也。或者彼苍谓介甫滥竽已极，留此一线，少存饩羊耳”。

⑧卷十“张商英《无佛论》”条，有“张和仲曰：今之未窥藩篱，而妄加排议者，惜无如商英之妻，从旁下一转语耳”。

⑨卷十“《中兴十策》”条，有“张和仲曰：观此足知伯可本怀矣。高宗果有为之主，扇头二十八字，不贤于《中兴十策》耶？亦何嫌于谀艳粉饰也？罗景纶此论，枉却三寸竹管子矣”。

通览《千百年眼》一书，直接标明为张燧之论的，仅见上述9条。张燧所论颇具李贽的风格，李贽《藏书》《焚书》中亦是在结尾处常用“李卓吾曰”“卓吾子曰”“李秃翁曰”等直言其论，且语言简洁，通俗流畅又不乏卓见。

## 第二节 《千百年眼》版本述要

张燧《千百年眼》十二卷，初刊于万历四十二年(1614)，迄今中外版本有20余种，且不同版本在内容方面有一定的差异。鉴于《千百年眼》一书深受学界关注，笔者试将其版本作一系统梳理，以冀有裨于学界对《千百年眼》的进一步研究①。

### 一、明代刻本

张燧《千百年眼》在刊刻的过程中，当世狂人邹元标为之作序，每卷

① 按：周文象《张燧〈千百年眼〉研究》中对《千百年眼》的刊刻及著录情况进行了简介(武汉大学硕士学位论文，2011年)。

皆有校阅人①，且多为名人，为《千百年眼》的流播提供了名人效应，以至如王夫之所言“当时词人，恃此为稗贩之具”。

① 据王重民《中国善本书提要》所载：《千百年眼》“校阅人每卷不同。卷一范明泰，卷二唐一澄，卷三陈元素，卷四胡宗仁，卷五商家梅，卷六刘俊德，卷七陈世莹，卷八李轸，卷九谭元春，卷十方弘绪，卷十一石万程，卷十二夏楷，于以见其交游之广”(《中国善本书提要》，上海古籍出版社 1983 年版，第 337 页)。王氏所依乃是万历刻本。诸位校阅人情况如下：范明泰，字长康，嘉兴人，万历庚子举人，撰有《米芾志林》十三卷，刊于万历三十二年(1604)，张燧《千百年眼》中引有此书之论；唐一澄，字君湜，安徽宁国人，天启间进士，曾任泉州推官(见于《晋江县志》)；陈元素，字古白，长洲人，通经史，兼善临池，出入欧虞颜米间，片缄尺牍，人争宝之，间画兰，得赵孟頫法，修身如玉，不妄交游，学者私谥曰贞文先生(《江南通志》卷一百六十五《人物志・文苑・陈元素》)。朱谋垔《画史会要》卷四载：陈元素“万历丙午乡闱拟元后以诗酒自娱”，乃“狷介不苟”之士，著有《古今名将传》十七卷。曾为唐顺之《文编》作序；万经《分隶偶存》卷下载“胡宗仁，字彭举，上元人，隐于冶城山下，生而伟壮美髯，晚年衲衣拄杖，义手徐步，须髯从风飘扬，市人皆目为神仙(《列朝诗集》)，宗仁擅汉隶得中郎遗法(《五杂俎》)”。王士祯《香祖笔记》卷八称胡宗仁工于诗画，与钟惺为友。另外，胡宗仁著有《知载斋稿》；商家梅，字孟和，闽县人，著有《那庵诗选》二十卷，与钟惺有交，曾作诗《同伯敬渡漳河》；刘俊德，字司中；陈世莹，字宁之；李轸，字谪星，公安人；方弘绪，字贞卿，嘉鱼人；谭元春，字友夏，竟陵人，天启丁卯举乡试第一，有《谭子诗归》，《四库全书总目提要・卮林》称“钟惺、谭元春之书，盛行于天启、崇祯间”；石万程，字仲允，号轸余，湘潭人，天启进士，授户部郎中，乃为性格耿直的卓异之士[见于《大清一统志》卷二百七十七《长沙府・石万程》、《湖广通志》卷五十五《长沙府・石万程》、郭金台《石村文集・石轸余先生传》(《四库禁毁书目》集部第 84 册，北京出版社 2000 年版，第 563 页)]黄冈本题“潇湘石万程轸如阅”，说明轸如当为其字；夏楷，字君宪，张燧友人，“燧所著，楷皆助之成书。燧先卒，楷至康熙中犹存，不求仕进，隐身以终。楷好为诗，当钟惺、谭元春之诗盛行，周圣楷等争相附和，楷断断自异，为诗多感述时事，哀而不怨，邓显鹤以为苌楚诗人之遗”(《湘潭县志》光绪十四年刊本，卷八之三列传第十二《张嘉言传》)。《湖南通志》卷二百五十四《艺文志十》有文为：“《出山草》湘潭夏楷撰，卷首有《夏惟和小引》云‘余家世居石潭之南村，先伯君宪公暨先大人君映公咸为潭人士欣慕。逮戊子兵燹，手泽散佚无存，其后搜索颇多，至壬子秋复为祝融君夺去，尚留遗垒数行，真存什一于千百者。计古今体诗，六十余首。其唱酬则谢五玉石天，半天际唐公。崛郭以歌余，玫瑕郭幼隗。无忝周获房、杨系云、尹浪仙诸人也。’”卷十校阅人方弘绪是否为陈弘绪？因谭元春与胡宗仁、商家梅、陈弘绪皆有往来，有《答赠胡彭举》《送孟和兼寄海盐冯宗之》；另外，黄冈本卷十题“秣陵朱玉铉节也阅”，是否可依此断定这是两个版本系统？

朱家溍《故宫藏禁毁书录》指出《千百年眼》见于“全毁书目”，并对《千百年眼》版本予以描述，“明张燧撰，明万历四十二年稽古堂刻本。五册。传世现存四部。半页八行，行十九字，四周单边，白口，目录末左下角刻‘稽古堂藏板’，版心下镌‘罗士邦刻’、‘罗时泰刻’、‘吉水廖国英刻’、‘吉水刘三仁刻’、‘吉水邓洪刻’、‘吉水杨懋贤刊’、‘文水孙湘刊’等”①。

《四库禁毁书丛刊》子部第11册，影印中国社会科学院历史研究所藏万历四十二年稽古堂刻本，此本第十二卷目录中有四十八条，但目录中从“杨善迎銮之功”到“待宗藩之法”共二十一条，皆是仅有条目，在正文中却没有内容。另，此本有张燧的“小引”，没有邹元标“小序”。而据光绪本或是民国刊本，《千百年眼》中第十二卷的内容则是完整的，所以，光绪本或是民国本可能是依据传入日本的《千百年眼》完整本予以刊刻的。其次，周广业《冬集纪程》中所言他在乾隆四十八年正月还在阅读张燧的《千百年眼》②，说明此书在当时可能是抽毁，即把第十二卷中的二十一条抽毁掉。或者《千百年眼》在当时是虽禁犹传。

湖北省黄冈市图书馆藏有张燧《千百年眼》十二卷，明万历四十二年稽古堂刊本。四册一函。半页八行十九字，白口，四周单边，单鱼尾。目录中详列十二卷之标题及每卷中所含条目数，共511条。第一页为邹元标《千百年眼·小序》，版心题为“罗士邦刻”，次为张燧《千百年眼·小引》，版心题为“吉水罗士邦刻”。《小序》《小引》落款皆为万历甲寅(1614)。其中卷十二缺“杨善迎銮之功”(标题及内容)、“龚遂荣定迎銮之礼”(无标题有内容)及“天生人才为世用”(有标题无内容)。再者，此本有许多眉批、夹批，部分内容有句读，批注者对原文有径改之处，譬如改“孙”为“孺”、“神”为“禆”、“弹”为“殚”等。

香港中文大学图书馆藏有《千百年眼》十二卷，明万历刊本，三册，框高20.9厘米，宽14厘米，8行19字，白口，单白鱼尾，四周单边，无

---

① 朱家溍：《故宫退食录》上册，北京出版社1999年版，第247页。另，清华大学图书馆编《清华大学图书馆藏善本书目》中言：“千百年眼十二卷(明)张燧撰，明万历间刻本，六册一函，八行十九字，白口，四周单边。钤‘观生庐’、‘拂’二印。”(清华大学出版社2003年版，第89页)

② 国学扶轮社校辑：《古今说部丛书》第9集第6册第2版，中国图书公司和记1915年版，第51页。

直格①。此刊本又藏于中国国家图书馆、故宫博物院图书馆。

天一阁博物馆编《别宥斋藏书目录》(上)记载：

> 明张燧撰。明万历四十二年刻本，四册。有“慈溪冯氏醉经阁图籍”朱文方印、“五桥珍藏”白文方印、“别宥斋”朱文方印、“萧山朱鼎煦收藏书籍”朱文长方②。

沈津对藏于哈佛大学燕京图书馆的《千百年眼》描述如下：

> 《千百年眼》十二卷，明张燧撰，明万历刻本。四册。半页八行十九字，四周单边，白口，单鱼尾。框高21.2厘米，宽13.2厘米。题：“潇湘张燧和仲纂，槜李范明泰长康阅”；“潇湘张和仲纂，宛陵唐一澄君湜阅”；“潇湘张燧和仲纂，长洲陈元素古白阅”等。前有万历四十二年(1614)邹元标序，万历四十二年张燧自序。……
>
> 《清代禁书总目》、《清代禁书知见录》著录。此本有佚名朱笔圈点。
>
> 《中国古籍善本书目》著录是书，然有二种明万历刻本，行款均同此本，前种北京图书馆、湖北省图书馆等四馆入藏；后者上海图书馆、南京图书馆等六馆入藏，此本不知同何馆所藏。台湾“中央图书馆”所藏，有明万历四十二年潇湘张氏稽古阁刻本。日本内阁文库、尊经阁文库亦有入藏。③

---

① 香港中文大学图书馆系统编：《香港中文大学图书馆古籍善本书录》，香港中文大学出版社1999年版，第84~85页。又见于贾晋华主编《香港所藏古籍书目》，上海古籍出版社2003年版，第152页。此书目将其纳入史部·史评类，其介绍为“《千百年眼》12卷3册，明万历间(1573—1620)刻本，港大AC150. C4872”。

② 天一阁博物馆编：《别宥斋藏书目录》(上)，宁波出版社2008年版，第224页。

③ 沈津：《美国哈佛大学哈佛燕京图书馆中文善本书志》，上海辞书出版社1999年版，第269页。沈津称《千百年眼》“所述上自先秦典籍，下迄诸史百家，力破俗儒拘儒剿袭古人雅慧之陈言，乃别开生面之史论随笔”。按：黄冈市图书馆所藏本与哈佛大学燕京图书馆版本相同。

北京大学图书馆藏张燧《千百年眼》十二卷，四册一函，每叶 8 行 19 字，每册首页有“黄冈杨氏藏书”的印章。其登录号日期为民国二十三年十一月二十四日，北大图书馆收录①。

李文衡《清代禁书版本丛谈》对万历本《千百年眼》介绍如下：

> 据目录全书五百十二则，卷六是五十五则，误为五十六则，实为五百十一则。八行十九字，框 21×13 厘米，四周单边，版心上刊书名，白单鱼尾。收藏有“绶珊收藏善本”、“琅园秘笈”、“虚谷珍藏”三印②。

明末，张燧《千百年眼》还有崇祯间刻本③，笔者寡闻，未见关于此版的更多介绍。

## 二、清代刻本

清代乾隆年间，《千百年眼》被列为禁毁书目，如：乾隆四十年五月三十日，“安徽巡抚裴宗锡奏续查违碍各书遵旨解送折”中，指出“又《千百年眼》《李氏藏书》《李氏焚书》三种，虽非野史，亦无悖逆诋毁之处，但立论诞妄，毁谤圣贤，甚有关于世道人心，应请一并销毁，以免贻惑后世”。乾隆五十年四月三十日，安徽巡抚书麟上奏的禁毁书的清单中有“张燧《千百年眼》四本，全”④。

湖北省图书馆所藏万历四十二年刻本，线装，共五册。首先，这是一个残本(目录中脱卷十一、卷十二的条目名称，卷十二仅存“古今改元之

---

① 按：国家图书馆藏有万历四十二年潇湘张氏稽古楼刊本。8 行，行 19 字，单栏，版心白口，单白鱼尾，上方记书名，下方记刻工；4 册，框 20.8×13.8 厘米，钤“国立中央图书馆收藏”朱文长方印、“王氏二十八宿研斋秘籍之印”朱文长方印、“恭绰”朱文方印、“遐庵经眼”白文方印、“玉父”白文长方印。

② 李文衡：《清代禁书版本丛谈》，《四川图书馆学报》1989 年第 5 期。

③ 谢国桢编：《明代社会经济史料选编》(下)，福建人民出版社 1981 年版，第 443 页。

④ 中国第一历史档案馆编：《纂修四库全书档案》(下册)，上海古籍出版社 1997 年版，第 1935~1936 页。

误”“待宗藩之法”“理财急务”“天生人才为世用”四个条目，正文内容上脱卷十一、卷十二），共一函五册，书前有邹元标的小序及张燧的小引。其次，其版本情况为：每半页8行，每行19字；版框高21.2厘米，宽14厘米；版心白口；四周双边，单线鱼尾。目录左下角刻“稽古堂藏板”。第一卷始页，范明泰长康阅，版心下镌“吉水廖国英刻”；第二卷始页，唐一澄君湜阅，版心下镌吉州刘三仁刻；第三卷始页，陈元素古白阅，版心下镌吉水邓洪刻；第四卷始页，胡宗仁彭举阅，版心下未有镌刻者姓名；第五卷始页，商家梅孟和阅，版心下镌吉水杨懋贤刊；第六卷始页，刘俊德司中阅，版心下未有镌刻者姓名；第七卷始页，陈世莹宁之阅，版心下未有镌刻者姓名；第八卷始页，李轸谪星阅，版心下未有镌刻者姓名；第九卷始页，谭元春友夏阅，版心下未有镌刻者姓名；第十卷始页，朱玉铉节也阅，版心下未有镌刻者姓名。再者，此本应该不是明代本，最早应该说是清代本。因其中“五胡”的“胡”作“湖”，“女真”的“真”作“直”，可见是有所避讳的。如果是明代万历本，这些字是无需避讳的①。

清初之删节本《稽古堂论古》②。

光绪二十五年龚氏石印本③。

---

① 按：国家图书馆藏有万历四十二年潇湘张氏稽古楼刊本，8行，行19字，单栏，版心白口，单白鱼尾，上方记书名。钤“吴兴刘氏嘉业堂藏书记”朱文长方印、“瑞轩”朱文方印、“曾经东山柳蓉过眼印”朱文方印、“国立中央图书馆考藏”朱文方印，六册，框20.8×13.8厘米。另，美国国会图书馆藏万历间刻本《千百年眼》，8行，行19字，六册二函，其馆藏著录简述“原题：‘潇湘张燧和仲纂，檇李范明泰长康阅。’按《湖南通志》卷一百十五：‘张燧，遂宁人，沅江县训导。’检《遂宁县志》无燧名，馆中又无《沅江志》，莫能详考。是书载全毁书目中。卷内言明事者仅一卷，又未涉及边防等事，诚不知其何故而禁绝之，燧博览载籍，著书颇学杨升庵，特学力未及；然亦时有新解。卷内有：‘万甦氏置’，‘金三泉堂图书’等印记。邹元标（序）万历四十二年（1614），自序万历四十二年（1614）”。

② “旧本题明张燧撰，今核其书即从《千百年眼》中摘出。盖坊贾伪立此名以售欺者，抄本尚新，是近时所依托也。”参见《四库全书总目》卷一百二十八《稽古堂论古》。

③ 据张燧著，贺天新校点：《千百年眼·出版说明》，河北人民出版社1987年版。

光绪二十八年王增祺抄本、清朱知雄校，《千百年眼》十二卷①。

《经史千百年眼》十二卷，光绪二十九年成都三鹤山房刻本（现藏于四川自贡市图书馆馆藏、新疆大学图书馆、中国国家图书馆）②。李文衡《清代禁书版本丛谈》对成都三鹤山房刻本介绍较多，其文为：

> 清光绪二十九年成都三鹤山房刻本，无邹元标小序。张燧“小引”无年月，末题“明潇湘张燧书于稽古堂”。每卷无校阅人名。全书较明万历刻本少十六则，实只四百九十五则，计卷一无“伊尹放君误”一则，卷二无“孔子不梦周公非衰”一则，卷三无“孟子权衡失准”一则，卷四无“古文多譬况”、“立扶苏无救于亡秦”二则，卷五无“司马相如《美人赋》”一则，卷六无“伏波未是烈士”一则，卷八无“杜子关诗意”、“韩昌黎晚信佛老”、“柳子厚非国语报”三则，卷九无“宋儒教之盛昉于赵普”一则，卷十一无“吾儒异端”、“言语似佛”、“佛语通儒”、“佛典辅儒教而行”四则，卷十二无“永陵议礼是非”③。

对于清代张燧《千百年眼》刊本，又见于孙殿起《清代禁书知见录》介绍如下：万历四十二年张氏稽古楼刊，光绪戊子（十四年）四明王氏于日本刊铜版袖珍本，光绪已亥（二十五年）云间龚氏石印本，光绪癸卯（二十九年）成都三鹤山房刊④。光绪乙巳（三十一年）《重校本千百年眼》⑤。另

---

① 阳海清主编：《中南、西南地区省、市图书馆馆藏古籍稿本提要》（华中理工大学出版社 1998 年版，第 662 页）载：“千百年眼十二卷，明张燧撰，清光绪二十八年王增祺钞本，清朱知雄校，四册（四川）。”

② 按：安平秋、章培恒主编《中国禁书大观》中亦载有清光绪二十九年（1903）成都三鹤山房刻本（上海文化出版社 1990 年版，第 652 页）。另，李晴编《新疆大学图书馆藏古籍书目》（第 3 辑）（新疆大学出版社 1996 年版，第 70 页）载：“《经史千百年眼》十二卷，清张燧撰，清光绪二十九年成都三鹤山房刊本，六册。”

③ 李文衡：《清代禁书版本丛谈》，《四川图书馆学报》1989 年第 5 期。

④ 孙殿起：《清代禁书知见录》，商务印书馆 1957 年版，第 22 页。

⑤ 按：中国国家图书馆、湖北省图书馆藏有此本，共六册，光绪乙巳，上海史学社印。张燧《小引》在前，邹元标《千百年眼·序》次之，再者为俞樾《古今史要弁言》，再次为王承平《古今史要序》，第六册末有孙点的《跋》。每卷都题有校阅人，与万历四十二年刊本相同，此本亦是无标点。每叶 11 行，每行 31 字。此本很小，像是巾箱本或是手帕本。

外，还有《千百年眼》的改名本《古今史要》①，遗憾笔者寡闻，未能窥见此本。清代印本还有《四千年史论惊奇》，实为《千百年眼》之更名本，现藏于南京大学图书馆、北京大学图书馆、中国人民大学图书馆及国家图书馆②。

## 三、民国刻本

民国时期，《千百年眼》刊本较多③，具体有：张燧著《精校经史千百年眼》十二卷，民国三年(1914)孟秋蔚成公司代印，共四册。首页有杨翰佩题首，后有张燧的《小引》④。张和仲著《千百年眼》十二卷(上中下三册)，进步书局1921年版。此书附有《千百年眼提要》"是书为明张和仲著，上自义轩，下讫明代，凡经史百家、二氏之言及稗官小说、家乘野语罔不搜罗殆尽，洞烛无遗。苏长公诗'观书眼如月'，岂占毕小儒鼠目寸光，死□句下者所可比拟。嗜古之士苟奉斯书而把读之，则千百年事得，此《千百年眼》以向导之，又何至扣盘扪烛哉!"另外，还有邹元标所作序及张燧所作小引。纂者张和仲，校阅者樊尔勤：《千百年眼》十二卷，新文化书社印行1934年版(1934年8月初印和12月再版)，是为新式标点⑤。张和仲著，周郁浩标点，沈芝楠校阅《千百年眼》，大达图书供应社1934年10月版。张和仲著，周郁浩标点，沈芝楠校阅《千百年眼》，大达图书供应社1935年3月再版。张和仲著，周郁浩标点，沈芝楠校阅《千百

① 参见光绪乙巳(三十一年)《重校本千百年眼》之俞樾《古今史要弁言》。

② 按：此本属于铅印本，2册一函，16行43字，粗黑口，框高16.6厘米，宽11.4厘米。

③ 按：民国时期所刊出张和仲《千百年眼》较多，但都是只有句读。

④ 国家图书馆藏有此本，每叶12行，每行28字。按：此本脱漏较多，卷一脱"伊尹放君之误"；卷二脱"孔子不梦周公非衰"；卷三脱"孟子权衡失准"；卷四脱"古文多譬况""立扶苏无救于亡秦"；卷五脱"司马相如《美人赋》"；卷六脱"伏波未是烈士"；卷八脱"杜子美诗意"；卷九脱"宋儒教之盛昉于赵普"；卷十一脱"吾儒异端""儒语似佛""佛语通儒""佛典辅儒教行"；卷十二脱"永陵议礼是非"。

⑤ 按：北京图书馆编《民国时期总书目1911—1949文学理论·世界文学·中国文学》下册(书目文献出版社1992年版，第1276页)，认为上海新文化书社是1924年8月初版《千百年眼》，当误。此版本是不分卷的。

年眼》，大达图书供应社 1935 年 8 月再版①。

## 四、日本刻本

日本明和四年扩充堂刻本，此本以万历本为底本②。另据《复旦大学图书馆善本目录》载“《千百年眼》十二卷(明)张燧纂，日本明和四年(1767)扩充堂刻本，十二册”③。中国国家图书馆亦藏有此本，仅存卷一至卷六。此书有《千百年眼·序》(落款为明和丙戌)、《刻〈千百年眼〉序》(落款明和三年丙戌皆川淇园)、《千百年眼·小序》(邹元标)、《千百年眼·小引》(张燧)，卷一首页有“会稽周氏”藏书印章。每叶 8 行，每行 19 字。白口，四周单边，单鱼尾。

日本明治初年，浙江慈溪王仁乾(惕斋)在日本发现善本之《千百年眼》，于光绪十四年(1888)铜版缩刊，有孙点作序，此之为光绪十四年王惕斋东京铜版刊本(现藏于辽宁省图书馆、上海图书馆、中国国家图书馆)。中国国家图书馆所藏此本的情况是：铜版缩刻本，1 函 2 册，卷首《千百年眼·序》(邹元标)、《千百年眼·小引》(张燧)、《千百年眼·跋》

---

① 据王伯祥《庋椽偶识》所载可知，他曾有民国二十四年八月大达图书供应社再版本。并有王氏对此书的解析：“《千百年眼》，明张和仲(燧)撰，万历甲寅邹元标序之。其书论古精卓，不落凡响。胡清篡统，一以提倡正学为沽钓之资，稍涉疑古，便加箝束，此书遂为四库馆及军机处所奏准，列入全毁书目，遂寝废不行。顾雷霆万钧，曾不能伤孚甲之弱草；坠珠于深渊，终不掩自腾之宝辉。于是此书在清季已大行于士林矣。近日坊行一折书亦采及之。行见风被益远，当时自鸣得意于管制思想者，初不料后果若是其大也。妄想钤束天下之流可以憬然矣。”(中华书局 2008 年版，第 7 页)王伯祥(1890—1975)，名钟麒，字伯祥。著名的文史专家，点校过王夫之《思问录》《俟解》《黄书》《噩梦》等，曾在开明书店任编辑，抗战时期，和郑振铎一起，为收录和保护古籍作出了大量贡献。另，大达图书本是不分卷的。

② 陈正宏《域外汉籍及其版本鉴定概说》一文介绍域外汉籍时指出《千百年眼》在日本的刊刻情况，其言为：“晚明张燧所编《千百年眼》，是一部史论奇书，原本在中国国内已颇稀见，而和刻本中有明和四年(公元 1767 年，中国清乾隆三十二年)影明万历刻本流入中国，为我们研究晚明文人的史观与史识提供了十分重要的史料。”(《中国典籍与文化》2005 年第 1 期)

③ 复旦大学图书馆编：《复旦大学图书馆善本目录》，复旦大学图书馆编印 1959 年版，第 131 页。

(孙点)、卷末又附一篇孙点《跋》，与前面孙点所作《跋》完全一致。每叶11行，每行31字。白口，四周双边，单鱼尾。

中国国家图书馆藏明治二十一年日本抄本四册，此本是依据光绪十四年王惕斋铜版所刊本而抄，有邹元标《千百年眼·序》、张燧《千百年眼·小引》、松浦诠《千百年眼·跋》、马道纯《千百年眼·题识》、长冈护美《千百年眼·跋》，第四册末有孙点《千百年眼·跋》。左右双边，单鱼尾，白口，每叶9行，每行20字。

日本江户时期的手抄本共七册，正文前面有邹元标的《小序》和张燧的《小引》，目录中每一卷皆表明此卷有多少则内容，正文每卷皆题校阅者，此版式和万历四十二年本一样，当是抄录万历本而成。

"二战"后，日本著名学者长泽规矩也(1902—1980)对汉籍和刻本进行整理，编成《和刻本汉籍随笔集》20集，其中第五集就完整收录有张燧《千百年眼》十二卷，1972年由日本古典研究会印行。此本有长泽规矩也的简单解题，是以明和四年扩充堂本为底本，前有清田儋叟《千百年眼·序》、邹元标《千百年眼·小序》、张燧《千百年眼·小引》，十二卷终附有栗元恺《千百年眼·序》。与明和四年扩充堂本相比，脱漏皆川淇园《千百年眼·序》。依笔者目力所限，目前国家图书馆及四川师范大学图书馆藏有此本。

## 五、其他现代印本

《笔记小说大观》第二十一编第七册收有张和仲《千百年眼》十二卷，此本是影印上海进步书局本①。

另外，《中国近代小说史料续编》第23册收录有《千百年眼》，台北广文书局1987年版；《丛书集成三编文学类·神异小说、情艳小说、诙谐小说、故事》第67册第591页至末尾收录有张燧《千百年眼》十二卷，台湾新文丰出版公司1997年版。

张燧《千百年眼》十二卷(《笔记小说大观》第31册)江苏广陵古籍刻印社1984年版。此本是依据上海进步书局本，前面有《千百年眼提要》、邹元标所作《序》及张燧的《小引》，和进步书局本一样只有句读。

---

① 《笔记小说大观》，台湾新兴书局1978年版，第4071~4376页。

上海图书馆编《中国丛书综录》(2)“笔记小说大观外集”收录有张燧《千百年眼》十二卷，上海古籍出版社 1986 年版。

张燧著，贺天新标点《千百年眼》十二卷，河北人民出版社 1987 年版(此书仅有标点，无校释内容)。

吴文治主编《明诗话全编》第十册(江苏古籍出版社 1997 年版)收录有张燧《千百年眼》大部分内容，名为“张燧诗话”。

张燧著，邱崇丙译注《千百年眼》十二卷，昆仑出版社 2001 年版(此书是文白对照，无校释内容)。

张燧《千百年眼》十二卷，北京出版社 2009 年版(影印万历本)。

自明迄今《千百年眼》众多版印本的产生，为《千百年眼》的传播与研究提供了很大方便。

# 第二章　张燧《千百年眼》接受史

张燧《千百年眼》刊印以后，备受学人关注。从传播学的角度而言，传播的载体愈多，影响的范围愈广。《千百年眼》的不同刊本就有二十余种①，既有足本，亦有节选本，甚至改编本、巾箱本，为《千百年眼》内容的流播提供了丰富的文本。张燧《千百年眼》一书之所以走俏，拥有广阔的读者市场，还与《千百年眼》独特的问题意识有密切关系。张燧将先秦至明代颇有争议的事项，纳入笔记之中，以一个个短小精悍的篇章，醒目的标题展现于读者面前。那么，自明代迄今，中外学人是怎么接受这部异端奇书呢？这是笔者下文将要着力探讨之处②。

## 第一节　明清时期对《千百年眼》的接受

明清时期，《千百年眼》的刻印本较多，不少藏书楼收藏有《千百年眼》。明祁承㸁《澹生堂藏书目》有"《千百年眼》十二卷，四册，张燧"③；黄虞稷《千顷堂书目》卷十二小说类列有张燧《千百年眼》十二

---

① 参见第一章第二节"《千百年眼》版本述要"。

② 按：笔者认为《千百年眼》自明代刊出后迄今，备受学人关注，褒扬者有之，批评者亦有之，应从文本读者接受史的角度考察历代对其的接受情况，进而探求社会思潮对接受者之影响。恰如陈文忠所言"接受史则以接受活动为中心，以多元对话中的审美经验为中心，集中考察历代读者的审美反映史、批评家的审美阐释史和艺术家的创作影响史，进而探寻审美观念和价值趋向的深层文化根源"（《接受史视野中的经典细读》，《江海学刊》2007 年第 6 期）。

③ 祁承㸁(1563—1628)，浙江绍兴人。

卷①；徐乾学《传是楼书目》载"《千百年眼》十二卷，张璲（燧），四本"②；阮元《文选楼藏书记》卷二"《千百年眼》十二卷，是书撮夆经史之疑义者，分条辨论，断以己说"③。沈复粲编《鸣野山房书目》之《子之九·稗家三·杂笔》中有"《千百年眼》十二卷，潇湘张遂（燧）纂"④；缪荃孙《嘉业堂藏书志》卷二"《千百年眼》十二卷（明万历刻本）"有言："明张燧和仲撰，和仲湘南人，读史有识，不为高论，亦不作模棱语。与陈眉公《狂夫之言》相类，中未见有忌讳语，而入之《销毁书目》，何耶？"⑤明清时期，浙江、江苏、福建众多知名藏书楼收藏有《千百年眼》，一定程度上说明了当时藏书家对《千百年眼》的接受程度，也说明了此书在江南一带流播较广。

《千百年眼》刊于万历四十二年，在崇祯年间刊刻的图书中已有对《千百年眼》的大量抄录或征引，诸如贺详《史取》全书抄录《千百年眼》五十余个条目⑥，《尚论编》征引《千百年眼》颇多。

《尚论编》中未有抄录者的真实姓名，仅题借绿轩录，印须子评《尚论编》七卷，刻于明代末年，属于史钞类。但抄录者不是杂乱无章的拼凑，而是以时间为序，自先秦迄宋代，抄录相关历史人物的事迹，均注明所征引文献之作者，主要有宋代苏轼、苏洵，明代杨慎、王世贞、李贽、陈继儒及张燧等，其以摘录明代学者的相关著述为主，共 261 条，其中有 27 个条目注明是源自张燧之著述（其卷二"荆轲"条，当是他人之著，而误注为张燧）⑦。（参见表 2.1）

---

① 黄虞稷（1629—1691），福建晋江人。

② 徐乾学（1631—1694），江苏昆山人。

③ 阮元（1764—1849），扬州仪征人。

④ 沈复粲编：《鸣野山房书目》，古典文学出版社 1958 年版，第 89 页。沈复粲（1779—1850），浙江绍兴人。

⑤ 缪荃孙（1844—1919），江苏江阴人。

⑥ 详情参见下文"第六章第二节"。

⑦ 按：钱茂伟言"崇祯年间出版的《尚论编》曾 18 次引用《千百年眼》中的话，说明《千百年眼》在当时确有较大的影响"（《明代史学的历程》，社会科学文献出版社 2003 年版，第 360 页）。

表 2.1　　明末刻本《尚论编》七卷征引张燧《千百年眼》一览表

| 《尚论编》卷数 | 条目名称 | 《千百年眼》卷数 | 条目名称 |
|---|---|---|---|
| 卷一 | 晋文① | 卷二 | 晋文公知大计 |
| 卷一 | 季孙行父(第 689 页) | 卷二 | 季文子三思 |
| 卷二 | 赵奢(第 702 页) | 卷三 | 救阏与非奢不可 |
| 卷二 | 荆轲②(第 703 页) | | |
| 卷二 | 范雎(第 705~706 页) | 卷三 | 应侯用蔡泽 |
| 卷三 | 周勃(第 721 页) | 卷四 | 左右袒所以令众 |
| 卷三 | 邓通(第 724 页) | 卷四 | 文帝奢俭之异 |
| 卷三 | 武帝(第 728~729 页) | 卷五 | 汉武怜才 |
| 卷三 | 苏武(第 731 页) | 卷五 | 苏武娶胡妇有见 |
| 卷四 | 光武(第 738 页) | 卷六 | 高、光二帝不可优劣 |
| 卷四 | 李膺(第 745 页) | 卷六 | 李膺已甚 |
| 卷四 | 陈蕃③(第 745 页) | 卷六 | 陈蕃悬榻 |
| 卷四 | 诸葛孔明(第 750 页) | 卷六 | 孔明比管、乐有取 |
| 卷五 | 司马懿(第 753~754 页) | 卷六 | 司马懿非孔明敌 |
| 卷五 | 惠帝(第 757 页) | 卷六 | 惠帝废储 |
| 卷五 | 庾亮(第 760 页) | 卷七 | 庾亮失计 |
| 卷五 | 陶侃(第 760~761 页) | 卷七 | 陶侃被诬 |
| 卷五 | 隋炀帝(第 768~769 页) | 卷七 | 隋炀帝毁谶 |
| 卷六 | 裴行俭(第 771~772 页) | 卷七 | 骆宾王四子受诬 |
| 卷七 | 元佐(第 794 页) | 卷九 | 楚王元佐自废 |
| 卷七 | 王旦(第 796 页) | 卷九 | 寇准天书由王旦 |

① 《尚论编》，《四库全书存目丛书》史部第 289 册，齐鲁书社 1987 年版，第 687 页。

② 按：《尚论编》此条注明引自“张燧”，但《千百年眼》中未有此文。

③ 按：此条虽然注明是源自杨慎之文，实际是完整抄录张燧“陈蕃悬榻”，仅把“杨升庵曰”改为“杨用修曰”。

续表

| 《尚论编》卷数 | 条目名称 | 《千百年眼》卷数 | 条目名称 |
|---|---|---|---|
| 卷七 | 欧阳修(第799页) | 卷九 | 《五代史》韩通无传 |
| 卷七 | 庞籍(第799页) | 卷九 | 庞籍隐德 |
| 卷七 | 叶梦得(第803页) | 卷十 | 叶石林长厚 |
| 卷七 | 种师道(第804页) | 卷十 | 种师道策虏有见 |
| 卷七 | 朱胜非(第805页) | 卷十 | 朱胜非善处苗、刘 |
| 卷七 | 虞允文(第810~811页) | 卷十一 | 采石之战有先备 |

由表2.1可以看出《尚论编》的编纂者对《千百年眼》非常熟识，除了没有征引《千百年眼》卷一和卷十二之内容，其余十卷均有征引，且分布于《尚论编》七卷的各卷。抄录者为便于体例统一，对于史事的抄录均以人物的名称为标题，故而在完整抄录《千百年眼》相关条目内容时，将标题皆作修改。抄录者的目的是希望通过自己的辑录，达到“是编成，而忠臣义士喜原心也”，“有功于世道人心”①，即有裨于世用。虽然《尚论编》中仅有对《千百年眼》相关内容的抄录，而未对张燧及其《千百年眼》有何评价。但从《尚论编》七卷中所有内容源自《千百年眼》，足见辑录者对《千百年眼》之认可与喜爱。

徐𤊹(1570—1642)，《徐氏笔精》卷五“元章逸诗”：

> 近阅《千百年眼》载赏心亭一绝“晴新山色黛，风纵芦花雪。尽日倚阑干，寒宵低细月”。皆可补《志林》之缺者也。

按：徐𤊹所言“近阅《千百年眼》”，其所阅内容见于《千百年眼》卷八“唐、宋逸诗赋”，徐氏读过《千百年眼》，且认为其内容可以补史缺。据《徐氏笔精·邵捷春序》可知《徐氏笔精》为崇祯壬申(1632)刻本。

① 《尚论编序》，《四库全书存目丛书》史部第289册，齐鲁书社1997年版，第663~664页。《尚论编题辞》亦言“是编出岂徒古人之定衡，殆亦今人之借鉴也”(《四库全书存目丛书》史部第289册，齐鲁书社1997年版，第666页)。

方以智(1611—1671)，其所著《通雅》《物理小识》中皆有对《千百年眼》的征引，认为“学校、选举、赋役、兵屯、河漕、盐钱诸事，利弊时宜，贵知要领……《古论大观》《实用编》《学古》《适用编》《弋说》《千百年眼》《尚论》《快编》，皆可折衷，指其偏皦拘胶之两病，以醒后人”①。

《通雅》卷二十有文“张和仲云：东坡祖名序，故作叙，王介甫初字介卿，父名，盖故作。盖又曰老泉是子瞻号”，张燧之论见于《千百年眼》卷十“老泉是子瞻号”条，说明方以智当看过张燧之书。并且方以智对张燧之文予以补正曰：

> 按允明《嘉祐集》，十数年前有一老翁苍头白发，伛息泉上，就之则隐，而入于泉，洵甃建亭而为之铭。《眉州志》老翁泉在蟇颐山东二十里，或允明时书其地名，而子瞻落款时亦偶书此地名耶。

方以智《物理小识》卷八《器用类·舟》有文：“张燧曰虞允文采石之役舟中踏车行船发炮。”《物理小识》卷八《器用类·火爆》，有文：“张和仲记虞允文采石舟中发霹雳炮，乃纸为之，实以石灰硫黄坠水而火自水跳出。”《物理小识》中所言张燧之文见于《千百年眼》卷十一“采石之战有先备”条。

《千百年眼》以观点奇异为胜，多是对传统价值评判标准的挑战。王夫之《思问录·俟解》称“读史亦傅文之事，而程子斥谢上蔡为玩物丧志。所恶于丧志者，玩也。玩者，喜而弄之之谓。……近世有《千百年眼》、《史怀》、《史取》诸书及屠纬真《鸿苞》、陈仲淳《古文品外录》之类，要以供人之玩，而李贽《藏书》，为害尤烈，有志者勿惑焉，斯可与于博文之学”②。

乾隆年间纂修四库全书时，《千百年眼》被列为禁毁书目，浙江省第六次呈进书目中有“《千百年眼》十二卷，明张燧著(禁毁书)，三本”③。另外，在乾隆四十年五月三十日，“安徽巡抚裴宗锡奏续查违碍各书遵旨解送折”中，指出“又《千百年眼》、《李氏藏书》、《李氏焚书》三种，虽非

---

① 方以智：《通雅》卷首二。

② 王夫之：《思问录·俟解》，中华书局1956年版，第1~2页。

③ 吴慰祖：《四库采进书目》，商务印书馆1960年版，第120页。

野史，亦无悖逆诋毁之处，但立论诞妄，毁谤圣贤，甚有关于世道人心，应请一并销毁，以免贻惑后世”①。乾隆五十年四月三十日，安徽巡抚书麟上奏的禁毁书的清单中即有“张燧《千百年眼》四本，全”②。

尽管乾隆年间屡次将《千百年眼》列为禁毁书目，但此书仍为士人不辍读习。周广业《冬集纪程》③中有文：

> （乾隆甲辰正月）初二阅《千百年眼》，殊无甚好议论。王半山诗云：“看似寻常最奇崛，成如容易却艰辛。”惟书亦然。余岂不谅作者苦心，漫为菲薄乎？然欲上观千百年，非眼大于箕，未可易言。美名炫世，正恐不免。是书潇湘张燧和仲纂，明万历年人④。

根据前文汪辉祖《题冬集纪程四绝》中所言可知，《冬集纪程》记述了周广业从乾隆癸卯年（1783）十二月十八日到甲辰年（1784）二月十五日的行程体会，或者说是日记。周广业在1784年二月初二阅读《千百年眼》，说明当时《千百年眼》被列为禁毁书，也屡次进行收缴，但在社会上还是有流传的。乾隆四十八年，当时已是收缴图书的尾声，周广业仍能阅读张燧《千百年眼》。这至少可以说明两个问题，其一，当时收缴违禁书的力度并不是很大，因为汪辉祖《题冬集纪程四绝》的落款是乾隆丙午，即乾隆五十一年，对于周广业阅读违禁书的情况，汪氏还评曰“独报闲情搜古义，惜阴心事卷中知”；其二，可以窥见以考据著称的周广业对《千百年眼》评价不高，认为《千百年眼》“殊无甚好议论”，不过是“美名炫世”。有关孟子是否三年丧的问题，《千百年眼》卷三有“孟子不行三年丧”，系

① 中国第一历史档案馆编：《纂修四库全书档案》（上册），上海古籍出版社1997年版，第405~406页。

② 中国第一历史档案馆编：《纂修四库全书档案》（下册），上海古籍出版社1997年版，第1935~1936页。

③ 周广业，字耕崖，海昌人。《冬集纪程》记述了周广业从1783年12月18日到1784年2月15日的心得体会，或者说是日记。据《朱希祖日记》，周广业另撰有《孟子章指校注》、《孟子四考》四卷、《意林校注》五卷附录一卷、《海宁五臣殉节轶事》一卷（中华书局2012年版，第430页）。

④ 国学扶轮社校辑：《古今说部丛书》第9集第6册第2版，中国图书公司和记1915年版，第51页。

抄录郎瑛《七修类稿》卷二十六《辩证类·孟子不行三年丧》，认为孟子未行三年丧。周广业《孟子四考》卷四有文：

> 孟子居母忧三年，非丧事不言，独充虞一答为丧葬，尽礼之大者，故记之。自齐至止嬴十一字，括数年行止。后人误认止为舍于逆旅。遂致异说纷起。有谓葬毕即求仕者。张燧《千百年眼》载许竹君曰：孟子劝人行三年丧，而其身乃不终丧于家。此说固谬。顾宁人谓为改葬。阎百诗谓终丧于家而后入齐为卿，并非①。

可见，周广业还是认真阅读了《千百年眼》，并对其中的论说予以批判。

也许是受乾隆时期禁书政策的影响，《千百年眼》在国内的流播一度受到限制②。但光绪十四年(1888)，浙江王惕斋在日本铜版缩刊的《千百年眼》传入国内后，随之出现几个不同的刊本：光绪二十五年龚氏石印本、光绪二十八年王增祺抄本、光绪二十九年成都三鹤山房刻本、光绪三十一年《重校本千百年眼》，甚者还有《千百年眼》的改名本《古今史要》③及《四千年史论惊奇》④，说明《千百年眼》在当时比较流行⑤。光绪十五年刻《湘潭县志》卷十言“《千百年眼》张燧撰，王船山时，《千百年眼》书盛行，后遂湮没，今始重刻于江苏”。众多《千百年眼》刊本的产生，对于其内容的传播不无裨益，尤其是这些刊本中相关序跋对《千百年眼》的评介，更容易激起世人对《千百年眼》的阅读兴趣。

---

① 周广业：《孟子四考》卷四，《续修四库全书》第153册，上海古籍出版社2002年版，第143页。

② 按：此时期仍有学者对《千百年眼》的内容予以抄录，像法式善《陶庐杂录》、徐松《登科记考》。

③ 由《古今史要·王承平序》“三百年于兹是书，乃得以由东岛而入中土，然则吉光片羽之幸未泯灭者”，可知此本是依据王惕斋光绪十四年铜版缩刊本而成。

④ 按：据胡玉缙所作校记可知《四千年史论惊奇》刊于1905年，另据王惕斋铜版缩刊本卷十二“理财急务”条，前重复抄录了标题“理财急务”及“昔孔门三尺童子，羞称管、晏，而汉、唐以来，俊杰比肩，将相接踵，卒未闻有一人过”。而《四千年史论惊奇》一书，此处亦如此，可见《四千年史论惊奇》一书乃源出于此本。

⑤ 尤侗(1618—1704)《艮斋杂说》中对《千百年眼》亦有抄录。

光绪十四年日本铜版缩刊本孙点《千百年眼·跋》称张燧“读书好古，不求闻达”，在明末天下混乱之时扶桑东渡，随身携带《千百年眼》，并且与酒井藩主关系很好，颇具明代遗民的传奇色彩。评价《千百年眼》“网罗美备，持论尤极平允”，“洵杰作也”，但此书比较稀缺，“中原坊肆及藏书家非特未见，且未之闻”。孙点对张燧及其《千百年眼》颇具煽动性的评说一定程度上激发了学界对此书的关注。

俞樾《古今史要·弁言》称：

《古今史要》一书，明张仲甫先生之所纂也。网罗散失，渊博精详，因考据行其议论，远可追知幾《史通》，近之则赵氏之《劄记》，王氏之《商榷》也。原书本名《千百年眼》，久佚无传本，有友人以重价购自东瀛，将付石印，意犹豫，因贻书嘱予审定。

按：俞樾此序可见于光绪三十一年《重校本千百年眼》，但落款为光绪己亥(1899)。其中透露出两点意思：其一，俞氏对《千百年眼》评价较高，认为此书可与刘知幾《史通》、赵翼《廿二史劄记》及王鸣盛《十七史商榷》相媲美；其二，当时有《千百年眼》的改编本《古今史要》。

王承平《古今史要·序》言：

是书为前明张和仲先生所著，上下数千年，碎玉零金，无美不备，原名“千百年眼”，其命名之意深焉矣。先生生于明末，遁迹扶桑，不求仕进。三百年于兹是书，乃得以由东岛而入中土，然则吉光片羽之幸未泯灭者，彼都人士珍藏之意可见，好古之意亦可见矣。

按：王承平对《千百年眼》的评析基本是沿袭孙点之说。

正是由于孙点、俞樾、王承平等人对张燧及其《千百年眼》的高度评价，使《千百年眼》在晚清及民国期间有了更多的读者市场。

1901 年 7 月，蔡元培在其日记中载：

二十九日　秋帆来，欲印《普通学报》，分八门，乞同志分任撰译，每期四页或二页，属元培任经学门。经学者，包伦理、论理、哲学，大约偏于理论者。致林少泉书，为译林中法令全书事。普通学书室购书：《化学定性分析》、《白话丛书》、和文《论理学》、《保全生命》、《千百年眼》①。

清代王仁俊②《西夏文缀》长沙刻本，刻于光绪三十年(1904)出自实学丛书③。王仁俊在撰写《西夏文缀》时曾参阅过张燧《千百年眼》④。《西夏文缀》卷二“购夏竦榜”系源自张燧《千百年眼》卷九“夏竦不值一文”。

1906年《复报》第1期，有敌公所作《谭丛·张和仲》，其文为：

明张和仲著《千百年眼》，目无余子，壁垒一新，洵独具只眼。其论元世弊政，中有“蒙古之制，凡攻城不降，矢石一发，得则屠之，其残忍过曹操，命西层杨琏直珈，掘故宋诸陵，其贪暴倍项羽”。详哉言之！我谓此等举动，固异族入主中国惯用手段。宋之南渡，金虏掘宋皇陵。张焘言“金人之祸，上及山陵”。此实录也。又如清虏南犯，杀人几千万，其惨过于元虏。顾炎武羌湖引言“四入郊圻躏齐鲁破邑，屠城不可数”。然则十日杀三次，屠又何必扬州、嘉定耶？和仲适当其时，能无愤懑乎！彼故曰“士生斯世，何不幸哉！总之，夷夏倒置，已是古来未有之变局，何论其他！”呜呼！何其沈痛乃尔耶！彼读之而不动心者，果何人哉⑤！

敌公在论述少数民族政权入主中原所采用的屠城政策时，灵活运用了

---

① 王世儒编：《蔡元培日记》(上)，北京大学出版社2010年版，第180页。按：普通学书室系1901年杜亚泉创设于上海棋盘街，“编译科学、史地、政治等类书籍，并刊行《普通学报》，杜自任主撰。1911年杜被商务印书馆聘为编译所理化部主任，普通学书室以乏人经营而歇业”(参见朱联保编：《近现代上海出版业印象记》，学林出版社1993年版，第213页)。

② 王仁俊(1866—1913)，字捍郑，一字干臣，又字感莼，号籀许，江苏吴县人。曾师从于俞樾(1821—1906)。

③ 参见莎日娜主编：《蒙古学金石文编题录》，内蒙古大学出版社2005年版，第685页。

④ 参见胡玉冰：《浅谈清代学者王仁俊对敦煌学、西夏学的贡献》，《西北第二民族学院学报》2001年第2期。

⑤ 敌公：《谭丛·张和仲》，《复报》1906年第1期，第50~51页。按：张燧之论见《千百年眼》卷十一“元世弊政”条。

张燧"元世弊政"条，且认为张燧所论可谓"详哉言之"，更是感叹"彼读之而不动心者，果何人哉!"

另外，胡玉缙在校勘《四千年史论惊奇》时①，多有批注及校勘，《四千年史论惊奇》就是以光绪十四年铜版缩刊本《千百年眼》为底本的改名本，但未署名作者。通过胡玉缙的校记可知此本刊于光绪乙巳(1905)，胡氏可谓系统批阅了此本，批注有墨批，有朱批。在批注位置上又有眉批、夹批。胡玉缙认真批阅、校勘《四千年史论惊奇》的过程，实际就是其接受《千百年眼》的过程。

胡玉缙对《四千年史论惊奇》的总体评价为"是书明人张燧著，原名《千百年眼》，大都翻案文字，虽有过当处，而精核语甚多。此刻易其书名，并没其姓氏，坊贾之妄，一至于此，可恨也。玉缙记(以上为竖批)"。胡玉缙首先判定了《四千年史论惊奇》的作者及其本来书名，充分展现了这位考据家之博学，另一方面也说明胡玉缙对光绪十四年铜版缩刻本《千百年眼》比较熟悉。

胡玉缙对《四千年史论惊奇》批注内容主要体现在以下几个方面：

其一，对相关条目内容予以评析或补正。

卷一"夷、齐辨"条目上面有墨笔眉批："刘大櫆《海峰文钞》有读《伯夷传》一篇，大意因此以为迁于伯夷，独增其传，曰之三言，迁亦故存其言，未必深信其事。"卷三"吕不韦之愚"，《惊奇》本此处有朱笔眉批："李斯为不韦门客，《吕览》之成，斯其有力，斯得荀卿之传，故多礼说耳。"卷四"古文多譬况"，《惊奇》本此条有朱笔眉批："此条孙秣陵附会。"卷四"古书之伪"，《惊奇》本有朱笔夹批："《三坟》、《三略》、《六韬》、《子华子》皆伪书，余或后人有羼入语。"卷四"秦法弃灰有故"，《惊奇》本有朱笔眉批："《韩非子·内储说》上云'□法刑弃灰于街者'。一曰□法弃灰于公道者，断其手，此秦沿□法耳。"卷七"阿堵"，《惊奇》本有朱笔眉批："'阿堵'犹这个也。"卷七"梁武杀业"，《惊奇》本朱笔眉批"'业'同'孽'"。卷八"《周易举正》"，《惊奇》本此条有朱笔眉批："所举

① 按：胡玉缙(1858—1940)，字绥之，精于考据，著有《四库全书总目提要补正》六十卷、《四库未收书目提要补正》二卷、《四库未收书目提要续编》二十四卷等(参见申畅：《中国目录学家传略》，中州古籍出版社1987年版，第206~209页)。

各条均不见‘利不动’，与集解本所载虞法合，余皆不合，但取其文，汉字顺易于解说耳。《提要》云王祎手札不可信，并唐郭京之名亦在有无疑似之间，信然。”卷八“肃宗灵武之举非篡”，《惊奇》本此句上有眉批：“崔简、李涵见《唐书·肃纪》，据《纪》又有裴冕。”卷八“昌黎史祸”，《惊奇》本此条有朱笔夹批：“此条当与九卷‘宋时史氏显达’一则参观。”卷九“寇莱公奢俭不同”，《惊奇》本此处有朱笔夹批：“案此事益阳胡氏论之甚平允，见子《弟子箴言尚节俭门》。”卷十“宋乐屡变尢成”，《惊奇》本此条有墨批：“《宋史·乐志》蔡京主魏汉律之说。”胡玉缙的批注多则近百字，少则几个字，基本上体现了他对《惊奇》内容的理解，甚者在批阅卷八内容时能与卷九的内容联系在一起，达到了触类旁通之效果，此亦是其接受《千百年眼》之体现。

其二，判定《惊奇》之作者。

卷二“孔子请讨齐桓”，此句有朱笔眉批：“张和仲即作者也，盖引卓吾子说后，始下己意。”卷二“子贡不如仪封人”在“张和仲曰”处有朱笔眉批：“此处下己意。”判定《惊奇》的作者为张和仲(张燧)，为这部佚名之作找到了归属者。

其三，勘误《惊奇》刊刻之错谬。

胡玉缙读《惊奇》很仔细，进行了详细的批阅校改。《惊奇》本误刻处甚多，胡玉缙在阅读时，直接予以校改处很多。如《惊奇》卷二“曾点二事俱不类”，《惊奇》本此处为“岂所谓状者之过耶”，胡玉缙径改“状”为“狂”；卷三“孟子性善无定论”，《惊奇》本此处为“表石公曰”，胡玉缙径改“表”为“袁”字；卷三“孟子不尽信《武城》”，《惊奇》本此处为“城”，胡玉缙径改为“成”字；卷三“孙叔敖碑考”，《惊奇》本此处为“优孟鲁许千金贷吾”，胡玉缙径改“鲁”为“曾”字。

明清时期对《千百年眼》接受的形式是以抄录其内容为主，说明这些学者熟识《千百年眼》之内容，同时又通过自己的著述，使《千百年眼》得以再传播。其间亦有少量的评析(像胡玉缙进行系统批注的较少)，褒贬不一，褒者认为其可补史料之阙，“壁垒一新，洵独具只眼”；贬者则认为其“立论诞妄，毁谤圣贤”，“美名炫世”。

## 第二节 民国时期对《千百年眼》的接受

《千百年眼》作为一部学术著作，在1914—1935年20年左右的时间里，有四个出版社先后刊印了七次①，说明《千百年眼》在社会上有很大的市场。《千百年眼》的受众者，大概可分为一般读者和研究者，在接受方式方面主要体现为：其一，抄录与著录；其二，征引与评析；其三，研究与创作。

### 一、《千百年眼》的抄录与著录

民国时期的《滑稽时报》仅刊1915年1~4期，其第1期《丛谭·忍庵杂俎》中抄录有张燧《千百年眼》中"西施不随范蠡""譬况""通鉴省文之谬""杨龟山论朋党""四岳为一人""四皓赐碑""阿房宫赋"等；第2期《丛谭·忍庵杂俎》中抄录有张燧《千百年眼》中"无佛论""子陵不仕有深意""方孝孺有后""刘表工书""静坐""郭英"等条；第3期《丛谭·忍庵杂俎》抄录有《千百年眼》"太监云奇"条；第4期《丛谭·忍庵杂俎》，抄录《千百年眼》"板本之始""岳武穆文章"(岳飞文章)。署名均为善阑。《滑稽时报》对《千百年眼》中相关条目的抄录，仅是将条目标题名称稍有改动。如将卷四"古文多譬况"改为"譬况"、卷八"《阿房赋》蹈袭"改为"阿房宫赋"、卷十一"程子静坐之说类禅"改为"静坐"等，内容方面则是完整抄录，均未注明征引。

另外，1916年，邹毓和(泰县甲种师范讲习所学生)《读史偶笔》中抄录有张燧《千百年眼》中多条内容②，其所抄内容如下：

---

① 在清末众多刊本的基础上，民国时期又增加了张燧著《精校经史千百年眼》十二卷，民国三年(1914)孟秋蔚成公司代印；张和仲著《千百年眼》十二卷(上中下三册)，进步书局1921年版；纂者张和仲，校阅者樊尔勤：《千百年眼》十二卷，新文化书社印行1934年版(1934年8月初印和12月再版)；张和仲著，周郁浩标点，沈芝楠校阅《千百年眼》，大达图书供应社1934年10月版，1935年3月和8月再版。

② 邹毓和：《读史偶笔》，《学生杂志》1916年第5期，第13~15页。按：《学生杂志》1914年7月在上海创刊，月刊，由商务印书馆总发行。

孟子云舜卒于鸣条，而世传舜葬于苍梧，按汤与桀战于鸣条，必近于中原矣。世传之苍梧，南蛮地也。二说殊相径庭。《家语·五帝德篇》曰："舜陟方岳，死于苍梧之野而葬焉。"何孟春注云：陈留县平邱有鸣条亭，海州东海县有苍梧山，去鸣条不远。然后知卒于鸣条，葬于苍梧，二说皆不误。特苍梧非九疑之苍梧耳。

孙李昭《示儿编》云："《书》所载伊尹放太甲于桐，'放'当作'教'，以篆文相近故讹耳。"按伊尹放太甲，苟太甲怀诟以损身，则弑君之嫌安能自解，伊尹贤者决不出此。若云"教太甲于桐"，则于事理上方觉允当①。

《诗》云"实始翦商"。太王崎岖避狄，自顾不暇，而谋及商之天下，岂人情哉？按《说文》引《诗》，作"戬"，解云福也，始受福于商也。别有"翦"字，解云灭也。不知何时误"戬"作"翦"，遂使千载贻惑②。

唐梁肃，宋欧阳公、游定夫，皆有文王未尝称王之论。特俱冥探曲证，仿佛比拟，卒不得武王追王之明文。按《史记·伯夷传》曰："西伯卒，武王载木主，号为文王。"此非武王追王之明文乎③？

孟明一败再败，辱国丧师，幸晋师不出，始得封殽尸而还，秦之失刑亦甚矣。左氏从而美之，真令人索解不得④。

孟子于《武城》止取二三策，又曰"尽信书，不如无书"。后人徒震圣经贤传之名，一字不敢非议。呜呼！此其所以识见日趋于浅陋矣⑤。

张玄羽《支离漫语》云广南有韦上土官者，自云淮阴后。当钟室难作，淮阴侯家有客匿其三岁儿。知萧相国素与侯知己，不得已为皇后所劫。私往见之，微示侯无后意。相国仰天叹曰："冤哉！"泪淫淫下。客见其诚，以情告。相国惊曰："若能匿淮阴儿乎？中国不可居

① 按：此论是对张燧《千百年眼》卷一"伊尹放君之误"的摘抄及论析。
② 按：此论是对张燧《千百年眼》卷一"太王未尝剪商"的摘录。
③ 按：此论是对张燧《千百年眼》卷一"武王追王明文"的摘录。
④ 按：此论是对张燧《千百年眼》卷二"秦霸不由孟明"的摘编。
⑤ 按：此论是对张燧《千百年眼》卷三"孟子不尽信《武城》"的摘编。

矣，急逃南粤，赵佗必能保此儿。”遂作书遣客。佗乃养以为子，而封之海滨，赐姓韦，用韩之半也。今其族世豪于海堧间，有酇侯书及尉佗诏，勒之鼎器。由是知淮阴固有后矣①。

《汉书》淮南厉王长，高帝少子也。废法不轨，文帝徙之于蜀，道死。民做歌曰：“一尺布尚可缝，一斗粟尚可舂，兄弟二人不相容。”高诱叙《淮南子》引歌词云“一尺缯好童童，一升粟饱蓬蓬，兄弟二人不相容”。与《汉书》不同②。

《淮南子》曰：“纣拘于宣室，悔不诛文王于羑里。”汉以宣室名斋殿，是以系所名宫室也③。

滕文公问丧礼于孟子，欲行三年之丧，父兄百官曰：“吾宗国鲁先君莫之行，吾先君亦莫之行也。”是则短丧不起于孝文遗诏矣。后世儒者徒责孝文何也④？

《史记·相如传》引扬雄语，《贾谊传》言贾嘉至孝昭时列为九卿，皆史公殁后事也。今之《史记》的非史公之旧矣⑤。

汉世之击匈奴者众矣，独陈汤得一单于，而竟以矫制废其功。可知李陵覆苏武书妨功害能之臣云云，为非过激之论矣⑥。

光武废郭后废太子，大为盛德之累。方孝孺《题严子陵图》有云：“糟糠之妻尚如此，贫贱之交可知矣。羊裘老子早见几，故向桐江钓烟水。”是则严子陵不仕，盖有深意。然《随园诗话》载《题钓台诗》云：“一着羊裘便有心，虚名传诵到如今。当时若着蓑衣去，渺渺烟波何处寻。”则子陵又似沽名弋誉人矣⑦。

董北苑曰：刘景升为书家祖师，钟、胡皆其弟子。昭肥繇瘦，各得一体耳。今人知有钟元常，而不知有刘表、胡昭矣⑧。

《晋书》载惠帝问官蛙、私蛙；见饿者，云“何不食肉糜？”及荡阴

---

① 按：此论是对张燧《千百年眼》卷四“韩信有后”的简单摘编。
② 按：此论是对张燧《千百年眼》卷四“淮南厉王未尝反”的发挥。
③ 按：此论是对张燧《千百年眼》卷五“宣室不宜名斋殿”的简单摘编。
④ 按：此论是对张燧《千百年眼》卷五“短丧不自文帝”的摘录。
⑤ 按：此论是对张燧《千百年眼》卷五“《史记》多为后人淆乱”的摘编。
⑥ 按：此论是对张燧《千百年眼》卷五“陈汤之功不当以矫制废”的改编。
⑦ 按：此论是对张燧《千百年眼》卷六“子陵不仕有深意”的摘编与发挥。
⑧ 按：此论是对张燧《千百年眼》卷六“刘表工书”的摘编。

之败，兵人引嵇绍斩之。帝曰：“忠臣也，勿杀！”绍血溅帝衣，帝曰：“嵇侍中血，勿浣也。”一愚一明，相去悬绝，何史家之矛盾也①。

上述十四条内容源自张燧《千百年眼》卷一至卷六，属于对《千百年眼》内容的简单摘编，均没有标题且没有注明源自张燧之书。

《佛学半月刊》1937 年第 15 期抄录有张燧《千百年眼》“儒语似佛”及“宋仁厚立国之报”条②。

民国学人叶楚伧主编《历代名家笔记类选》卷三摘录有张燧《千百年眼》中“李密陈情表讹字”条全文。并在此条目后简介：“张燧，字和仲，明人。所著《千百年眼》，多考论之文，议论独具支眼。自序谓凡经史百家旁及二氏，与夫稗官小说，家乘野语，瞥见有可喜可悦可惊可怪之语，俗儒所不敢道，与文人所不能道，目注神倾，辄手录之，积久成帙，名曰《千百年眼》。”③

陈群《受古书店旧书目录·补遗》有“《千百年眼》十二卷（潇湘张燧纂，老石印，小本）六本，二元”④。此书封面上有“甲戌年第一期下册”的标识。

1930 年，赵万里《国立北平图书馆图书展览会目录》的《引言》“史评类”有“《千百年眼》十二卷”（明张燧撰，明万历间刻本，乾隆间《禁毁书目》著录）⑤。

白撞雨《翕居读书录》第一册“朱笔满批校《扬州吴氏测海楼藏书目录》”条，有文为：

（清）吴引孙藏并编《扬州吴氏测海楼藏书目录》七卷四册，北平富晋书社民国二十年铅印本；有“古迟”朱笔满批校。

封面题记写到：“滇南舆图、矿厂图略、唐土名胜图会、王圻续通考、大事记通释解题、野获编、千百年眼、历代名臣奏议、万姓统

---

① 按：此论是对张燧《千百年眼》卷六“晋史矛盾”的摘录。

② 参见《佛学半月刊》1937 年第 151 期，第 13 页。

③ 叶楚伧：《历代名家笔记类选》，正中书局 1945 年版，第 126~127 页。

④ 陈群：《受古书店旧书目录》，上海受古书店 1934 年版，第 64 页。

⑤ 赵万里：《国立北平图书馆图书展览会目录》，《国立北平图书馆馆刊》1930 年第 5 期。

语、续字学举隅、古音谱、北监二十一史、陈刻三国志考证等共九种，易经蒙引、诗经世本古义、五经类编、五经典林、说文段注撰要辛未十一月递到。此书目价颇昂，惟各丛书均列子目，便检查。古迟记，各书定价亦昂，七扣。”①

袁树珊（1881—1952）《命谱》卷一抄录有《千百年眼》“孔子著述”“子陵不仕有深意”条②。其征引书目中列有“《千百年眼》”，据袁树珊《自序》落款，可知此书成于1939年夏。

上述对《千百年眼》的抄录或著录，基本上以节选《千百年眼》中相关条目为主，有的作简单删改，有的则是完整抄录，多未署名源自《千百年眼》。著录之书因体例所限，仅是对《千百年眼》的存在状态做简单介绍。此种情况的存在，一方面说明民国学者对晚明著述的关注，另一方面也反映当时学界的确有一种猎奇的心理意识，否则，不可能把《千百年眼》中的相关内容抄录、删改后刊发在报刊杂志上，且多未署其出处，也许是接受者为了显示自己异于他人的鉴识力。

## 二、《千百年眼》的征引与评析

民国学人在研读《千百年眼》的过程中，有的摘录其个别条目作为论据，有的则对《千百年眼》内容予以简要评析。不同的研读者，由于审美情趣各异，对《千百年眼》的接受方式也有不同的表现。

袁嘉谷文中多次征引《千百年眼》之内容③，其中《袁嘉谷文集》第二册《卧雪诗话》卷七第十三条有文：

张和仲云：“文章好用事，自邹阳始。”而太史公云：“比物连类，有足多者。”岂意其遂为方便法门耶！至于今日，则末流之滥觞矣。

① 白撞雨：《翕居读书录》第一册，石油工业出版社2009年版，第337页。

② 袁树珊：《命谱》，北京燕山出版社2010年版，第6~7、13页。

③ 参见袁嘉谷《袁嘉谷文集》第二册《卧雪诗话》卷五、卷六，云南人民出版社2001年版。

（见《千百年眼》卷五。）按：和仲著书在万历时，诋斥堆垛之学，亦非无见①。

钱时言《谈剽窃》中指出“张燧《千百年眼》：‘兰亭丝竹管弦，本出于前汉《张禹传》’……庄子云‘吾无量，我无食’。《后汉书》云：‘食不充量’。古人文辞，不厌郑重，在今人则以为复矣”②。

刘咸炘（1896—1932）曾言：

明张和仲（燧）《经史千百年眼》曰：王叔文以不良死，而史极意苛谪……（完整抄录“王叔文之冤”条）其祸自宦官始，不五月而身被恶名以死，此其情有可原者，故为表之。又曰：唐八司马皆天下奇才，岂不知趣权利之可耻。盖叔文欲诛宦官、强公室，正义举也。特计出下下，为所反噬，故善良皆不免。当日有所拘忌，不得不深诛而力诋之。后人修书尚循其说，似终不与人为善，非《春秋》之意也。惟范文正公尝略及之，八司马庶几稍伸气矣。咸炘曰：此论可与全榭山说参。后世袒韩抑柳，皆以叔文事为说，夫乌知韩之诡随与柳之愚直未可论耶③。

《书淮阴侯传后》一篇，周栎园曾载之《书影》以表其善古文，今观之尚有精采耳，非其至也。至所记事，即《经史千百年眼》中说也，其说尚存疑，未即可信。明人好撰故实，如《复司理李公烈书》所称李竹懒、徐孺子与张遐论太极事，李亦不言出处，恐难信。而迈堂遂以为千秋快举，未免轻率④。

---

① 袁嘉谷：《袁嘉谷文集》第二册，云南人民出版社 2001 年版，第 743 页。

② 钱时言：《谈剽窃》，《越风》1936 年第 18 期。按：钱氏所言摘自《千百年眼》卷七“《兰亭》未可议”条。

③ 刘咸炘：《推十书》（增补全本　丙辑肆），上海科学技术文献出版社 2009 年版，第 1413～1414 页。按：刘氏所言《经史千百年眼》，即光绪二十九年成都三鹤山房刻本。刘氏此论征引了“王叔文之冤”及“八司马伸气”两条。

④ 刘咸炘：《推十书》（增补全书　壬癸合辑），上海科学技术文献出版社 2009 年版，第 890 页。按：刘氏所言“《经史千百年眼》中说也”即《千百年眼》卷四“韩信有后”条。

《周作人文类编·千百年眼》载："明末张和仲著《千百年眼》十二卷，评论史事颇有见识。卷三《吴亡不系西施》一则云：'昔人谓声色迷人，以为破国亡家，无不由此。夫齐国有不嫁之姊妹，仲父云无害霸，蜀宫无倾国之美人，刘禅竟为俘虏。亡国之罪，岂独在色。向使库有湛卢之藏，潮无鸱夷之恨，越虽进百西施，何益哉。'案此意盖本于李卓吾……(1939年5月7日)。"①

马叙伦《读书续记》卷五有言：

> 罗隐《谗书》，拜经楼丛书本。卷一解武丁梦谓武丁以下民之畏天命也。故设权以复之。唯圣能神，何梦之有？明人张仲和燧《千百年眼》论高宗相说事同此。岂未见隐书耶②？

郑振铎著《中国文学研究》(上册)论述"殷之顽民"时指出：

> 明人张燧说："夫以怀王之死，楚人尚悲愤不已，有'楚虽三户，亡秦必楚'之语，况六百年仁恩之如渗漉者哉！"(《千百年眼》卷一)这话是很公平的③。

余嘉锡《述也是园旧藏古今杂剧序》称张燧所言胜国初，修洁之士"流落无聊，类以其才泄之歌曲，妙绝古今"之论为"此言是也"④。余氏此论成于1940年12月。

袁嘉谷、钱时言、刘咸炘、周作人、马叙伦、郑振铎及余嘉锡等学者在各自的论著中征引《千百年眼》相关条目，同时对其予以评析，无论其评析是否准确，这些学者曾接受过《千百年眼》是无疑义的。

---

① 钟书河编：《周作人文类编·千百年眼》，湖南文艺出版社1998年版，第52页。

② 马叙伦：《读书续记》，中国书店1986年版，第10~11页。按：马叙伦《读书续记》之文最早于1929年连载于《北京大学日刊》。按：马叙伦所言张燧之言即《千百年眼》卷一"帝赉良弼"条，系删改李贽《读升庵集》卷五"帝赉良弼"条。

③ 郑振铎：《中国文学研究》(上册)，人民文学出版社2000年版，第54页。

④ 余嘉锡：《余嘉锡论学杂著》，中华书局2007年版，第585页。按：余氏所言即《千百年眼》卷十一"中华名士耻为元虏用"条。

还有学者通过系统阅读《千百年眼》，论述其对《千百年眼》之感受。王贻谋《流落在日本的一部中国书》中对张燧及其《千百年眼》介绍较多①，兹录其大概文意如下：

> 我家藏有一部在日本出版的中国书，这书从来没有在中国印过，知道这书的人恐怕也很少。著者是明朝万历时代的人，名张燧字和仲，书前面有邹元标（明万历时人）的序子，著者自己也有一个很长的序子，最后有孙点（清光绪时人）作的跋语，书名《千百年眼》上下两册。
>
> 这书何以流传到日本才出版呢？我们可以由孙点的序跋里，看出来，跋上说：……（孙点跋略）
>
> 我们看上面的跋语，可以知道著者避世，逃至日本，是这部书在日本出版的一个原因，书中系笔记体材，关于《诗经》和《纲目》，著者曾指出朱熹的许多错误，我想这也是在那时不敢公然在国内出版的原因吧！关于批评朱熹的地方，我们可由本篇末选抄的笔记看出来，兹先将张燧自己的序文引证在下面，我们可以看出他著这书的意旨如何了。……（张燧小引省略）
>
> 书的来历，已然明了，我选了几篇有意思的笔记，抄在下面，虽然不免文抄公之嫌，可是，为介绍其间，便当仁不让了。

王贻谋接着完整摘抄了“殷有三仁”“诗序不可废”“执礼之执当作埶”“立言之难”“废井田自有管仲”“庄周未能忘情”“孟子非受业子思”“坑儒考”“曹操疑冢”“唐世女祸”“韩昌黎晚信佛老”“烛影斧声”“宋高宗不欲恢复”“郭英遗功”“霍光疏昌邑王之罪”“程朱论周官法度”“纲目之误”。王氏接着论道：

> 原书共十二卷，每卷约四十余则笔记，著者——张燧——的生平，只能由跋语知道一点，我查了几本书，也没有查着这个人的事迹，也许是个隐者吧！但是我相信，著者的生平，一定有别的书记载着，所以我总希望我这篇东西，是一个抛砖引玉的办法。

---

① 王贻谋：《流落在日本的一部中国书》，《人间世》1935年第33期。

按：王贻谋所言《千百年眼》即为光绪十四年王惕斋日本铜版缩刊本，他认为《千百年眼》在中国没有印过，知道的人很少，这是受孙点所作《千百年眼跋》的影响，应该说他对《千百年眼》在中国的传播情况了解不多，但其对《千百年眼》内容的介绍及摘录，有助于世人对《千百年眼》作进一步的了解。

陈蝶野《东游诗草》中有《读〈千百年眼〉》，其文为：

> 予居东京，求明末渡海诸贤事迹，最烈者得五人：曰王船山、冯京弟、朱舜水、戴曼公、张非文。非文渡海乞师，年已七十一矣，明年再至，欲干义公，终不得达，与元善通宵笔语，称先帝七子，永王第三，与《明史》异。遗迹见存涩谷德川侯爵家。独立和尚，即朱竹垞所称戴曼公也，南浔史狱起，亡命日本为僧……张燧著《千百年眼》，乾隆版毁，先正事略，已失大半。呜呼，族争存亡则一也。今有同种族相践蹈者矣；则数先生将何之乎？悲感良久，率为五律。《独立和尚》……《〈千百年眼〉著者》：何人著千百年眼，碧血苌宏岂偶然。焚坑中原今日尽，喘丝危命半生悬。情依故土愁无地，眼对南明尚有天。千古冤魂共谁语，卷中岳岳几英贤①。

按：陈蝶野属于民国时期的文化名人，在国难之际旅居日本，有意识搜集明末东渡日本遗民之事迹，应该是通过孙点《千百年眼·跋》获悉张燧亦为渡海遗民。同命相怜之下，对张燧及其《千百年眼》感慨良多。

有的学者深为《千百年眼》观点之新颖所折服，在大学教材中选录《千百年眼》相关条目，作为学生阅读与习作的范文。沈其无②编著的《大学国文》由新民印书馆 1942 年 11 月出版③，分为上下两册，系沈其无在伪北京大学文学院授课的教材。共有十组选文，第九组为“读书札记一类”，其中收录张燧《千百年眼》中的内容为九条：“管仲知鲍叔尤深”“孟子辟杨

① 陈蝶野：《东游诗草》，《越风》1937 年第 4 期。

② 按：沈其无(1902—1969)，江苏江阴人，编有《近代散文抄》《大学国文》等，曾师从周作人。

③ 按：2011 年 1 月辽宁人民出版社对沈其无《大学国文》予以再版。

墨”“孟子善言诗”“吴亡不系西施”“汉武怜才”“儒者说诗之谬”“经义取士之弊”“吾儒异端”“名教之累”，内容涉及《千百年眼》卷二、卷三、卷五、卷八、卷十、卷十一，并指出“《千百年眼》，万历刊本，日本有刻本，习见者为小本铜板缩印有错误”，足见沈氏对《千百年眼》之了解。在本组选文中源自《千百年眼》的篇数最多，甚至超过沈其无选其老师周作人之文的篇数，又见其对《千百年眼》之喜爱。另外，北京师范学校所选教材亦为沈其无所编《大学语文》上下册，其中“管仲知鲍叔尤深”“孟子辟杨墨”“孟子善言诗”三条入选国文课《教学纲要》之第九组“读书札记类”，同时入选此类的还有李贽“司马相如”，赵翼“妇人拜”“古人跪坐相类”“明末书生误国”，郝懿行“寒食散”“阿堵”，周作人“《论语》小记”，冯文炳“读论语”，1944 年 7 月 26 日被列入“北京师范学校为报研究科各科教学纲要进度情形及实习实际情形致教育局呈”①。

还有的学者在其日记或读书笔记中详载自己研读或评析《千百年眼》的情况，对于了解《千百年眼》一书的接受史而言，可谓提供了较为详实的一手资料。

其一，吴梅对《千百年眼》的接受②。

吴梅在日记中对其阅读《千百年眼》的情况有所记载，其文如下：

> 1933 年五月廿九日（西七月廿一日）。晴。早复逸鸿、静之两信，又往仲培处一游。归仍阅简斋诗，深服其用典之稳，遂尽三卷。下午阅《千百年眼》。是书尚在幼时读过，笔墨深刻，其论史诸条尤为特创，不经人道者，拟交四儿细读，可免格格不吐之病，又可开拓心胸也③。
>
> 六月十一日（西八月一日）。晴。早至通和坊，送颉文行，即至适社，还昨酒费六元，又顺道至金官家，付堂差两元。归卧竹椅，阅《千百年眼》十卷，中论晋室之败亡，在于不易储；梁武杀业，奉佛

---

① 汤世雄、王国华主编：《北京师范学校史料汇编 1906—1948》，北京教育出版社 1995 年版，第 625 页。

② 吴梅（1884—1939），字瞿安，号霜崖，别署癯安、逋飞、崖叟等，江苏长洲（苏州）人，近代戏曲理论家和教育家，诗词曲作家。

③ 吴梅：《吴梅全集》（《日记卷》上），河北教育出版社 2002 年版，第 320 页。

不足蔽辜，以及周易举正各条，皆有功于学术。昔人以《兔园册》等视之，误矣。下午与儿辈打牌，未出门。

十二日（西二日）。晴。早至适社，又至公园，见云笙、竹林等等。锦源亦来，即介绍竹林。竹林言："今日无暇，他日再邀。"锦源即去。余亦略坐归。仍阅《千百年眼》，而头疼不耐，作清卧始愈①。

十五日（西五日）。晴。早起欲至东斋未果。……仍阅《千百年眼》……②

十六日（西六日）。晴。天仍热。……午归未出，赤脚高卧，阅《千百年眼》毕。……③

按：由吴梅日记可知，戏曲理论家吴梅花费半个多月的时间来阅读《千百年眼》，认为张燧"论史诸条尤为特创"，有助于"开拓心胸"及"有功于学术"，即使在身体不舒服及炎热的天气下，仍在孜孜不倦地阅读《千百年眼》。

其二，顾颉刚对《千百年眼》的接受。

民国时期引领古史辨运动的顾颉刚对《千百年眼》非常熟悉，在其日记及读书笔记中多处有他对《千百年眼》的体悟。

《顾颉刚学术文化随笔》第四编"文化篇·《千百年眼》"条有文：

张燧，字和仲，自署其籍贯为潇湘。当是湖南人。其书固有己意，而杂采郑樵、杨慎、李贽之说不少，有出其名者，亦有不出其名者。明人著书，本极随便，宜其如此。此人若生清代，当是姚际恒、崔述之流亚也。……其有志于击破传统思想甚明白。然因杂采之故，颇有矛盾自陷之处，如《诗序》，既云不可废，而又云卫宏谬说，可见其左右失据也。张氏为明末人，迨明亡入日本，其书传于东土。清末，驻日公使馆职员孙点始得而刊之，乃传于世。中国书中，能纯出

---

① 吴梅：《吴梅全集》（《日记卷》上），河北教育出版社 2002 年版，第 325 页。

② 吴梅：《吴梅全集》（《日记卷》上），河北教育出版社 2002 年版，第 326~327 页。

③ 吴梅：《吴梅全集》（《日记卷》上），河北教育出版社 2002 年版，第 327 页。

自己的话者甚少，此其一也①。

顾颉刚对张燧《千百年眼》的点评可谓精辟。其日记载：

1924年十一月十三号星期四（十月十七）到清宫，候作总报告，而他们未出。在办公处候之，看《千百年眼》。至四点，他们出来，即移抄报告数纸②。

1952年十月十二号星期日（八月廿四）看《千百年眼》，记笔记数则③。

1952年十月十三号星期一（八月廿五）看《千百年眼》毕，记笔记十则。……抄张燧《夷齐辨》④。

1952年十二月七号星期日（十月廿一）抄《千百年眼》中《井田不可行》、《董仲舒忠质文之说甚谬》两篇……⑤

由上面几则史料可见，顾颉刚在1924年、1952年，对《千百年眼》都有所关注。

《顾颉刚读书笔记》卷五"张燧论四岳为一人"：

孔平仲以四岳为一人，通为二十二人之数，此说甚妙。《汉书》："三公一人为三老，次卿一人为五更"，注云："五更，知五行者。"安知四岳非知四方者乎！《书》内有"百揆、四岳"，以四岳为四人，则

① 顾颉刚著，顾洪编：《顾颉刚学术文化随笔》，中国青年出版社1998年版，第422页。按顾颉刚此论又见于《顾颉刚读书笔记》第五册，卷五"千百年眼"（中华书局2011年版，第122页）。顾颉刚已发现《千百年眼》的史源问题，故其言"中国书中，能纯出自己的话者甚少，此其一也"。

② 顾颉刚：《顾颉刚日记》第1卷（1913—1926），台湾联经出版事业公司2007年版，第552页。

③ 顾颉刚：《顾颉刚日记》第7卷（1951—1955），台湾联经出版事业公司2007年版，第287页。

④ 顾颉刚：《顾颉刚日记》第7卷（1951—1955），台湾联经出版事业公司2007年版，第287页。

⑤ 顾颉刚：《顾颉刚日记》第7卷（1951—1955），台湾联经出版事业公司2007年版，第315页。

百揆亦须百人矣。今翰林有“五经博士”，钦天监有“五官挈壶”，亦只一人，益信孔平仲之言矣。

此说甚辩，当录入予前著《二十有二人考》中。[眉批：似是而实非。]①

《顾颉刚读书笔记》卷五“孟子、司马迁误认禹迹”：

《禹贡》一书，作于虞、夏之际，乃千百年谈地理者卒莫能外也。是故大贤如孟子，其论洪水曰：“决汝汉，排淮泗，而注之江”，是江有通淮之道矣，及考之《禹贡》，则曰“沿于江海，达于淮泗”，是江未尝有达淮之理。盖吴王夫差掘沟以通于晋，而江始有达淮之道，孟子盖指夫差所掘之沟以为禹迹也明矣。博洽如史迁，其作《河渠书》曰：“斯为二渠，复禹旧迹”，是以二渠出于禹者也。及考之禹迹，河自龙门至于大陆，皆为一流；至秦河决魏都，始有二流。子长盖误指秦时所决之渠以为禹迹也，明矣。……（卷一，《禹贡为古今地理之祖》）

此论殊通。张燧甚有眼光，能随处提出问题，惜其引书真伪不分，在今日已多失去价值；张燧生吴棫、朱熹、吴澄、赵孟頫之后，与梅鷟、归有光并世，而仍信《伪古文尚书》。观卷六中有《尚书古文今文辨》已信梅鷟之说，而又不改前文，是则为时代所限，无可如何者耳②。

《顾颉刚读书笔记》卷五“张燧驳《金縢》”：

读《书》至《金縢》，反复详究，疑其非古《书》也。夫周公面却二公穆卜，以为“未可戚我先王”矣，乃私告三王，自以为功。此憸人佞子之所为也，而谓周公为之乎！且滋后世刲股醮天之俗。其册祝有曰：“今我即命于元龟：尔其许我，我其以璧与珪归俟尔命；尔不许我，我乃屏璧与珪。”夫人子有事于先王，而可以珪璧要之乎！又曰：

① 顾颉刚：《顾颉刚读书笔记》第五册，中华书局2011年版，第120页。
② 顾颉刚：《顾颉刚读书笔记》第五册，中华书局2011年版，第120~121页。

"公归，乃纳册于金縢之匮中。"盖卜册之书藏于宗庙，启之则必王与大夫皆弁。既曰周公别为坛墠则不于宗庙之中明矣。不于宗庙，乃私告也。周公，人臣也，何得以私告之册而藏于宗庙金縢之匮，又私启之也！又曰："王与大夫尽弁以启金縢之书，乃得周公所自为代武王之说。"夫武王疾瘳四年而崩，周公居东二年而归，凡六年之久。周公尚卜，恶有朝廷六年无事而不启金縢之匮，至今乃启之耶！此五事反复详究，是编非古书也必矣。

此文在袁枚前，其说当与袁枚说校其同异①。

《顾颉刚读书笔记》卷五"孟子不行三年丧"：

许竹崖曰：孟子劝人行三年之丧，而于其身，则不能无疑焉。其书曰："孟子自齐，葬于鲁。反于齐，止于嬴。充虞请曰：'前日不知虞之不肖，使虞敦匠事，严虞不敢请，今愿窃有请也，木若以美然。'"夫以葬鲁未几，而即反于齐，止嬴方暇，而始可以问，则其未尝终丧于家也可知。否则何自齐以至于葬鲁之后，更无余罅，乃至在途止嬴，而可问耶？余谓此说，诚独见也。

许竹崖未知何人，或是张燧之友。按三年之丧自是贵族排场，彼辈可以不事生产，故但求笃于亲而不嫌其费时失业也。孟子则游士耳，必仕而后食，其不能在鲁居丧三年者势也。其鼓吹三年之丧，则儒家之主意然也。孔子既没，独子贡庐墓三年者，以其不受命而货殖，有余财也。故曰"自天子以至于庶人，三代共之"者，托古改制，以大帽子压人也②。

《顾颉刚读书笔记》卷五"《孝经·诸侯》章与汉代封国"条，完全征引张燧《千百年眼》卷五"武帝封建多不克终"条，并指出"按，此即《孝经·诸侯》章之背景也。《孝经》为当时之政治读本，政治上有此需要，故有此孔子之言。尽管《孝经》出战国，但至西汉则自可有此改本也。《尧典》之

---

① 顾颉刚：《顾颉刚读书笔记》第五册，中华书局2011年版，第121~122页。

② 顾颉刚：《顾颉刚读书笔记》第五册，中华书局2011年版，第123页。

改视此"①。

《顾颉刚读书笔记》卷五"短丧不始汉文帝"条完全征引《千百年眼》卷五"短丧不自文帝"条，然后论述道：

按，此文识见殊为闳通，似已看出古无三年之丧矣。鲁为秉礼之国而无三年之丧，是果无三年之丧矣。滕定公薨，滕文公问丧礼于孟子，即三年之丧为孟子时之新说，孟子鼓吹之，文公信而奉行之也。然以国君之力，对于新说之坚信，犹且只有五月，是仍无三年之丧矣。秦、汉帝王所遵行者，古法也。葬毕即吉，而葬期速则七日，迟亦仅两月，何有于三年哉！惟《史记·秦本纪》云："五十六年，秋，昭襄王卒，子孝文王立，尊唐八子为唐太后，而合其葬于先王。韩王衰绖人吊祠，诸侯皆使其将相来吊祠，视丧事。孝文王元年，赦罪人，修先王功臣，褒厚亲戚，弛苑囿。孝文王除丧，十月，己亥，即位。"昭襄王于上年秋卒，孝文王于第二年十月己亥前除丧，足一年。[眉批：十月疑即秦之正月。若然，则仍焉五月。]观其丧中铺张之态，足见孝文丧期所以延长之故，是盖受当时儒家影响之所致也②。

《顾颉刚读书笔记》卷五"秦法弃灰有故"条，完全抄录《千百年眼》卷四"秦法弃灰有故"条，然后评论道：

此说绝佳，古事自当参互考校乃得其情也。记某书中谓禁灰于道为颛顼之法，则时代错误矣。或以颛顼与秦同为水德，故同其刑禁耶？此事当检出处③。

《顾颉刚读书笔记》卷五"秦不绝儒生与经籍"条，完全抄录《千百年眼》卷四"秦不绝儒生与经籍"条，然后论道：

此说与《新学伪经考》首篇所论绝同，而康氏未尝引张燧语，盖

---

① 顾颉刚：《顾颉刚读书笔记》第五册，中华书局 2011 年版，第 126 页。
② 顾颉刚：《顾颉刚读书笔记》第五册，中华书局 2011 年版，第 128 页。
③ 顾颉刚：《顾颉刚读书笔记》第五册，中华书局 2011 年版，第 129 页。

> 未见此书也①。

《顾颉刚读书笔记》卷五“《逸周书·周月、时训》皆汉人作”条，征引《千百年眼》卷四“古书之伪”条论述《逸周书》之内容，然后论道：“有此确证，《逸周书》中有汉人著作可确定矣。”②

《顾颉刚读书笔记》卷五“宋遗民耻为元用故以曲显”条征引《千百年眼》卷十一“中华名士耻为元虏用”，然后论道：“此以元曲之发展由于宋遗民之不仕而泄其才气于斯，似近人所著文学史中尚未言及，亦足征元以曲试士而曲兴之说为不足据也。”③

《顾颉刚读书笔记》卷五“郝经雁足书可疑”条征引《千百年眼》卷十一“雁足书”条，然后论道：

> 按，此为雁足传书之具体事实。今所行《孟姜女唱春》“孤雁足上带书来”，即以此为其影子。与现在“传信鸽”同一效用。然雁于春自南而北，秋则自北而南，何以郝经于九月放雁，乃能自真州北飞以达元主乎？此非月份写错，便有神话成分矣④。

《顾颉刚读书笔记》卷五“李贽对张燧、金人瑞之启发”条，其文为：

> 李贽《焚书》卷三《童心说》云：“诗何必古选，文何必先秦，降而为六朝，变而为近体，又变而为传奇，变而为院本，为杂剧，为《西厢》曲，为《水浒传》……皆古今至文，不可得而时势先后论也。”此为金圣叹思想之源，其定五、六《才子书》由此来也。李贽之作《藏书》，开张燧《千百年眼》，其评点《西厢》、《水浒》、《幽闺》、《浣纱》诸书，开唱经堂《才子书》，可见其支配力之大。又《焚书》卷三《杂说》云：“《拜月》、《西厢》，化工也。《琵琶》，画工也。……画工虽巧，已落二义矣。”袁中道《游居柿录》（今改题《袁小修日记》）卷六云：

① 顾颉刚：《顾颉刚读书笔记》第五册，中华书局2011年版，第130页。
② 顾颉刚：《顾颉刚读书笔记》第五册，中华书局2011年版，第130页。
③ 顾颉刚：《顾颉刚读书笔记》第五册，中华书局2011年版，第150页。
④ 顾颉刚：《顾颉刚读书笔记》第五册，中华书局2011年版，第151页。

“夏道甫处见李龙湖批评《西厢》、《伯喈》(即《琵琶记》)，极其细密，真读书人。予等粗浮，只合敛衽下拜耳。”可见渠对此等书之用功，真有新文学的眼光①。

《顾颉刚读书笔记》卷五“孔融与苏轼之想当然”条，其文为：

《后汉书·孔融传》：

操子丕私纳袁熙妻甄氏，融乃与操书称：“武王伐纣，以妲己赐周公。”操……问出何经典，对曰：“以今度之，想当然耳。”

苏轼《刑赏忠厚之至论》云：

当尧之时，皋陶为士，将杀人。皋陶曰“杀之”三，尧曰“宥之”三。

梅圣俞(一作欧阳修)问出何书，答曰：“想当然耳。”此二事绝似。

《千百年眼》(卷九)云：

《曲礼》云：“公族无宫刑；狱成，有司谳于公。公曰：‘宥之！’有司又曰：‘在辟！’公又曰：‘宥之！’有司又曰：‘在辟！’及三宥不对，走出，致刑于甸人。乃知东坡之锐原有所本。想主司偶忘之，而东坡不敢辄拈出处以封，故漫应如此。后人遂以公为趁笔，则又陋甚矣。”

然《曲礼》固未尝以为尧、皋陶也。又《千百年眼·二疏赞误》条云：“东坡《二疏赞》云：‘孝宣中兴，以法驭人，杀盖、韩、杨，盖三良臣。先生怜之，振袂脱屣，使知区区，不足骄士’”，其立意亦超卓矣。然考之二疏去位在元康三年，后二年盖宽饶诛，又三年韩延寿诛，又二年杨恽诛。方二疏去时，三人尚无恙也。

此则真是东坡之“想当然”矣②。

按：《顾颉刚读书笔记》卷五《法华读书记》(四)之内容始记于1952年3月，《法华读书记》(五)始记于1952年10月27日。而上述十余条有关

① 顾颉刚：《顾颉刚读书笔记》第五册，中华书局2011年版，第151页。

② 顾颉刚：《顾颉刚读书笔记》第五册，中华书局2011年版，第152~153页。

《千百年眼》之内容，属于顾颉刚在1952年3月—10月27日之间所述笔记，此亦印证了其日记所言“1952年十月十二号星期日(八月廿四)看《千百年眼》，记笔记数则”“1952年十月十三号星期一(八月廿五)看《千百年眼》毕，记笔记十则”①。

顾颉刚不仅对《千百年眼》予以恰当的评析，指出了《千百年眼》在著作规范方面的不足，也肯定了张燧的学术眼光。就接受对象与其作品的关系来说，顾颉刚对《千百年眼》的接受，应该属于人文分离型②，即顾颉刚排斥张燧著文没有注明征引的纂述方式，认为其著述随便，但是却比较欣赏《千百年眼》之内容，称其论说“甚辩”“绝佳”，识见“闳通”。

## 三、《千百年眼》的研究与创作

《千百年眼》的主要特点就是其内容既有对希见之事的记述，有对相关历史事迹的精彩评述，还有对相关史实的严密考据，可谓广征博引。不少学者在著书立说中，将《千百年眼》之内容融汇于其著作之中，既有“明接受”，亦有“暗接受”③。

---

① 顾颉刚：《顾颉刚日记》第7卷(1951—1955)，台湾联经出版事业公司2007年版，第287页。

② 按：王兆鹏指出“就接受对象与其作品的关系而言，有人文并重型、人文分离型两种接受形态。……人文并重型，是指接受主体对接受对象其人其文的双重接受，接受主体既认同、推崇接受对象的人格精神、生活态度甚或付出实践，又欣赏、借鉴、吸收其创作经验和创作方法……所谓人文分离，是接受者不认同甚至排斥被接受者的为人，却欣赏、接受其作品的风格、趣味、方法、技巧，或者认同被接受者的为人，但不欣赏接受其作品”(参见王兆鹏：《建构文学接受史研究的范式——尚永亮〈中唐元和诗歌传播接受史的文化学考察〉的方法论启示》，《北京大学学报》2012年第1期)。接受者对于所接受作者及其作品的态度，王氏所言颇有道理。

③ 对于接受方式，王兆鹏言“明接受，即公开直接的接受，接受主体不仅创作实践上接受，在理论上或态度上也明确表示认同被接受者，时常有直接的文字和理论表述……暗接受，表面上看不出来，但在创作实际上却是暗中接受”(参见王兆鹏：《建构文学接受史研究的范式——尚永亮〈中唐元和诗歌传播接受史的文化学考察〉的方法论启示》，《北京大学学报》2012年第1期)。

## (一)闻一多对《千百年眼》的接受

1915年6月闻一多从清华学堂“回乡度假，以读书二月之室名‘二月庐’，所作札记题《二月庐漫记》”①，随后，闻一多以笔名“多”将《二月庐漫记》内容分十六篇，从1916年4月至12月连续刊载于《清华周刊》，共16期63条。《二月庐漫记》的内容收录于《闻一多青少年时代诗文集》《闻一多青少年时代旧体诗文浅注》《闻一多全集》第二册，是少年闻一多读书为文的见证之一。目前学界对《二月庐漫记》已有一定研究②，但很少关注

---

① 闻黎明、侯菊坤：《闻一多年谱简编》，《近代史资料》总第72号，知识产权出版社2006年版，第5页。

② 刘烜《闻一多评传》中对《二月庐漫记》进行了系统的论述，认为“看《二月庐漫记》，可以知道闻一多读书的面很广：古代的史书、各种诗集、诗话、笔记都有涉猎”，“很难设想这是出于一个十六岁的少年人之手！”(北京大学出版社1983年版，第12~18页)邓长风《少年英才的奇文》是一篇系统研究闻一多《二月庐漫记》的文章，“《二月庐漫纪》，是少年英才的闻一多疾书于那个方生未死的时代的一束奇文。但六十多年来，它被清华园厚重的围培包裹着，未能在世人的眼前放射出固有的光华……《二月庐漫纪》，就是其中极可珍视的一篇。尽管它评史论文，容或偶有偏颇失察之处，然而这是我们不应当苛求作者的”(《云南师范大学学报》1985年第4期。又见于人大复印资料《中国现代、当代文学研究》1985年第15期)；闻立法《闻一多的二月庐与锦葛轩》指出《二月庐漫记》是闻一多在二月庐“读书时所写的自学心得”(《图书情报论坛》1995年第3期)；徐有富《闻一多1899—1946》指出闻一多“将读书心得记录在《二月庐漫记》里……从这些读书心得中，我们可以看出他读书敢于并善于独立思考，决不偏信盲从”(江苏文艺出版社1999年版，第16页)；胡朝雯《拆解与重构的焦虑——以〈古瓦集〉和〈二月庐漫记〉系列为中心》是又一篇系统研究《二月庐漫记》的文章，其文曰：“闻一多自1916年开始在《清华周刊》上发表系列读书笔记，总称《二月庐漫记》，内容为他假期内回家苦读所得……它们或评论历史人物与事件的功过得失，或勾勒稗史笔记中的逸事遗闻，占篇幅最大的还是鉴赏古诗古文，从中不难窥见一个十六七岁少年不凡的文史功力和文学鉴赏力”(见陆耀东、李少云、陈国恩主编：《闻一多殉难六十周年纪念暨国际学术研讨会论文集》，武汉大学出版社2007年版，第495页)；刘殿祥《论闻一多历史意识的生成》中有文：“《二月庐漫纪》，内容以诗文为主，采用史书材料，诗史互证，更多涉及历史人物和事迹的评价，从中已经可以见出闻一多最初的史识”(《沈阳大学学报》2009年第1期)。上述研究《二月庐漫记》的论著，基本上着眼《二月庐漫记》文本内容的解读，没有从编纂学的角度去考察《二月庐漫记》是如何纂成的。

闻一多在撰写《二月庐漫记》过程中对张燧《千百年眼》的接受①。

闻一多《二月庐漫记》的内容由先秦迄民国初年，可谓内容广博，史料丰富，既有观点犀利的考辨之作，又有幽默趣味的叙述之文。《二月庐漫记》涉及史料较多，囿于文体所限，很多条目难以直接看出其史料源自何处，更无法判断闻一多撰写《二月庐漫记》的资料背景，在此前提下言及《二月庐漫记》的成就和此时期闻一多的学术趋向，恐怕将会成为空中楼阁，只能是言其表而不能及其里。《二月庐漫记》63 个条目中共有 37 条内容与张燧《千百年眼》相关，内容遍及《千百年眼》卷一到卷十二。出现此种情况，是英雄所见略同？还是闻一多在撰写《二月庐漫记》相关篇章时参依过《千百年眼》？究其缘由，兹述如下。

①《二月庐漫记》②中第一条有关韩信有后代之事，其文为：

> 张玄羽《支离漫语》载广南有韦土官者，自云淮阴侯后。当钟室作乱，淮阴侯家有客匿其三岁儿。知萧相国素与侯相得，不获已，为皇后所劫，私往见之，微示侯无后意。相国仰天叹曰："冤哉!"泪涔涔下。客见其诚，以情告之。惊曰："若能匿淮阴儿乎？中国未可居也！急逃南粤！赵佗必能保此儿。"遂作书遣客致儿于佗曰："此淮阴侯儿，公善视之。"佗养以为己子，而封之海滨，赐姓韦，用韩之半也。今其族世豪于海壖间，有酂侯所遗之书，尉佗所赐之诏，勒之鼎器。夫吕氏当惠帝末已无血胤，而淮阴后犹存。是亦奇闻，史家不识也。惜客失姓名，不得比于程婴，则有幸有不幸耳③。

案：闻一多所言张玄羽《支离漫语》中所载韩信有后之事，可见于明代张大龄（张玄羽）《玄羽外编》之《支离漫语》卷三《淮阴有后》，其文为：

---

① 有关闻一多对张燧《千百年眼》及其他明清笔记的接受，亦可参见拙文《少年闻一多的阅读史考察——以〈二月庐漫记〉为中心》，《人文论丛》2017 年第 1 辑，武汉大学出版社 2017 年版，第 338~353 页。

② 按："二月庐漫纪"条，据文后注释可知原刊于"1916 年 4 月 19 日《清华周刊》第 73 期，署名多，是作者早年在清华求学期间暑假回乡时写的读书笔记之一"（闻一多：《闻一多全集》第 2 册，湖北人民出版社 1993 年版，第 252 页）。注：下文所引《闻一多全集》第 2 册之内容皆出自此本。

③ 闻一多：《闻一多全集》第 2 册，湖北人民出版社 1993 年版，第 251 页。

淮阴侯夷三族，世皆云无后矣，而予会广中，人言曰：“吾乡有韦土官者，自云淮阴后。”当钟室难作，淮阴侯家有客匿其三岁儿，知萧相国素与侯知己，不得已为皇后所劫，私往见之，微示侯无后意，相国仰天叹曰：“冤哉！”泪淫淫下。客见其诚以情告，相国警曰：“若能匿淮阴侯儿乎，中国不可居矣，急跳南粤，我与越佗善，佗亦重淮阴侯，必能保此儿。”遂作书遣客匿儿于佗。曰：“此淮阴侯儿，公善视之，侯功塞宇宙，天必不欲绝之。”佗养以为子而封之海滨，赐姓韦，用韩之半也。今其族世豪于海堧，闻有酂侯所遗之书，尉佗所赐之诏，勒之鼎器。夫吕氏当惠帝末已无血胤，而淮阴后至今存，是亦奇闻，史家不识也，惜其客名姓不传，比于程婴有幸不幸耳①。

另，晚明学者张燧《千百年眼》卷四“韩信有后”条，有文为：

广南有韦土官者，自云淮阴后。当钟室难作，淮阴侯家有客，匿其三岁儿。知萧相国素与侯知己，不得已为皇后所劫。私往见之，微示侯无后意。相国仰天叹曰：“冤哉！”泪淫淫下。客见其诚，以情告。相国惊曰：“若能匿淮阴儿乎？中国不可居矣，急跳南粤，赵佗必能保此儿。”遂作书遣客匿儿于佗，曰：“此淮阴侯儿，公善视之。”佗养以为子，而封之海滨，赐姓韦，用韩之半也。今其族世豪于海堧间，有酂侯所遗之书，尉佗所赐之诏，勒之鼎器。夫吕氏当惠帝末，已无血胤，而淮阴后至今存，是亦奇闻，史家不识也。惜其客名姓不传，比于程婴，则有幸不幸耳。此说出张玄羽《支离漫语》。

案：张大龄《玄羽外编》刊于 1611 年，而张燧《千百年眼》刊于 1614 年，且张燧言“此说出张玄羽《支离漫语》”，但比照而言，闻一多之文当是源自张燧《千百年眼》，而非张大龄《玄羽外编》。

此篇第三条有关方孝孺有后代之事，其文为：

---

① 张大龄：《玄羽外编》，《四库全书存目丛书》史部第 287 册，齐鲁书社 1997 年版，第 874 页。

> 方孝孺之被族也，尚书魏公泽时谪为宁海典史，当捕方氏，悉力保护周旋，以故方氏有遗育。谢文肃公诗所谓“孙枝一叶”者，泽之力也。泽后过孝孺故居，为诗悲悼有云：“黄鸟向人空百啭，清猿堕泪只三声。”读之恻然①。

张燧《千百年眼》十二“方孝孺有后”，其文为：

> 方孝孺之被族也，尚书魏公泽时谪为宁海典史。当捕方氏，悉力保护周旋，以故方氏有遗育。谢文肃公诗所谓“孙枝一叶”者，泽之力也。泽后过孝孙故居，为诗悲悼，有云“黄鸟向人空百啭，清猿堕泪只三声”。至今读之，犹觉酸鼻。

案：两文相比，仅句末张燧文为“至今读之，犹觉酸鼻”，闻一多文为“读之恻然”。

此篇第四条载有关苏武娶匈奴陋妻之事，其文为：

> 苏子卿娶胡妇，卒蒙后世訾议，私窃疑之。《新安文献志》载宋建炎中有朱勣者，以校尉随奉使行人，在粘罕所数日，便求妻室。粘罕喜，令于所虏内人中自择，乃取其最陋者，人莫能晓。不半月，勣遂逃去，人始悟。求妻以固粘罕，使不疑；受其陋者，无顾恋也。子卿之妻于胡，得非勣之见耶②？

张燧《千百年眼》卷五“苏武娶胡妇有见”，其文为：

> 苏子卿娶胡妇，卒蒙后世訾议。私窃疑之。《新安文献志》载，宋建炎中，有朱勣者以校尉随奉使行人，在粘罕所，数日便求妻室。粘罕喜，令于所虏内人中自择。勣择一最陋者，人皆莫晓。不半月，勣遂逃去。人始悟求妻以固粘罕，使不疑。受其陋者，无顾恋也。子卿之妻于胡，得无朱勣之见耶？

---

① 闻一多：《闻一多全集》第2册，湖北人民出版社1993年版，第251页。

② 闻一多：《闻一多全集》第2册，湖北人民出版社1993年版，第252页。

案：闻一多所文仅把《千百年眼》卷五“苏武娶胡妇有见”条文末“得无朱勣之见耶”，改为“得非勣之见耶”。

通过上述三条之比照，闻一多《二月庐漫记》与张燧《千百年眼》是有一定的关联。另外，《二月庐漫记》(续十二)中有关曹操疑冢的记载言“明张燧曰……”①其内容见于《千百年眼》卷六“曹操疑冢”条，由此可见，闻一多应该看过张燧《千百年眼》。

按：囿于篇幅所限，《二月庐漫记》中源自《千百年眼》的内容不再一一比照，仅把其相关内容逐一列出，便于研究者进行核对。

②《二月庐漫记》(续一)②有关文章写主能否得遇帝王之事③，把《千百年眼》卷五“汉武怜才”条文末“李朱崖至屏白香山诗不见，曰‘见便当爱之’，僧虔拙笔，明达累辞。于乎忌矣！后世觅一解忌人了不可得！”④改为“庶几近之”，另外把张燧文中“令傅”改为“今传”⑤；有关司马迁熟悉赋之事⑥，是对《千百年眼》卷五“史迁不解作赋”条的简单处理，只是个别文字的差异，张燧文中是“太史公亦自有《士不遇赋》”，而闻一多文中为“太史公亦自有《悲士不遇赋》”⑦；读司马相如《美人赋》一事⑧，则是抄录《千百年眼》卷五“司马相如《美人赋》”条；关于西汉文章之弊病⑨，仅把《千百年眼》卷五“西汉文章之陋”条文末“至于今日”，改为“洎乎今日”⑩；对于宣和年间禁传苏轼之文⑪，仅在《千百年眼》卷十“苏文赖以不废”条文末后增加“坡公有知，当何以谢之耶？”⑫

---

① 闻一多：《闻一多全集》第 2 册，湖北人民出版社 1993 年版，第 275 页。

② 按：“二月庐漫纪(续一)”的文后注释，可知此条原刊于 1916 年 4 月 26 日《清华周刊》第 74 期，署名“多”(闻一多：《闻一多全集》第 2 册，湖北人民出版社 1993 年版，第 254 页)。

③ 闻一多：《闻一多全集》第 2 册，湖北人民出版社 1993 年版，第 253 页。

④ 张燧：《千百年眼》，河北人民出版社 1987 年版，第 80 页。

⑤ 闻一多：《闻一多全集》第 2 册，湖北人民出版社 1993 年版，第 253 页。

⑥ 闻一多：《闻一多全集》第 2 册，湖北人民出版社 1993 年版，第 253 页。

⑦ 闻一多：《闻一多全集》第 2 册，湖北人民出版社 1993 年版，第 253 页。

⑧ 闻一多：《闻一多全集》第 2 册，湖北人民出版社 1993 年版，第 253 页。

⑨ 闻一多：《闻一多全集》第 2 册，湖北人民出版社 1993 年版，第 253 页。

⑩ 闻一多：《闻一多全集》第 2 册，湖北人民出版社 1993 年版，第 253 页。

⑪ 闻一多：《闻一多全集》第 2 册，湖北人民出版社 1993 年版，第 253~254 页。

⑫ 闻一多：《闻一多全集》第 2 册，湖北人民出版社 1993 年版，第 253~254 页。

③《二月庐漫记》（续二）中有关扬雄是否媚新之事[①]，仅把《千百年眼》卷六“扬雄始末辨”条中“扬子云古以比孟、荀”改为“扬子云古以比孟轲”，把“按雄郫县人”误改为“按雄篡县人”[②]；有关光武帝废郭后及太子疆之事[③]，仅把《千百年眼》卷六“子陵不仕有深意”条中“国朝方正学《题严陵图》有云”的“国朝”二字删掉[④]；对于《晋书》中有关晋惠帝记载不一[⑤]，仅把《千百年眼》卷六“晋史矛盾”条中“兵人引嵇绍斩之”改为“兵入引嵇绍斩之”[⑥]。

④《二月庐漫记》（续三）[⑦]中有关雁足传书一事[⑧]，完全抄录《千百年眼》卷十一“雁足书”条，其中仅有“舁雁至前”改为“畀雁至前”[⑨]；对于宋时翰林不肯撰元宵致词一事[⑩]，仅把《千百年眼》卷十二“翰林不肯撰元宵致词”条中“黄编修仲昭”改为“黄编修仲照”，把“愚谓于丽语中寓规谏意”改为“余谓于丽语中寓规谏意”[⑪]。

⑤《二月庐漫记》（续四）[⑫]中有关莼鲈的描述[⑬]，系把《千百年眼》卷

---

① 闻一多：《闻一多全集》第2册，湖北人民出版社1993年版，第255页。

② 闻一多：《闻一多全集》第2册，湖北人民出版社1993年版，第255页。对于“按雄篡县人”文后注释为“此句疑有脱误”（第256页）。应该是发觉此处前后有矛盾，实际上是闻一多抄录错误所致。另外，《闻一多青少年时代旧体诗文浅注》中此条的注释有“《剧秦美新》：文章名。相传为扬雄所作，少年闻一多对此提出异议认为不是扬雄而或许是与扬雄同字的谷子所作”（群言出版社2003年版，第37页）。

③ 闻一多：《闻一多全集》第2册，湖北人民出版社1993年版，第255页。

④ 闻一多：《闻一多全集》第2册，湖北人民出版社1993年版，第255页。

⑤ 闻一多：《闻一多全集》第2册，湖北人民出版社1993年版，第256页。

⑥ 闻一多：《闻一多全集》第2册，湖北人民出版社1993年版，第256页。

⑦ 据“《二月庐漫纪》（续三）”文后注释可知，此文原刊于1916年5月10日《清华周刊》第76期。署名“多”（闻一多：《闻一多全集》第2册，湖北人民出版社1993年版，第258页）。

⑧ 闻一多：《闻一多全集》第2册，湖北人民出版社1993年版，第257页。

⑨ 闻一多：《闻一多全集》第2册，湖北人民出版社1993年版，第257页。

⑩ 闻一多：《闻一多全集》第2册，湖北人民出版社1993年版，第257~258页。

⑪ 闻一多：《闻一多全集》第2册，湖北人民出版社1993年版，第257~258页。

⑫ 据“《二月庐漫纪》（续四）”文后注释可知，此文原刊于1916年5月24日《清华周刊》第78期，署名“多”（闻一多：《闻一多全集》第2册，湖北人民出版社1993年版，第260页）。

⑬ 闻一多：《闻一多全集》第2册，湖北人民出版社1993年版，第259页。

七“张翰莼鲈”条“宋王赞运使过吴江”改为“王赞过吴江”①。

⑥《二月庐漫记》(续六)②中有关柳公权夏日之风的描述③，仅把《千百年眼》卷九“柳公权诗意”条中“亦未免蛇足”改为“亦未免画蛇添足”，在“低垂喘汗于黄尘赤日之中，虽有此风”中间增加“特苦夏日之长”④；有关范尧夫麦舟助丧之事⑤，仅把《千百年眼》卷九“麦舟非范希文父子所难”条中“范尧夫以麦舟助丧，乃石曼卿耳；公父子盛德，此非其所难”，改为“范尧夫以麦舟助丧，千古传为美谈，不知所赠者乃石曼卿耳。范公父子盛德，此非其所难”⑥；有关“风马牛不相及”一事⑦，完全抄录《千百年眼》卷二“风马牛不相及”条。

⑦《二月庐漫记》(续七)⑧中有关孔子著述之事⑨，完全抄录《千百年眼》卷二“孔子著述”条；有关《诗序》之问题⑩，是节选《千百年眼》卷二“《诗序》不可废”条，仅删去“且《木瓜》、《遵大路》、《风雨》、《子衿》诸篇，虽或其词间未庄重，然首尾无一字及妇人，而谓之淫耶，可乎？盖尝论之，均一劳苦之词也，出于序情闵劳者之口，则为正雅；而出于因役伤财者之口，则为变风也。均一淫佚之词也，出于奔者之口则可删，而出于刺奔者之口则可录也。均一爱戴之词也，出于爱桓叔、共叔者之口则可删，而出于刺郑庄、晋昭者之口则可录”。而增加“文公其合九州之铁，

---

① 闻一多：《闻一多全集》第2册，湖北人民出版社1993年版，第259页。

② 据“《二月庐漫纪》(续六)”文后注释可知，此文原刊于1916年9月27日《清华周刊》第80期，署名“多”(闻一多：《闻一多全集》第2册，湖北人民出版社1993年版，第264页)。

③ 闻一多：《闻一多全集》第2册，湖北人民出版社1993年版，第263页。

④ 闻一多：《闻一多全集》第2册，湖北人民出版社1993年版，第263页。

⑤ 闻一多：《闻一多全集》第2册，湖北人民出版社1993年版，第263页。

⑥ 闻一多：《闻一多全集》第2册，湖北人民出版社1993年版，第263页。

⑦ 闻一多：《闻一多全集》第2册，湖北人民出版社1993年版，第263~264页。

⑧ 据“《二月庐漫纪》(续七)”文后的注释可知，其原文刊于1916年10月4日《清华周刊》第81期，署名“多”。(闻一多：《闻一多全集》第2册，湖北人民出版社1993年版，第266页)。

⑨ 闻一多：《闻一多全集》第2册，湖北人民出版社1993年版，第265页。

⑩ 闻一多：《闻一多全集》第2册，湖北人民出版社1993年版，第265页。

铸一大错耳!"[1]有关"匏瓜"之解[2]，当是抄录《千百年眼》卷二"匏瓜"条；有关孔子梦周公之文[3]，是抄录《千百年眼》卷二"孔子不梦周公非衰"条；对于庄周亡妻而歌[4]，是抄录《千百年眼》卷三"庄周未能忘情"条。

⑧《二月庐漫记》(续八)[5]中有关《滕王阁序》史料之出处[6]，当是抄录《千百年眼》卷七"《滕王阁记》出处"条；对于《阿房宫赋》乃临摹之作[7]，当是抄录《千百年眼》卷八"《阿房赋》蹈袭"条，仅把文末"信矣文章以不蹈袭为难也"改为"牧之亦可谓工于袭也"[8]；有关李白人品之评价[9]，当是抄录《千百年眼》卷八"李太白深心"条；对于曾南丰诗篇之描述[10]，当是抄录《千百年眼》卷九"曾子固诗才"条。

⑨《二月庐漫记》(续九)[11]中有关岳飞文采的论述[12]，系抄录《千百年眼》卷十"岳飞文章"条，仅把文末"余屈指上下数千载间，盖唐有张睢阳，合之武穆而二，当亦间气所钟也"，改为"余屈指上下数千载间，盖唐有张睢阳庶几近之。二者当亦间气所钟也"[13]。对于杜甫作诗之避讳[14]，当是抄录《千百年眼》卷八"子美不咏海棠有故"条。

---

① 闻一多:《闻一多全集》第2册，湖北人民出版社1993年版，第265页。

② 闻一多:《闻一多全集》第2册，湖北人民出版社1993年版，第265~266页。

③ 闻一多:《闻一多全集》第2册，湖北人民出版社1993年版，第266页。

④ 闻一多:《闻一多全集》第2册，湖北人民出版社1993年版，第266页。

⑤ 据"《二月庐漫纪》(续八)"文后注释可知，此文原刊于1916年10月11日《清华周刊》第82期，署名"多"。(闻一多:《闻一多全集》第2册，湖北人民出版社1993年版，第268页)。

⑥ 闻一多:《闻一多全集》第2册，湖北人民出版社1993年版，第267页。

⑦ 闻一多:《闻一多全集》第2册，湖北人民出版社1993年版，第267页。

⑧ 闻一多:《闻一多全集》第2册，湖北人民出版社1993年版，第267页。

⑨ 闻一多:《闻一多全集》第2册，湖北人民出版社1993年版，第267~268页。

⑩ 闻一多:《闻一多全集》第2册，湖北人民出版社1993年版，第268页。

⑪ 据"《二月庐漫纪》(续九)"文后注释可知，此文原刊于1916年10月18日《清华周刊》第83期，署名"多"(闻一多:《闻一多全集》第2册，湖北人民出版社1993年版，第270页)。

⑫ 闻一多:《闻一多全集》第2册，湖北人民出版社1993年版，第269页。

⑬ 闻一多:《闻一多全集》第2册，湖北人民出版社1993年版，第269页。

⑭ 闻一多:《闻一多全集》第2册，湖北人民出版社1993年版，第269页。

⑩《二月庐漫记》(续十)[1]中有关“尾大不掉”典故的解释[2]，当是抄录《千百年眼》卷二“尾大不掉”条；对于秦三良殉之事[3]，当是抄录《千百年眼》卷二“秦三良之殉不由缪公”条；关于不能以相貌论人之解释[4]，当是抄录《千百年眼》卷四“相不足凭”条。

⑪《二月庐漫记》(续十一)[5]中关于宋代“教主”之号不祥之解释[6]，当是抄录《千百年眼》卷十“教主之号不祥”条，仅删去“政和后”为“厥后”，文末加“及今尊孔氏为教主，则益滥矣”[7]；对于宋儒之辟佛[8]，当是抄录《千百年眼》卷十一“儒语似佛”条。

⑫《二月庐漫记》(续十二)[9]中有关西施之去向[10]，当是抄录《千百年眼》卷三“西施不随范蠡”条；对于曹操疑冢之解[11]，是抄录《千百年眼》卷六“曹操疑冢”条，是把“予则以孺子之见耳，使孟德闻之，必见笑于地下。夫孟德之棺，岂真在于疑冢哉？多设以疑人耳。然始为疑冢者孔林”，改为“明张燧曰：‘此孺子之见耳，使孟德闻之，必见笑于地下。夫

① 据“《二月庐漫纪》(续十)”文后注释可知，此文原刊于1916年11月1日《清华周刊》第85期，署名“多”(闻一多：《闻一多全集》第2册，湖北人民出版社1993年版，第272页)。

② 闻一多：《闻一多全集》第2册，湖北人民出版社1993年版，第271页。

③ 闻一多：《闻一多全集》第2册，湖北人民出版社1993年版，第271页。

④ 闻一多：《闻一多全集》第2册，湖北人民出版社1993年版，第271页。

⑤ 据“《二月庐漫纪》(续十一)”文后注释可知，此文原刊于1916年11月8日《清华周刊》第86期，署名“多”(闻一多：《闻一多全集》第2册，湖北人民出版社1993年版，第274页)。

⑥ 闻一多：《闻一多全集》第2册，湖北人民出版社1993年版，第273页。

⑦ 闻一多：《闻一多全集》第2册，湖北人民出版社1993年版，第273页。

⑧ 闻一多：《闻一多全集》第2册，湖北人民出版社1993年版，第273页。

⑨ 据“《二月庐漫纪》(续十二)”文后注释可知，此文原刊于1916年11月15日《清华周刊》第87期，署名“多”(闻一多：《闻一多全集》第2册，湖北人民出版社1993年版，第276页)。

⑩ 闻一多：《闻一多全集》第2册，湖北人民出版社1993年版，第275页。

⑪ 闻一多：《闻一多全集》第2册，湖北人民出版社1993年版，第275页。

孟德之棺，岂真在于疑冢哉？多设以疑人耳。① 然始为疑冢者孔林。’”②

⑬《二月庐漫记》(续十三)③中关于孔子见南子之事④，当是抄录《千百年眼》卷二“南子是南蒯”，仅删去“《家语》曰：孔子适卫，子骄为仆”中的“《家语》曰”⑤；对于许由让天下非难之事⑥，当是抄录《千百年眼》卷一“许由让天下非难”条，在文末增加“虽然，尧为天下粗衣恶食；许由一荒山匹夫，其所受用，又可知已。今之田家，只鸡斗黍，便相瞋目，何曾有浓艳可羡得来！千乘可让，箪豆见色，人之赋性殊哉！”⑦

由表 2.2 可见《二月庐漫记》中 60%多的条目与张燧《千百年眼》是相关的，其内容遍及《千百年眼》所有十二卷之内容，每卷少则一个条目，多达五个条目，且并非按原有的顺序予以编排，而是依少年闻一多自己的理解予以编纂，足以说明闻一多比较熟悉《千百年眼》。再者像“韩信有后”“苏武娶胡妇有见”“方孝孺有后”“子陵不仕有深意”“晋史矛盾”“西施不随范蠡”“曹操疑冢”等条目都是观点新异之作，可见少年闻一多亦颇具学术识鉴。

表 2.2 **《二月庐漫记》与《千百年眼》校读表**

| 《清华周刊》 | 刊出时间 | 《二月庐漫记》条目 | 源于《千百年眼》条目 | 源于《千百年眼》卷目 |
|---|---|---|---|---|
| 第 73 期 | 1916-4-19 | 4 | 3 | 卷四“韩信有后”、卷五“苏武娶胡妇有见”、卷十二“方孝孺有后” |

① “《二月庐漫纪》(续十二)”双引号断句于此，似乎后面不是张燧之语，不妥。另外，此处明确指出“明张燧曰……”而张燧此论，《千百年眼》“曹操疑冢”条有此文，说明闻一多应该看过张燧《千百年眼》。

② 闻一多：《闻一多全集》第 2 册，湖北人民出版社 1993 年版，第 275 页。

③ 据“《二月庐漫纪》(续十三)”文后注释可知，此文原刊于 1916 年 11 月 23 日《清华周刊》第 88 期，署名“多”(闻一多：《闻一多全集》第 2 册，湖北人民出版社 1993 年版，第 278 页)。

④ 闻一多：《闻一多全集》第 2 册，湖北人民出版社 1993 年版，第 277 页。

⑤ 闻一多：《闻一多全集》第 2 册，湖北人民出版社 1993 年版，第 277 页。

⑥ 闻一多：《闻一多全集》第 2 册，湖北人民出版社 1993 年版，第 277~278 页。

⑦ 闻一多：《闻一多全集》第 2 册，湖北人民出版社 1993 年版，第 278 页。

续表

| 《清华周刊》 | 刊出时间 | 《二月庐漫记》条目 | 源于《千百年眼》条目 | 源于《千百年眼》卷目 |
|---|---|---|---|---|
| 第 74 期（续一） | 1916-4-26 | 4① | 5 | 卷五“汉武怜才”、卷五“史迁不解作赋”、卷五“司马相如《美人赋》”、卷五“西汉文章之陋”、卷十“苏文赖以不废” |
| 第 75 期（续二） | 1916-5-3 | 3 | 3 | 卷六“扬雄始末辨”、卷六“子陵不仕有深意”、卷六“晋史矛盾” |
| 第 76 期（续三） | 1916-5-10 | 3 | 2 | 卷十一“雁足书”、卷十二“翰林不肯撰元宵致词” |
| 第 78 期（续四） | 1916-5-24 | 4 | 1 | 卷七“张翰莼鲈” |
| 第 79 期（续五） | 1916-5-31 | 4 | 0 | |
| 第 80 期（续六） | 1916-9-27 | 3 | 3 | 卷二“风马牛不相及”、卷九“柳公权诗意”、卷九“麦舟非范希文父子所难” |
| 第 81 期（续七） | 1916-10-4 | 5 | 5 | 卷二“孔子著述”、卷二“《诗序》不可废”、卷二“匏瓜”、卷二“孔子不梦周公非衰”、卷三“庄周未能忘情” |
| 第 82 期（续八） | 1916-10-11 | 3② | 4 | 卷七“《滕王阁记》出处”、卷八“《阿房赋》蹈袭”、卷八“李太白深心”、卷九“曾子固诗才” |
| 第 83 期（续九） | 1916-10-18 | 5③ | 2 | 卷八“子美不咏海棠有故”、卷十“岳飞文章” |

① 按：《二月庐漫记》（续一）第三条目是将《千百年眼》卷五“司马相如《美人赋》”“西汉文章之陋”条糅为一处。

② 按：《二月庐漫记》（续八）第二条目是将《千百年眼》卷八“《阿房赋》蹈袭”“李太白深心”条糅为一处。

③ 按：《二月庐漫记》（续九）第一、二条目是将《千百年眼》卷十“岳飞文章”条分为两条。

续表

| 《清华周刊》 | 刊出时间 | 《二月庐漫记》条目 | 源于《千百年眼》条目 | 源于《千百年眼》卷目 |
|---|---|---|---|---|
| 第 85 期（续十） | 1916-11-1 | 6 | 3 | 卷二“尾大不掉”、卷二“秦三良之殉不由缪公”、卷四“相不足凭” |
| 第 86 期（续十一） | 1916-11-8 | 6 | 2 | 卷十“教主之号不祥”、卷十一“儒语似佛” |
| 第 87 期（续十二） | 1916-11-15 | 4 | 2 | 卷三“西施不随范蠡”、卷六“曹操疑冢” |
| 第 88 期（续十三） | 1916-11-23 | 2 | 2 | 卷一“许由让天下非难”、卷二“南子是南蒯” |
| 第 89 期（续十四） | 1916-11-30 | 5 | 0 | |
| 第 91 期（续十五） | 1916-12-14 | 2 | 0 | |
| 共 16 期 | | 共 63 | 共 37 | 涵及卷一至卷十二 |

《二月庐漫记》系闻一多的少年之作，从接受史的角度予以考察，我们不仅可以更深入地了解《二月庐漫记》的编辑特点，且可以管窥少年闻一多的阅读范围及其写作的价值取向。

首先，从《二月庐漫记》的编辑特点而言，这些连续刊载于《清华周刊》的文章，属于读书笔记，或者说是读书札记。从《二月庐漫记》的编辑内容而言，主要涉及两个方面：其一是对历代有争议且富有考辨性观点的摘录及评点，体现少年闻一多善于发现问题的精神；其二是对记述趣味及少年早慧资料的摘录，展现了闻一多的少年童趣。

其次，对《二月庐漫记》的接受史考察，我们可以大致推测少年闻一多的阅读范围。《二月庐漫记》系闻一多利用暑期时间，通过大量阅读相关书籍撰写而成。但闻一多到底利用多长时间来撰写这些笔记呢？学者们一般认为是闻一多利用暑期读书而为，是一个暑期，还是几个暑期？这还是一个疑问。即便答案是后者，闻一多 1912 年考入清华学堂，1916 年 4 月开始在《清华周刊》刊发系列文章，也不过是三个暑期。那么在这三个暑期中果如学界所论，闻一多阅读了大量古代史书、文集、笔记等，“引用和评述了上述自《诗经》、下至清季民初的一百多首诗词歌赋。显然，他诵读过的篇章当数十、数百倍于此"①。从时间上来说，这个工作量是不易实现的。但从接受史的角度考察，我们可以发现，闻一多撰写《二月庐漫记》的资料，主要是参阅了张燧《千百年眼》及其他明清笔记、文集、诗话，大概二十余种。恰如闻一多 1919 年 2 月 10 日的日记中写道："枕上读《清诗别裁》。近决志学诗。读诗自清明以上，溯魏汉先秦。读《别裁》毕，读明诗综，次元诗选，宋诗钞，次全唐诗，次八代诗选，期于二年内读毕。"这说明早期阅读笔记、诗话之类对闻一多以后的创作与学习有很大影响②。

再者，从《二月庐漫记》所参依的史料，可以发现少年闻一多写作的价值取向是向往有自己见解的"豪杰之眼"。张燧是倡导"见自己出"，不为苟同之论。也许是受《千百年眼》的影响，1916 年 5 月 17 日，闻一多在《清华周刊》刊文反对当时"日趋而伪"的学风③；1917 年 6 月 15 日，闻一多在《辛酉镜・闻多》中对自己评价到，"所见独不与人同，而强于自信，每以意行事，利与钝不之顾也"，进而指出自己在二月庐中"闲为古文辞，喜敷陈奇义，不屑屑于浅显"④。从接受史的角度而言，闻一多对《千百年眼》的接受属于"人文并重型"⑤，不仅接受张燧犀利的学术眼光，同时也认同《千百年眼》内容的价值。

### (二)陈登原对《千百年眼》的接受

陈登原对于《千百年眼》是比较熟悉的，其论文或专著中对《千百年

① 邓长风：《少年英才的奇文》，《云南师范大学学报》1985 年第 4 期；又见于人大复印资料《中国现代、当代文学研究》1985 年第 15 期。

② "《二月庐漫记》所呈现出来的价值不仅因其材料丰富而成为勉励后来青年勤奋向学的励志教材，它还完全可以看做闻一多先生后来的《唐诗杂论》及其他一些鉴赏式新诗评论的先导"(胡朝雯：《拆解与重构的焦虑——以〈古瓦集〉和〈二月庐漫记〉系列为中心》，陆耀东、李少云、陈国恩主编：《闻一多殉难六十周年纪念暨国际学术研讨会论文集》，武汉大学出版社 2007 年版，第 495 页)。一定程度上说明少年闻一多对《千百年眼》的灵活接受，对其以后的创作产生了很大影响。

③ 闻一多：《闻一多全集》第 2 册，湖北人民出版社 1993 年版，第 282 页。

④ 闻一多：《闻一多全集》第 2 册，湖北人民出版社 1993 年版，第 295 页。

⑤ 参见王兆鹏：《建构文学接受史研究的范式——尚永亮〈中唐元和诗歌传播接受史的文化学考察〉的方法论启示》，《北京大学学报》2012 年第 1 期。

眼》多有征引，几乎涉及《千百年眼》所有卷数。

陈登原《秦始皇评》一文①在论证郡县非始于秦时指出：

> 是故明万历间张燧尝有言曰：封建之弊，不特见于周、秦之际，而已见于三代之初。……是以禹一传而启有有扈氏之征，再传而仲康有羲和之征。夫有扈之罪曰“威侮五行，怠弃三正”而已，羲和之罪曰“沈湎于酒，叛宫离次”而已。……使其人生于汉世，则一廷尉足以定其罪。而启与仲康，必命六师以征之。且纪其事曰“大战”，曰“徂征”，又曰“歼厥渠魁，协从罔治”，则兵师之间，所伤众矣。至于周衰，人心未离，而诸侯先叛。天子拥空名于上，而列国擅威命于下。因循痿痹，以至于移祚，谓非封建之弊乎？总之，时不唐、虞，君不尧、舜，终不可复行封建。谓郡县之法，出于秦而必欲易之者，则书生不识变之论也②。

接着在论证“秦不废儒”时指出：

> 始皇之初，非不好士，亦未尝恶书；观其读李斯《逐客书》，则亟毁初禁，开关以纳之。读韩非《说难》，则抚髀愿识其人。其动于下士溺于好文如是。其后焚书之令，以淳于越议封建；坑儒之令因卢生辈窃议时事而下，要皆有所激而然也。按是时陆贾、郦食其辈，皆秦儒生；陈胜起，二世召博士诸儒生问故，皆引《春秋》之义以对。然则秦时曷尝不用儒生与经学耶？后叔孙通降汉时，有弟子百余人；齐鲁之风，固未尝少替。萧何入咸阳，收秦律令图书。然则秦又曷尝废儒生与书籍耶？……昔人谓秦人焚书而书存，诸儒穷经而经绝，盖为此发也。

上述两段分别注明源自《千百年眼》卷一“封建难复”条及卷四“秦不绝儒生与经籍”条。

陈登原《中国文化史》内容由先秦迄唐末。由《中国文化史·自叙》可

---

① 陈登原：《秦始皇评》，《金陵大学金陵学报》1931年第2期。

② 按：陈登原此部分主要征引《千百年眼》卷一“封建难复”。

知上编完成于1933年9月，《中国文化史·后序》可知下编完成于1936年8月。陈登原《中国文化史》(一)在论述史著中年月记载错舛时，详录张燧《千百年眼》卷五"史记多为后人窜乱"条予以佐证①；《中国文化史》(二)指出明太祖不满宋代以来经义取士之弊，一度改科举为贡举时，完整征引《千百年眼》卷十二"取士良法"条②。

陈登原《颜习斋哲学思想述》主要论述颜元其人及其哲学思想，据《颜习斋哲学思想述·自序》，可知此书成于1934年1月。陈登原论述宋儒道学之流弊时，征引《千百年眼》卷十一"夹杂道学"条予以佐证③。

陈登原《国史旧闻》以时间为序，按通史的体裁，以专题的形式论述历代相关问题，皆以醒目标题予以标注，其特点是征引资料丰富，论证严密。由《国史旧闻·陈登原自序》，可知此书的撰写是从1938年开始，1945年撰写《国史旧闻长编》，至1957年7月出版，前后经历近二十年。

陈登原《国史旧闻》引用《千百年眼》9条内容。卷二"尧舜禅让"条，引用《千百年眼》卷一"许由让天下非难"条"陈眉公曰……其许由之谓欤？"④卷四"女统"条引用《千百年眼》卷四"汉高祖尊母不尊父"条"汉高得天下……甚不可解"⑤。卷九"井田事理论"条引用《千百年眼》卷一"井田不可行"条"井田者，未易言焉……而望其均平乎？"以及《千百年眼》卷二"废井田自管仲"条"陈孚题管仲诗……不信东溟浪沃天"⑥。卷十一"荀子性恶篇"条引用《千百年眼》卷三"孟子性善无定论"条"孩提之童……又何所异？"并且陈登原此条的案语有文"张燧明万历间人，其谓嗜欲亦原是性，此在消极方面，亦为荀卿作答"⑦。卷十二"坑儒"条引用《千百年眼》卷四"秦不绝儒生与经籍"条"始皇之初，非不好儒……然则，秦时亦何尝废儒生与经籍哉"，且加案语为"张氏(张燧)体始皇之初心，萧氏(萧森)说卢生之为人，郑氏(郑樵)则记秦代儒学概况。由此观之，坑儒但坑术

---

① 陈登原：《中国文化史》，辽宁教育出版社1998年版，第24~25页。

② 陈登原：《中国文化史》，辽宁教育出版社1998年版，第576页。

③ 陈登原：《颜习斋哲学思想述》，东方出版中心1989年版，第83页。

④ 陈登原：《国史旧闻》(第一册)，辽宁教育出版社2000年版，第47~48页。

⑤ 陈登原：《国史旧闻》(第一册)，辽宁教育出版社2000年版，第97页。

⑥ 陈登原：《国史旧闻》(第一册)，辽宁教育出版社2000年版，第206~209页。

⑦ 陈登原：《国史旧闻》(第一册)，辽宁教育出版社2000年版，第264页。

士，夫又何疑”①。卷二十“徙戎”条引用《千百年眼》卷七“《徙戎论》无救于晋”条“世见郭钦……彼有可乘之隙者哉?”②卷三十六“谴责秦桧”条中引有张燧《千百年眼》卷十“秦桧身后之报”，指出后人对秦桧之谴责③。卷三十六“岳飞之死”条，完整抄录张燧《千百年眼》卷十一“中兴战功不纪武穆”，借以论证岳飞死于秦桧之党④。

据陈登原的相关著述可以看出至少从20世纪30年代初到50年代末，陈登原在著书立说时常常会观照到张燧及其《千百年眼》，多有征引，且均明确注明。陈登原对《千百年眼》的接受当属于“明接受”，灵活合理地把《千百年眼》的内容运用到自己的相关论证之中。

民国时期由于《千百年眼》的刊印本较多，报刊杂志对《千百年眼》的内容也多有摘录，甚至大学的语文教材也选用《千百年眼》的内容，这样无论是学术研究者，抑或是普通读者都比较容易得到《千百年眼》的相关本子⑤。从接受史的角度而言，此时期对《千百年眼》的接受可谓是层次高下、类型各异。有的着眼于抄录其内容，有的潜心于研究其价值；有的是接受张燧其文而反对张燧其人，有的既接受其人又喜爱其文；有的是注明征引的明接受，有的是仅录其文的暗接受，不一而足，各有千秋，构成一道《千百年眼》在民国时期传播与接受的奇异风景。

## 第三节　日本对《千百年眼》的接受

日本江户时期(1603—1867)，德川幕府虽然采取锁国政策，但是通

① 陈登原:《国史旧闻》(第一册)，辽宁教育出版社2000年版，第301页。

② 陈登原:《国史旧闻》(第一册)，辽宁教育出版社2000年版，第551页。

③ 陈登原:《国史旧闻》(第二册)，辽宁教育出版社2000年版，第370页。

④ 陈登原:《国史旧闻》(第二册)，辽宁教育出版社2000年版，第373页。

⑤ 按：熊德基在回忆其小学老师张劼时指出，“大约在一九三三或三四年间，只有一个在税务局工作的外地人，四十多岁，经常星期日来他家，风度很潇洒，有点名士气，每次来后都是斜倚在他客厅的藤卧椅上吸着烟谈书。有一次，那个人耻笑四库馆臣有些也是徒有虚名。《四库存目》中指斥明人张燧的《千百年眼》而不收，可是却在《正目》中收了他的集子。其实，《千百年眼》就在集子里，张老师连声赞同”(《追念张劼老师》，《南昌大学学报》1980年第3期)。连一般的政府工作人员都了解《千百年眼》的相关情况，可见《千百年眼》在当时是颇为流行的。

过唐船贸易，许多汉籍仍然传播到日本①，刻印于1614年的《千百年眼》在明末清初已经传播到日本②。1767年，日本学者田君修以万历本为底本刻印扩充堂本《千百年眼》。1888年，浙江人士王惕斋在日本以扩充堂本为底本铜版缩刻《千百年眼》。1888年，又出现了以铜版缩刊本为底本的抄本《千百年眼》。1972年，长泽规矩也编辑《和刻本汉籍随笔集》20册，其中第5册完整收录了《千百年眼》，长泽规矩也作了相关解题。不同历史时期，随着中日文化交流的持续发展，日本许多书库及图书馆藏有不同版本的《千百年眼》，极大地推动了《千百年眼》在日本的传播与接受③。

万历本《千百年眼》虽然很早就传入日本，且有很多不同的刻印本，从理论上讲日本应该有不少关于张燧及其《千百年眼》的研究成果。但由于笔者能力所限，搜罗不多，目前仅发现日本学者对《千百年眼》的征引、评析，以及对张燧的研究。

## 一、对《千百年眼》的征引

日本贝原益轩(1630—1714)名笃信，字子诚，曾读过《千百年眼》，冈田武彦所作贝原益轩的读书目录中列有张燧《千百年眼》④。柳田圣山《无著道忠的学术贡献》一文中，有如下对话：

> 或问：今若欲变此风而复古道，为之可奈何？忠曰：儒唯究儒，佛唯究佛，律只究律，禅则庶几可纯粹矣。专敦于自宗，有余力则可暨于他家，方可称博通也。张和仲《千百年眼》曰：有专门之书，则有专门之学。有专门之学，则其学必传，其书亦不失(止此)。此语

---

① 参见陈广宏：《明代文学东传与江户汉诗的唐宋之争》，《上海师范大学学报》2010年第6期。

② 目前虽然没有找到确切的证据证明《千百年眼》何时传到日本，但从日本学者对《千百年眼》的征引与评析，可以推测最迟在1657年以前万历本的《千百年眼》已传播到日本。参见林恕：《鹅峰先生林学士文集》卷四十八“论二·论千百年眼”，日本元禄二年(1689)刻本。

③ 参见附录三“日本所藏《千百年眼》”。

④ 冈田武彦：《贝原益轩》，东大图书股份有限公司1987年版，第174页。

最得要也①。

按：无著道忠(1653—1745)，根据其生存年代，说明至少在清初《千百年眼》已传到日本。张和仲之语可见于《千百年眼》卷五“歆、向废图谱之学”。

日本学者内藤湖南亦参阅过《千百年眼》，在内藤氏《中国史通论》里有征引张燧的内容：

> 还有人说穆王是杰出的名君，但没有实在的证据，《诗经》等史料中也没有相关的记述。此说的目的是，为了反对历来认为昭、穆开始周代逐渐走向衰败之说。这种立场，可以见之于明代张燧的《千百年眼》和马骕的《绎史》中②。
>
> 正如张燧在《千百年眼》中所说，当时的人物大多不是学者出身，而多出自吏胥。根据他的考察，进入汉代以后，成为宰相者，大体无功业显赫者，而功业显著者则多为吏胥出身。例如，赵广汉(河间郡吏)、尹翁归(河东狱吏)、张敞(太守卒吏)、王尊(涿郡书佐)等，多为宣帝时之人。……③
>
> 张燧的《千百年眼》中指出，清谈始于汉末④。

上述学者虽然没有直言表明曾经阅读过《千百年眼》，但其能灵活征引《千百年眼》内容，说明他们比较熟悉《千百年眼》。

---

① 柳田圣山撰，董志翘译：《无著道忠的学术贡献》，董志翘：《中古文献语言论集》，巴蜀书社2000年版，第408页。

② 内藤湖南著，夏应元、刘文柱、徐世虹、郑显文、徐建新译：《中国史通论》上，社会科学文献出版社2004年版，第101页。

③ 内藤湖南著，夏应元、刘文柱、徐世虹、郑显文、徐建新译：《中国史通论》上，社会科学文献出版社2004年版，第196页。

④ 内藤湖南著，夏应元、刘文柱、徐世虹、郑显文、徐建新译：《中国史通论》上，社会科学文献出版社2004年版，第264页。

## 二、序跋中对《千百年眼》的评析

林春胜(1618—1680)，京都人，名恕，字子和，号鹅峰、樱峰等。日本著名程朱学者林信胜之第三子①。其《鹅峰先生林学士文集》卷四十八中，有《论千百年眼》一文，对张燧及其《千百年眼》评价较多②。

林春胜是在书店里买到《千百年眼》的，花费三个晚上认真批点，可谓系统阅读了《千百年眼》。林春胜对张燧及其《千百年眼》的评价，可归为以下三点：其一，指责张燧肆意批判历代圣贤，"恣以己意为其优劣"，"可谓旁若无人也"；其二，指出张燧因袭洪迈、杨慎之文；其三，批评张燧"阳尊朱子"，"而不信其学术"。林春胜受家学的影响，比较推崇朱子之学，《千百年眼》则是反对宋儒之学，因而林春胜认为《千百年眼》一书"其害甚于博弈酒色"。为避免《千百年眼》贻祸后人，林春胜阅读完《千百年眼》后，便将其"缄封之，藏于匣底"，不让后辈们发现这本书。由于价值趋向及为学之道的不同，林春胜对张燧及其《千百年眼》可以说是持否定态度的。

但是，日本学者新井白石在论日本改元时指出，"此时(林)信笃引用(陆深)《蜀都杂抄》、(陈继儒)《宝颜堂秘籍》、(张燧)《千百年眼》三书，谓年号用正字者不祥，宜早改元，以书面进呈诸老中。诠房询余意见，现今未能采用，然既垂询不便不答，遂以书面陈述。其大要：近世大明人论年号，以为用正字各代有不祥，故临文宜避忌。亦见于信笃所引以外书中，皆非君子之论也。天下治乱与人寿长短，或由天命，或由人事，焉有因年号用字而有祥不祥之理？如魏齐王芳、梁武陵王、金炀王哀帝、元顺

---

① 按：林罗山(1583—1657)，又名林信胜。据其《丙申春点检藏书作一绝示向阳》"我家藏书一万卷，或誊写，或中华、朝鲜本，或日本开版本。或抄纂，或墨点朱句。共是六十余年间所蓄收也。一千五六百部许，留在我手者居多"(转引自牛建强：《江户时代中国文化对日本之影响——侧重于江户前中期狭义的文化考察》，《暨南学报》2008年第1期)，可见林氏收藏汉籍之多。

② 林恕：《鹅峰先生林学士文集》，日本元禄二年(1689)刻本。另，[日]松下忠：《江户时代的诗风诗论：兼论明清三大诗论及其影响》亦指出林恕有《论千百年眼》之文(学苑出版社2008年版，第240页)。林氏《论千百年眼》全文见附录一。

帝，皆由其不德也"①。按：林信笃(1645—1732)，京都人，名憨，字直民，号凤岗，乃日本著名学者林春胜次子，他能够灵活引用张燧之论来论析改元之事。可见，林信笃没有因其父将《千百年眼》深藏匣底，而放弃对它的阅读。

1767年，爱好古籍的田君修买到一本万历本的《千百年眼》，然后以此为底本进行翻刻，即为1767年扩充堂刻本。其中有清田儋叟、皆川淇园及栗元恺所作的序跋②，三者都是当世之名流，通过分析三者对《千百年眼》的评价，可以管窥《千百年眼》在日本的传播与接受情况。

其一，指出了《千百年眼》的史源问题。清田儋叟认为《千百年眼》"集诸家说，而《笔乘》《笔丛》《五杂俎》居多"；皆川淇园指出"而其书所抄王勉夫、胡应麟、焦竑等之说，诸不复标明其人名，余因大怪焉。昔人有讥著书集它人之说，不署其名者，此殆其类也"。但栗元恺却认为"博而通，瞻而明，综谈古今，阐扬隐微，引援详确，思之至当。每读之未尝不抚掌称善，卓诚上乎！"

其二，研读《千百年眼》有助于增长见识。清田儋叟认为"读斯书者由之而发，助其才气，盖亦在善择之尔"，皆川淇园亦认为《千百年眼》"可以裨闻见，扩知识"，栗元恺认为"和仲之于古人，可谓千载识鉴矣"。

其三，《千百年眼》的编纂体例属于纂录。清田儋叟认为《千百年眼》是"集诸家说"，皆川淇园直言"其书皆纂录"。

其四，反对张燧所持"异端"之论。皆川淇园批评《千百年眼》"论史籍辨得，皆亦采奇探僻，忘于轨常，惑于隽特"，为避免"读者悦其华辨而谌于异流"，在刻印此书时，皆川淇园专门作序来评介《千百年眼》。

光绪十四年(1888)王惕斋日本铜版缩刊本《千百年眼》刚刊行，日本便出现了明治二十一年(1888)抄本，其中有松浦诠、马道纯及长冈护美的《题识》或《跋》，从中可以了解当时日本学人对《千百年眼》的评析。松浦诠称"余尝读斯编，可以观治乱，可以识成败，可以考存亡，可以辩得

① 新井白石著，周一良译：《折焚柴记》，北京大学出版社1998年版，第141~142页。

② 按：清田儋叟、皆川淇园及栗元恺的序跋参见附录一"《千百年眼》相关序跋"。

失，可以知世变。苟自非识之卓学之精焉，能至于此哉”①。松浦诠通过阅读《千百年眼》认为此书有助于经世之用，且赞扬张燧之卓识。马道纯认为《千百年眼》“知人不颇不偏”②，而长冈护美则指出“张燧评古人言语，云古人精神，固杰作而谁无偏倚。王惕斋眼力亦可谓穷千百年矣”③。

综上述序跋，可见日本学界17世纪、18世纪及19世纪相关学人对张燧《千百年眼》的接受程度，相比而言，林春胜、清田儋叟、皆川淇园及栗元恺对《千百年眼》的接受更为理性一点，比较客观地评介其优缺点。

## 三、今关天彭与《千百年眼》

今关天彭(1884—1970)，原名今关寿麿，号天彭④。谈及今关天彭与《千百年眼》的关系之前，需先介绍一下馆森鸿与《千百年眼》⑤。

1900年，馆森鸿游历上海时与宋恕相识，宋恕得以参阅馆森鸿所著《亲灯余录》，称赞此书“考订精博”，甚至超过“杨(慎)、顾(炎武)、钱氏(大昕)”⑥。并且宋恕称《亲灯余录》载有“永明太后、朱舜水、张斐、

---

① 松浦诠：《千百年眼跋》，明治二十一年抄本。

② 马道纯：《千百年眼题识》，明治二十一年抄本。

③ 长冈护美：《千百年眼跋》，明治二十一年抄本。

④ 有关今关天彭的相关事宜参见李庆《日本汉学史》第2部《成熟和迷途1919—1945》(上海外语教育出版社2004年版，第468~474页)有关今关天彭对《千百年眼》研究的原文，可参见附录二。《鲁迅日记》1929年6月20日载“晚内山延饮于陶乐春，同席长谷川本吉、绢笠佐一郎、横山宪三、今关天彭、王植三，共七人。天彭君见赠《日本流寓之明末名士》一本”(《鲁迅日记》，人民文学社1959年版，第648页)。

⑤ 馆森鸿(1863—1942)，字子渐，号袖海，日本汉学家，是冈鹿门与重野成斋的学生，著有汉文《拙存园丛稿》八卷三册，刊于大正八年(1919)(参见：汤志钧《鳞爪集》，中国社会科学出版社2000年版，第127~128页)。章炳麟曾为馆森鸿《拙存园丛稿》作序，落款时间为1899年孟春。馆森鸿的生平又见于廖振富、张明权选注《在台日人汉诗文集》之《馆森鸿生平及其作品》(“国立”台湾文学馆2013年版，第207~246页)。

⑥ 宋恕：《亲灯余录序》，胡珠生编：《宋恕集》，中华书局1993年版，第295页。“子渐此书……则必可与《丹铅》、《日知》、《养新》诸录同列，抑或可高一等也欤，愿我禹域见者珍之。”(宋恕：《亲灯余录序》，胡珠生编：《宋恕集》，中华书局1993年版，第297页)《赠别馆森袖海》称“《余录》考证精博”(宋恕：《亲灯余录序》，胡珠生编：《宋恕集》，中华书局1993年版，第847页)。

独立禅师、张燧、汤来贺之言行，尤此土之要故也”①。随后，1902 年 4 月，宋恕作《留别杭州求是书院诸生诗》有“遗民僻集犹多卓，皇代诸宗各有豪”，对于“遗民僻集”，宋恕注称“如日本所刊之张燧《千百年眼》，尤其卓者。《魏叔子集》亦有可观，但不在僻列”②。1905 年 11 月，宋恕作《粹化学堂办法》称“夫海外望国皆图、书并重，与我古人左图右书之学若合符节。明儒张燧曾极论近世废图学之害，所见正同。乃今之浮慕西洋者至于译图书馆作藏书楼，罔删图字之义，足征此辈素乏图学之观念矣”③。宋恕对《千百年眼》的评论及征引皆在其参阅《亲灯余录》之后，可以推测宋恕对张燧的关注应该是通过《亲灯余录》获悉的。笔者寡闻，目前未能找到馆森鸿《亲灯余录》一书，更无从获知馆森鸿对张燧的相关记载，但从宋恕所言“如日本所刊之张燧《千百年眼》，尤其卓者”，可以推测《亲灯余录》所载《千百年眼》当属于此版本，即光绪十四年(1888)王惕斋日本铜版缩刊本。在日本所刊行的《千百年眼》中，只有光绪十四年本孙点《千百年眼·跋》中介绍了张燧在日本的情况，馆森鸿对张燧的相关记载应该是源自孙点《千百年眼·跋》④。

1924 年除夕，今关天彭拜访馆森鸿，提及明末流寓到日本的中国文人时，馆森鸿问今关天彭知不知道《千百年眼》的作者张燧。今关天彭对此茫然无知，于是找到一本《千百年眼》，“读过之后发现不过是从各种书中抽取关于经史百家的新奇说法，并不是什么特别值得关注的书”。而让今关天彭感兴趣的是《千百年眼》的作者曾东渡日本，其线索是孙点《千百

① 宋恕:《亲灯余录序》，胡珠生编:《宋恕集》，中华书局 1993 年版，第 295 页。按：此序作于 1900 年 4 月。

② 宋恕:《留别杭州求是书院诸生诗》，胡珠生编:《宋恕集》，中华书局 1993 年版，第 857 页。

③ 宋恕:《粹化学堂办法》，胡珠生编:《宋恕集》，中华书局 1993 年版，第 389 页。按：有关张燧论废图谱之害，可见《千百年眼》卷五“歆、向废图谱之学”。

④ 按：孙点《千百年眼跋》有文“时当明末，天下汹汹，不可以朝夕居，浮海东游，籍以避世。此稿适在行箧中。日本为同文国，当时朝政未改，崇尚儒术，列藩建学，优礼名流。胜朝遗民，若朱舜水、陈升庵、戴曼公、张非文等，先后来东，昌明汉学。海滨文物，于焉极盛。酒井藩主与张君善，得读所著，忻然心赏，即付梨枣，以饷同好”。至于张燧是否东渡日本，可参阅拙文《晚明湘潭学者张燧东渡日本驳议》(《船山学刊》2012 年第 4 期)。

年眼·跋》中所言①。为探究张燧是否东渡日本，今关天彭找到了孙点所谓的酒井版《千百年眼》②，他根据酒井版《千百年眼》中清田儋叟、皆川淇园及栗元恺所作的序跋皆未言及张燧东渡之事，于是他断定“孙点的话不过是一席笑话，是虚构的不是事实”。

接着今关天彭分析了孙点杜撰张燧东渡日本的原因在于：

> 《千百年眼》在中国并不流行，王惕斋由于酷爱古书将其出版。作者张燧的传记不详，从朱舜水和水户的义公(德川光圀)，陈元赟和名古屋的敬公(德川义直)的事情来看，为了附会这本书的翻刻地小滨的藩主，不知是日本的某人杜撰的故事，还是孙点杜撰的，结果就是序文中所看到的那样。想象一下当时的风气可见这种事并不稀奇。

今关天彭指出明和年间日本文坛比较流行袁宏道、钟惺等人的诗风，“东京和大阪地区和明末思想有共鸣的人非常多”，在此情况下，日本学界了解到《千百年眼》一书，但能看到此书的人很少③，于是小滨的田君修得到了这本书将其翻印出版。但是，今关天彭也认可孙点所言“中原坊肆及藏书家非特未见，且未之闻”，其理由是“这本书被加进乾隆的全毁书目中，在中国绝迹也是理所当然”。

今关天彭对张燧及其《千百年眼》的相关问题是经过系统研究的。首先，对于《千百年眼》的内容，今关天彭通过认真研读，认为此书在撰写上没有什么特别之处，不过是抽取他人著述中的新奇说法。从史源学的角度而言，今关天彭的这种判断是比较有道理的。但以此完全否定《千百年

① 按：今关天彭自述和馆森鸿交流后，便对明代流寓日本的张燧、朱舜水、戴曼公(独立和尚)、陈升庵(陈元赟)、张非文等人非常感兴趣，并且撰写相关文章刊发于《北京日报》《日本》和《日本人》等杂志，最后汇集为《流寓日本的明末诸士》一书。而馆森鸿给今关天彭所介绍的几位明末流寓日本之士，恰恰是孙点《千百年眼·跋》中记载的，由此可以推定馆森鸿《亲灯余录》有关张燧在日本之事当是源自孙点《千百年眼·跋》。

② 按：孙点所谓的酒井版《千百年眼》，即1767年日本扩充堂本。

③ 按：当时的名士皆川淇园指出“先是余闻《千百年眼》之书，所有多伟论可采，而屡索之贾肆，莫能得矣”(参见皆川淇园《刻〈千百年眼〉序》)。

眼》一书似乎不是很妥，毕竟此著不同于明代其他拼凑之作，其间渗透着张燧卓越的学术识见。其次，对于张燧东渡日本问题的考察，即对孙点所论的批驳，应该是今关天彭创新之见①。总体而言，今关天彭对《千百年眼》的态度可以说是批判的接受。

张燧及其《千百年眼》在国内从明末到民国时期，不同历史阶段，随着《千百年眼》不同刻印本的增多，其接受群体也不断扩大②。由简单抄录、节选《千百年眼》相关条目，发展到在著述立说中灵活引用《千百年眼》。由欣赏、赞叹张燧具有"豪杰之眼"，演进到借鉴张燧的学术鉴识来开阔心胸探讨学术问题。《千百年眼》传播到日本后，从江户时代迄今，不少学者对其予以关注，有的对其进行抄录，有的对其征引，有的对其进行评析，有的对其进行深入探究，体现出不同的接受方式。《千百年眼》在中国及日本的接受史，表面上是接受者对《千百年眼》认可或贬斥，实际上"也反映了不同时代的审美情趣，鉴赏能力，期待视野，社会思潮以及某些意识形态上的发展和变化"③。

---

① 诸如馆森鸿、俞樾、王贻谋、顾颉刚、钱茂伟等皆是依据孙点之论，误认为张燧曾东渡日本。

② 从接受学的角度而言，张燧确是一个成功的创作者，其创作《千百年眼》的过程，是考虑到读者之所需的。因为"作品只有在读者能力的水平上才存在"（冈特·格里姆：《接受学研究概论》，刘小枫编译：《接受美学译文集》，三联书店 1989 年版，第 91 页）。

③ 高中甫：《歌德接受史（1773—1945）·引言》，社会科学文献出版社 1993 年版，第 2 页。

# 第三章　张燧《千百年眼》与宋代笔记关系考

在《千百年眼》中多处透露出张燧对宋儒的批判，诸如卷二“季子之贤有定论”条，“宋儒拘挛，一倡而雷同至今，特为洗之”；卷三“孟子善言《诗》”条，“使宋儒为之，不知添许多诠释矣”；卷三“孟子不尽信《武城》”条，“虽然，使是说不出孟氏，则宋儒又以为异端之射的矣”；卷五“《过秦论》出《丹书》”条，“贾长沙《过秦论》末所云‘仁义不施，而攻守之势异’，为宋儒所笑。不知其原出于《丹书》也”；卷十一“程子静坐之说类禅”，“程子见人静坐，便叹其善学，盖阳辟禅而阴用之也……然则‘静’之一字，宋儒尚未梦见也”等。叙述之间，足显张燧对宋儒学问的不满。但是纵观《千百年眼》一书，在其 511 条中，有 100 多条和宋人的笔记、文集是相关的，且绝大部分是没有注明征引的①，这与张燧所倡导的反对剿袭是相悖的。笔者认为有必要对此相关问题予以史源学的探究，借以探析《千百年眼》与宋儒著述之间的关系，更有裨于了解张燧之学术思想。

## 第一节　《千百年眼》与二苏著述关系考

苏轼、苏辙以诗文雄天下，与曾巩、欧阳修等并为“八大家”。明代中叶，随着唐顺之、茅坤等人针对复古运动中“言必秦汉”风气的纠弊，明人对宋人的文章开始多加关注。诸如张燧《千百年眼》中近三十个条目与苏轼、苏辙著述的相关内容有一定的联系。

张燧《千百年眼》卷四“秦之所以帝”条，其文为：

---

① 参见“表 3.1　张燧《千百年眼》源自宋人笔记、文集一览表”。

尚论秦之帝者，皆曰“商君开塞耕战，范雎远交近攻”。此说似矣，而非其要也。及读东坡《策断》，为之跃然。《策断》曰：“用兵有权，权之所在，其国乃胜……”

按：张燧所言“及读东坡《策断》，为之跃然”，而《策断》之文见于《东坡全集》卷四十八《策断三首》，说明他可能读过苏轼的《东坡全集》，张燧此条仅开篇“尚论秦之帝者……而非其要也”系张燧之论，其余皆是节选《东坡全集》卷四十八《策断三首·策断上》①。《千百年眼》卷九“郭忠恕清节”条，可见于《东坡全集》卷九十四“郭忠恕画赞”条②，而张燧此条有文“东坡《画赞》，叙之甚详”，说明其应该参阅过《东坡全集》。

另外，《千百年眼》卷七“晋室所以败”条，有文为“坡公此论，可为一代定评矣”。虽然，“晋室所以败”条乃是出自苏辙《栾城应诏集》卷二《进论五首·晋论》③，张燧可谓誉非其人。但是，从张燧读《策断》“为之跃然”，论“晋室所以败”称“坡公此论，可为一代定评矣”，足见其对苏轼之文的肯定与喜爱。

### （一）完全抄录苏轼之文

（1）《千百年眼》卷一“尧不诛四凶”条，见于苏轼《东坡全集》卷九十二“尧不诛四凶”条④，又见于《东坡志林》卷三。

（2）《千百年眼》卷五“申公不知止”条，完全摘自《东坡全集》卷九十二“窦婴田蚡”条⑤，又见于《东坡志林》卷十。

（3）《千百年眼》卷五“霍光疏昌邑王之罪”条，与《东坡全集》卷九十

---

① 苏轼：《东坡全集》，《景印文渊阁四库全书》第1107册，上海古籍出版社1987年版，第671~672页。

② 苏轼：《东坡全集》，《景印文渊阁四库全书》第1108册，上海古籍出版社1987年版，第516页。

③ 苏辙：《栾城应诏集》，《景印文渊阁四库全书》第1112册，上海古籍出版社1987年版，第852页。

④ 苏轼：《东坡全集》，《景印文渊阁四库全书》第1108册，上海古籍出版社1987年版，第481页。

⑤ 苏轼：《东坡全集》，《景印文渊阁四库全书》第1108册，上海古籍出版社1987年版，第486页。

二“霍光疏昌邑王之罪”完全相同①，又见于《东坡志林》卷三。

(4)《千百年眼》卷六“晋室久乱”条，完全摘自《东坡全集》卷一百四“人物”②，又见于《东坡志林》卷十二，仅把“时武帝在也”改为“时武帝在朝”。

(5)《千百年眼》卷七“王衍羞见其女”条，完全摘自《东坡全集》卷一百四“人物”③，又见于《东坡志林》卷十。

(6)《千百年眼》卷七“英雄自相服”条，完全抄录《东坡志林》卷三④。

(7)《千百年眼》卷七“金土不可同价”条，完全摘自《东坡全集》卷九十二“齐高帝欲等金土之价”⑤，又见于《东坡志林》卷四。

(8)《千百年眼》卷十“王介甫冥贬”条，开篇至“识者谓宰相不学之过”，完全摘自《东坡志林》卷五⑥，又见于《仇池笔记》卷上“舒公封荆公”。但文后“张和仲曰……”当是张燧之论。

**(二)简单删改、节录苏轼之文**

(1)《千百年眼》卷二“季子之贤有定论”条，有文：

> 坡公作《季子赞》曰：“泰伯之德，钟于先生。弃国如遗，委蛇而行。坐阅《春秋》，几五之二，古之真人，有化无死。”可谓季子知己矣。

《东坡全集》卷九十四“延州来季子赞”，其文为：

---

① 苏轼：《东坡全集》，《景印文渊阁四库全书》第1108册，上海古籍出版社1987年版，第487页。

② 苏轼：《东坡全集》，《景印文渊阁四库全书》第1108册，上海古籍出版社1987年版，第643页。

③ 苏轼：《东坡全集》，《景印文渊阁四库全书》第1108册，上海古籍出版社1987年版，第643页。

④ 苏轼：《东坡志林》，《景印文渊阁四库全书》第863册，上海古籍出版社1987年版，第36页。

⑤ 苏轼：《东坡全集》，《景印文渊阁四库全书》第1108册，上海古籍出版社1987年版，第493页。

⑥ 苏轼：《东坡志林》，《景印文渊阁四库全书》第863册，上海古籍出版社1987年版，第50页。

《延州来季子赞》曰："泰伯之德，钟于先生。弃国如遗，委蜕而行。坐阅《春秋》，几五之二，古之真人，有化无死。"①

(2)《千百年眼》卷三"子胥、种、蠡皆人杰"条，此条见于苏轼《东坡全集》卷一百五"论古"②。苏轼此条中有"子胥、种、蠡皆人杰而扬雄曲士也"，张燧当是取此为标题。

(3)《千百年眼》卷三"田单用疑"，其文为：

田单之保即墨也，使人食必祭，以致乌鸢。又设为神师，皆近儿戏，无益于事。盖先以疑似置人心腹中，则夜见火牛龙文，足以骇动，取一时之胜，此其本意也。

《东坡全集》卷九十二"田单火牛"条，其文为：

田单使人食必祭，以致乌鸢。又设为神师，皆近儿戏，无益于事。盖先以疑似置齐人心中，则夜见火牛龙文，足以骇动，取一时之胜，此其本意也③。

按：此条又见于苏轼《东坡志林》卷五。

(4)《千百年眼》卷三"商鞅善托其君"条中"说者曰：'图王不成，其弊犹可以霸。'呜呼！使齐桓、晋文而行汤、武之事，将求亡之不暇，虽欲霸可得乎？"摘自苏轼《东坡全集》卷四十三"乐毅论"④。

(5)《千百年眼》卷四"秦之所以帝"条，仅开篇"尚论秦之帝者……而

① 苏轼：《东坡全集》，《景印文渊阁四库全书》第1108册，上海古籍出版社1987年版，第513页。

② 苏轼：《东坡全集》，《景印文渊阁四库全书》第1108册，上海古籍出版社1987年版，第649页。

③ 苏轼：《东坡全集》，《景印文渊阁四库全书》第1108册，上海古籍出版社1987年版，第484页。

④ 苏轼：《东坡全集》，《景印文渊阁四库全书》第1107册，上海古籍出版社1987年版，第593页。

非其要也”是张燧之言，其余节选苏轼《东坡全集》卷四十八《策断三首·策断上》①。

(6)《千百年眼》卷四“吕后邪谋在暮年”条，节选苏轼《东坡全集》卷四十二“汉高帝论”②。

(7)《千百年眼》卷七“庾亮失计”条，此条节选《东坡全集》卷九十二“庾亮不从孔坦陶回言”③。仅在文末加“东市之诛，非不幸也！庾亮盖祖晁错之覆辙也，乃幸而不诛，晋室之不竞，宜哉！”

(8)《千百年眼》卷七“隋氏富庶”条，删改苏轼《东坡全集》卷四十九《策问·国学秋试策问二首》④，仅在文末加“是果何道以致之也？吁！亦奇矣”。

## (三)简单删改、节录苏辙之文

(1)《千百年眼》卷二“晋文公知大计”条是对《古史》卷十六“晋唐叔世家第九”中“苏子曰”内容的删改⑤。

(2)《千百年眼》卷二“鲁公室与战国相终始”条，完全节选《古史》卷十“鲁周公世家第三”⑥。

(3)《千百年眼》卷三“乐毅、田单两贤相厄”条，其中第一段史事叙述部分完全节选《古史》卷五十“乐毅列传第二十七”⑦。

(4)《千百年眼》卷三“虞卿复相赵”条，摘自《古史》卷五十四“虞卿鲁

① 苏轼：《东坡全集》，《景印文渊阁四库全书》第1107册，上海古籍出版社1987年版，第671~672页。

② 苏轼：《东坡全集》，《景印文渊阁四库全书》第1107册，上海古籍出版社1987年版，第582页。

③ 苏轼：《东坡全集》，《景印文渊阁四库全书》第1108册，上海古籍出版社1987年版，第492页。

④ 苏轼：《东坡全集》，《景印文渊阁四库全书》第1107册，上海古籍出版社1987年版，第685~686页。

⑤ 苏辙：《古史》，《景印文渊阁四库全书》第371册，上海古籍出版社1987年版，第354~355页。

⑥ 苏辙：《古史》，《景印文渊阁四库全书》第371册，上海古籍出版社1987年版，第299页。

⑦ 苏辙：《古史》，《景印文渊阁四库全书》第371册，上海古籍出版社1987年版，第597~598页。

仲连列传第三十一"①，仅把最后"而太史公失不言之耳"改为"太史公叙次偶倒耳"。

(5)《千百年眼》卷三"仲连使秦不终帝"条，摘自《古史》卷五十四"虞卿鲁仲连列传第三十一"，仅句末加"仲连死，秦人帝，不旋踵而亡，若天下共守其言不背也"。

(6)《千百年眼》卷三"黄歇之祸不在李园"条，完全摘自《古史》卷四十八"春申君列传第二十五"②，仅把"苏子曰：黄歇相楚王，患王无子，而以己子盗其后"改为"黄歇之为奸，大类不韦，而行之于为相之后，尤不义"。

(7)《千百年眼》卷三"燕、吴之所以亡"条，节选摘自《古史》卷十一"燕召公世家第四"③，仅在文末加"而为燕、吴者，亦何利此二子哉！"

(8)《千百年眼》卷四"高帝入关有天幸"条，完全节录《栾城后集》卷七"汉高帝"④。

(9)《千百年眼》卷七"晋室所以败"条，节选《栾城应诏集》卷二《进论五首·晋论》⑤。但张燧在末尾指出"坡公此论，可为一代定评矣"。似乎认为此论属苏轼，不妥。

(10)《千百年眼》卷七"狄仁杰不杀易之、昌宗"条，是摘自《栾城后集》卷十《历代论四·狄仁杰》⑥。张燧仅在开头和结尾加"母后临朝，如吕后、武则天，此国家大变也"和"张玄羽曰：'狄公在周，如大乘菩萨行忍辱行，自非小圣所测。'"

(11)《千百年眼》卷八"牛、李有同恶"条，删改《栾城后集》卷十一

---

① 苏辙：《古史》，《景印文渊阁四库全书》第371册，上海古籍出版社1987年版，第619页。

② 苏辙：《古史》，《景印文渊阁四库全书》第371册，上海古籍出版社1987年版，第585页。

③ 苏辙：《古史》，《景印文渊阁四库全书》第371册，上海古籍出版社1987年版，第304页。

④ 苏辙：《栾城后集》，《景印文渊阁四库全书》第1112册，上海古籍出版社1987年版，第645~646页。

⑤ 苏辙：《栾城应诏集》，《景印文渊阁四库全书》第1112册，上海古籍出版社1987年版，第852页。

⑥ 苏辙：《栾城后集》，《景印文渊阁四库全书》第1112册，上海古籍出版社1987年版，第671页。

《历代论五·牛李》①。

(12)《千百年眼》卷十二“待宗藩之法”条，后半部分节选《栾城集》卷二十一“上皇帝书”②。张燧此部分内容的删改容易给人造成错觉，如“今宗室……”如果误认为张燧之言，那么就是指明代之宗室，但此语乃苏辙之语，所以此处实指宋代的宗室。

据上所述，可见张燧《千百年眼》中与苏轼、苏辙著述相关部分，当是源自《东坡全集》《东坡志林》《古史》及《栾城集》。

## 第二节 《千百年眼》与罗大经、王楙、叶梦得、陆游、郑樵著述关系考

张燧《千百年眼》中注明引有罗大经(字景纶)、王楙(字勉夫)、叶梦得(字石林)、陆游(号放翁)、郑樵(世称夹漈先生)之文。《千百年眼》卷十“中兴十策”，张燧叙述完康伯可所进“十策”后，指出“罗景纶恨伯可之改节”，其实有关康伯可之“十策”及罗景纶对康伯可的评价，皆源自罗大经《鹤林玉露》乙编卷四“中兴十策”③，说明张燧可能阅读过《鹤林玉露》。《千百年眼》卷八“唐、宋逸诗赋”有文“宋王勉夫《野客丛谈》中，得《壮观亭记》，略以报命，而赋宝月观者，固寥寥也”。张燧所言于王勉夫《野客丛谈》中得《壮观亭记》，此可见于王楙《野客丛书》卷十四“天开图画记”中有《壮观亭记》，可见张燧可能阅读过王楙的《野客丛书》。《千百年眼》卷十“苏文之伪”条，有“叶石林尝问苏氏诸子”，此条可完整见于叶梦得《避暑录话》卷下，张燧仅把叶梦得所言“余尝问苏氏诸子”改为“叶石林尝问苏氏诸子”，可见其应该读过《避暑录话》。《千百年眼》卷八“柳子厚《非国语》报”条，有文为：

---

① 苏辙：《栾城后集》，《景印文渊阁四库全书》第1112册，上海古籍出版社1987年版，第677页。

② 苏辙：《栾城集》，《景印文渊阁四库全书》第1112册，上海古籍出版社1987年版，第233页。

③ 罗大经：《鹤林玉露》，中华书局1983年版，第182~183页。

柳子厚平日法《国语》为文章，而其后也，作《非国语》，历诋其疵病，不少置。陆放翁曰：坡公在岭外，特喜子厚文，朝夕不去手，与陶渊明并称二友。及北归，与钱济明书，乃痛诋子厚《时令》、《断刑》、《四维》、《贞符》诗篇，至以为小人无忌惮者，岂亦《非国语》之报耶！

陆游《老学庵笔记》卷十，有文为：

徐敦立侍郎颇好谑，绍兴末，尝为予言："柳子厚《非国语》之作，正由平日法《国语》为文章，看得熟，故多见其疵病。此俗所谓没前程者也。"予曰："东坡公在岭外特喜子厚文，朝夕不去手，与陶渊明并称二友。及北归，与钱济明书，乃痛诋子厚《时令》、《断刑》、《四维》、《贞符》诗篇，至以为小人无忌惮者。岂亦由朝夕紬绎耶？恐是《非国语》之报。"敦立为之抵掌绝倒①。

可见，张燧是读过陆游的《老学庵笔记》。

另外，《千百年眼》卷五"图谱之益"条，其文为：

世无图谱，人亦不识图谱之学。张华，晋人也，问以汉之宫室，千门万户，其应如响，时人服其博物。张华固博物矣，此非博物之效也，见汉宫室图焉……当时作者，后世史臣，皆不知其学之所自。逮郑夹漈见杨佺期《洛京图》，方省张华之由，见杜预《公子谱》，方觉平一之故。由是而知图谱之学，其裨益宏矣。

按：张燧所言"逮郑夹漈见杨佺期《洛京图》，方省张华之由"，可见于《通志》卷七十二《图谱略第一·原学》："臣旧亦不之知，及见杨佺期《洛京图》方省张华之由"②，且张燧此条是对郑樵《图谱略第一·原学》的

---

① 陆游撰，杨立英校注：《老学庵笔记》，三秦出版社2003年版，第330~331页。

② 郑樵：《通志》，《景印文渊阁四库全书》第374册，上海古籍出版社1987年版，第496页。

简单删改，可见张燧可能参依过郑樵的《通志》。张燧此条又见于唐顺之《稗编》卷七十七“原学篇(郑樵)”。

上述是张燧《千百年眼》中注明引自罗大经、王楙、叶梦得、陆游、郑樵之文，其实除了上述5条外，《千百年眼》中还有许多与上述作者相关之文，兹录如下。

### (一)张燧《千百年眼》与罗大经之著述

(1)《千百年眼》卷一“帝尧善爱其子”条，完全抄录罗大经《鹤林玉露》乙编卷六“虞宾”①，仅将末句稍有改动。

(2)《千百年眼》卷一“汤、武不可并言”条，完全抄录《鹤林玉露》乙编卷五“汤武”②。

(3)《千百年眼》卷四“平、勃未可议”条，其文为：

> 子家羁不欲昭公与季氏立异，子家羁岂党季氏者乎？陈平、周勃不与吕氏立异，平、勃岂党吕氏者乎？狄仁杰不与武氏立异，仁杰岂党武氏者乎？今人既亮二子之心，则不得复议平、勃之迹。虽然，此可与知者道。

《鹤林玉露》乙编卷六“子家羁”，其原文为：

> 子家羁不欲昭公与季氏立异，子家羁岂党季氏者乎？陈平、周勃不与吕氏立异，平、勃岂党吕氏者乎？狄仁杰不与武氏立异，仁杰岂党武氏者乎？处事变者须识此意，虽然夫子三都之堕，王陵庭争之语，骆宾王举兵之檄，亦不可少也。声大义者，张胆而明目；定大策者，潜虑而密谋③。

可见，张燧当是删节罗大经之文。

(4)《千百年眼》卷八“刘禹锡不敢用‘糕’字”条，完全摘自宋代罗大

① 罗大经：《鹤林玉露》，中华书局1983年版，第230页。

② 罗大经：《鹤林玉露》，中华书局1983年版，第213~214页。

③ 罗大经：《鹤林玉露》，中华书局1983年版，第222页。

经《鹤林玉露》乙编卷三“糕字”①。

（5）《千百年眼》卷十“秦桧为金人作间”条，完全节选罗大经《鹤林玉露》甲编卷五“格天阁”②。

## （二）张燧《千百年眼》与王楙之著述

（1）《千百年眼》卷二“四科不列曾子”条，完全摘自宋代王楙《野客丛书》卷十八“孔门十哲”③，仅少了最后“不止于唐也”五字。

（2）《千百年眼》卷五“二疏之去以许伯”条，简单删改《野客丛书》卷四“萧疏二傅”④。

（3）《千百年眼》卷七“《兰亭》未可议”条，前半部分是摘录《野客丛书》卷一“《兰亭》不入《选》”条⑤。

（4）《千百年眼》卷七“汉、晋赐金帛各有所盛”条，完全摘自《野客丛书》卷二十七“汉赐金晋赐布帛”⑥。

（5）《千百年眼》卷九“《五代史》韩通无传”条，完全摘自《野客丛书》附录《野老纪闻》⑦。

## （三）张燧《千百年眼》与叶梦得之著述

（1）《千百年眼》卷四“侯公碑考”条，完全摘自宋代叶梦得《避暑录话》卷下⑧。

（2）《千百年眼》卷六“子房、孔明学术”条，完全摘自《避暑录话》卷上⑨。

（3）《千百年眼》卷六“阮籍巧附司马昭”条，完全摘自《避暑录话》

---

① 罗大经：《鹤林玉露》，中华书局1983年版，第170页。
② 罗大经：《鹤林玉露》，中华书局1983年版，第79页。
③ 王楙：《野客丛书》，中华书局1987年版，第205~206页。
④ 王楙：《野客丛书》，中华书局1987年版，第42页。
⑤ 王楙：《野客丛书》，中华书局1987年版，第3~4页。
⑥ 王楙：《野客丛书》，中华书局1987年版，第306~307页。
⑦ 王楙：《野客丛书》，中华书局1987年版，第354页。
⑧ 叶梦得：《避暑录话》，中华书局1985年版，第77~78页。
⑨ 叶梦得：《避暑录话》，中华书局1985年版，第40页。

卷上①。

(4)《千百年眼》卷八“白乐天行藏”条，节选《避暑录话》卷上②。

(5)《千百年眼》卷八“道家三尸神之谬”条，完全摘自《避暑录话》卷下③。

张燧《千百年眼》中相关条目，对叶梦得《避暑录话》之文几乎是以完全抄录为主，足见其对叶氏之文的认可。另外，《千百年眼》卷十“叶石林长厚”条，有文：

> 叶石林出蔡元长门下，所著有《避暑录》，中间纪蔡元长事，多称为鲁公而不名。此虽近于私，亦见古人用心忠厚，有始终处。今之失足权门、自甘厮养者，一遇其败，辄反戈攻之，冀文其丑，其又石林之罪人哉！

虽然，此条源于陈继儒《读书镜》卷二，但是张燧以“叶石林长厚”为标题来概括叶梦得之人品，就不难窥见张燧完全抄录其文的原因，可谓爱其人乃至爱其文。

### (四)张燧《千百年眼》与陆游之著述

(1)《千百年眼》卷五“司马安拙宦”条，完全摘自宋代陆游《老学庵笔记》卷五④。

(2)《千百年眼》卷十“教主之号不祥”条，完全摘自《老学庵笔记》卷二⑤。

(3)《千百年眼》卷十“童贯为真太师”条，其文为：

> 童贯为太师，用广南龚澄枢故事；林灵素为金门羽客，用闽王时谭紫霄故事。呜呼，异哉！然澄枢为内太师，犹稍与外庭异；童贯真

① 叶梦得：《避暑录话》，中华书局1985年版，第22页。

② 叶梦得：《避暑录话》，中华书局1985年版，第9页。

③ 叶梦得：《避暑录话》，中华书局1985年版，第98页。

④ 陆游撰，杨立英校注：《老学庵笔记》，三秦出版社2003年版，第175页。

⑤ 陆游撰，杨立英校注：《老学庵笔记》，三秦出版社2003年版，第82页。

为太师，领枢密院，振古所无。

按：开篇至“呜呼，异哉！”完全抄录《老学庵笔记》卷五①，而张燧之论的后半部分则是完全摘自《老学庵笔记》卷三，其原文为：

赵高为中丞相，龚澄枢为内太师，犹稍与外庭异。童贯真为太师，领枢密院，振古所无②。

张燧“童贯为真太师”条将《老学庵笔记》不同篇章的内容融合在了一起。

(4)《千百年眼》卷十“蔡京奸状”条中“谢任伯在西掖草蔡京谪散官制，其数京之罪曰：‘列圣诒谋之宪度，扫荡无余；一时异议之忠贤，耕锄略尽’”，源于《老学庵笔记》卷十③。

(5)《千百年眼》卷十“种师道策虏有见”条，其文为：

姚平仲谋劫虏寨，钦庙以询种彝叔，彝叔持不可甚坚。及平仲败，彝叔乃请速再击之，曰：“今必胜矣。”或问：“平仲之举，为虏所笑，奈何再出？”彝叔曰：“此所以必胜也。”彝叔可谓知兵矣。然朝廷方上下震惧，无能用者。哀哉，庸主之不可辅也。

《老学庵笔记》卷四，有文：

姚平仲谋劫敌寨，钦庙以询种彝叔，彝叔持不可甚坚。及平仲败，彝叔乃请速再击之，曰：“今必胜矣。”或问：“平仲之举为敌所笑，奈何再击？”彝叔曰：“此所以必胜也。”然朝廷方上下震惧，无能用者。彝叔可谓知兵矣④。

---

① 陆游撰，杨立英校注：《老学庵笔记》，三秦出版社2003年版，第171页。
② 陆游撰，杨立英校注：《老学庵笔记》，三秦出版社2003年版，第111页。
③ 陆游撰，杨立英校注：《老学庵笔记》，三秦出版社2003年版，第347页。
④ 陆游撰，杨立英校注：《老学庵笔记》，三秦出版社2003年版，第127页。

张燧此条几乎完全摘自陆游《老学庵笔记》卷四，只是稍微颠倒顺序而已。

## (五)张燧《千百年眼》与郑樵著述关系考

(1)《千百年眼》卷一"《禹贡》为古今地理之祖"条，节选《六经奥论》卷二"《禹贡地理辨》"条①，又见于唐顺之《稗编》卷七"《禹贡》地理辩(郑樵)"条。

(2)《千百年眼》卷一"三书纪周穆王之贤"条，摘自《六经奥论》卷二"《君牙》、《冏命》、《吕刑》(后世不可信韩愈一碑之失)"条②，又见于唐顺之《稗编》卷七"论《君牙》、《冏命》、《吕刑》三书(郑樵)"。

(3)《千百年眼》卷二"春秋逸《诗》、《书》"条，节选《六经奥论·总论》"《诗》《书》逸篇犹存于春秋之世"条③，又见于唐顺之《稗编》卷一"《诗》、《书》逸篇犹存于《春秋》(郑樵)"条。

(4)《千百年眼》卷三"三礼之乖异"条，删节《六经奥论》卷五"三礼同异辨"条④，又见于唐顺之《稗编》卷十九"三礼同异辨(郑樵)"。

(5)《千百年眼》卷三"孟子善言《诗》"条所言"有作者解曰……"可见于郑樵《六经奥论》卷三"解经不可牵强"条⑤，此论又见于唐顺之《稗编》卷一"解经不可牵强(郑樵)"。

(6)《千百年眼》卷四"秦不绝儒生与经籍"条，"按是时……学者自亡之耳"节选郑樵《通志》卷七十一《校雠略第一·秦不绝儒学论二篇》⑥。

(7)《千百年眼》卷五"武帝纪元"条，节选郑樵《六经奥论》卷四"正朔

---

① 郑樵：《六经奥论》，《景印文渊阁四库全书》第184册，上海古籍出版社1987年版，第41页。

② 郑樵：《六经奥论》，《景印文渊阁四库全书》第184册，上海古籍出版社1987年版，第55页。

③ 郑樵：《六经奥论》，《景印文渊阁四库全书》第184册，上海古籍出版社1987年版，第12页。

④ 郑樵：《六经奥论》，《景印文渊阁四库全书》第184册，上海古籍出版社1987年版，第96~97页。

⑤ 郑樵：《六经奥论》，《景印文渊阁四库全书》第184册，上海古籍出版社1987年版，第73页。

⑥ 郑樵：《通志》，《景印文渊阁四库全书》第374册，上海古籍出版社1987年版，第480页。

总论”的最后一部分[①]，又见于唐顺之《稗编》卷十四“正朔总论(郑樵)”。

(8)《千百年眼》卷五“言灾异不当著事应”条，删改郑樵《通志》卷七十四《灾祥略第一·灾祥序》[②]，又见于唐顺之《稗编》卷六十“灾祥序(郑樵)”条。

(9)《千百年眼》卷五“歆、向废图谱之学”条，完全摘自郑樵《通志》卷七十二《图谱略第一·索象》[③]，仅删掉句尾“作图谱略”四字。

(10)《千百年眼》卷六“卫宏序《诗》之谬”条，节选郑樵《通志》卷七十五《序·昆虫草木略第一》[④]，又见于唐顺之《稗编》卷八“序草木类兼论诗声(郑樵)”。

(11)《千百年眼》卷六“声歌之妙至晋而亡”，节选郑樵《通志》卷七十五《序·昆虫草木略第一》[⑤]，又见于唐顺之《稗编》卷八“序草木类兼论诗声(郑樵)”。

按：上述11条中有6条和《六经奥论》相关，且同时又都见于唐顺之《稗编》的相关篇章，而唐顺之则注明源于郑樵《六经奥论》，从史源学的角度而言，张燧此6条确实源于郑樵《六经奥论》。但是，唐顺之《稗编》刊于万历九年(1581)，《千百年眼》中有许多内容可见于《稗编》，故笔者认为张燧可能参阅的是《稗编》而不是《六经奥论》。另外，虽然与《通志》相关的5条亦可见于《稗编》，但《千百年眼》卷五“歆、向废图谱之学”条，张燧是完全摘自郑樵《通志》卷七十二《图谱略第一·索象》，而此条不见于《稗编》，故与《通志》相关的内容，张燧当是参依《通志》而不是《稗编》。

① 郑樵：《六经奥论》，《景印文渊阁四库全书》第184册，上海古籍出版社1987年版，第78页。

② 郑樵：《通志》，《景印文渊阁四库全书》第374册，上海古籍出版社1987年版，第531~532页。

③ 郑樵：《通志》，《景印文渊阁四库全书》第374册，上海古籍出版社1987年版，第494~495页。

④ 郑樵：《通志》，《景印文渊阁四库全书》第374册，上海古籍出版社1987年版，第559页。

⑤ 郑樵：《通志》，《景印文渊阁四库全书》第374册，上海古籍出版社1987年版，第559页。

## 第三节 《千百年眼》与陈埴著述关系考

张燧《千百年眼》中未见注明征引陈埴之文的记载，亦未见对陈埴学术论断的评析，但《千百年眼》中却有 10 余条内容与陈埴《木钟集》相关，为究其史源，兹论列如下。

(1)《千百年眼》卷四“陈涉秦民之汤、武”条，完全摘自《木钟集》卷十一“史·陈胜”①。

(2)《千百年眼》卷四“高祖为义帝发丧”条，是对《木钟集》卷十一的简单删改②，仅将“汉高祖为义帝发丧与曹操挟天子以令天下未审如何”改为“汉高祖为义帝发丧，与曹操挟天子以令天下，其事无乃相类”。

(3)《千百年眼》卷四“萧何器识”条，因“草莽……沛公不能不垂涎”与《木钟集》卷十一“萧何”条内容完全一样③。

(4)《千百年眼》卷四“萧何治未央宫有深意”条，其文为：

> 高帝之都关中，意犹豫未决，嫌残破故也。何大建宫室，以转其机。盖不欲以据形势、定根本，正言于高帝，恐费分疏耳。正与买田宅自污意同。

《木钟集》卷十一，其文为：

> 高帝都关中之意犹豫未决，盖嫌残破故也。何大建宫室以转其机，至其自夸壮丽，今人皆知其无识，不知何不欲以据形势、定根

① 陈埴：《木钟集》，《景印文渊阁四库全书》第 703 册，上海古籍出版社 1987 年版，第 748 页。

② 陈埴：《木钟集》，《景印文渊阁四库全书》第 703 册，上海古籍出版社 1987 年版，第 738 页。

③ 陈埴：《木钟集》，《景印文渊阁四库全书》第 703 册，上海古籍出版社 1987 年版，第 750 页。

本，正言于高帝恐费分疏，姑假世俗之言以顺适其意(与买田宅自污意同)①。

可见张燧此条仅是对陈埴之文的简单删改。

(5)《千百年眼》卷四“汉初封计户口”条，是对《木钟集》卷十一中内容的简单删改②，仅把“高祖大封同姓，卒有尾大不掉之患，高祖明达何不虑此”删去换为“汉高祖”，其余不变。

(6)《千百年眼》卷四“高祖竟王刘濞”条，其文为：

刘濞之王吴，高祖知其必反，而复遣之，此高祖德性规模，所以大于唐太宗、汉光武。二君以谶纬多杀不辜，为累大矣。

《木钟集》卷十一，其文为：

刘濞之王吴，高祖知其必反，而复遣之，何耶？此高祖德性规模，所以大于唐太宗、汉光武。二君以谶纬杀了多少人③。

可见张燧之文仅是对陈埴之文的简单删改。

(7)《千百年眼》卷四“汉文赐吴王几杖”条，是对《木钟集》卷十一中内容的简单删改④。

(8)《千百年眼》卷五“赵、盖、韩、杨之冤不由廷尉”条，其文为：

张释之为廷尉，天下无冤民。于定国为廷尉，民自以为不冤。若赵、盖、韩、杨之死，谓之不冤可乎？不知汉公卿有罪，未必悉下廷

① 陈埴：《木钟集》，《景印文渊阁四库全书》第703册，上海古籍出版社1987年版，第743页。

② 陈埴：《木钟集》，《景印文渊阁四库全书》第703册，上海古籍出版社1987年版，第733页。

③ 陈埴：《木钟集》，《景印文渊阁四库全书》第703册，上海古籍出版社1987年版，第733页。

④ 陈埴：《木钟集》，《景印文渊阁四库全书》第703册，上海古籍出版社1987年版，第734页

尉。自有诏狱，多丞相、御史大夫治之，或下中二千石杂议。廷尉所谓平者，非必皆宽纵之谓。刚不吐、柔不茹者，平也。以赵、盖、韩、杨之死，归罪于张者，亦浪说耳。

《木钟集》卷十一中，其文为：

张释之为廷尉，天下无冤民。于定国为廷尉，民自以为不冤。若赵、盖、韩、杨之死，谓之不冤可乎？或者说宣帝时，廷尉不独一于定国，虽不独在定国，而定国坐视四子之死，亦不能效张释之之守法如何。

汉公卿有罪未必悉下廷尉，自有诏狱多，丞相、御史大夫治之，或下中二千石杂议廷尉。所谓平者，非必皆宽纵之谓，刚不吐、柔不茹者，平也。赵、盖、韩、杨之死，今作文人，但浪说耳①。

可见张燧之文仅是对陈埴之文的简单删改。

(9)《千百年眼》卷五“卜式不习文章”条，完全摘自《木钟集》卷十一“书卜式传”②。

(10)《千百年眼》卷六“高、光二帝不可优劣”条，摘自《木钟集》卷十一③，仅文末“两者……失之远矣”是张燧所加。

(11)《千百年眼》卷六“《汉书》缺典”条，完全摘自陈埴《木钟集》卷十一④。

(12)《千百年眼》卷八“儒者说诗之谬”条，“诗出于小夫贱隶之口，而说诗者多不免于高叟之固，则所号为穷经稽古之儒，乃反贱隶之不若矣。盖诗人吟咏性情，故意象宽平；老儒执守训诂，故意象窄狭”，是摘

① 陈埴：《木钟集》，《景印文渊阁四库全书》第703册，上海古籍出版社1987年版，第737页。

② 陈埴：《木钟集》，《景印文渊阁四库全书》第703册，上海古籍出版社1987年版，第752页。

③ 陈埴：《木钟集》，《景印文渊阁四库全书》第703册，上海古籍出版社1987年版，第733页。

④ 陈埴：《木钟集》，《景印文渊阁四库全书》第703册，上海古籍出版社1987年版，第741页。

自陈埴《木钟集》卷二“孟子”①。

按：张燧《千百年眼》卷四至卷六论秦汉部分，有 11 条是源自《木钟集》第十一卷，且多为完全抄录或简单删改，一方面可见张燧对《木钟集》的熟悉，另一方面也说明张燧《千百年眼》是有其编纂思想的，不是杂乱的堆砌。

## 第四节 《千百年眼》抄录宋人著述原因探析

张燧倡言“见自己出，而纵笔所如，随手万变，无所规摹，亦无不破的，使后世观者如冷水浇背，陡然一惊，虽能巷议其非，决不能扫除其说”的“豪杰之眼”，反对“影响剿袭”的俗儒之见②及“妄为之说”的宋儒③。但是，《千百年眼》中却有 100 余条是源自宋人的笔记、文集，涉及数十人之著述，且许多条目是完整抄录的，其因在何处呢？张燧作为一般的文人能接触到这么多书籍吗？

### （一）从传播学的角度而言，宋人相关著述在明代的刊刻为张燧的研究提供了载体

如果在张燧生活的时代没有这么多的宋人著述传于世，那么《千百年眼》中的内容当是张燧的创见，不过是与前人偶合而已。但是，全书五分之一内容存在相同或类似，这应该就不是偶合了。其实，由于明代的刻书业相对发达，大量宋人著述都被重新刊印，甚至还有许多明人对宋人相关著述进行了完整的汇编或摘录的选编。

以刊印宋人个人著述而言，许多宋人著述在明代得以重新刊刻。《东坡全集》有成化四年（1468）江西布政司重刊本④，及嘉靖十三年刊本等，

---

① 陈埴：《木钟集》，《景印文渊阁四库全书》第 703 册，上海古籍出版社 1987 年版，第 607 页。

② 《千百年眼·小引》。

③ 《千百年眼》卷二“季子之贤有定论”。

④ 黄天禄：《馆藏百十五卷本〈东坡全集〉的版本探讨》，杜新中主编：《跨世纪的师专图书馆》，成都科技大学出版社 1998 年版，第 347 页。

傅增湘称《东坡全集》“自明以来，传刻纷纷”①。万历时期，《东坡志林》有三个版本，万历赵用贤《东坡先生志林》五卷刻本、万历商濬辑刊《稗海》中的《东坡先生志林》十二卷及毛晋绿君亭刊《苏米志林》中的《苏子瞻志林》二卷②，其中赵用贤的五卷本刊于万历三十年，是流传最广的一种本子③。陈埴《木钟集》系温州知府邓淮重刊于明弘治十四年④。从图书的刊印时间来说，张燧有机会看到这些明刊本的宋人笔记、文集。

就众多宋代名家著述的选编和汇编而言，明代亦产生不少这样的集子。诸如明代商濬刊于万历三十年(1602)的《稗海》⑤，收录宋人笔记四十余种，其中《稗海》第一册收录有《泊宅编》《东轩笔录》；第二册收录有《老学庵笔记》《墨庄漫录》《懒真子》《东坡志林》《冷斋夜话》《云麓漫抄》《石林燕语》《渑水燕谈录》；第三册收录宋代笔记《避暑录话》《清波杂志》《鹤林玉露》《桯史》；第四册收录有《西溪丛话》《野客丛书》《齐东野语》⑥。这些书目占张燧参阅宋人笔记书目的一半⑦，此书在当时发行较广，且有当世名流陶望龄为总校。另外，从刊印时间而言，《稗海》刊于1602年，而《千百年眼》刊于1614年，张燧完全有可能参依《稗海》这种汇编的丛书。像其中收有苏轼《东坡志林》五卷，很为流行，孔凡礼称“商濬实为传播苏轼著作之功臣”⑧。而《千百年眼》中有多条源于《东坡志林》。

再如，唐顺之所编《稗编》刊印于万历九年(1581)，亦大量选编了宋人的文章，诸如郑樵《六经奥论》、程大昌《考古编》、苏辙《古史》《栾城集》、章如愚《群书考索》等，这为张燧阅读宋人笔记提供了很好的载体。

因此，从传播学的角度来说，张燧通过《稗海》《稗编》这类汇编或选编之书，很容易了解到宋人之著述，无疑为编纂《千百年眼》提供很

---

① 傅增湘：《藏园群书题记》，上海古籍出版社2008年版，第677页。

② 李月琪：《苏轼〈东坡志林〉研究》，花木兰文化出版社2008年版，第20页。

③ 李月琪：《苏轼〈东坡志林〉研究》，花木兰文化出版社2008年版，第23页

④ 参见《四库全书总目提要·木钟集》。

⑤ 《稗海大观·商濬序》，郑振铎：《西谛书话》，三联书店1983年版，第404页。

⑥ 商濬辑：《稗海》，中华书局1985年版。按：张燧有关《齐东野语》之内容当是源于《稗海》，可见上编卷十“温泉寒火”条。

⑦ 参见“表3.1 张燧《千百年眼》源自宋人笔记、文集一览表”。

⑧ 孔凡礼：《三苏年谱》(第四册)，北京古籍出版社2004年版，第3056页。

大方便①。

### (二)从接受史的角度而言，宋人笔记、文集符合张燧的阅读选择趋向

对于自己的阅读路径，张燧曾言“余才不逮人，独于文字之好似有宿缘。帖括之暇，得属意经史百家，旁及二氏，与夫稗官小说、家乘野语，不揣荒陋，谬以是意提衡其间。瞥见可喜可悦可惊可怪之语，俗儒所不敢道，与文人之所不能道，目注神倾，辄手录之”②。即张燧的阅读兴趣甚广，经史之外，正宗史家不屑一顾的“稗官小说、家乘野语”，只要有所创见，他都全身心投入地阅读，并予以摘抄。商濬《稗海》在选材方面就很适合张燧的口味，他在“正史犹未足冯据”的情况下，而“人抒胸臆，置丹铅，亦足识时遗事，垂示后人耳目所不及”的稗官小说，“惜乎书隐辞偏，宣播弗广”，导致“是非褒贬，不足衮钺当世”，但这内容却是“博古搜奇者所不可阙”。又鉴于宋代笔记、文集甚多，多有“鱼鲁之讹”，于是利用藏书世家钮石溪的丰富藏书，“撮其记载有体，议论的确者，重加订正。更缗旁收绅家遗书，校付剞劂”，而且商濬对《稗海》自评道：

> 今兹集也，就一书观之，所载方言，所谭阶除，所诧愕者幽异，诚不齿圣贤绪余。然合而数之，上下千百载，涉阅万端，牢笼百态。从汉魏以下，种种名笔，罔不该载，谓之《稗海大观》也固宜。夫天壤间杀青搦管，充栋汗牛，讵敢云稗史尽是。然较之蹄涔行潦，抑有间矣。漆园叟有言：自细视大者不尽，自大视细者不明。乃余之惧选不尽耳。若夫明不明，则以俟诸达观者③。

正是由于商濬所选皆为“名笔”之作，“碌碌无奇则罢去”，“间有散见诸书，未经盛行者不妨收入，以免遗珠”，并以“原本校刻”④，收录全

① 按：郑振铎曾言“商濬《稗海》为甚易得之书。其版片殆至清代犹存，故刷印甚多，流传颇广”(《西谛书话》，三联书店 1983 年版，第 402 页)。

② 张燧：《千百年眼・小引》。

③ 《稗海大观・商濬序》，郑振铎：《西谛书话》，三联书店 1983 年版，第404 页。

④ 《稗海大观・商濬序》，郑振铎：《西谛书话》，三联书店 1983 年版，第 404 页。

书。这样，不仅在选择趋向上符合张燧的标准，而且解决了不易选择全本的问题，故《千百年眼》中有一多半宋人笔记、文集的内容与《稗海》内容有关，也在情理之中了。

### （三）宋人不敢苟同的学术识见或学术观点与张燧的研究兴趣无二

张燧撰写《千百年眼》时，指出自己的研究目的是希望通过自己的探研，使“上下几千年，豪杰之恢张擘画、议论文章，一开卷而了然。向之所谓不容泯灭之精灵，销沉蠹耗于鱼腹者，若招揭一新”①。

陆游阅历丰富，“才气超逸”②，“学问该贯，文辞超迈”，“尤熟识先朝典故沿革，人物出处，以故声名振耀当世”③。其《老学庵笔记》“所记所闻，殊可观也”④，“轶闻旧典，往往足备考证”⑤，“探赜辨物，非苟为言者也”⑥。同样，对于《木钟集》，陈埴认为其所撰文，“或曰：空故能声，虚故能应。坏木之窍穴而万籁出焉。物固有然者矣”⑦。即通过自己识见，要达到化腐朽为神奇的功效。且邓淮《重刊〈木钟集〉序》称“今天下之文集繁矣，而《木钟集》则予未之见也。以予之未见，而又欲刻之，无乃益其繁耶？顾予少时翻阅五经及孔、孟性理诸书，凡诸儒之有发明经旨者，必具列其姓氏，而潜室陈氏与焉。予既已知有其人，而亦与闻其言矣，但未知其言之具载于《木钟集》……矧斯集之不传久矣，后之学者如予未见多矣，刻之于梓，使皆得而见之者，予心也”⑧。正是由于《老学庵笔记》《木钟集》所载内容皆能突破俗儒之陋见，符合张燧的研究趋向，故其对《老学庵笔记》《木钟集》的内容基本是以完整抄录为主，足显英雄相惜之感觉。

---

① 张燧：《千百年眼·小引》。

② 《宋史》卷三百九十五《陆游传》。

③ 《宝庆续会稽志》卷五，于北山：《陆游年谱》，上海古籍出版社2006年版，第561页。

④ 陈振孙：《直斋书录解题》，上海古籍出版社1987年版。

⑤ 永瑢等：《四库全书总目》卷一百二十一《老学庵笔记》，中华书局1965年版。

⑥ 武亿：《授堂文钞》，中华书局1985年版，第26页。

⑦ 《木钟集·陈埴题词》。

⑧ （明）王瓒、蔡芳编，胡珠生校注：《弘治温州府志》，上海社会科学院出版社2006年版，第644页。

如上所述，张燧以其极具见识的学术眼光将宋人笔记、文集中的精彩部分予以节选、抄录，并加以简短醒目的标题，达到“开卷而了然”的效果。不足之处，亦是张燧自相悖理之处，张燧力图纠正明代“影响剿袭，满纸炫然”的文风，但是，《千百年眼》中有许多完整抄录或删节宋人著述内容，却均未注明征引，颇为不妥。

表 3.1　　**张燧《千百年眼》源自宋人笔记、文集一览表**①

| 宋人 | 笔记、文集 | 《千百年眼》摘录情况 | 备注 |
| --- | --- | --- | --- |
| 苏轼 | 《东坡志林》《东坡全集》《仇池笔记》 | 17 条(完全抄录有 4 条) | 仅卷八、卷十一、卷十二没有摘录苏轼之文 |
| 罗大经 | 《鹤林玉露》 | 6 条 | |
| 程大昌 | 《考古编》 | 2 条 | 又见于唐顺之《稗编》 |
| 郑樵 | 《通志》《六经奥论》 | 12 条 | 其中 10 条可见于唐顺之《稗编》所引郑樵篇 |
| 柳开 | 《河东集》 | 1 条(卷二“孔子著述”) | 见《河东集》卷十一 |
| 马永卿 | 《懒真子》 | 4 条 | |
| 苏辙 | 《古史》《栾城集》 | 12 条 | 其中 4 条可见于唐顺之《稗编》 |
| 王楙 | 《野客丛书》 | 6 条 | |
| 李琪 | 《春秋王霸列国世纪编》 | 1 条(卷二“楚之不竞”) | 又见于唐顺之《稗编》 |
| 姚宽 | 《西溪丛语》 | 1 条(卷三“西施不随范蠡”) | 《西溪丛语》卷上 |
| 黄震 | 《黄氏日抄》 | 1 条(卷三“乐毅去就无歉”) | 《黄氏日抄》卷四十六 |
| 洪迈 | 《容斋随笔》 | 4 条 | |

① 按：5 条以下的均于表中列出，其余的见于文中。

续表

| 宋人 | 笔记、文集 | 《千百年眼》摘录情况 | 备注 |
|---|---|---|---|
| 陈埴 | 《木钟集》 | 12条 | 其中卷四就有7条 |
| 陈傅良 | 《十先生奥论注集》《八面锋》 | 3条 | |
| 叶梦得 | 《避暑录话》 | 6条 | 4条是完全抄录 |
| 章如愚 | 《群书考索》 | 3条 | 完全又见于唐顺之《稗编》 |
| 方勺 | 《泊宅编》 | 1条（卷四"文帝奢俭之异"） | 节选《泊宅编》卷中 |
| 陆游 | 《老学庵笔记》 | 6条 | |
| 周密 | 《齐东野语》 | 4条 | |
| 秦观 | 《淮海集》 | 2条 | |
| 陈亮 | 《龙川集》 | 1条（卷六"司马懿非孔明敌"） | 删改《龙川集》卷七"酌古论三·诸葛孔明上" |
| 龚明之 | 《中吴纪闻》 | 1条（卷七"张翰莼鲈"） | 又见于郎瑛《七修类稿》 |
| 何去非 | 《何博士备论》 | 1条（卷七"苻坚拙于用多"） | 删改《何博士备论》卷下"苻坚论上" |
| 沈作喆 | 《寓简》 | 1条（卷八"陆秉大衍数解"） | 节选《寓简》卷一 |
| 何薳 | 《春渚纪闻》 | 1条（卷八"李太白深心"） | 节录《春渚纪闻》卷六"太白胸次" |
| 李纲 | 《梁溪集》 | 1条（卷八"李德裕知所本"） | 节录《梁溪集》卷五十九《表札奏议二十一·议战》 |
| 范祖禹 | 《唐鉴》 | 1条（卷九"崔枢白马之祸不足惜"） | 简单删改《唐鉴》卷二四"昭宣帝" |

续表

| 宋人 | 笔记、文集 | 《千百年眼》摘录情况 | 备注 |
|---|---|---|---|
| 王辟之 | 《渑水燕谈录》 | 1条(卷九"卢多逊愧其父") | 抄录《渑水燕谈录》卷四"才识" |
| 孔平仲 | 《谈苑》 | 1条(卷九"夏竦不值一文") | 节录《谈苑》卷一 |
| 魏泰 | 《东轩笔录》 | 1条(卷九"夏竦剖棺之报") | 节录《东轩笔录》卷九 |
| 蔡絛 | 《铁围山丛谈》 | 1条(卷九"庞籍隐德") | 节录《铁围山丛谈》卷三 |
| 张邦基 | 《墨庄漫录》 | 2条 | 节录 |
| 释惠洪 | 《冷斋夜话》 | 1条(卷十"坡公学长生") | 节录《冷斋夜话》卷十"三君子瑕疵可笑" |
| 周辉 | 《清波杂志》 | 1条(卷十"蔡京奸状") | 节选《清波杂志》卷二 |
| 岳珂 | 《桯史》 | 1条(卷十"朱胜非善处苗、刘") | 节选《桯史》卷六"铁券故事" |
| 赵彦卫 | 《云麓漫抄》 | 2条 | 完全抄录 |

# 第四章　张燧《千百年眼》与明代笔记关系考

张燧《千百年眼》中不仅大量征引宋人笔记、文集，还有很多内容与明人有关，诸如与杨慎、李贽、焦竑、王世贞、胡应麟、张大龄、陈继儒、郎瑛等人的著述有关联，多则数十条，少则一两条。有的注明征引，更多是不知其所出。为更好了解张燧的价值趋向、编纂思想，以及《千百年眼》一书的学术价值，有必要探究《千百年眼》与明代学者相关著述之间的关系。

## 第一节　《千百年眼》与杨慎著述关系考

张燧《千百年眼》作为一部通史性的史论著作，其标题醒目，观点新颖，确有可取之处，但亦有许多不妥。诸如全书511个条目中有80余条是引自杨慎之书，其中73条完全没有任何注明①，与其所反对“影响剿袭，满纸炫然”和“谬以是意提衡其间”的见解是不相符合的②。笔者希望从史源学的角度来梳理《千百年眼》中因袭杨慎之处③，以便学界更好地了解《千百年眼》的学术价值及其精辟的史论。

---

① 王重民认为“(张)燧著书颇学杨升庵，特学力未及，然亦时有新解”(《中国善本书提要》，上海古籍出版社1983年版，第337页)。

② 张燧:《千百年眼·小引》，参见附录一。

③ 张燧因袭杨慎之文，应该绝大部分源于《升庵集》，从刊刻时间来说，《千百年眼》刊于万历四十二年，即1614年，据李贽在《焚书》卷五“读史·升庵集”中所论可知李贽读过杨慎的《升庵集》，而据《焚书·自序》可知《焚书》成于1591年以前，那么杨慎《升庵集》肯定在此之前已经刊于世。

### (一)完全抄录而未名出处

张燧《千百年眼》中每个条目都有一个标题，概括其对问题的看法，但其中有26个条目完全抄录杨慎著述而未加任何注明。其例如下：

(1)卷一“四岳为一人”，见杨慎《升庵集》卷四十二“四岳为一人”①。

(2)卷一“纳于大麓非山麓”，见《升庵集》卷四十二“纳于大麓”(290页)。

(3)卷二“不日成之”，见《升庵集》卷四十二“不日成之”(304页)。

(4)卷二“废井田自管仲”，见《升庵集》卷七十八“坏井田”(779页)。

(5)卷二“秦霸不由孟明”，见《升庵集》卷五十一“孟明”(430页)。

(6)卷四“黔首之称不自秦始”，见《升庵集》卷四十四“明命鬼神以为黔首则(礼祭统)默首共饮食莫之知也(内经)”(322页)。

(7)卷六“方望贤于范增”，见《升庵集》卷四十九“方望贤于范增”(407页)。

(8)卷六“陈蕃悬榻”，见《升庵集》卷六十八“悬榻”(667页)。

(9)卷六“景毅耻不与党锢”，见《升庵集》卷四十九“景毅”(404页)。

(10)卷六“清谈始于汉末”，见《升庵集》卷七十“仲长统郑泉”(691页)。

(11)卷六“汉末史传屈笔”，见《升庵集》卷四十七“汉末史传屈笔”(370页)。但遗憾的是杨慎此条节选自刘知幾《史通》卷七“内篇·品藻第二十三”。

(12)卷六“取刘璋不系孔明”，见《升庵集》卷四十七“蜀取刘璋”(378~379页)。

(13)卷六“《出师表》缺句”，见《升庵集》卷四十七“《出师表》缺句”(377页)。

(14)卷六“晋史矛盾”，见《升庵集》卷四十七“晋惠帝”(382页)，另外，《升庵集》卷七十二“蛙鸣”(705页)皆指出“《中州记》载惠帝闻蛙鸣问之侍臣，贾彻对曰：在官为官蛙，在私为私蛙。帝曰：若是官蛙可给廪

① 杨慎：《升庵集》，《景印文渊阁四库全书》第1270册，上海古籍出版社1987年版，第290~291页。注：以下本小节所引杨慎《升庵集》内容皆源于此册，故随文标明卷数和页码。

比。《北史》所载为详，蛙给廪已自异矣。文中子作《元经》，又曰：帝问蛙鸣，尤可笑也。然《元经》非出文中子，盖阮逸赝作耳”，而张燧不载此，似乎不妥。

(15)卷七“太宗纵囚有所仿”，见《升庵集》卷五十二“纵囚论”(457页)。

(16)卷七“徐有功难于皋陶”，见《升庵集》卷五十一“张文成赞徐有功”(437页)。

(17)卷七“《滕王阁记》出处”，见《升庵集》卷五十三“紫电清霜”(469页)。

(18)卷七“卢怀慎先见”，见《升庵集》卷五十一“伴食”(438页)。

(19)卷八“房管长策”，见《升庵集》卷五十一“房管”(431~432页)。

(20)卷九“晋、唐不通字学”开篇第一段完全摘自杨慎《升庵集》卷六十三“笔法字学”(606页)，第二段则注明引自杨慎《六书索隐序》，并且文末指出“按此段引驳甚精，足为字学开一堂奥”。可见张燧对杨慎之佩服，而第二段注明引自杨慎之论见于《升庵集》卷二“《六书索隐序》”(18~19页)，说明张燧应该读过杨慎此书。

(21)卷九“《五代史》不公”，见《升庵集》卷四十七“钱镠”(379页)。

(22)卷十“介甫寡助”，见《升庵集》卷五十一“王安石”(438~439页)。

(23)卷十一“中兴战功不纪武穆”，见《升庵集》卷四十八“中兴战功不纪武穆”(402~403页)。

(24)卷十一“宋人损益经文”，见《升庵集》卷六十五“璅语”。

(25)卷十一“帝在房州之谬”，见《升庵集》卷四十三“天王居于狄泉”(315页)。

(26)卷十二“翰林不肯撰元宵致词”，见《升庵集》卷六十八“翰林撰致语”(665页)。

由上所列，张燧完全抄录杨慎的26个条目中有6个的标题名亦是完全一致，其余绝大部分仅是对杨慎所列标题进行简单改造，如把“纳于大麓”改为“纳于大麓非山麓”，“孟明”改为“秦霸不由孟明”，“悬榻”改为“陈蕃悬榻”，“纵囚论”改为“太宗纵囚有所防”等。有些标题虽然与杨慎所名相差较远，但考其内容不过是对杨慎观点的概括，如“帝在房州之谬”条，杨慎名为“天王居于狄泉”，从标题上看，二者相差较远，但内容却是一字不差，而且杨慎亦言“《纲目》书帝在房州，房州唐一统之地，岂得以乾侯为比，当书帝居房州乃合春秋之法”，可见张燧“帝在房州之谬”不过是对杨慎之语的简单提炼。另外，尽管上述条目是张燧完全抄录杨慎之言，但其中亦有许多迷惑性的语言使读者认为乃是张燧之论。如“陈蕃悬榻”条仅把杨慎“悬榻”条中的“愚谓”改为“杨升庵曰”，这样做似乎是为了说明“杨升庵曰”以后部分是杨慎之语，而“杨升庵曰”以前乃张燧之论，其实不然。“取刘璋不系孔明”条句末有“今以取刘璋为孔明病，盖亦未之考也”；“《出师表》缺句”条开篇有“孔明《出师表》今世所传皆本《三国志》，按……”；“徐有功难于皋陶”条文中有“愚尝谓为大将者……谁谓后世不及古人乎”；“宋人损益经文”文末有“吾未敢以为然也”。诸多“今”“按”“愚尝谓”“吾”等，这些正在进行时语词和第一人称按语的迷惑性，使研习者会误为此乃张燧之论。

### (二)部分截割而未加标注

张燧《千百年眼》中既有上述完全摘录杨慎的，亦有对杨慎之文予以部分截取而未加任何自己内容的。具体表现如下所列。

(1)卷一“古史之谬”，见《升庵集》卷四十七“古史考”(368 页)，删去句末“予观近日刻《国朝登科录》，洪武庚戌至甲子不知取士之科几，开张显花伦金瓙，不知为何科大魁，况考论洪荒之世乎?”

(2)卷一“巢、许非旷士”，见《升庵集》卷四十九“王维谈名理”(406 页)，仅删去句末“维之谈名理如此，岂减晋人耶”。

(3)卷二“二《雅》当以体别”，绝大部分摘录《升庵集》卷四十二“大雅小雅”(303 页)，仅少句末“特为表出之”。另杨慎此条中“《大雅》所言皆受命配天继代守成与所以圣之事固为大矣；《小雅》所言文武以天保以上治内，采薇以下治外亦岂小哉!”是源自宋代范处义《诗补传》卷十六“正《小雅》”条，但杨慎亦未注明。

(4)卷二“左氏贬荀息”，见《升庵集》卷四十三“荀息”(312 页)，仅删开头“涑水曰”三字。

(5)卷二“秦缪公学于宁人”，见《升庵集》卷四十二“寺人之令”前半部分(299 页)，颇有断章取义之嫌。

(6)卷二“季文子三思”，见《升庵集》卷四十五“季文子三思”(336 页)，因删去“左氏侈然称之。黄东发曰：行父”和文末“然则以三思称季文子者亦左氏之流也夫”，顿失杨慎之原意。

(7)卷二“阳虎之奸”，见《升庵集》卷四十三“盗窃宝玉大弓(八年)得宝玉大弓(九年)”(309 页)，仅删开篇“升庵曰”。

(8)卷三“《孟子》句读”，见《升庵集》卷七十二“书句”，是截取后半部分(709 页)。杨慎之意在于讨论“古书句读多不同”，而张燧仅取其对《孟子》的举例。

(9)卷四“古文多譬况”，见《升庵集》卷五十二“古人多譬况”(444~445 页)。

(10)卷四“章邯未可轻”，见《升庵集》卷四十九“章邯未可轻”(404 页)，仅少“方万里云”四字。

(11)卷四“四皓赐碑”，见《升庵集》卷四十八“四皓庙碑”(388~389 页)仅删杨慎句末“故特表出之”。

(12)卷六“李密《陈情表》讹字”，见《升庵集》卷四十七“李密《陈情表》”(377 页)，仅删句尾“近日赵弘道作《令伯祠记》辩‘伪朝’字，惜未见此”。

(13)卷七“王导遗诛”，见《升庵集》卷四十九“黄东发评王导”(412~413 页)。此条是对杨慎之论的任意割裂，仅取开头，然后从中间截取，而删掉一些重要的内容，如“近日阳明王公、后渠崔公皆有此论，与愚见不谋而合，因观黄东发之言，昔人已有此评矣，不厌重著之”(413 页)。

(14)卷七“王逸少经济”，大部分截取杨慎《升庵集》卷四十九“王逸少经济”(405~406 页)。

(15)卷七“刘知幾无史才”，见《升庵集》卷四十七“老泉评《史通》”(370 页)，仅删开篇“老泉评刘子玄《史通》云世称其详且博，然多俚辞俳状，史之纪事将复甚乎，其所讥诮者唯子餗为差愈。吁！其难而然哉!”和中间“二公之论当矣”，及结尾部分“黄山谷尝云论文则《文心雕龙》，评史则《史通》，二书不可不观，实有益于后学焉(刘子玄子餗作《史例》三卷)”。

(16)卷八“唐诗之盛不关选举”，截取自杨慎《升庵集》卷五十四“胡唐论诗”(472~473 页)

(17)卷九“王朴异才”，见《升庵集》卷四十九“王朴”(406 页)，删掉了杨慎对王朴的概括之语“外事征伐，内修文治”“近于知道矣”。

(18)卷九“《纲目》正秦统”，见《升庵集》卷四十八“秦一统十五年”

(392页)，删掉句末“信矣，刘氏《书法》、尹氏《发明》不能一言赞之何哉?”

(19)卷十“宋儒谈天”，截取杨慎《升庵集》卷七十四“宋儒论天”(729~730页)。张燧删改“盖处于物之外，方见物之真也，吾人固不出天地之外，何以知天地之真面目与，且圣贤之学切问近思，亦何必求知天外之事耶”(730页)，为“盖处于物之外，方能见物。吾人不出天地之外，何以知天地之真也?”

(20)卷十一“夹杂道学”，见《升庵集》卷七十五“夹杂道学”(750页)，仅删句末“无乃谬耶”。

(21)卷十一“陈同甫格言”，截取《升庵集》卷七十五“陈同甫与朱子书”(750~751页)删去“予喜其言有切于士病，故书之以自警。刘安世尝云愿士夫有此名节，不愿士夫立此门户，此元祐之士病。黄履翁云愿士夫务道学之实，不愿士夫立道学之名，则淳熙以后士病也。党籍伪学之禁，虽小人无忌惮，亦君子有以招之与”(751页)。

(22)卷十一“传注相沿之误”，“注疏家所称‘先郑’者”至“尽扫宋人而归之朱子”是截取杨慎《升庵集》卷七十一“先郑后郑”(700页)，此例可谓割裂原文为其证据。且其文“今之学者吾惑之，摭拾宋人之绪言，不究古昔之妙论，尽扫百家而归之宋人，又尽扫宋人而归之朱子”颇具迷惑性，以为是张燧之言，其实是照录杨慎原文。

上述22例中，张燧对杨慎之文的简单截取，主要表现在三个方面，其一，删起始之句。这样的删减容易造成杨慎之言或杨慎引用他人之言，被误认为是张燧所论。如第4、7条。其二，删结论之语。这样截取容易使杨慎表达观点之处，被张燧给抹杀掉，如第1、2、3、11、20条等。其三，任意截取。这样造成的不妥：一是，造成一些重要内容被砍掉，如第13条，“王导遗诛”，此条是对《升庵集》卷四十九“黄东发评王导”的任意割裂，仅取开头，然后又从中间截取，而删掉文末“近日阳明王公、后渠崔公皆有此论，与愚见不谋而合，因观黄东发之言，昔人已有此评矣，不厌重著之”。第21条，“陈同甫格言”删去杨慎所言“予喜其言有切于士病，故书之以自警。刘安世尝云愿士夫有此名节，不愿士夫立此门户，此元祐之士病。黄履翁云愿士夫务道学之实，不愿士夫立道学之名，则淳熙以后士病也。党籍伪学之禁，虽小人无忌惮，亦君子有以招之与”。而其标题实取自杨慎“予喜其言有切于士病，故书之以自警”。二是，多有断章取义之嫌。如，第5条，“秦缪公学于宁人”，是截取杨慎《升庵集》卷四十二“寺人之令”前半部分。第15条“刘知幾无史才”截取杨慎《升庵集》卷四十七“老泉评《史通》”，删去开篇“老泉评刘子玄《史通》云世称其详且博，然多俚辞俳状，史之纪事将复甚乎，其所讥消者唯子餗为差愈。吁！其难而然哉！”和中间“二公之论当矣”，及结尾部分“黄山谷尝云论文则《文心雕龙》，评史则《史通》，二书不可不观，实有益于后学焉(刘子玄子餗作《史例》三卷)”。这样张燧以“刘知幾无史才”为标题，颇有断章取义之嫌。

## (三)简单增删与割裂拼凑

在《千百年眼》中，张燧对杨慎之论采摘颇多，如果说完全摘录和部分截取尚能保留杨慎成果的部分原貌，那么其对杨慎之文的增删和割裂拼凑，则会造成原意大失。

(1)卷一“帝赉良弼”，是对《升庵集》卷四十二“高宗梦良弼”(294~295页)的删改，将“武丁以梦相傅说事著于书矣，而世犹疑之曰：梦而得贤可也，或否焉，亦将立相之与，且旁求以象之肖也”改为“傅说事，世咸疑之，以为梦而可得也。或否焉，亦将立相之与”。另外删去中间杨慎引用刘禹锡、元凯等人的精彩对白，替之为“此说辨矣而亦非”，进而删去文末杨慎的进一步论说之文：“司马彪《庄子音义》谓傅说生无父母，洪氏注《楚辞》谓说一旦忽然从天而下便为成人，无少长之渐，此儿童之言也，固不必辩”(第295页)。可谓经过张燧的修改、剪切，使杨慎之意大失。

(2)卷一“太王未尝剪商”，摘录《升庵集》卷四十二“大王翦商”(306~307页)，删去开篇杨慎所引胡庭芳之论，换为“太王剪商之说，不知何据。夫太王迁岐，在商帝乙之世。商家中兴，又五十九年……”另外删去表明杨慎观点的“余谓此言是矣，但未知诗之字误也”(306页)，即杨慎是赞成胡庭芳之观点的，而张燧则换为自己的感叹“呜呼！是何重诬古人也！”接之便是大段截取杨慎之论。

(3)卷一“世官之弊”，摘录《升庵集》卷四十五“立贤无方”(346~347页)。删去杨慎开篇“孟子言汤执中，立贤无方者亦何取其义，至于穷旦夜之思而汲汲若是乎！盖尝考之”，另把文末“岂非万世君人相国之第一义乎”换为“固虞夏以来，所未有也”。

(4)卷三“鲁郊禘不出成王之赐”，参依《升庵集》卷五“鲁之郊禘辩”(63~65页)，绝大部分内容是杨慎的原话。张燧文末“记礼者以为鲁礼，皆成王赐之，以享周公。而疑似之说，遂至于今，不可以不解”，似乎是其发现此说，而杨慎文末有云“经传之明证大案其众如此，曲儒之单闻孤说，其寡如彼，辩是非于千载之下，当何从，亦从其众而已”。另外张燧的标题是取杨慎之论辩结果。

(5)卷三“西施不随范蠡”，大部分内容是源于《升庵集》卷六十八“范蠡西施”(668~669页)。对于此问题，宋姚宽《西溪丛语》卷上，有对西施去向的怀疑，而张燧所引“唐《景龙文馆记》……畏入荷花”，与姚宽同，但张燧在文后有“余按……要之沉江之说为信”。似乎是其所论，颇有不当。张燧“西施不随范蠡”第一部分是对杨慎之论的摘录，而且颠倒语序，杨慎是主张沉江说的。第二部分当是摘录宋姚宽《西溪丛语》卷上，但姚宽的观点是“此诗云复还会稽，又与前不同，当更详考”。说明张燧综合杨、姚的论说，而取杨慎之观点。

(6)卷四“高祖酬赏遗辕生”，见《升庵集》卷四十七“袁生”(381~382页)。仅开头加“汉高祖大封功臣，所遗不独纪信也”，另外对于杨慎引陆机之语，张燧加有“余考”二字，一看似乎是张燧所论，其实不然。再者，张燧对杨慎的论断也只截取一部分。

(7)卷五“田千秋之贤”，见《升庵集》卷四十九“田千秋”(404页)，仅加“虽然……以所遇之幸耳”。

(8)卷六“曹操讽汉复九州岛”，见《升庵集》卷七十二“唐庚语”(709页)，仅删“唐庚曰”，加“况鬼蜮如操耶”。

(9)卷七“《兰亭》未可议”，部分截取《升庵集》卷五十三“兰亭记”(466页)。对于《兰亭》不入《文选》，宋代多有所论，宋代史绳祖《学斋占毕》卷二“辩《兰亭》不入《文选》之失”、王楙《野客丛书》卷一“《兰亭》不入《选》”。但张燧前半部分是摘录王楙之文，后半部分是源于杨慎之文，可谓是一文两取。

(10)卷七“徐敬业之败”，见《升庵集》卷七十“败棋有胜着”(689页)，仅是颠倒语序。

杨慎“败棋有胜着”条目原文：

尹德毅之说萧詧龙敏之献策潞王从珂，魏思温之谋策李敬业，皆奇谋也。谚云：败棋有胜着。惜乎！当局者迷耳。

而张燧"徐敬业之败"条原文为：

敬业举义，魏思温劝其直趋河洛，以匡复为事。此与尹德毅之说萧詧，龙敏之献策潞王从珂，皆奇谋也。谚曰："败棋有胜着。"惜乎当局者迷耳。

(11)卷八"诗词讹字"，是割裂拼凑《升庵集》卷六十"书贵旧本"(576~577页)。

(12)卷八"唐、宋逸诗赋"，开篇至"今此二赋俱不传"完全摘自《升庵集》卷五十三"白牛溪赋"(463~464页)，而"韩文公……而此赋亦不传"则是完全摘自《升庵集》卷五十二"二卢"(452页)。

(13)卷八"李泌相业"，见《升庵集》卷四十七"李泌家传"(381页)，仅删去文末"眉山史照之言曰：家传诚不可尽信，亦岂得尽不信哉"，但文中补充部分"《家传》……握笔著《家传》十篇"是摘自《新唐书》卷一百三十九《李泌传》。

(14)卷九"新、旧《唐书》优劣"，简单增减《升庵集》卷四十七"二《唐书》"(370~371页)，文中删去"余又观"，改为"如"，删改"宋人徒欲夸当代以诬后世，不知可尽诬乎！今具载二书之文于左"，改为"宋人徒欲以夸当代，不知后世耳目其可尽诬乎"，而杨慎所举的例子也被张燧删掉。

(15)卷九"《通鉴》省文之谬"，开篇至"殊可笑也"见《升庵集》卷四十七"牛继马"(381页)，省去"又按唐元行冲元魏之后著《魏典》三十卷，引魏明帝时西柳谷瑞石有牛继马之像，旧时谓元帝本出牛氏，诬辞也。魏道武帝名犍，继晋受命，此其应也"。而张燧此论后半段则取自陶宗仪《辍耕录》卷二十四"汉魏正润"，《四库全书总目》卷一百六十六《还山遗稿》提要中亦指出陶宗仪此论。

(16)卷十"章惇有功于长沙"，是简单删改《升庵集》卷七十六"开梅山"最后一部分(756~757页)。杨慎之论是对章惇开梅山之事，通过分析两首不同风格的诗，最终得出结论，而张燧则直接截取杨慎的结论。

(17)卷十"李泰伯非不喜《孟子》"，开篇至"则尊之亦至矣"完全节选

《升庵集》卷四十八“李泰伯不喜《孟子》”(394页)，对于此条张燧曰“按此语出杨升庵，可谓确见”，并且认为“胡元瑞极辨……则其无根亦甚矣”，其所论无根之谈与杨慎最后的论断，“今之浅学舍经、史、子、集，而剿小说以为无根之游谈，故详辩之”相同，但张燧却将此句删掉。

(18)卷十“宋礼儒臣”，是简单删改《升庵集》卷四十八“宋主礼儒臣”(394页)，仅把“宋之君崇礼儒臣过于汉唐，正史之所遗者有二事”删改为“宋之君崇礼儒臣”，而把“后之则如弱主之畏豪奴，岂曰荣遇美事乎，书之只辱”改为“后之则如弱主之畏豪奴，书之只辱青史，岂曰荣遇美事乎?”

(19)卷十一“张千载高谊”，见《升庵集》卷四十八“张千载”(402页)，删去“刘须溪纪其事赞于文山像后曰：间居忽忽万古咄咄，天气惨然如动生发，如何寻约亦念续刍，岂其英爽犹累形躯，同时之人能不颡泚，昔忌其生今妒其死”，而在句末加“而千载高谊，亦千载而下所不多见也”。

(20)卷十一“刘辰翁节行”，是截取《升庵集》卷四十九“刘须溪”的开头部分(411页)。

(21)卷十二“御制《尚书》二解”，见《升庵集》卷四十二“圣制《尚书》二解”(289页)，仅在文末加“皇皇圣训，不独高光却步，即唐文皇视此，退舍远矣”。

以上21条内容经过了张燧的加工处理，其表现手法：

一是简单增删，变换语句而观点不变。如，第1、2、3、4、6、7、8、13、15、17、18、19、20、21条。尽管《千百年眼》属于读书札记之类，但张燧如此处理资料颇为不妥，使后人难以把握其资料之来源。譬如，第6条，“高祖酬赏遗辕生”条，是简单增删《升庵集》卷47“袁生”条(381~382页)，其文为：

> 陆机《汉高祖功臣颂》曰：“袁生秀朗，沉心善照。汉旆南振，楚威自挠。大略渊回，元功响效。邈哉斯人，何识之妙。”按《汉书》辕生说汉王曰：“愿君出武关，项王必引兵南走。王深壁，令荥阳、成皋且得休，乃复走荥阳。如此则楚所备者多，力分，汉得休，复与之战，破楚必矣。”其后高祖未酬其赏，故史不列于功臣之数。陆机作颂，乃侪之二十一人之列，可谓发潜阐幽矣。王应麟曰：“辕生说行

而身隐，鸿飞鱼潜，脱屣圭组，远希鲁连，近慕董公，亦古之逸民，不可与辩士说客并论也。”慎按《姓氏书》辕生乃辕涂之后。汉有辕固生之后也，其后去车为袁。后汉《袁良碑》叙其世系曰：当秦之乱，隐居河洛，高祖破项，实从其策，天下既定，还宅扶乐。文失其名，碑亦阙焉，非陆士衡、王伯厚发其潜德，人亦罕知之，予故汇之以补班史之遗焉。

而张燧仅在杨慎“袁生”条开头加“汉高祖大封功臣，所遗不独纪信也”。另外对于杨慎引陆机之语，张燧在其前加有“余考”二字，一看似乎是张燧之考论，其实不然。再者，张燧对杨慎的叙述也只截取其前半部分，删去杨慎的论断之语。杨慎之意在于搜集资料补充《汉书》之所缺，经张燧的删改，既不能体现其所谓“高祖酬赏遗辕生”之意，亦失去杨慎“袁生”条之本意。

二是割裂剪裁、颠倒语序之拼凑。如，第5、7、9、10、13、14、17条。杨慎之文经过张燧剪辑拼凑，不仅使后人难以判断何为其论，更使原创者之本意被抹杀殆尽。譬如第3条，杨慎《升庵集》卷六十八“范蠡西施”(668~669页)原文是：

世传西施随范蠡去，不见所出。只因杜牧“西子下姑苏，一舸逐鸱夷”之句而附会也。予窃疑之，未有可证以折其是非。一日读《墨子》曰：“吴起之裂，其功也；西施之沉，其美也。”喜曰：此吴亡之后，西施亦死于水，不从范蠡去之一证。《墨子》去吴越之世甚近，所书得其真，然犹恐牧之别有见。后检《修文御览》见引《吴越春秋·逸篇》云：“吴亡后，越浮西施于江，令随鸱夷以终。”乃笑曰：此事正与《墨子》合。杜牧未精审，一时趁笔之过也。盖吴既灭，即沉西施于江。浮沉也，反言耳。随鸱夷者，子胥之谮死，西施有力焉。胥死，盛以鸱夷，今沉西施所以报子胥之忠，故云随鸱夷以终。范蠡去越，亦号鸱夷子，杜牧遂以子胥鸱夷为范蠡之鸱夷，乃影撰此事以堕后人于疑网也。既又自笑曰范蠡不幸遇杜牧受诬千载，又何幸遇予而雪之亦一快哉！

张燧“西施不随范蠡”之文是：

> 自杜牧有"西子下姑苏，一舸逐鸱夷"之句，世传范蠡载西施以逃。及观《修文御览》引《吴越春秋·逸篇》云："吴亡后，越浮西施于江，令随鸱夷以终浮沉也。"子胥之被谗，西施有力焉。子胥死，盛以鸱夷浮之江。今沉西施于江，所以谢子胥也。范蠡去越，亦号鸱夷子，杜牧遂误以子胥为蠡耳。《墨子》曰："吴起之裂其功也，西施之沉其美也。"岂非明证哉！文士一时趁笔，遂堕后人于疑网。

两文相比对，可见张燧所引资料和杨慎之文完全相同，只不过是对杨慎"范蠡西施"条进行简单删改，语序稍有调整而已。

上述第 11 条，"诗词讹字"条(135～136 页)是割裂拼凑《升庵集》卷 60"书贵旧本"，张燧删去开篇"观乐生爱收古书，尝言古书有一种古香可爱，余谓此言未矣"，以及"余于滇南见故家收唐诗纪事抄本甚多，近见杭州刻本则十分去其九矣……"张燧结尾为"凡此皆系改本，谬伪百出，书之所以贵旧本也"，是改写杨慎之结尾"其余不可胜数也，书所以贵旧本者，可以订讹，不独古香可爱而已"。经过张燧的删改完全没有杨慎"书贵旧本"之意。张燧袭其文，换其题，更其意。另"古诗……拟字胜亦字"完全摘自《升庵集》卷五十八"贱妾亦何为"；"《南史》王晞诗……正用晞语也"，完全摘自《升庵集》卷五十六"日蓦"；"《儋耳山》……遂使全篇俱病"完全摘自宋张邦基《墨庄漫录》卷一。"诗词讹字"可谓是一文多取，说明张燧著《千百年眼》颇为用心。

### (四)取其文而乱其意

张燧在对杨慎之文进行摘录、截取时，常根据个人之理解而添设标题。其例如下：

(1)卷十一"采石之战有先备"，开篇至"可谓不易之论"是简单截取《升庵集》卷五十一"虞雍公功烈(允文)"(439～440 页)。诸如删去"余窃妄论宋朝多议论少成功，虽盛时犹然也。况积习消靡之余，夫人皆喜逸而恶劳，图安而惧危。中兴以来，前有张魏公，后有虞雍公为国家任其劳。当其危者也，彼不少愧焉，而又忍短毁之乎"(440 页)，可谓抹掉杨慎评点的精彩之处，而且张燧之标题文不对题。对于虞允文此事，马端临《文献通考》卷二百四十七《经籍考七十四·虞雍公奏议》有所阐述，但杨慎文中丘濬之论当是其补，所以张燧当是参依杨慎之说。另外，此条后半部分当是节选《升庵集》卷四十七“海鳅船”，杨慎注此条源于《杨诚斋海鳅船赋序》，张燧仅在文末加“此亦致胜之由也”。

(2)卷十一“守唐、邓可以图恢复”，是简单删改杨慎《升庵集》卷四十七“虞雍国忠肃公守唐、邓欲取长安事”(383～384页)。杨慎本意是保存史料，而张燧删去了杨慎所举眉山任夔的论断，另外又删去文末“允文城唐、邓欲取长安事，不见于史而见于任夔之文，健武遗民之忠勇亦不见于史而见于范成大之《北辕录》，予特表之”(384页)，导致文意大失。另外，张燧的标题只是对杨慎之论的笼统概括。杨慎之意有二：其一，说明如果依虞允文之策可以收复长安；其二，杨慎还有保存史料之意。但经过张燧的删改，仅勉强体现其一。

通过上述例子，可见张燧对杨慎的著述是非常熟识的，可以说达到信手拈来的程度，但遗憾的是通过其“千百年眼”的识断，却使杨慎部分原文的精彩之笔顿失，而且与原意亦相差甚远。

### (五)张燧因袭杨慎之文的原因

张燧《千百年眼》中近乎六分之一的内容是源于杨慎之书，且分布于《千百年眼》的各卷中，对于这位喜读书史，且“不为苟同”之士①，这难道是一种偶合？笔者认为，通观《千百年眼》全书的体例，是按时间顺序，从先秦至明代，纵贯而成，显然是一种通史的写法。说明张燧在材料安排取舍上用功颇深，那么为何出现大量因袭杨慎之文的现象呢？笔者认为除去学界所批评明人学术空疏，草率为文之外，还应有以下原因：

其一，受李贽的影响。

李贽在《焚书》中专门列有“《杨升庵集》”条目，是李贽读《升庵集》的体会，如其所言“予读先生文集有感焉”②。且《焚书》中亦列出二十余篇李贽读《升庵集》的感言，如《伯夷传》《岳王并施全》《张千载》等皆是对《升庵集》内容的评断。因此，有学者认为李贽的异端思想一定程度上受杨慎影响是有其道理的③。而同样以异端自我标榜的张燧，应该是因李贽

---

① 参见武新立编著：《明清稀见史籍叙录》，江苏古籍出版社2000年版，第147页。

② 李贽：《焚书》卷五《读升庵集》，岳麓书社1998年版，第205页。

③ 田同旭：《论杨慎对李贽异端思想的影响》，《晋阳学刊》2007年第1期。

之学而研习杨慎之书。因为李贽摘录杨慎之文，而张燧亦对李贽所录之文进行转抄。如张燧《千百年眼》卷二“季文子三思”条，其内容为：

> 季文子相三君，其卒也无衣帛之妾、食粟之马，无藏金玉，无重器，可谓善矣。然怨归父之谋，去三家至扫四大夫之兵以攻齐，方公子遂弑君立宣公，行父不能讨，反为之再如齐纳赂焉。……诚如其言，则《中庸》所谓“思之弗得弗措也”，《管子》所谓“思之思之，又重思之，思之不通，鬼神将通之”，吴臣劝诸葛恪十思者，皆非矣。

按：李贽《焚书》卷五“季文子三思”条，应是抄录杨慎《升庵集》卷四十五“季文子三思”条，其文为：

> 文子相三君，其卒也无衣帛之妾，食粟之马，无重器备，左氏侈然称之。黄东发曰：“行父怨归父谋去三家，至扫四大夫之兵以攻齐。方公子遂弑君立宣公，行父之不能讨，反为之再如齐纳赂焉。……诚如其言，则《中庸》所谓‘思之不得弗措也’，管子所谓‘思之思之又重思之，思之不通，鬼神将通之’，吴臣劝诸葛恪十思者，皆非矣。”

但李贽此文抄录《升庵集》卷四十五“季文子三思”，只是删去杨慎“季文子三思”文末“然则以三思称季文子者亦左氏之流也夫”。而张燧则是对李贽之文的截取，仅删去“左氏侈然称之。黄东发曰：行父”。

上述之例可以说明张燧有可能在李贽的影响下，对杨慎之著述予以关注，譬如张燧《千百年眼》中在抄录杨慎之文时，亦多有引用李贽之论予以佐证。遗憾之处是，李贽在评析《升庵集》时，对于杨慎之论都是有所注明的，而张燧则颇有掠人之美的嫌疑。

其二，对杨慎学问的推崇。

张燧在《千百年眼·自序》中对人的见识分为“豪杰之眼”“文人之眼”“俗儒之眼”，他反对论述“迂疏无当”的文人之眼，更批驳“影响剿袭，满纸炫然”的俗儒之眼，而极力赞成“无所规摹，亦无不破的”豪杰之眼，可见，张燧很看重具有创新意识的学问。而杨慎作为嘉靖朝的状元，在做人和学问方面，皆是超乎常人。这无形中增加了张燧对杨慎的崇敬，如《千百年眼》卷九“晋、唐不通字学”，张燧在引用杨慎《六书索隐序》后，称其“引驳甚精，足为字学开一堂奥”。卷十“李泰伯非不喜《孟子》”条，张燧认为杨慎之论“可谓确见”，而称胡应麟之辨“则其无根亦甚矣”。在卷十二“杨介甫父子相业文章”条，张燧对杨慎的评论为：

余盖尝评论之：升庵博洽似张茂先，诗文似庐陵、眉山两先生，坎壈过汉之贾长沙，而经术解悟，直越宋之程、朱而上之。有升庵而当代之人物，可与往哲争衡矣！矮人观场，徒谓先生为博学人，而一二崛强之老，又且掇拾其后，是皆不知先生，又何足以为先生重轻耶①？

正是缘于李贽《读升庵集》的影响，以及张燧对杨慎阅历和学问的崇拜，再者，当时“《升庵文集》盛行于世”②，为张燧能见到《升庵集》提供了便利条件，“(张)燧著书颇学杨升庵，特学力未及，然亦时有新解”③，这样才出现《千百年眼》中大量摘引杨慎之文的现象。

## 第二节 《千百年眼》与李贽著述关系考

目前学界对《千百年眼》的研究，多因其观点迥异、论说精辟而赞叹不已。但是，纵观《千百年眼》一书，笔者发现它与李贽的相关著述有密切的联系④。诸如全书511个条目中有60多条是引自李贽之书，其中50

---

① 是论前半部分出自张燧对杨慎的赞誉，而后半部分则是源自李贽《读升庵集》中对杨慎的评论，其文为：“况复有矮子者从风吠声，以先生但可谓之博学人焉，尤可笑矣!”(《焚书》，岳麓书社1998年版，第205页)

② 李贽：《焚书》卷五《唐贵梅传》，岳麓书社1998年版，第208页。

③ 王重民：《中国善本书提要》，上海古籍出版社1983年版，第336~337页。

④ 顾颉刚阅读《千百年眼》时，曾指出“其书固有已意，而杂采郑樵、杨慎、李贽之说不少，有出其名者，亦有不出其名者。明人著书，本极随便，宜其如此。此人若生清代，当是姚际恒、崔述之流亚也。……其有志于击破传统思想甚明白”(参见顾颉刚著，顾洪编：《顾颉刚学术文化随笔》，中国青年出版社1998年版，第422页)。顾颉刚虽指出张燧书中杂采李贽之说不少，但对张燧的学术眼光仍是评价较高。钱茂伟《张燧〈千百年眼〉：晚明史学的杰作》(《学术月刊》2001年第5期)亦论及李贽思想对张燧的影响。但两文均未深入探究张燧《千百年眼》与李贽相关著述的关系。

余条是完全没有任何注明的，笔者意图梳理《千百年眼》与李贽相关著述之间的关系，进而洞悉张燧“异端”思想之渊源。

## 一、《千百年眼》中注明征引自李贽著述之内容

张燧在读书过程中，对于一些“可喜可悦可惊可怪之语，俗儒所不敢道，与文人之所不能道”之语非常感兴趣①，纷纷予以摘抄编订。而以“异端”之论著称的李贽之文，张燧更是备加喜爱，《千百年眼》中征引李贽之文的，多用“李卓吾云”“李卓老曰”“卓吾子曰”等，且视李贽之论为“定评”。其例如下：

(1)卷二“孔子无所不佩”条，抄录《焚书》卷五“无所不佩”条②，仅把李贽原文“李卓吾曰：道学原重外饰，盖自古然矣，而岂知圣人之不然乎？”改为“卓吾子曰”，其余完全相同。

(2)卷二“孔子请讨陈恒”条，是对《焚书》卷五“陈恒弑君”条的简单删改③，并称李贽此论“至言至言”。李贽很明确地注明征引杨慎之言，但张燧却将李贽所云“升庵先生曰”删掉，颇为不妥。

(3)卷六“孔文举关系”条，其中“李卓吾曰：老瞒专国二十五年，终不敢篡汉自立……非虚语矣”，出自《藏书》卷二十八《名臣传·直节名臣》④。

(4)卷十一“名教之累”条，“李卓吾曰”之内容是节录《焚书》卷五“孔明为后主写申韩管子六韬”条⑤，张燧称“卓老此论甚快”。

(5)卷十二“革除死难之多”条，“李卓吾曰”之内容是源自《续藏书》卷五《逊国名臣·文学博士方公》⑥。而未注明部分则源自《续藏书》卷七《逊国名臣·国子博士黄公》⑦，此条引自《续藏书》的不同部分，足见张燧对《续藏书》是比较熟悉的。

---

① 张燧：《千百年眼·小引》，参见附录一。

② 李贽：《焚书》，岳麓书社 1998 年版，第 216~217 页。

③ 李贽：《焚书》，岳麓书社 1998 年版，第 218 页。

④ 李贽：《藏书》，中华书局 1974 年版，第 467~468 页。

⑤ 李贽：《焚书》，岳麓书社 1998 年版，第 224~225 页。

⑥ 李贽：《续藏书》，中华书局 1974 年版，第 87 页。

⑦ 李贽：《续藏书》，中华书局 1974 年版，第 128 页。

(6)卷十二“西杨荐贤”条，对李贽《续藏书》卷十《内阁辅臣·杨文贞公》文后所引评语及李贽之评的改编，即李贽所引“苏谈云”“《菽园杂记》云”和他对杨士奇的点评①。张燧称“此盖卓老深意”。

(7)卷十二“杨善迎銮之功”条，其中李贽之论见于《续藏书》卷十三《勋封名臣·杨忠敏公》②。

(8)卷十二“国朝三大功臣”条，“李卓吾曰”是《续藏书》卷十四《勋封名臣·王文成公》中李贽之评语③。

(9)卷十二“王晋溪识阳明”条，标明“李卓吾曰”是对《续藏书》卷十七《经济名臣·王公》的删改④。

由上面张燧标明引自李贽之文的内容而言，张燧在编写《千百年眼》时肯定参阅过李贽的《焚书》《藏书》及《续藏书》等。依据张燧对李贽所论的评价，诸如“至言至言”“此论甚快”等语，可见这位不愿苟同之士对李贽是非常崇拜的。那么《千百年眼》中是否仅有上述之论源自李贽的相关著述呢？

## 二、《千百年眼》中未注明征引自李贽著述之内容

张燧对学术眼光的界限是非常清晰的，极力倡导有自己见解，不为世俗所囿的“豪杰之眼”，反对仅注重华丽辞藻，无益于世的“文人之眼”，痛斥因循剿袭，仅为“粟红贯朽之用”的“俗儒之眼”。但在《千百年眼》中却有许多内容是源自李贽的相关著述，而未加注明的，这样很容易导致读者“李”冠“张”戴，故下面从史源学的角度来考察《千百年眼》征引李贽相关著述之内容。

### (一)源自《藏书》中之内容

李贽在《焚书·自序》中介绍他此时有书四种，其中之一便是《藏书》，主要论说“上下数千年是非，未易肉眼视也”之事情。而张燧参阅过李贽

① 李贽：《续藏书》，中华书局1974年版，第173~174页。
② 李贽：《续藏书》，中华书局1974年版，第261页。
③ 李贽：《续藏书》，中华书局1974年版，第278~279页。
④ 李贽：《续藏书》，中华书局1974年版，第366页。

的《焚书》，如《千百年眼》卷八“李太白深心”条中引有“卓老有诗云：‘天宝年间事已非，先生不醉将安归？’他人有心，余忖度之矣”。而李贽之语出自《焚书》卷六，其文为：“天宝年间事已非，先生不醉将安归？当时豪气三千丈，倾国名花赠玉妃。”正是缘于李贽在《焚书》中对《藏书》的介绍，使张燧对《藏书》也颇为关注。另外，据中华书局1974年版《藏书·再版说明》可知《藏书》最早刻印于万历二十七年(1599)，而《千百年眼》则成于万历四十二年(1614)，从成书时间而言，张燧亦是有机会看到《藏书》的。下面则从具体内容上来论述张燧对《藏书》的抄录。

(1)卷五“交道之弊”，其文为：

今之论交者，皆曰王、贡，萧、朱。若以此为第一义，夫弹冠结绶，时势相依，正今士之弊。而乃以为至交，伤哉！益以见世之无交也。

《藏书》卷二十九《名臣传·直节名臣·朱晖朱穆》有文为：

夫古之善交者鲜矣，汉兴，称王阳、贡禹、陈遵、张竦……晔盖讥绝交也。是岂识公叔著论之本意乎，况荆卿、豫让，历万世而一遇，遇且不可交，又曷可绝也。晔之见益鄙矣。且夫弹冠结绶，时势相依，正今士之弊。晔独以为至交，伤哉！益以见世之无交也，不待绝而自绝矣①。

(2)卷六“汉祚之长”条，其文为：

汉之亡也，贬献帝为公，后为山阳夫人。相传至玄孙秋，犹为公，行汉正朔，用天子礼乐，西晋亡而汉祀始绝。前后计之，汉盖已有五百余年，深仁厚泽之报，固不爽也。老瞒篡汉，以贻子孙，相传五帝，共享国四十一年。其一被弑，其二见废，惟丕、叡仅存耳，然则老瞒不亦枉苦心耶！

---

① 李贽：《藏书》，中华书局1974年版，第473~474页。

《藏书》卷四《世纪·三国兵争·魏》，其原文为：

汉献贬帝为公，以后为山阳公夫人，相传至玄孙秋犹为公，行汉正朔，用天子礼乐未绝也。永嘉不兢，氐、羌并起，司马晋已失天下，况魏乎？呜呼！又谁知汉以公相传，又且几百年，而魏之不祚一至此也。西晋已亡，而后汉之祀绝，则汉之祀有五百余年，其末代如周之寄食东西，而又胜之矣，深仁厚泽之报何如哉①！

……长道乡公奂，操孙也，司马昭弑髦而立之。昭卒，子炎嗣为晋王，篡魏，废奂为陈留王。在位七年而魏绝。魏之前后五帝，共享国四十一年。其一被弑，其二见废，唯丕与叡仅存。然则魏武亦枉苦心矣，本欲灭吴并蜀以一天下，孰知吴蜀未灭，而已先灭耶？又岂料俯仰之间，四十余年，荡然遂无复有耶②？

(3)卷七“玄宗惨刻”条，其文为：

明皇待诸弟，可谓极其仁爱。然一日而杀三子，何相悖也？呜呼，让皇帝于是为不可及矣，非让皇帝有太伯、叔齐之贤，则明皇之视诸弟，不难于诸子乎？

《藏书》卷六十《亲臣传·太子瑛》，其文为：

李卓吾曰：明皇待诸弟，如此其仁爱；待诸子，如此其不仁。何相悖也？呜呼！让皇帝于是为不可及矣，非让皇帝有太伯、叔齐之贤，则明皇之视诸弟，不难于诸子矣③。

由上述例子可知，无论从图书的刊印时间，或是从内容而论，张燧上述之论应该是源自李贽《藏书》。

① 李贽：《藏书》，中华书局1974年版，第61页。
② 李贽：《藏书》，中华书局1974年版，第62~63页。
③ 李贽：《藏书》，中华书局1974年版，第1010页。

### (二)源自《读升庵集》中之内容

李贽曾编著有《读升庵集》二十卷，大概成书于1596—1600年①。张燧熟读过李贽的《焚书》，《焚书》中有李贽《读升庵集》的内容20余条，那么，张燧是否参阅过《读升庵集》呢？据《千百年眼》内容而言，张燧应该参考过李贽的《读升庵集》，其例证如下：

(1)卷一"帝赉良弼"，其文为：

> 傅说事，世咸疑之，以为梦而得贤可也。或否焉，亦将立相之与。且天下之貌相似亦多矣，使外象而内否，亦将寄以盐梅舟楫之任与？审如是，则叔孙之梦竖牛，汉文之梦邓通，卒为身名之累，梦果可凭与？或者又云：武丁尝遁于荒野而后即位，彼在民间，已知说之贤矣。一旦欲举而加之臣民之上，人未必帖然以听也，故征之于梦焉。且商俗信鬼，因民之所信而导之，是贤人所以成务之几也。此说辨矣而亦非。盖所云梦赉者，实帝感其恭默之诚而赉之也。其性情治者其梦寐不乱，乃可以孔子梦周公同观。郑文梦鹿而得真鹿，心诚于得鹿者，尚可以得。况诚于求贤，而有不得者乎？

《读升庵集》卷五"帝赉良弼"条，其文为：

> 傅说事，世咸疑之。曰梦而得贤可也。或否焉，亦将立相之与。且天下之貌相似亦多矣，使外象而内否，亦将寄以盐梅舟楫之任与？审如是，则叔孙之梦竖牛，汉文之梦邓通，卒为身名之累，梦果可凭与？或曰：非也。武丁尝遁于荒野而后即位，彼在民间，已知说之贤矣。一旦欲举而加之臣民之上，人未必帖然以听也，故征之于梦焉。且商俗信鬼，因民之所信而导之，是贤人所以成务之几也。刘禹锡之言曰……其所云梦赉者，实帝感其恭默之诚而赉之也。其性情治者其梦寐不乱，乃可以孔子梦周公同观。郑文梦鹿而得真鹿，心诚于得鹿

---

① 司马朝军：《〈读升庵集〉是伪书吗？——为一件长达200年的冤案平反》，《古籍研究》2002年第3期。

者，尚可以得。况诚于求贤，而有不得者乎？①

按：李贽《读升庵集》中“帝赉良弼”条，是源自杨慎《升庵集》卷四十二“高宗梦良弼”条，但从标题和内容而言，李贽《焚书》中所摘录的《读升庵集》内容没有此条，故张燧所论应是对李贽《读升庵集》“帝赉良弼”条的简单删改。

（2）卷六“李密《陈情表》讹字”，其文为：

李密《陈情表》，有“少仕伪朝”之句，责备者谓其笃于孝，而妨于忠。尝见佛书引此文，“伪朝”作“荒朝”，盖密之初文也。“伪朝”字，盖晋改之以入史耳。刘静修诗有云：“若将文字论心术，恐有无边受屈人。”盖指此类乎？

杨慎《升庵集》卷四十七“李密《陈情表》”条，其文为：

李密《陈情表》，有“少仕伪朝”之句，责备者谓其笃于孝，而妨于忠。尝见佛书引此文，“伪朝”作“荒朝”，盖密之初文也。“伪朝”字，盖晋改之以入史耳。刘静修诗“若将文字论心术，恐有无边受屈人”。盖指此类乎？近日赵弘道作《令伯祠记》辨“伪朝”字，惜未见此。

按：李贽《读升庵集》卷七“李密陈情”条②，则与张燧之文完全相同，说明张燧此条当是参依李贽之文。

（3）卷七“孟嘉论乐非是”，其文为：

丝不如竹，竹不如肉。或问其故曰：“渐近自然。”此晋孟嘉语也。不知丝者，丝之声也，出乎手；竹者，竹之声也，出乎口，假丝

① 李贽：《读升庵集》，《四库全书存目丛书》子部第124册，齐鲁书社1995年版，第365~366页。

② 李贽：《读升庵集》，《四库全书存目丛书》子部第124册，齐鲁书社1995年版，第389页。

竹而声，总之皆肉也，则亦何尝不自然耶？况夫伯牙之琴、王子之箫、孙登之啸，亦可谓之不自然，亦可谓之不如肉乎？

杨慎《升庵集》卷四十四“丝不如竹竹不如肉”条，其文为：

晋孟嘉论乐云：“丝不如竹，竹不如肉。”或问其故，曰：“渐近自然。”此语殊有鉴别，古者登歌下，管与清声在上，贵人声也，谓之登歌。匏竹在下，谓之下管，即是此意。晋人清旷高爽，故其语意暗与古合。

李贽《读升庵集》卷五“丝不如竹，竹不如肉”条，其文为：

晋孟嘉论乐云丝不如竹，竹不如肉。或问其故，曰渐近自然。……卓吾子曰：“丝者，丝之声也，出乎于手；竹者竹之声也，出乎口；歌者，口也，心之声也，肉之为也，岂假竹而有乎。可以知自然之道矣。若夫马赋《长笛》、自然赞笛，亦如嵇康赋《琴》，自然赞琴耳。无差别也。嘻！伯牙之琴，王子之箫，孙登之啸，亦可谓之不自然，亦可谓之不如肉乎？”①

相比而言，张燧之文，当是对李贽《读升庵集》的删改。

同样，《千百年眼》卷十“宋儒谈天”条，是参依李贽《读升庵集》卷十五“宋儒论天”条②；卷十“章惇有功于长沙”条，是摘自《读升庵集》卷十五“梅山”条③；卷十“宋礼儒臣”条，是源于《读升庵集》卷七“宋礼儒臣”条④。

---

① 李贽：《读升庵集》，《四库全书存目丛书》子部第124册，齐鲁书社1995年版，第375~376页。

② 李贽：《读升庵集》，《四库全书存目丛书》子部第124册，齐鲁书社1995年版，第466页。

③ 李贽：《读升庵集》，《四库全书存目丛书》子部第124册，齐鲁书社1995年版，第469页。

④ 李贽：《读升庵集》，《四库全书存目丛书》子部第124册，齐鲁书社1995年版，第394页。

### (三)源自《续藏书》之内容

张燧《千百年眼》卷十二共 48 条，主要论述明代的人物(如陈遇、李善长、郭英、太监云奇、杨本等)、事件(项襄毅受诬、锦衣卫之横等)及趣闻(方孝孺有后代、翰林不愿写元宵词等)。其论点多有奇特之处，但仔细考究之下，许多内容当是源自李贽《续藏书》，且亦是均未注明。其例证如下：

(1)卷十二“圣祖优容解缙”条，其文为：

> 高皇帝网罗英俊，智屈群策，当时翊运元臣，亲如善长，贵如广洋、惟庸，近侍如安、如濂、如观、如素，雷霆所击，罔不震慑。解缙以一少年上庖西万言，批鳞逆心，罔所讳忌。而圣度优容，令其进学，才难之叹，犹可想见，规模真弘远矣！

《续藏书》卷十“内阁辅臣·解公”条，其文为：

> 《阁学记》云：高皇帝网罗英俊，智屈群策，当时翊运元臣，亲如善长，贵如广洋、惟庸，近侍如安、如濂、如观、如素，雷霆所击，罔不震慑。缙以一少年，上庖西万言，批鳞逆心，罔所忌讳。而圣度优容，令其进学。才难之叹，犹可想见，规模真弘远矣！召旋河陇，践历清华，密赞建储，有故老旧臣所不及知。卒罹于谗，莫之敢白，悲夫①！

按：李贽注引自“《阁学记》云”，即明代廖道南《殿阁词林记》卷三《阁学·文渊阁学士兼左春坊大学士解缙》。但比较而言，张燧此论当是源自李贽之文。

(2)卷十二“王振老仆”条，其文为：

> 薛文清为中贵王振同乡，振因欲起用之。后以不肯附振，振遂恨之。因他事，中以危法。当刑，门人皆奔走哭，文清神色自若。会振

① 李贽：《续藏书》，中华书局 1974 年版，第 165 页。

有老仆，是日大哭厨下。振问何哭，仆对曰："闻今日薛夫子将刑故也！"振闻而意解，遂得释。

《续藏书》卷十《内阁辅臣·薛文清公》，其原文为：

奏瑄不服问理，诏缚诣市杀之。门人皆奔走哭，而瑄神色自若。会振有老仆，是日大哭厨下，振问何哭，仆对曰："闻今日薛夫子将刑故也！"（公卿皆愧此仆）振闻而意解①。

（3）卷十二"陈瑛重逊国诸臣之毒"条，其文为：

靖难师起固天之所兴，乃一时事势相激使然，齐、黄诸臣不得无罪也。暨成祖即位，虽天威赫赫，而方、铁诸公忿激谩骂，不无推波助澜。然食君之禄，自尽其心，在方、铁辈，死固其分，即成祖亦何尝有竟日之雷霆哉！最可恨者，都御史陈瑛，以谪抱怨，遂厚逊国诸臣之毒，穷治党与，多坐夷灭。千载而下，瑛之罪，其可胜诛哉！

《续藏书》卷五《逊国名臣·汤宗传》，其文为：

汤宗，未详何许人。为北平按察佥事，上言北平按察使陈瑛密受王府金钱，有异谋，逮瑛谪广西。靖难后，瑛召还院，穷治建文诸臣，多坐夷灭。（瑛以谪抱怨，遂厚逊国诸臣之毒，可恨这小人！）恨宗（汤宗），亦论死②。

由上述之例，可见张燧所论和李贽《续藏书》中内容是有联系的。虽然《续藏书》在李贽死后 9 年才得以刊印，但据 1974 年中华书局版《续藏书》的再版说明，可知《续藏书》最早刊于万历三十九年（1611），即从刊印时间而言，《续藏书》要比《千百年眼》早 3 年。由此可知，张燧《千百年眼》卷十二所论与李贽所述有联系的部分，当是其抄录或改编李贽之文。

---

① 李贽：《续藏书》中华书局 1974 年版，第 187 页。

② 李贽：《续藏书》中华书局 1974 年版，第 88 页。

囿于篇幅所限，笔者不能将《千百年眼》卷十二中源于《续藏书》中的内容一一罗列对比，仅列一简表如下（见表 4.1）：

表 4.1　**张燧《千百年眼》卷十二源于李贽《续藏书》条目表①：**

| 《千百年眼》 | 《续藏书》 | 备注 |
|---|---|---|
| “圣祖待滁阳王之厚”条 | 卷一《开国诸臣缘起》 | 李贽引高岱之评语（9 页）李贽对高岱之论评曰：“高岱之论滁阳王，最当矣。”（9 页） |
| “李善长之诬”条 | 卷二《开国名臣·李公》 | 李贽的总评（36 页） |
| “圣祖优容解缙”条 | 卷十《内阁辅臣·解公》 | 李贽注引自“《阁学记》云”（165 页） |
| “取士良法”条 | 卷二《开国名臣·尚书开公》 | 摘自李贽对开济的生平叙述（30 页） |
| “齐、黄误国”条 | 卷六《逊国名臣·参军断事高公》 | 李贽引高巍之论（112 页）。据李贽对高巍的点评：“当时曷不以齐、黄之任任高不危，以李景隆之任任铁相等乎!”（112 页），可知张燧“齐、黄误国”之来历 |
| “杨本将才”条 | 卷五《逊国名臣·杨本传》（94 页） | 完全摘录 |
| “宋参军奇谋”条 | 卷五《逊国名臣·铁公》 | 李贽对宋参军的献策评为“宋参军奇策”（95 页），而张燧的标题为“宋参军奇谋” |
| “陈瑛重逊国诸臣之毒”条 | 《续藏书》卷五《逊国名臣·汤宗传》（88 页） | |
| “国朝相业”条 | 卷十五《经济名臣·王端毅公》 | 李贽引李梦阳语（314 页） |

① 按：表中有关《续藏书》之内容，皆源自中华书局 1974 年版。

续表

| 《千百年眼》 | 《续藏书》 | 备注 |
| --- | --- | --- |
| “项襄毅受诬”条 | 卷十六《经济名臣·项襄毅公》 | 主要摘引其间马端肃公(马文升)之语(321~322页) |
| “王威宁御士”条 | 卷十三《勋封名臣·王襄敏公》(270~273页) | 简单删改 |
| “王靖远武略”条 | 卷十三《勋封名臣·王忠毅公》(259页) | 简单删改 |
| “王振老仆”条 | 卷十《内阁辅臣·薛文清公》(187页) | 摘录 |
| “龚遂荣定迎銮之礼”条 | 卷十九《清正名臣·林庄敏公附千户龚遂荣》(398~399页) | 李贽对龚遂荣的叙述 |
| “达官朵耳”条 | 卷十五《经济名臣·于忠肃公》(310页) | |
| “倭漆匠”条 | 卷十一《内阁辅臣·李文达公》 | 李贽引“《寓圃杂记》”之语(196~197页) |
| “刘忠宣事业”条 | 卷十七《经济名臣·刘公》(347~350页) | 对李贽所述内容的改编 |
| “文正保全善类之功”条 | 卷十一《内阁辅臣·李文正公》(210页) | 此篇有“康陵时，周旋曲济，保护善类”之语(215页) |
| “杨介甫父子相业文章”条 | 卷十二《内阁辅臣·杨文忠公》 | 从开篇至“遂就擒”是摘自李贽所引《国琛集》中之文(221页)；“夫世庙初入……此赵文肃公所以极力为公表也”是摘录李贽对杨廷和的点评(226页) |
| “阳明为理学中兴”条 | 卷十四《勋封名臣·王文成公》 | 李贽引郑端简(晓)之论(278页) |
| “盗贼有同恶”条 | 卷十六《经济名臣·马端肃公》(334页) | |

续表

| 《千百年眼》 | 《续藏书》 | 备注 |
|---|---|---|
| “梁文康却秦藩请边地”条 | 卷十二《内阁辅臣·梁文康公》 | 见李贽引“霍韬撰公传曰”(228~229页) |
| “永陵议礼是非”条 | 卷十二《内阁辅臣·杨文忠公》 | 李贽引支大伦之评语(226页) |

由表4.1可以看出在《千百年眼》第十二卷的48条中，有23条是源自《续藏书》，且涉及《续藏书》近二十卷的内容，其形式基本以改编和摘录为主，说明张燧是在用心阅读《续藏书》，其所编并非简单的抄录，而是把自己的体会和李贽之文融为一体，可见张燧对李贽《续藏书》之熟识与膜拜。

### (四)源自“李贽”《疑耀》之内容①

《疑耀》一书，现已确证系明代张萱所著②。据清人王士祯(1634—1711)所言“余家有《疑耀》一书，凡七卷，乃李贽所著，而其门人张萱序刻者。余尝疑其为萱自纂而驾名于贽。盖以中数有校秘阁书及修玉牒等语，萱尝为中书舍人纂文渊阁书目，而贽未尝一官禁近也，及观论温公一条中云余乡海忠介，益信不疑。萱，广东人，与忠介正同乡里，然必驾名于李，又何说也!”③从这段史料，我们可以得到一个信息，至少在1634

① 按：周作人于1939年2月刊于《实报》的读书笔记中指出“《疑耀》中虽有数则为张和仲采入《千百年眼》，亦本平平，其识见乃实甚卑陋，不出书生窠臼，与卓吾相去不可以道里计，信此书为李氏所著者倒未免可笑耳”(参见钟书河编订：《周作人散文全集》第8册，广西师范大学出版社2009年版，第160页)。其间即透露出两点信息，其一，《千百年眼》中抄录有《疑耀》之文；其二，当时刊行的《疑耀》署名李贽。

② 毛庆耆：《〈疑耀〉著作权之“张”冠“李”戴》，《中国典籍与文化》1998年第3期。

③ 王士祯：《古夫于亭杂录》卷四，《景印文渊阁四库全书》，上海古籍出版社1987年版。

年以前《疑耀》一书的署名作者是李贽①。另外，根据《疑耀·序》知其刊印于万历戊申(1608)，张燧《千百年眼》成于万历四十二年(1614)，即张燧在撰写《千百年眼》的过程中，从时间而言，是有机会看到署名李贽《疑耀》的。事实上，张燧不但看过，而且是非常熟悉《疑耀》之内容。具体情况，可参见表4.2。

表4.2 **张燧《千百年眼》源于张萱《疑耀》条目表②：**

| 张燧《千百年眼》 | 张萱《疑耀》 | 备注 |
| --- | --- | --- |
| 卷一“商之后独盛于夏、周”条 | 卷七“商之后独盛于夏、周”条 | 完全抄录 |
| 卷二“尾大不掉”条 | 卷二“尾大不掉”条 | 完全抄录 |
| 卷二“楚子问鼎”条 | 卷二“楚子问鼎”条 | 完全抄录 |
| 卷三“孔子不言乐”条 | 卷七“孔子不言乐”条 | 完全抄录 |
| 卷三“庄周未能忘情”条 | 卷二“庄周鼓盆”条③ | 仅调整语序 |
| 卷三“螬可疗目”条 | 卷五“螬可疗目”条 | 简单删改 |
| 卷四“秦法弃灰有故”条 | 卷三“秦法弃灰”条 | 完全抄录④ |
| 卷四“汉高祖尊母不尊父”条 | 卷七“汉高祖尊母不尊父”条 | 完全抄录 |
| 卷五“视草之义”条 | 卷七“视草之义”条 | 完全抄录 |
| 卷五“苏武娶胡妇有见”条 | 卷一“苏武娶胡妇”条 | 节选 |

① 按：康熙四十七年(1708)纂成的《御制佩文斋书画谱》100卷，其《纂辑书籍》中所列参考书目，《疑耀》的署名仍为李贽(参见孙岳颁等撰《御制佩文斋书画谱》，《景印文渊阁四库全书》，上海古籍出版社1987年版)。

② 按：表中张萱《疑耀》内容，皆源自《景印文渊阁四库全书》(上海古籍出版社1987年版)。

③ 按：胡征《诗的美学》论述庄子“忘情论”时引用张燧此论，其在注释中指出：“钱锺书先生《管锥编》引明人张萱《疑耀》卷二：‘庄周妻亡，鼓盆而歌，世以为达。余未不然。未能忘情，故歌以遣之耳。情若能忘，又何必歌?’张和仲与张萱同为万历人，此语或许源出张萱著作?”(陕西人民出版社1984年版，第51页)可见张燧(和仲)“庄周未能忘情”条确实源出张萱之文。

④ 王子今《千百年眼》(《博览群书》2002年第7期)已经发现张燧与张萱关于“秦法弃灰”观点的一致性，但因两者同为万历举人而未能确论此观点的归属，现在看来张燧应该是抄录张萱之文。

续表

| 张燧《千百年眼》 | 张萱《疑耀》 | 备注 |
|---|---|---|
| 卷六“刘表工书”条 | 卷二“刘表工书”条 | 完全抄录 |
| 卷六“昭烈遗命之非”条 | 卷五“汉昭烈顾命”条 | 节选 |
| 卷七“陶侃被诬”条 | 卷五“陶侃被诬”条 | 简单删改 |
| 卷七“贺季真乞休在耄年”条 | 卷一“贺季真乞休”条 | 节选 |
| 卷八“儒者说诗之谬”条 | 卷五“朱考亭妄评杜诗”条 | 后半部分完全抄录 |
| 卷九“古章奏皆手书”条 | 卷三“古章奏皆手书”条 | 完全抄录 |
| 卷九“寇莱公奢俭不同”条 | 卷二“寇莱奢俭不同”条 | 完全抄录 |
| 卷十一“雁足书”条 | 卷二“雁足书”条 | 完全抄录 |
| 卷十二“太监云奇”条 | 卷五“太监云奇”条 | 完全抄录 |
| 卷十二“国朝乐律不讲”条 | 卷五“乐律不讲”条 | 完全抄录 |
| 卷十二“待宗藩之法”条 | 卷三“宗藩之盛”条 | 节选 |

由表 4.2 可以看出，其一，在张燧《千百年眼》全书十二卷中，有 21 条是源自《疑耀》，几乎每卷都有《疑耀》的内容，且内容涉及《疑耀》的每一卷。其二，张燧对《疑耀》中的内容基本以完全抄录为主，仅有少量是节选和简单删改，足见张燧对署名李贽《疑耀》之重视。

## 三、李贽著述对张燧的影响

明代中叶以后，随着李贽相关著述的陆续刊印，学界兴起一股“李贽热”，“‘李贽热’所带来的冲击波，曾给明末清初的士风、学风以极大的影响”①。张燧身处此热潮中，颇受李贽学术魅力的吸引，在学术观点的趋向方面与李贽比较接近。《千百年眼》被点校出版时，被誉为“力破俗儒拘儒剿袭古人牙慧的陈言，推出为迂腐文人不能道、不敢道的新见”，还有学者称张燧“勇于标新立异”②。从张燧对李贽相关著述的征引、抄录与

① 钱茂伟：《张燧〈千百年眼〉：晚明史学的杰作》，《学术月刊》2001 年第 5 期。

② 鄢烈山：《张燧的异端说》，《群言》1991 年第 9 期。

改编可知，其“异端”之见确与李贽有密切关系。甚者，钱茂伟称张燧乃“李贽的后学”和“李贽思想的合理继承者”①。据《千百年眼》内容而言，李贽著述对张燧的学术视野、《千百年眼》的编订及内容选材上都有很大影响。

其一，张燧在学术视野方面，敢于提倡创新观点，反对因循守旧，与李贽的个性无异。

李贽曾言“天幸生我大胆，凡昔人之所忻艳以为贤者，予多以为假，多以为迂腐不才而不切于用，其所鄙者、弃者、唾且骂者，予皆的以为可托国托家而托身也”②。袁中道评价李贽《焚书》《藏书》时，称其“上下数千年之间，别出手眼，凡古所称为大君子者，有时攻其所短；而所称为小人不足齿者，有时不没其所长”③。李贽这种突破世俗成见，力求客观展现历史原貌的评价对张燧产生很大影响。张燧在《千百年眼·小引》中已指出其撰述的目的，欲使“上下几千年，豪杰之恢张擘画、议论文章，一开卷而了然”。晚明狂人邹元标《千百年眼·序》中言张燧对上下数千年之事，“剖其隐微、晰其源委”，“超于形体外，不以一切言语文字求”。张燧在读书过程中，的确是把有创见的观点予以抄录。如张燧在评价王安石时，有“八字可定介甫”条，言其“虚名、实行、强辨、坚志”；“介甫寡助”条，言其“引用小人，一时贤者非之，皆遭贬斥……可谓寡助之至矣”；“均输之害”“青苗之害”条，言其“不察时宜，不恤人言”。虽上述条目源自不同学者之手，但经张燧“别出手眼”的眼光将其纳为一起，王安石的功过是非便展现于世人眼前。再如，“秦法弃灰有故”“秦不绝儒生与经籍”等条目，经过张燧的抄录或整理，使学者对以往比较有影响的史实有一个更清楚的认识。

其二，《千百年眼》在编写体例上模仿李贽著述，采用通史体例。

《千百年眼》虽然是读书札记，但不是杂乱无章的堆砌，张燧是以通史体例，自先秦迄明代，以时间为顺序予以编订的，且每一个条目都有一个醒目的标题。此种写法应该是受李贽《藏书》《续藏书》的影响。另外，对于史事的评析，基本是以“张和仲曰”的方式出现，正如李贽以“李卓吾

---

① 钱茂伟：《张燧〈千百年眼〉：晚明史学的杰作》，《学术月刊》2001 年第 5 期。

② 李贽：《焚书》，岳麓书社 1998 年版，第 226 页。

③ 李贽：《焚书》，岳麓书社 1998 年版，第 227 页。

曰”“李秃翁曰”等来发论一样。

再者，《千百年眼》内容的选材上，深受李贽思想的影响。

张燧不仅大量阅读和抄录李贽之文，同时，爱屋及乌，由于李贽对杨慎比较崇拜①，与焦竑往来密切，所以张燧对杨慎、焦竑之文亦非常关注，《千百年眼》中有许多内容是源自杨慎与焦竑的著述。

总之，无论是《千百年眼》的内容，还是张燧对其他学人的关注，都处处彰显着李贽的影子。尽管李贽著述中征引他人之文多加以注明，而张燧则多忽略之(这自然是这部晚明杰作的瑕疵之处)，但《千百年眼》所透露的“异端”、精辟之论，正是其超凡脱俗的学术眼光、犀利尖刻撰述方式的体现。

## 第三节 《千百年眼》与焦竑著述关系考

张燧《千百年眼》全书 511 个条目中有 55 条与焦竑相关著述相同②，遍及全书 12 卷中的 11 卷，且多未注明征引何处。

### 一、《千百年眼》源自《焦氏笔乘》之内容

《千百年眼》卷八“杜子美诗意”条，有“焦澹园曰：杜诗‘三分割据纡筹策，万里云霄一羽毛’……”而焦竑之论见《焦氏笔乘》卷四“孔明诗解”③。卷十一“朱子浅于说经”条，张燧有“焦弱侯曰：朱子解经，不谓无功，但于圣贤大旨及精微语……”见于《焦氏笔乘》卷四“朱子”条(178~181 页)。由此，可知张燧参阅过《焦氏笔乘》。另外，《千百年眼》中还有许多完全抄录、部分摘录、简单删改《焦氏笔乘》之内容，且均未注明。

---

① 田同旭：《论杨慎对李贽异端思想的影响》，《晋阳学刊》2007 年第 1 期。

② 由《焦氏笔乘·李剑雄前言》可知，《焦氏笔乘》六卷最早刊于 1580 年，而《焦氏笔乘》六卷与《焦氏笔乘续集》八卷的合刻本，最后由焦竑的弟子谢与栋于万历三十四年刊印。

③ 焦竑撰，李剑雄点校：《焦氏笔乘》，中华书局 2008 年版，第 155 页。按：下文源自焦竑《焦氏笔乘》中的内容，皆出自此本，为行文方面，皆随文标出其页码，不再于页下作注。

## (一)完全抄录

(1)《千百年眼》卷二“《诗序》不可废”条，见《焦氏笔乘》卷二“马端临论《诗序》不可废”条(87~88页)。

(2)《千百年眼》卷二“子贡不如仪封人”条，见《焦氏笔乘》卷四“夫子得邦家”条(185页)。

(3)《千百年眼》卷三“孟子非受业子思”条，见《焦氏笔乘》卷三“孟子非受业子思”(119~120页)。

(4)《千百年眼》卷三“孙叔敖碑考”条，见《焦氏笔乘》卷二“孙叔敖”条(61~62页)。

(5)《千百年眼》卷三“秦先时自有张禄”条，见《焦氏笔乘》卷二“张禄”(64页)。方以智《通雅》卷二十一“两张禄”条，指出两张禄之事乃“《笔乘》抄之《南山墨谈》者”①。

(6)《千百年眼》卷五“史迁文章宾主”条，见《焦氏笔乘》卷二“陈仁子不知文章宾主”条(62页)。

(7)《千百年眼》卷五“《史记》多为后人淆乱”条，第一段从开篇至“劝百风一”与《焦氏笔乘》卷二“《史记》多为后人淆乱”完全一致(64~65页)。而文后第二段张燧言“余又考……”看似张燧之论，其实为焦竑《焦氏笔乘续集》卷三“冯商”条之内容，有文如下：

> 又《后汉·杨终传》：“肃宗时，终受诏删《太史公书》为十余万言。”则今之《史记》，岂得为迁本书也？(321页)

(8)《千百年眼》卷六“《汉书》真本”条，见《焦氏笔乘》卷二“《汉书》真本”(66页)。

(9)《千百年眼》卷六“杨王孙、文翁史失其名”条，见《焦氏笔乘》卷二“杨王孙、文翁史失其名”(72页)，但殊不知焦竑此论是因袭宋代姚宽《西溪丛语》卷下，其文为：

---

① 方以智：《通雅》，《景印文渊阁四库全书》第857册，上海古籍出版社1987年版，第448页。

《西京杂记》："杨贵，字王孙，京兆人也。生时厚自奉养，死则裸葬于终南山。其子孙掘土凿石，深七尺而下尸，上复益之以石。"又张崇文《历代小志》："文翁，姓文名党，字仲翁。景帝时为蜀郡太守。"今《汉书》皆不载其名，姑录于此①。

(10)《千百年眼》卷六"程伊川论班、马"条，见《焦氏笔乘》卷二"伊川评班、马"条(67页)。

(11)《千百年眼》卷七"不识一丁"条，见《焦氏笔乘》卷一"不识一丁"(32页)。

(12)《千百年眼》卷七"崔浩受祸不由作史"条，见《焦氏笔乘》卷二"崔浩受祸自有故"(74~75页)。对于焦竑此论，周婴《卮林》卷六《通焦》条云："焦氏(竑)《笔乘》云，魏太武杀崔浩云，刊所撰国史于路，暴扬国恶，遂族诛浩。……按若此言，则浩于谤佛，得罪已深，酿祸莫祷。即令日行万善，亦宜备极五刑。刊史谋叛，皆其微咎耳。抑自作之孽者，乃西方圣人夺其鉴而速其殃耶？附论以快夫佞佛者。"②但焦竑此论当是源自郑瑗《井观琐言》卷三③。

(13)《千百年眼》卷九"吴越改元之证"条，见《焦氏笔乘》卷三"吴越改元之证"条(123页)。

(14)《千百年眼》卷九"希夷《易》说"条，开篇至"张和仲曰"见《焦氏笔乘》卷一"希夷《易》说"(12~13页)。但文末却有"张和仲曰：今之学《易》者，又不过剿紫阳氏规磨之谈，不知视买椟还珠何如也！"

(15)《千百年眼》卷九"《二疏赞》误"条，见《焦氏笔乘》卷一"《二疏赞》误"(17~18页)。但是焦竑此文却是摘自洪迈《容斋随笔》卷四"二疏赞"④，相比而言，焦竑仅是对洪迈之语进行了简单的语序调整和删改，

---

① 姚宽：《西溪丛语》，《景印文渊阁四库全书》第850册，上海古籍出版社1987年版，第971页。

② 周婴：《卮林》，《景印文渊阁四库全书》第858册，上海古籍出版社1987年版，第133页。

③ 郑瑗：《井观琐言》，《景印文渊阁四库全书》第867册，上海古籍出版社1987年版，第250~251页。

④ 洪迈：《容斋随笔》，《景印文渊阁四库全书》第851册，上海古籍出版社1987年版，第305页。

但张燧没有仔细考究，仍抄录焦竑之言。

（16）《千百年眼》卷十二“陈遇今之子房”条，见《焦氏笔乘》卷四“陈遇今之子房”（149~150页）。

（17）《千百年眼》卷十二“丝纶簿”条，见《焦氏笔乘》卷四“丝纶簿”（173~174页）。

上述17条，仅有6条将焦竑之条目标题稍作修改，其余则完全同于焦竑之论。如第1条将“马端临论《诗序》不可废”改为“《诗序》不可废”，第2条将“夫子得邦家”改为“子贡不如仪封人”，第4条将“孙叔敖”改为“孙叔敖碑考”，第5条将“张禄”改为“秦先时自有张禄”，第6条将“陈仁子不知文章宾主”改为“史迁文章宾主”，第12条将“崔浩受祸自有故”改为“崔浩受祸不由作史”等。经过张燧的改写，标题的确比较新颖，诸如“《诗序》不可废”“孙叔敖碑考”“秦先时自有张禄”等似乎彰显出张燧的考据之功，加之张燧“余又考……”等叙述，误导读者认为上述乃其所考、所论。

### （二）部分摘录

（1）《千百年眼》卷三“子夏《易》说”条，摘录《焦氏笔乘》卷一“子夏《易》说”（第10页），省去后半部分“或作‘靡’、‘劘’与‘摩’通，《汉·贾山传》：‘自下劘上。’注：‘音摩，厉也，剀切之也。’与《易》爻‘摩’义合”（10页）。经过张燧的删节，使焦竑原有的论证缺乏一定的说服力。

（2）《千百年眼》卷三“《诗》亡辩”条，摘录《焦氏笔乘》卷四“《诗》亡辩”（189~190页）。省去“说《春秋》者莫先于孟子，知《春秋》者亦莫深于孟子，而后世犹有未明其义者，因为之辩。此金华王柏所论，见《文轨》”（190页），使焦竑论辩之精华顿失，但张燧却在开篇指出“金华王柏曰”，似乎是其发现此论，其实未然。

（3）《千百年眼》卷四，“古书之伪”条，摘录《焦氏笔乘》卷六“伪书”（244~246页），省去“《列仙传》，刘向作也，赞云：‘七十四人出佛经’，然则释教何尝兴于汉前？”（245页）但张燧文末照抄焦竑原文“或摹古书而伪作，或以己意而妄增，至使好事之流，曲为辩释，以炫其博，是皆未之深考耳”，使读者误为此乃张燧所考。

（4）《千百年眼》卷六“《尚书》古文今文辨”条，摘录《焦氏笔乘》卷一“《尚书》古文”条（6~7页），张燧删去焦竑的句尾之论：“乃献书者之饰辞也。梅作有成书，今藏余家，异日当板行之。”（7页）张燧将标题改为“《尚书》古文今文辨”，似乎此条乃其考辨所得。

(5)《千百年眼》卷六“班掾史妙”条，摘录《焦氏笔乘》卷二“《匈奴传》赞”条（67页），省去部分为“太史公《匈奴传赞》曰：‘孔氏著《春秋》，隐、桓之间则章，至定、哀之际则微，为其切当世之文而罔褒，忌讳之词也。’子长深不满武帝而难于显言，可谓微而彰矣”（67页）。焦竑之意在于赞扬司马迁、班固论史之得体，而张燧仅取其一。

## （三）简单删改

(1)《千百年眼》卷二“匏瓜”条，其文为：

> “匏瓜”，星名，系即“日月星辰系焉”之“系”，见应柳之《天文图》。盖星有“匏瓜”之名，徒系于天而不可食。正与“维南有箕，不可以簸扬；维北有斗，不可挹酒浆”同义。

《焦氏笔乘》卷一“匏瓜”①，其文为：

> 临川人应柳之《天文图》有匏瓜星，其下注云：“《论语》：‘吾岂匏瓜也哉，焉能系而不食？’正指星而言。”盖星有匏瓜之名，徒系于天而不可食。正与“维南有箕，不可以簸扬；维北有斗，不可挹酒浆”同义。（39页）

可见，张燧仅是对焦竑之论的简单改写。

(2)《千百年眼》卷五“太史公权衡”条，简单改写《焦氏笔乘》卷二“史公权衡”条（65页），仅把开篇《刺客传》改为“《史记·刺客传》”。

---

① 清人郑方坤《经稗》卷十二“匏瓜”注引《焦氏笔乘》。但据“黄震《日钞》云：临川应柳之《天文图》有匏瓜星，其下《注》引《论语》正指星而言。盖星有匏瓜之名，徒系于天而不可食。正与维南有箕，不可簸扬；维北有斗，不可挹酒浆同义。今案：匏瓜星名。见《史记·天官书》，此义亦通。吾自食物者，言吾当如可食之物，与匏异也。当东西南北者，言人当志在四方也”（参见陈志坚主编：《诸子集成》第一册，北京燕山出版社2008年版，第282页）。焦竑此论当是抄录黄震之文，但比照而言，张燧当是参依焦竑之说。

(3)《千百年眼》卷六“扬雄始末辨”条，是简单删改《焦氏笔乘》卷二“扬子云始末辨”条(91~92页)，焦竑所论扬雄“剧秦美新”的证据注明征引“泰和胡正甫”，然后通过“以予校之”分析自己的论说。但张燧删去“近泰和胡正甫辨证甚悉”及焦竑“以予校之”，换之以“然考之《法言》”，似乎对扬雄始末之考辨系其所为，颇为不妥。

(4)《千百年眼》卷八“《周易举正》”条，删改《焦氏笔乘》卷一“《周易举正》”(8~9页)，对于此条张燧明显有作伪之嫌，焦竑原文“今略取其明白者二十处，载于此”，焦竑语末“此书世罕见，晁公武所进《易解》，多引用之”。而张燧换为“此书近世罕见，余友夏君宪有藏本，今录其名妥者若干处”。但张燧不晓焦竑此条是因袭洪迈之说①。

(5)《千百年眼》卷八“八司马伸气”条，删节《焦氏笔乘》卷二“八司马”(90页)，但焦竑注明“后观《云麓漫钞》云”，张燧则直接删节焦竑之文。

张燧《千百年眼》中源自《焦氏笔乘》之文除两条注明外，其余27条皆未注明征引之处，如果说完全抄录之文尚能保全文意，但节选和删改则使焦竑之原意顿失。这也许正是张燧本人所反对的“摹古书而伪作”“己意而妄增”，导致“好事之流，曲为辩释，以炫其博，是皆未之深考耳”。

## 二、《千百年眼》源自《焦氏笔乘续集》之内容

《千百年眼》卷六“《尚书》古文今文辨”条中有“近时焦弱侯又见赵子昂真迹一卷，亦具论此……”而《焦氏笔乘续集》卷三“《尚书》古文”条有云：

> 余尝疑《尚书》古文之伪，《笔乘》已载梅学正、归太仆二人之言为据。昨偶见赵子昂真迹一卷，中一篇亦具论此，乃知人心之同然也。第恨其书不可见，今录其序于此。(352页)

除此条外，《千百年眼》中仍有许多内容是源自《焦氏笔乘续集》，且多有删改。具体例证如下：

---

① 永瑢等：《四库全书总目》，中华书局1965年版，第1103页。

(1)《千百年眼》卷二"南子是南蒯"条，摘录《焦氏笔乘续集》卷五"子见南子"条(436 页)，仅略去开头"孙季昭曰"四字。

(2)《千百年眼》卷二"老彭即老聃"条，节选《焦氏笔乘续集》卷一"读《论语》"条中焦竑对邵尧夫观点的评论(259 页)。

(3)《千百年眼》卷三"曾、孟称孔子"条，节选《焦氏笔乘续集》卷一"读《孟子》"(281 页)，删去句末"或疑之，余曰：言高则遗下，圣人之道无高；言静则遗垢，圣人之道无净"，而添加"此解无人会得"。

(4)《千百年眼》卷四"读书句读"条，抄录《焦氏笔乘续集》卷五"句读"(406~407 页)，仅删去"余童子时，闻部使者临学宫讲《论语》，诸生诵'点，尔何如'，至'点'字作一读，使者动色嘉叹，盖人多互此故耳!"

(5)《千百年眼》卷六"古《易》"条，完全抄录《焦氏笔乘续集》卷四"古《易》"条(359 页)。

(6)《千百年眼》卷六"明帝前已有佛典"条，抄录《焦氏笔乘续集》卷五"佛典"条(397 页)，仅删去文末"《隋书·经籍志》云：'其书久已流布，遭秦之世，所以湮灭。'亦臆说也"。

(7)《千百年眼》卷七"阿堵"条，完全抄录《焦氏笔乘续集》卷五"阿堵"条(413 页)，但焦竑此论是删改元代陶宗仪《说郛》卷二十八下"阿堵"①。

(8)《千百年眼》卷九"板本之始"条，完全抄录《焦氏笔乘续集》卷三"板本之始"条(348 页)，但焦竑此论又是对王应麟《玉海》卷四十三"景德群书漆板刊正四经"的因袭②。

(9)《千百年眼》卷十"老泉是子瞻号"条，完全抄录《焦氏笔乘续集》卷六"老泉"条(453 页)。但焦竑系摘录郎瑛之文③，而张燧则是完全抄录焦竑之文。

(10)《千百年眼》卷十"龟山不轻解《易》"条，完全摘自《焦氏笔乘续集》卷五"龟山不轻解《易》"(409 页)，但殊不知焦竑之论又完全因袭杨时

---

① 陶宗仪：《说郛》，《景印文渊阁四库全书》第 877 册，上海古籍出版社 1987 年版，第 563~564 页。

② 王应麟：《玉海》，《景印文渊阁四库全书》第 944 册，上海古籍出版社 1987 年版，第 192 页。

③ 郎瑛：《七修类稿》，上海书店出版社 2009 年版，第 192 页。

《龟山集》卷十一《语录二·京师所闻》①。

(11)《千百年眼》卷十一“佛语通儒”条，完全抄录《焦氏笔乘续集》卷二“支谈上”(283~284页)。

(12)《千百年眼》卷十一“佛典辅儒教而行”条，从开篇至“皆戏论也”完全抄录焦竑《焦氏笔乘续集》卷二“支谈上”(285页)。

(13)《千百年眼》卷十一“传注相沿之误”条，从开篇至“而传注遂有定体名矣”完全抄录《焦氏笔乘续集》卷三“传注”条(337页)。文末“古之解经者……譬之遇人于涂，见其肥瘠短长，而不知其心术行业也”，似乎为张燧之论，实乃源自《焦氏笔乘》卷一“《尔雅》”条之结语(51页)。

## 三、《千百年眼》源自《论纂》之内容

焦竑、李廷机曾辑评《论纂》二卷，明末江用世《史评小品》中对此书有大量的抄录，且均有注明。目前学界对《论纂》一书论之较少，但《千百年眼》中有许多条目与《论纂》内容相同，悉列如下：

(1)《千百年眼》《千百年眼》卷三“孟子权衡失准”条，完全同于《论纂》②。

(2)《千百年眼》卷三“商鞅善托其君”，见《论纂》③，张燧仅在文末加“第此难与拘儒道耳”。

(3)《千百年眼》卷三“范雎、蔡泽倜傥”条，完全同于《论纂》④。

(4)《千百年眼》卷四“陈涉秦民之汤、武”条，其文为：

> 陈涉之王也，其事至微浅。然缙绅先生，抱祭器而往归之。张耳、陈余、房君之徒，又皆以兴王之业说之，至其不幸而败。史氏犹

---

① 杨时：《龟山集》，《景印文渊阁四库全书》第1125册，上海古籍出版社1987年版，第210页。

② 江用世：《史评小品》，《四库未收书辑刊》壹辑第21册，北京出版社2000年版，第53页。

③ 江用世：《史评小品》，《四库未收书辑刊》壹辑第21册，北京出版社2000年版，第86~87页。

④ 江用世：《史评小品》，《四库未收书辑刊》壹辑第21册，北京出版社2000年版，第87页。

再三致意，称其所致王侯将相，竟足以亡秦。夫涉起谪戍而首事，其大要不过偷一时之欲，用军行师，未尝有一日之规。天下后世，正不当以兴亡之事责之，旧史犹复云云。吁，亦悲矣！天下苦秦之祸，故家遗俗，豪杰侠士，丧气略尽。乃其所不虑之戍卒，犹能为天下首事。虽其人物卑陋，事至微浅，而古今犹幸之。盖积万年之憾，而发愤于陈王，犹曰此秦民之汤、武耳。

陈埴《木钟集》卷十一“陈胜”条，其文为：

陈涉之王也，其事至微浅。然缙绅先生，抱祭器而往归之。张耳、陈余、房君之徒，又皆以兴王之业说之。旧史按其行事，谓其不幸如是而致败，设不如是，其事当复如何耶？至其再三致意也，犹曰其所致王侯将相，竟足以亡秦，且涉所置王侯将相微矣，而史夸之若曰夫涉起谪戍，而首事志在免死而已，其大要不过偷一时之欲，用军行师，未尝有一日之规，徒不胜其愤愤之心，决一旦之死为天下首事，盖未知乌止谁屋也。在天下后世正不当以兴王之事责之。旧史犹复云云，至今尚论涉事者，犹惜其孰得而孰失也。吁！亦悲矣，天下苦秦之祸，故家遗俗豪人侠士，丧气略尽。乃其所不虑之戍卒，犹能为天下而首事，虽其人物卑陋，事至微浅，而古今犹幸之。盖积万年之憾，而发愤于陈王，犹曰此秦民之汤、武耳①。

按：张燧“陈涉秦民之汤、武”与陈埴所论少有差异，但是，张燧之论完整见于《论纂》②，说明张燧此论不是抄录陈埴之文。

(5)《千百年眼》卷四“漂母风旨与圯上老人同”条，完全同于《论纂》③。

① 陈埴：《木钟集》，《景印文渊阁四库全书》第703册，上海古籍出版社1987年版，第748页。

② 江用世：《史评小品》，《四库未收书辑刊》壹辑第21册，北京出版社2000年版，第96页。

③ 江用世：《史评小品》，《四库未收书辑刊》壹辑第21册，北京出版社2000年版，第113页。

(6)《千百年眼》卷四“虞美人戚姬”条，完全同于《论纂》[①]。

(7)《千百年眼》卷八“韩昌黎晚信佛老”条，完全同于《论纂》[②]。

(8)《千百年眼》卷九“柳公权诗意”条，与宋代周密《齐东野语》卷十八“熏风联句”仅有个别字之差异[③]，但完全同于《论纂》[④]。

(9)《千百年眼》卷九“温公体贴人情”条，完全同于《论纂》[⑤]。

(10)《千百年眼》卷十“蔡京奸状”条，其文见于《论纂》[⑥]。

(11)《千百年眼》卷十“王安石流祸与秦桧等”条，完全同于《论纂》[⑦]。

(12)《千百年眼》卷十一“采石之战有先备”条，从开篇至“可谓不易之论”完全同于《论纂》[⑧]。

(13)《千百年眼》卷十一“陈同甫格言”条，与杨慎《升庵集》卷七十五“陈同甫与朱子书”相比，删去“予喜其言有切于士病，故书之以自警。刘安世尝云：愿士夫有此名节，不愿士夫立此门户，此元祐之士病。黄履翁云：愿士夫务道学之实，不愿士夫立道学之名，则淳熙以后士病也。党籍伪学之禁，虽小人无忌惮，亦君子有以招之也”[⑨]。但张燧此论与《论纂》的内容完全相同[⑩]。

---

① 江用世：《史评小品》，《四库未收书辑刊》壹辑第21册，北京出版社2000年版，第100~101页。

② 江用世：《史评小品》，《四库未收书辑刊》壹辑第21册，北京出版社2000年版，第334页。

③ 周密：《齐东野语》，中华书局1983年版，第328~329页。

④ 江用世：《史评小品》，《四库未收书辑刊》壹辑第21册，北京出版社2000年版，第343页。

⑤ 江用世：《史评小品》，《四库未收书辑刊》壹辑第21册，北京出版社2000年版，第376~377页。

⑥ 江用世：《史评小品》，《四库未收书辑刊》壹辑第21册，北京出版社2000年版，第385页。

⑦ 江用世：《史评小品》，《四库未收书辑刊》壹辑第21册，北京出版社2000年版，第379页。

⑧ 江用世：《史评小品》，《四库未收书辑刊》壹辑第21册，北京出版社2000年版，第402~403页。

⑨ 杨慎：《升庵集》，《景印文渊阁四库全书》第1270册，上海古籍出版社1987年版，第753页。

⑩ 江用世：《史评小品》，《四库未收书辑刊》壹辑第21册，北京出版社2000年版，第405~406页。

焦竑、李廷机辑评《论纂》二卷，因笔者寡闻，未能见到此书，但明末江用世《史评小品》中注明大量征引《论纂》之内容。而《千百年眼》中上述各条目完全与《论纂》内容相同，可见于《史评小品》中。目前，虽然不知道《论纂》之刊刻时间，但依《千百年眼》刊于 1614 年，而焦竑于 1620 年去世，如果焦竑《论纂》系因袭《千百年眼》，那么焦竑参阅《千百年眼》时，定会发现张燧抄录《焦氏笔乘》《焦氏笔乘续集》之文，因《焦氏笔乘》《焦氏笔乘续集》最后刊于 1606 年，早于《千百年眼》刊行于世。焦竑面对这样的著作，还能对其进行抄录吗？而且在焦竑之文中亦未发现其对张燧《千百年眼》的评述，这样就有一种可能，即焦竑没有参阅过《千百年眼》，《千百年眼》与《论纂》的相同之处，乃是张燧抄录焦竑之文无疑。

张燧在《千百年眼》中多次明确提出反对因袭之作，反对囿于所见，但为何《千百年眼》中有大量内容源自焦竑的相关著述？究其原因，“明之中叶，以博洽著者称杨慎……次则焦竑，亦喜考证。而习与李贽游，动辄牵缀佛书，伤于芜杂”①。正是焦竑之博学为张燧所推崇，而其学术志趣亦为张燧所认可。具体体现在：

其一，主张论说有所创见。由《焦氏笔乘 · 自序》中可知焦竑反对“肤浅杜撰”，“疑误观听者”之文，主张“学道者当尽扫古人之刍狗，从自己胸中辟取一片乾坤”（287 页），乃“晚明异端思潮的主要逐浪弄潮者”②。而张燧所感兴趣的亦是“俗儒所不敢道，与文人之所不能道”，“见自己出”之论，故其言“若谓余树好异之标，则有赵孟静、焦弱侯两先生在”。

其二，提倡学术有利于经世。焦竑称“余惟学者患不能读书，能读书矣，乃疲精力与雕虫篆刻之间，而所当留意者，或束阁而不观，亦不善读书之过矣。夫学不知经世，非学也；经世而不知考古以合变，非经世也”③。而张燧“文人者流，矜激于辞艺，标鲜于才锋，往往聪明盖世，而其为论也，迂疏无当，虽雕绘满眼，而精神意绪，曾不足以供醒脾之用”（《千百年眼 · 小引》）。

其三，批判宋儒学问之陋。焦竑言“陈公甫尝叹宋儒之太严。惟其严也，是成其陋者也。夫物不通方则国穷，学不通方则见陋”（180 页），

---

① 永瑢等：《四库全书总目》，中华书局 1965 年版，第 1028 页。

② 向燕南：《焦竑的学术特点与史学成就》，《文献》1999 年第 2 期。

③ 焦竑：《澹园集》，中华书局 1995 年版，第 141 页。

“顾虽程、邵大儒，亦不之察……文义尚不知解，况肯会其意乎?”(179页)而《千百年眼》中亦有许多批判宋儒之语句，如“宋儒拘挛”“使宋儒为之，不知添许多诠释矣”“宋儒又以为异端之射的”“然则‘静’之一字，宋儒尚未梦见也”，“宋之儒者，遇此等处，辄以道德仁义之说绳其后，不啻三尺。一旦有滔天之巨祸，与积薪之隐忧，不为纳明之牖，而为激水之石，何怪其百投而一不效也!”

缘于张燧对焦竑博大学问的推崇，且希望通过自己的著述，使“上下几千年，豪杰之恢张擘画、议论文章，一开卷而了然”(《千百年眼·小引》)，对于传播有见地的学术成就而言，张燧此作颇为可行。但从“辨章学术，考镜源流”的角度而言，张燧此作颇有掠人之美的嫌疑。

## 第四节 《千百年眼》与王世贞、胡应麟著述关系考

张燧《千百年眼》中有许多内容与王世贞《弇州四部稿》《读书后》，胡应麟《少室山房笔丛》《诗薮》雷同，且多未称引，对于此种现象王嘉川已有指出①。鉴于《千百年眼》《弇州四部稿》《读书后》《少室山房笔丛》《诗薮》皆为后世瞩目之著作，笔者认为有必要对其关系进行史源学之考察。

### 一、《千百年眼》源自王世贞相关著述

张燧《千百年眼》卷三“告子性学”条，其文为：

> 告子一生留心性学，故《孟子》七篇，惟与告子论学最精，以为冥然罔觉，悍然不顾，不知告子甚矣。王弇州曰：“荀子之言性恶盭矣，然亦自体验得之，如告子亦体验而得者也。杨子之善恶，混从

① 按：王嘉川《布衣与学术——胡应麟与中国学术史研究》(商务印书馆2005年版，第405页)指出，“张燧此书既多直抄前人论述入录，有多隐没前人姓名，惟此书每条皆有标题，而前人著作并非全是如此。在移录前人文字时，张燧既有改动、割裂及秀润者，又有直抄而不易一字者”。王嘉川此言颇有道理，由于研究的侧重点不一，王嘉川文中言及张燧《千百年眼》中因袭胡应麟之文二十余处，但未一一指明，笔者认为有必要对其进行史源学的梳理。

孟、荀之论而发其疑；韩子之三品，复因三子之论而酌其似。非体验得者也。”此论可为二子出气。

按：张燧引有“王弇州曰”的内容完全出自王世贞《弇州四部稿》卷一百三十九《说部·札记内篇》①。

张燧除参阅过王世贞《弇州四部稿》外，还参依过他的《读书后》，且多未称引，有的虽有注明，但并非直接源自王世贞之文。具体体现为：完整抄录、简单删改王世贞之文，及署王世贞之名而实源自李贽之书。

### （一）完整抄录

（1）《千百年眼》卷二“子羽貌武”条，完全出自《弇州四部稿》卷一百五十九“宛委余编四”，仅删句末“聊录于此”②。

（2）《千百年眼》卷四“秦世文章”条，其文为：

> 秦王吞诛六雄，首采李斯言，焚《诗》《书》，尊法吏。乃其所称制，与金石之铭，犹郁郁乎文也。如李斯所撰《峄山碑》，三句始下一韵，是《采芑》第二章法。《琅邪台铭》一句一韵，三句一换，是《老子》“明道若昧”章法。不意虐焰之后，文章犹复遵古如此，毋乃阳弃而阴用之耶？

按：“秦王吞诛六雄……金石之铭”与《弇州四部稿》卷五十七《文部·赠李于鳞视关中学政序》相同③。

《弇州四部稿》卷一百四十五《说部·艺苑卮言二·右谚》有文：

> 秦始皇时李斯所撰《峄山碑》三句始下一韵，是《采芑》第二章法，

---

① 王世贞：《弇州四部稿》，《景印文渊阁四库全书》第1281册，上海古籍出版社1987年版，第289页。

② 王世贞：《弇州四部稿》，《景印文渊阁四库全书》第1281册，上海古籍出版社1987年版，第546~547页。

③ 王世贞：《弇州四部稿》，《景印文渊阁四库全书》第1280册，上海古籍出版社1987年版，第31页。

《琅邪台铭》一句一韵，三句一换，是《老子》“明道若昧”章法①。

“秦世文章”条引自王世贞《弇州四部稿》卷五十七及卷一百四十五。

(3)《千百年眼》卷四“汉告友之侈封”条，完全出自《弇州四部稿》卷一百六十一《说部·宛委余编六》②。

(4)《千百年眼》卷五“《过秦论》出《丹书》”条，完全出自《弇州四部稿》卷一百五十九《说部·宛委余编四》③，仅在末尾加“可见读书不多，未可轻议古人”。而“读书不多，未可轻议古人”，可见于杨慎《升庵集》卷五十八“莺啼修竹”条。

(5)《千百年眼》卷五“汉武怜才”条，完全摘自《弇州四部稿》卷一百五十一《说部·艺苑卮言》④。

(6)《千百年眼》卷五“史迁不解作赋”条，完全摘自《弇州四部稿》卷一百四十五《说部·艺苑卮言二》⑤，仅加“千秋轶才，竟绌于雕虫小技，人各有能，不可强也”？

### (二)简单删改

(1)《千百年眼》卷三“应侯用蔡泽”，是删改王世贞《读书后》卷一“书蔡泽传后”。

(2)《千百年眼》卷四“左右袒所以令众”条，其文为：

“为吕氏右袒，为刘氏左袒”，昔人颇有以绛侯为失计者。不知勃老将也，已预知众心之归刘氏，而不能无疑于吕氏之有党。盖令一

---

① 王世贞：《弇州四部稿》，《景印文渊阁四库全书》第1281册，上海古籍出版社1987年版，第359页。

② 王世贞：《弇州四部稿》，《景印文渊阁四库全书》第1281册，上海古籍出版社1987年版，第570页。

③ 王世贞：《弇州四部稿》，《景印文渊阁四库全书》第1281册，上海古籍出版社1987年版，第541页。

④ 王世贞：《弇州四部稿》，《景印文渊阁四库全书》第1281册，上海古籍出版社1987年版，第432页。

⑤ 王世贞：《弇州四部稿》，《景印文渊阁四库全书》第1281册，上海古籍出版社1987年版，第363页。

下，而或间有右袒者，或迟疑未左者，立诛之以令众，如杨素、朱滔之举耳。岂至此而始觇人心之向背哉！

《弇州四部稿》卷一百六十一《说部·宛委余编六》，其文为：

"为吕氏右袒，为刘氏左袒"，昔人颇有以绛侯为失计者。王应麟则曰："考之仪礼乡射疏，凡事无问吉凶皆左袒，是以士丧礼及大射皆袒左，惟受刑则袒右，故觐礼云右肉袒。"注云刑宜施于右是也。以是考之，勃诛诸吕之计已定，若为吕氏则有刑，故以右袒令之耳。吴兴陈霆则云淖齿弑齐王，王孙贾入市中，呼曰"淖齿乱齐国杀愍王，欲与我诛淖齿者袒右，市人从者四百。"是勃之先已有以袒右令众者，今以袒右当受刑，则市人从讨者当刑否耶？应麟之考据自以为得情，而不能不屈于陈氏矣，然皆未得其情者也。勃，老将也，已预知众心之归刘氏，而不能无疑于吕氏之有党，盖令一下，而或间有右袒者或迟疑未左者立诛之，以令众如杨素、朱滔之举耳，岂至此而始觇人心之向背哉①！

按：张燧是对王世贞《弇州四部稿》内容摘头取尾的抄录。

(3)《千百年眼》卷四"淮南厉王未尝反"条，是节选王世贞《读书后》卷二"书淮南厉王传后"，只将其开头"淮南厉王骄恣不奉法，其所论狱，若为黄屋擅拜丞相爵关内侯，收聚诸侯王人亡命贼杀无罪人，法皆可以死，而坐以谋反"改为"淮南厉王骄恣不奉法则有之，以为谋反"。

(4)《千百年眼》卷五"宣室不宜名斋殿"，其文为：

《淮南子》云："桀囚于焦门，悔不杀汤于夏台。纣拘于宣室，悔不诛文王于羑里。"果尔则宣室乃系所也，汉不宜以名斋殿。

按：是对王世贞《弇州四部稿》卷一百五十八《说部·宛委余编三》的简单删改。其原文为：

① 王世贞：《弇州四部稿》，《景印文渊阁四库全书》第1281册，上海古籍出版社1987年版，第573页。

淮南子云："桀囚于焦门，悔不杀汤于夏台。纣拘于宣室，悔不诛文王于羑里。"纣不闻拘宣室果系所也，汉不宜以名斋殿①。

(5)《千百年眼》卷六"蔡邕有后"条，节选王世贞《弇州四部稿》卷一百五十九《说部·宛委余编四》②。

(6)卷八"王叔文之冤"条，简单删节王世贞《读书后》卷三"书王叔文传后"条。但文末却用"此其情有可原者，故为表之"，似乎此论乃其发现，颇为不妥③。

### (三)署王世贞之名实源自李贽之书

(1)《千百年眼》卷十二"王威宁御士"条，有文为：

弇州外史曰：当越时，天下咸贵其才。至于今西北边称良将，毋如越者，杨一清、王琼方之蔑如也。然终越之世，凡再起而竟不得复爵，亦冤矣。

《弇州续稿》卷八十八《文部·史传·王越》，王世贞《王越传》中的评论为④：

弇州外史曰：当越时，天下咸贵其才，而秽其行。夫以越之阿私中人，启边衅耗国本，即有功细不掩罪，何贵哉？然至于今西北边称良将，毋如越者，杨一清、王琼方之蔑如也。使居明世，亦可以鞭棰使哉！

---

① 王世贞：《弇州四部稿》，《景印文渊阁四库全书》第1281册，上海古籍出版社1987年版，第528~529页。

② 王世贞：《弇州四部稿》，《景印文渊阁四库全书》第1281册，上海古籍出版社1987年版，第548~549页。

③ 按：胡可先《唐代重大历史事件与文学研究》即认为"至明张燧《千百年眼》卷八《王叔文之冤》，始为叔文讼冤"(浙江大学出版社2007年版，第296页)。

④ 李贽对王世贞此论的评语是："此妙绝人才，难有难逢，王弇州识之，当称具眼。"(《续藏书》，中华书局1974年版，第273页)

李贽《续藏书》卷十三《勋封名臣・王襄敏公》条，其文末为：

弇州外史曰：当越时，天下咸贵其才。至于今西北边称良将，毋如越者，杨一清、王琼方之蔑如也。卓吾曰此妙绝人才，难有难逢，弇州识之，当称具眼①。

按：李贽对此评只录到"至于今西北边称良将，毋如越者，杨一清、王琼方之蔑如也"。张燧所引亦是如此，比较而言说明张燧"王威宁御士"条是参引李贽之文，而非直接参引王世贞之文。但张燧所述，容易给人错觉似乎前面都是张燧之论，仅文末是引王世贞之语，其实张燧"王威宁御士"条，乃是摘录李贽《续藏书》卷十三《勋封名臣・王襄敏公》。

(2)《千百年眼》卷十二"王靖远武略"中有"王弇州谓靖远才而欲……"虽注有王弇州之名，但此条其实是简单删改李贽《续藏书》卷十三《勋封名臣・王忠毅公》(259页)，并非直接源自王世贞之文。

## 二、《千百年眼》与胡应麟著述关系考

张燧《千百年眼》卷十"李泰伯非不喜《孟子》"条，在论析李泰伯与《孟子》的关系时，认为杨慎之论"可谓确见"，而"胡元瑞(应麟)极辨，且援余隐之、朱元晦语为解。夫不信泰伯之《盱江集》，而力持余、朱二子之议，横坐泰伯以不喜《孟子》，则其无根亦甚矣"。但是《千百年眼》"全书所引录胡应麟论述二十余条，绝大多数都是稍异数字而直接引录"②，且都未注明征引之处。张燧批判胡应麟论述之"无根"，而其书中却大量摘录胡应麟的相关著述。为避免"胡"冠"张"戴之现象，彰显胡应麟学术研究的价值，对《千百年眼》源自胡应麟相关著述之内容悉列如下。

---

① 也许正是李贽对王世贞的评析，使张燧对王世贞之著述较为关注。

② 王嘉川：《布衣与学术——胡应麟与中国学术史研究》，商务印书馆2005年版，第405页。

### (一)完整抄录

(1)《千百年眼》卷三“孙武入郢之举疑伪”，见《少室山房笔丛》卷二十七《九流绪论上》有关“孙武之谈兵”之内容①。

(2)《千百年眼》卷六“蔡中郎秘《论衡》”，见《少室山房笔丛》卷二十八《九流绪论中》②。但张燧末尾“特为一洒之”，颇具迷惑性，似乎此论乃其所见。

(3)《千百年眼》卷六“孙权之劣”，见《少室山房笔丛》卷十四《史书占毕二》③。

(4)《千百年眼》卷六“昭烈先声”，见《少室山房笔丛》卷十四《史书占毕二》④。

(5)《千百年眼》卷六“《梁父吟》讥晏子”，完全抄录胡应麟《诗薮》外编卷一“周汉”条，仅删句末“异时武乡相蜀，杨仪、魏延，悉收鸣吠之效；李平、马谡，咸正师律之诛。正大之情，可通天地矣”⑤。

(6)《千百年眼》卷六“孔明事业文章”，见《诗薮》外编卷一“周汉”条⑥。

(7)《千百年眼》卷六“武乡遗言不及姜维”，见《少室山房笔丛》卷十四《史书占毕二》⑦。

### (二)节选删改

(1)《千百年眼》卷一“上古文籍”条，删改《少室山房笔丛》卷一《经籍会通一》⑧。

(2)《千百年眼》卷三“魏襄王竹简与孔壁同功”条，其文为：

---

① 胡应麟：《少室山房笔丛》，上海书店出版社 2001 年版，第 267 页。
② 胡应麟：《少室山房笔丛》，上海书店出版社 2001 年版，第 275~276 页。
③ 胡应麟：《少室山房笔丛》，上海书店出版社 2001 年版，第 144 页。
④ 胡应麟：《少室山房笔丛》，上海书店出版社 2001 年版，第 144 页。
⑤ 胡应麟：《诗薮》，上海古籍出版社 1979 年版，第 142 页。
⑥ 胡应麟：《诗薮》，上海古籍出版社 1979 年版，第 141 页。
⑦ 胡应麟：《少室山房笔丛》，上海书店出版社 2001 年版，第 143 页。
⑧ 胡应麟：《少室山房笔丛》，上海书店出版社 2001 年版，第 2 页。

> 春秋、战国殉葬之风大行，至始皇穿冢骊山，珠玑、宝玉穷极人代。唐太宗独以《兰亭》，高出千古矣。然孰与魏襄王之竹简也？襄王即孟子所谓“不似人君”者，而冢中独竹简数十车，古器一二，服玩珍怪无闻焉。即世传三书，无论如《大易》《系辞》，或烬于秦火，而出于冢中，则襄王竹简，岂不与孔壁同功哉？当战国纷争，雅尚有如若人，诚未易者，乃世率置之弗道，惜哉！

胡应麟《少室山房笔丛》卷三十四《三坟补逸下》有文为：

> 春秋战国，殉葬之风大行。秦穆公号贤主而杀三良，余可概已。至始皇穿冢骊山，珠玑、宝玉穷极人代。唐太宗独以《兰亭》高出千古矣。然孰与魏襄王之竹简也？襄王即孟子所谓“不似人君”者，而冢中独竹简数十车，古器一二，他服玩琛怪无闻焉，即世传三书，无论如《大易》《系辞》，或烬于秦火，而出于冢中，则襄王竹简，岂不与孔壁同功哉？当战国纷争，雅尚有如若人，诚未易者，乃世率置之弗道，故余为一言于篇末云耳①。

相比而言，张燧当是简单删改胡应麟之文。

(3)《千百年眼》卷三“乐毅、田单两贤相厄”条，看似张燧的论断“古今用兵……若之何二城之可拔也？”则节选自胡应麟《少室山房笔丛》卷十五〈史书占毕三·冗篇上〉②。

(4)《千百年眼》卷三“救阙与非奢不可”条，系删改胡应麟《少室山房笔丛》卷十五〈史书占毕三·冗篇上〉中“山东遭秦祸诸侯之得志者三而苏氏之合从弗与焉……”③

(5)《千百年眼》卷四“战国九流中辩士”，其文为：

> 战国著书者亡非辩士，九流中具有其人。孟、荀，儒之辩者也；庄、列，道之辩者也；衍、奭，阴阳之辩者也；髡、孟，滑稽之辩者

---

① 胡应麟：《少室山房笔丛》，上海书店出版社 2001 年版，第 348~349 页。
② 胡应麟：《少室山房笔丛》，上海书店出版社 2001 年版，第 157 页。
③ 胡应麟：《少室山房笔丛》，上海书店出版社 2001 年版，第 156 页。

也；宋玉，词赋之辩者也。今但知仪、秦、髡、衍为辩士，孟氏有好辩之名，亦小矣。

胡应麟《少室山房笔丛》卷二十七《九流绪论上》，其文为：

邹衍、邹奭俱辩士也，而俱列阴阳家，盖所言五德主运终始，大圣迂怪之变等篇，近如后世元会之说耳！大率战国著书者，亡非辩士，九流中具有其人。孟、荀儒之辩者也，庄、列道之辩者也，厘、翟墨之辩者也，牟、施名之辩者也，韩、邓法之辩者也，仪、秦纵横之辩者也，衍、奭阴阳之辩者也，髡、孟滑稽之辩者也，宋玉词赋之辩者也。今但知仪、秦、髡、衍为辩士，孟氏有好辩之名，而后世不得以辩而目之，术可亡择哉①。

比照而言，张燧仅是对胡应麟之文在语序上予以调整，在文字上稍作删改。

(6)《千百年眼》卷四“秦不绝儒生与经籍”中，从“始皇之初……好文如是”摘自胡应麟《少室山房笔丛》卷二十七《九流绪论上》②。

(7)《千百年眼》卷六“荆、蜀形势”，节选《少室山房笔丛》卷十四《史书占毕二》③，仅改“孔明自昭烈崩”为“孔明自昭烈卒”。

(8)《千百年眼》卷七“唐高祖杀降”，其文为：

古今杀降之甚者，莫甚于唐高，而项羽、白起弗与焉。薛仁杲降，则杀之；王仁本降，则杀之；萧铣降，则又杀之。其他盖不胜数也。或谓出太宗意，然而太宗未尝杀颉利也。独当时何无一言救止？岂其力不能得之，文静之死，而无及于数子耶！

胡应麟《少室山房笔丛》卷十四《史书占毕二》，其文为：

---

① 胡应麟：《少室山房笔丛》，上海书店出版社 2001 年版，第 269~270 页。

② 胡应麟：《少室山房笔丛》，上海书店出版社 2001 年版，第 269 页。

③ 胡应麟：《少室山房笔丛》，上海书店出版社 2001 年版，第 145 页。

古今杀降之甚者，莫甚于唐高，而项羽白起匆与焉。薛仁杲降则杀之，王仁本降则杀之，萧铣降则又杀之。其它盖不胜数也。项羽未尝杀沛公，白起未尝再戮降卒也。或谓出太宗意，夫颉利擒而太宗弗杀也，然胡以弗能救，与刘文静死且弗能，而况数子也①。

(9)《千百年眼》卷七“骆宾王四子受诬”，删改《少室山房笔丛》卷十六《史书占毕四·冗篇下》②，文末加“然则史亦非实录……亦冤矣”当是张燧之语。

(10)《千百年眼》卷八“李、杜始末考”，其文为：

世知杜之为拾遗，而不知李亦拾遗也。世以草堂属杜，而李集亦号草堂也。李卒后，代宗征拜左拾遗，见范传正碑，碑题尚称左拾遗。世又以供奉、拾遗，皆死于酒，而皆死于水，亦非也。太白晚依宗人李阳冰，终于紫极宫。少陵将归襄郡，终潭、岳间。采石固谬，耒阳亦未可凭。

按：开篇至“见范传正碑”见于胡应麟《诗薮》外编卷三“唐上”③，而后半部分则完全出自胡应麟《诗薮》外编卷四“唐下”④。

(11)《千百年眼》卷八“昌黎史祸”，节选《少室山房笔丛》卷十三《史书占毕一》⑤，仅删掉文末“柳徒责韩而莫能自奋其时，故不易也”。

(12)《千百年眼》卷九“徐锴征猫事非实”，节选《少室山房笔丛》卷三十九“华阳博议下”⑥，仅删去文末胡应麟所言“盖古今故实载籍具存，历世类书咸可校核，或阙有漏遗，决非悬绝。余斯议自谓老吏断狱，博洽君子幸更详焉”。

---

① 胡应麟：《少室山房笔丛》，上海书店出版社 2001 年版，第 147 页。

② 胡应麟：《少室山房笔丛》，上海书店出版社 2001 年版，第 164 页。另，明末江用世《史评小品》卷十六“骆宾王(明瑞一则)”，则引有胡应麟此条(《四库未收书辑刊》壹辑第 21 册，北京出版社 2000 年版，第 299 页)。

③ 胡应麟：《诗薮》，上海古籍出版社 1979 年版，第 181 页。

④ 胡应麟：《诗薮》，上海古籍出版社 1979 年版，第 198 页。

⑤ 胡应麟：《少室山房笔丛》，上海书店出版社 2001 年版，第 135 页。

⑥ 胡应麟：《少室山房笔丛》，上海书店出版社 2001 年版，第 403 页。

(13)《千百年眼》卷九“宋时史氏显达”，节选《少室山房笔丛》卷十三《史书占毕一》①。

由上所述，可见张燧对王世贞、胡应麟相关著述是比较关注的，其因在于：

其一，张燧对李贽的相关著述比较熟悉，而李贽《续藏书》中对王世贞之文称引很多，多以“弇州外史曰”来征引王世贞之论，且认为其“当称具眼”②，故张燧对王世贞之文较为关注。另外，王世贞在其著述中对胡应麟评价较高③，无形中为胡应麟做了比较好的宣传广告。

其二，在学术的志趣方面，王世贞、胡应麟皆是反对俗儒之见，诸如王世贞《弇州四部稿》中有许多“不可磨灭者”，故“第举一时之巨擘，而言亦终不能舍世贞而别有所属也”(《四库全书总目·弇州四部稿》)。胡应麟《少室山房笔丛》刊出后“海内争传，几于纸贵”，“辨往哲之屈笔，闻者颐解；反先代之成案，令人心服”④，《史书占毕》“内以辨体、外以辨时、冗以辨诬、杂以辨惑，于前人弗求异也，亦弗能同也”⑤，王世贞称《诗薮》“上下数百千年，虽不必字字破的，人人当心，实艺苑之功臣，近代无两”。而这正是张燧所主张的，“见自己出，而纵笔所如，随手万变，无所规摹，亦无不破的”，目中要有“一段不可磨灭之见”⑥。学术识趣的相近，使张燧对王世贞、胡应麟的学问关注较多，诸如《千百年眼》卷四“张良未尝为韩”条，其文为：

沙中一击，子房报韩之义尽矣。祖龙死，秦鹿失，天下之势，非刘则项，百韩成足辅乎？以烧绝栈道为为韩者，迂甚也。秦、项灭而英雄之恨已消，可以辟谷谢世矣。非然者，信诛何辱。良弗去，将次及焉，独为韩乎哉？

---

① 胡应麟：《少室山房笔丛》，上海书店出版社2001年版，第131页。

② 李贽：《续藏书》，中华书局1974年版，第273页。

③ 王明辉、刘俭：《胡应麟与王世贞的关系考论》，《安庆师范学院学报》2006年第1期。

④ 《少室山房笔丛·陈文烛序》。

⑤ 胡应麟：《史书占毕引》，《少室山房笔丛》，上海古籍出版社2001年版，第126页。

⑥ 张燧：《千百年眼·小引》，参见附录一。

余考《荀子》，韩之张去疾，篡臣也。去疾为张子房祖，去疾乱韩，而子房能克盖前愆，为韩复仇，则谓之始终为韩，亦无不可也。

按："沙中一击……独为韩乎哉?"完全摘自胡应麟《少室山房笔丛》卷十四《史书占毕二》①。另，文后张燧"余考《荀子》"一段似是他的看法，其实是对王世贞《弇州四部稿》卷一百五十八《说部 · 宛委余编》的简单删改，且有断章取义之嫌，其原文为：

《荀子》韩之张去疾，赵之奉阳齐之孟尝，可谓篡臣也。注：去疾张良之祖，然则去疾乱韩，而良能为韩克，盖前人之愆者也。

《千百年眼》"张良未尝为韩"条是糅合了胡应麟与王世贞两者之内容，从中可以看出张燧编纂《千百年眼》在资料方面是有一定选择的。

## 第五节 《千百年眼》与张大龄著述关系考

张大龄②，字玄羽，四川眉州人(今眉山市)，明代万历举人，生卒年月不详。著有《史论》四卷、《说史隽言》十八卷、《晋五胡指掌》六卷、《唐藩镇指掌》六卷、《随笔》八卷、《支离漫语》四卷，上述各书合订为《玄羽外编》。由明代曹学佺《张玄羽集序》、张养正《合刻玄羽外编序》可知，《玄羽外编》刊于万历三十九年(1611)。

古今学人对《玄羽外编》相关内容的学术价值是如何评判的呢?

明代张养正《合刻玄羽外编序》指出张大龄所论"正而不卑，奇而不诡，宽而不滥，严而不苛。固非循途守辙，亦不至于委辔骀衔。固非拾唾随声，亦不至于举毛炙腂。不敢拟经而乃史中之经也，不必拟子而乃史中

① 胡应麟：《少室山房笔丛》，上海书店出版社 2001 年版，第 143 页。

② 其事迹见于《四川通志》卷三十八之三《仙释 · 直隶眉州》有文："明张元羽(张大龄)，眉山人，精于黄白之术，遇仙欲度之。元羽云'九载遨游挂铁船，十读楞严不学仙'。仙遂拂衣而去。有《元羽集》行于世。"

之子也，不须为集而岂出于集之外乎！”①且“余何能知史，幸因先生之论史以知史。余何能论史，幸先生之论史以为文，则固为文无少得矣，其敢忘所自哉！”②

四库馆臣认为《玄羽外编》：

> 明张大龄撰，大龄眉州人。凡《史论》四卷，首正统论，次杂论延陵、季子、晏平仲等二十余人；又《说史隽言》十八卷，分二十四类，杂采史文，断以己说；又《晋十六国指掌》六卷、《唐藩镇指掌》六卷，皆抄撮《晋书·载记》、《唐书·藩镇传》而成。《随笔》八卷、《支离漫语》四卷。评骘史事，大都穿凿附会，无所发明。其论正统欲以汉配夏，以唐配商，以明配周，而尽黜晋与宋，尤为纰缪③。

晚清民国时期学人董康《董康东游日记》对于这部流传于日本之书，称“玄羽(张大龄)识见宏通，征引渊雅，足见先辈流风之远”④。

著名藏书家傅增湘《玄羽外编跋》认为张大龄《玄羽外编》，“统观全书，大抵长于考史，徒骋议论，近于纵横家言，多染明人矜奇警博之习。《随笔》、《漫语》二种差有可观，然亦略于纪述，而多肆评骘，盖其人逞才好辩，其衡量亦未必允当也”⑤。

上述之论，可见古今学人对张大龄《玄羽外编》的评判毁誉交加，褒者赞扬其“正而不卑，奇而不诡，宽而不滥，严而不苛”，乃“史中之经”，“史中之子”，“识见宏通，征引渊雅”，“长于考史”等；贬者批判其“穿凿附会，无所发明”，“多染明人矜奇警博之习”。

《千百年眼》全书511个条目中有32条和张大龄《玄羽外编》的内容相

---

① 张大龄：《玄羽外编》，《四库全书存目丛书》史部第287册，齐鲁书社1997年版，第601页。

② 张大龄：《玄羽外编》，《四库全书存目丛书》史部第287册，齐鲁书社1997年版，第601页。

③ 永瑢等：《四库全书总目》卷九十《玄羽外编》，中华书局1965年版。

④ 董康著，王君南整理：《董康东游日记》，河北教育出版社2000年版，第227页。

⑤ 傅增湘：《藏园群书题记》，上海古籍出版社1989年版，第273页。

近，涉及全书12卷中每一卷，且多未注明。因为两者属于同一时期的学人，笔者认为有必要对其进行史源学考察，辨析《玄羽外编》与《千百年眼》之关系。

## 一、《千百年眼》中注明征引《玄羽外编》之内容

张燧《千百年眼》中注明征引张大龄相关著述之内容：

(1)张燧《千百年眼》卷四“韩信有后”条，其文为：

> 广南有韦土官者，自云淮阴后。当钟室难作，淮阴侯家有客匿其三岁儿。知萧相国素与侯知己，不得已为皇后所劫。私往见之，微示侯无后意。相国仰天叹曰：“冤哉!”泪淫淫下。客见其诚，以情告。相国惊曰：“若能匿淮阴儿乎?中国不可居矣，急跳南粤，赵佗必能保此儿。”遂作书遣客匿儿于佗，曰：“此淮阴侯儿，公善视之。”佗养以为子，而封之海滨，赐姓韦，用韩之半也。今其族世豪于海壖间，有酂侯所遗之书，尉佗所赐之诏，勒之鼎器。夫吕氏当惠帝末，已无血胤，而淮阴后至今存，是亦奇闻，史家不识也。惜其客名姓不传，比于程婴，则有幸不幸耳。此说出张玄羽《支离漫语》。

按：据张大龄(张玄羽)《玄羽外编》之《支离漫语》卷三《淮阴有后》，其文为：

> 淮阴侯夷三族，世皆云无后矣，而予会广中，人言曰：“吾乡有韦土官者，自云淮阴后。”当钟室难作，淮阴侯家有客匿其三岁儿，知萧相国素与侯知己，不得已为皇后所劫。私往见之，微示侯无后意。相国仰天叹曰：“冤哉!”泪淫淫下。客见其诚，以情告。相国警曰：“若能匿淮阴侯儿乎?中国不可居矣，急跳南粤，我与越佗善，佗亦重淮阴侯，必能保此儿。”遂作书遣客匿儿于佗，曰：“此淮阴侯儿，公善视之，侯功塞宇宙，天必不欲绝之。”佗养以为子，而封之海滨，赐姓韦，用韩之半也。今其族世豪于海壖，闻有酂侯所遗之书，尉佗所赐之诏，勒之鼎器。夫吕氏当惠帝末已无血胤，而淮阴后至今存，是亦奇闻，史家不识也，惜其客名姓不传，

比于程婴有幸不幸耳①。

相比而言，张燧此条仅将张大龄《支离漫语》中的标题“淮阴有后”改为“韩信有后”。

(2)《千百年眼》卷七“狄仁杰不杀易之、昌宗”条，其结语为：

张玄羽曰：“狄公在周，如大乘菩萨，行忍辱行，自非小圣所测。”

按：张玄羽之论见于《玄羽外编》之《说史隽言》卷十《执法》，其文为：

玄羽逸史曰：……世主犹以事女主薄之。愚谓狄公在周，如大乘菩萨行忍辱行，自非小圣所测②。

(3)《千百年眼》卷八“房管用违其才”条，其文为：

张玄羽曰：房管所谓治世之能臣耳。肃宗用违其才，所以一败而不振。若收复之后，令管从容讽议，镇静庙堂，以抚摩残喘，毋令谗邪间之，当必有可观者。方用而疑之，方疑而将之，既败而一逐不收。人皆嗟管之不尽其用，予独悲管之不逢其时。

按：此论见张大龄《玄羽外编》之《史论》卷三“房管”条的论断，其文为：

愚故曰：虽再用之未必能济时艰，而振唐室于贞观、开元之旧也。然则管之德器岂尽虚名乎？曰：管乃平世三公之才耳。肃宗用违

① 张大龄：《玄羽外编》，《四库全书存目丛书》史部第287册，齐鲁书社1997年版，第874页。

② 张大龄：《玄羽外编》，《四库全书存目丛书》史部第287册，齐鲁书社1997年版，第682~683页。

其才，所以一败而不振。若收复之后，令管从容讽议，镇静庙堂，以抚摩残喘，毋令谗邪间之，当必有可观者。方用而疑之，方疑而将之，既败而即逐，一逐而不收。人皆嗟管之不尽其用，予独悲管之不逢其时①。

## 二、《千百年眼》中未注明征引《玄羽外编》之内容

纵观《千百年眼》一书，其间有近三十个条目是源自张大龄《玄羽外编》中的相关内容，且均未称引。

### (一)张燧《千百年眼》源自张大龄《随笔》之内容

(1)《千百年眼》卷一“周过其历之谬”条，其文为：

自古有天下之长久惟周。论者亦谓周过其历，此未之深考耳。武王灭殷百八十七年，而厉王流彘称共和者，十四年，国无主也。而宣王立，至幽王十一年，犬戎灭周，合前共二百五十七年。周辙东而天下不复宗矣，似拥虚器，不亡犹亡也。汉以二百一十年，唐以百二十余年，宋以百五十余年，俱有中断之厄，治日少而乱日多，盖自古记之已。

按：张大龄《玄羽外编》之《随笔》卷一，有文为：

玄羽外史曰：武王灭殷百八十七年，而厉王流彘，称共和者十四年，国无主也。而宣王立至幽王十一年犬戎灭周，合前共二百五十七年。周辙东而天下不复宗矣，似拥虚器，不亡犹亡也。汉以二百一十年，唐以百二十余年，宋以百五十余年，俱有中断之厄，大都阳九百六，循环递互花甲难乎！一周未有，进至四周，而太平无事者，我朝

① 张大龄：《玄羽外编》，《四库全书存目丛书》史部第287册，齐鲁书社1997年版，第618页。

之盛其万世一时乎①!

相比而言，张燧当是对张大龄之文的简单改写，其文中言"论者亦谓周过其历，此未之深考耳"，然后下文是悉举各种证据，颇具说服力，但文中的论析，实乃张大龄之文。

(2)《千百年眼》卷三"孟子不尽信《武成》"条，其文为：

孟子于《武城》止取二三策，又曰"尽信书，则不如无书"。可见古圣贤读《典》《谟》，犹自有去取，所以识见笼罩千古。今之学者，甘作辕下之驹，何怪其日陋也。虽然，使是说不出孟氏，则宋儒又以为异端之射的矣。

按：张大龄《玄羽外编》之《随笔》卷一，其文为：

孔子叙《书》断自唐虞，《坟索》之谈，存而不论；孟子亦曰："尽信书不如无书"。《武成》当代之典也，且曰：吾取其二三册。②

可见张燧之论应该是在张大龄基础上而发。

(3)《千百年眼》卷四"天亡秦"条，抄录张大龄《随笔》卷一③，仅把"世人谓天道聩聩，此可见其昭昭矣"改为"孰谓天道聩聩耶"。

(4)《千百年眼》卷五"李广无长者风"条，是对张大龄《随笔》卷二之文的改写。

张燧其文为：

李将军广，闲居霸陵，每日游猎饮酒，必夜乃归。霸亭吏呵之，从者曰："故李将军。"吏曰："今李将军，亦不得夜行，况故乎!"广

① 张大龄：《玄羽外编》，《四库全书存目丛书》史部第287册，齐鲁书社1997年版，第813页。

② 张大龄：《玄羽外编》，《四库全书存目丛书》史部第287册，齐鲁书社1997年版，第811页。

③ 张大龄：《玄羽外编》，《四库全书存目丛书》史部第287册，齐鲁书社1997年版，第815~816页。

竟止宿亭下。其年匈奴入塞，诏起李将军出右北平。广请霸亭吏随，次日杀之。呜呼！广之不侯，微独杀羌降者，而霸亭一事，殊无长者之风，此后之所以多不振也。

夏君宪曰：快仇报怨，武弁常态也，且霸亭吏亦自可杀。炎凉小人，何足以累长者！

张大龄其文为：

李将军广，闲居霸陵，每日游猎饮酒，必夜乃归。霸亭吏呵之，从者曰："故李将军。"吏曰："今李将军亦不得夜行，况故乎！"广竟止宿亭下。其年匈奴入塞，诏起李将军出右北平。广请霸亭吏随，次日杀之。上书请罪，景帝优诏答之。

玄羽外史曰：广之不侯，微独杀羌降者，而霸亭一事殊无长者之风，此后之所以多不振也。广子敢愤其父之死由大将军青，私欲报仇。一日乘间击大将军伤，而大将军终为讳之。诸将问者，俱云无是事。螵骠骑将军去病知之白收敢，正其罪，而大将军力止。去病竟于猎中射杀敢，朝廷方宠重去病，亦为之讳。以此见青之度出入万万，不惟去去病远，且去广远。太史公口津津于北平，而薄视大将军，吾终不以为确①。

(5)《千百年眼》卷五"亚夫之死以忌"条，是对张大龄《随笔》卷二内容的简单删改②。

(6)《千百年眼》卷五"武帝神智"条，是对张大龄《随笔》卷一内容的删改③。按：张大龄所论是对汉高帝、汉武帝、汉昭帝、汉昭烈帝临终之托的叙述，而张燧仅取张大龄对汉武帝的叙写。

---

① 张大龄：《玄羽外编》，《四库全书存目丛书》史部第 287 册，齐鲁书社 1997 年版，第 817 页。

② 张大龄：《玄羽外编》，《四库全书存目丛书》史部第 287 册，齐鲁书社 1997 年版，第 821 页。

③ 张大龄：《玄羽外编》，《四库全书存目丛书》史部第 287 册，齐鲁书社 1997 年版，第 816 页。

(7)《千百年眼》卷七“隋文帝滥杀”条，是对张大龄《随笔》卷五的删改①。

(8)《千百年眼》卷七“唐世女祸”条，节选《随笔》卷六中张大龄发论的内容②。

张燧其文为：

唐太宗起义时，以隋宫女子进其父而胁之。高祖畏祸，议始定。及其后也，天亦降之女祸，世世有焉，报应之妙如此。

按：张大龄《玄羽外编》之《随笔》卷六，其文为：

玄羽外史曰……缘太宗起义时，以隋宫女子进其父而胁之。高祖始犹退避不敢至，是畏祸不得不从，其本谋实在太宗也。故天亦降之女祸，世世有焉，报应之妙如此，可不畏哉③！

(9)《千百年眼》卷七“尉迟公隐德”条，是对《随笔》卷五内容的删改④。张燧“尉迟公隐德”之条目名称，是对张大龄所论之提炼，张大龄言：“观敬德议论筹画，似非武人，而不欲罪及支党，此尤仁人之言。是房、杜所未及发者。”

(10)《千百年眼》卷八“退之《淮西碑》失实”条，是对《随笔》卷六的删改⑤。

张燧其文中有“唐宪宗仆退之《淮西碑》，而改用段文昌也。事由石孝

① 张大龄：《玄羽外编》，《四库全书存目丛书》史部第287册，齐鲁书社1997年版，第834页。

② 张大龄：《玄羽外编》，《四库全书存目丛书》史部第287册，齐鲁书社1997年版，第841页。

③ 张大龄：《玄羽外编》，《四库全书存目丛书》史部第287册，齐鲁书社1997年版，第841页。

④ 张大龄：《玄羽外编》，《四库全书存目丛书》史部第287册，齐鲁书社1997年版，第834~835页。

⑤ 张大龄：《玄羽外编》，《四库全书存目丛书》史部第287册，齐鲁书社1997年版，第844~845页。

忠，后世鲜有录其本末者。按罗隐《记石烈士事》云……”给人的印象是，有关《淮西碑》记载失实之表现系张燧所发现，且作详细考证。其实不然，张大龄文中的内容为：

> 退之作《平淮西碑》，其文雄古壮烈，颇类周书。独其大旨多归功于晋公，而李愬秘谋奇策，雪夜擒元济事，不能详载。朝廷乃易其碑，命段文昌为文。今段碑不存，而韩碑在汝宁府裴晋公祠中。余有观罗隐《记石烈士事》云……
>
> 玄羽外史曰：人多惜昌黎之文见毁，而复用段氏之作，以为宪宗信谗舍琬琰而树碔砆也，不知隙起于石孝忠。此固贯高、赵午之徒欤？当时韩吏部既欠实录，而裴相国殊无休休让美之怀，致谤未必无由也……①

(11)《千百年眼》卷十“谯定《易》学”，是对《随笔》卷八内容的简单删改②。张燧文尾有“吾因是而知京房、郭璞，其学浅矣”，“吾”字一词似乎表明此论系他所见。而张大龄之文的结语为：

> 此谯定居京师，所以金兵入而不知所在也。吾因是而知京房、郭璞其学浅矣③。

张燧《千百年眼》上述11条内容出自张大龄《随笔》。《随笔》的撰写体例是先叙写历史事实，然后以“玄羽外史曰”予以发论，没有条目名称。张燧或是对其整体删改，如第4、5、7、8、9、10、11条；或节其所论，如第1条；或简单改写，如第3条。张燧在摘录的过程中，多据张大龄之叙述，概括以醒目的条目名称。另外，张燧文中有“吾”“按”“呜呼”“后世鲜有录其本末者”等语，易使读者认为文中所论、所考乃张燧之所为，

---

① 张大龄：《玄羽外编》，《四库全书存目丛书》史部第287册，齐鲁书社1997年版，第844~845页。

② 张大龄：《玄羽外编》，《四库全书存目丛书》史部第287册，齐鲁书社1997年版，第853~854页。

③ 张大龄：《玄羽外编》，《四库全书存目丛书》史部第287册，齐鲁书社1997年版，第854页。

可能会对读者造成误导。

### (二)张燧《千百年眼》源自张大龄《支离漫语》之内容

(1)《千百年眼》卷二“胶舟之报”条，是抄录张大龄《玄羽外编》之《支离漫语》卷二“周昭楚义”条①。

(2)《千百年眼》卷六“孔明比管、乐有取”条，是简单删改《支离漫语》卷三“南阳草庐”条。

张燧其文为：

孔明自比管、乐，后人多疑其谦，不知此自有深意。比管仲，取其尊王也；比乐毅，取其复仇也。盖隐隐有兴复汉室之图，于比拟间微示其意。乃说者比度才智，较量浅深，于古人心事毫未窥其所主，何哉？

张大龄其文为：

诸葛孔明，琅琊人也，而寓居南阳，结庐于新野之卧龙岗，岂无意乎？以南阳世祖中兴之地，仿佛有伯升兄弟及耿、邓之俦。盖逆知汉纽，将解奸雄，鹰扬怀恢复之洪图，有待而思骋也。又以庞德公叔侄、司马德操、徐元直、崔州平、孟公威、石广元诸君，俱密迩可资讲习，而乃卜筑于此乎！彼虽具命世大贤之资，而不敢一日忘学问，不可一日忘切磋。故一出而伯仲、伊吕，学固深哉！然而自比管、乐，后人多疑其谦，不知亦有微意。比管仲，取其尊王也；比乐毅，取其复仇也。春秋之世，楚人僭号问鼎，天王为赘疣矣。管仲起而尊之，七雄割据，周室如将烬之灰，不足嘘起。楚、齐、三晋皆异姓，独燕召公之后，而召公文王子，武王弟，堪翼之以拒虎狼之秦，乐生起而辅之。彼孔明自比管、乐，隐隐有兴复汉室之图，乃于比拟间微示其意。而说者比度才智，较量浅深，而于古人心事毫未窥其所主，

---

① 张大龄：《玄羽外编》，《四库全书存目丛书》史部第287册，齐鲁书社1997年版，第867页。

可发一笑云①。

相比而言，张燧仅取张大龄之论议部分。

(3)《千百年眼》卷十“张商英《无佛论》”条，其文为：

张商英，少年负奇气，尤不信佛。尝于招提睹《金刚般若》，喟然曰：“岂胡书而反奥于六经乎?”归著《无佛论》，达晓不成一字。妻曰：“公平日为文，援笔不加点，伸纸万言，今作何文，其苦乃尔?”张相曰：“吾欲作《无佛论》。”妻曰：“既已无矣，何论之有?”张大悟，深悔前事，究心内典，自谓得其旨。张和仲曰：“今之未窥藩篱，而妄加排议者，惜无如商英之妻，从旁下一转语耳。”

张大龄《玄羽外编》之《支离漫语》卷四“非议”条，其文为：

班孟坚讥子长先黄老而后六经，崇势利而贱仁义等语。而后人之讥孟坚也更甚。柳柳州著《非国语论》，而后亦有《非非国语》。子云之书当时以为绝伦，后世尊之为经，而又有谓以艰深之辞文，浅近之说者。凡载籍不得孔门表章，悉为随声附影者笑柄。予乡张相商英少年负奇气，尤不信佛。尝于招提睹《金刚般若》，喟然曰：“岂胡书而反奥于六经乎?”归著《无佛论》，达晓不成一字。妻曰：“公平日为文，援笔不加点，伸纸万言，今作何文其苦乃尔?”张相曰：“吾欲作《无佛论》。”妻曰：“既已无矣，何论之有?”张大悟，乃究心内典，深悔前事，自谓得其旨。凡天下士未窥藩篱而妄自排议者，后来从事学问未必无张相之悔②。

按：张燧仅是截取张大龄所论之后半部分，“张商英《无佛论》”条末尾“张和仲曰：‘今之未窥藩篱，而妄加排议者，惜无如商英之妻，从旁

① 张大龄：《玄羽外编》，《四库全书存目丛书》史部第 287 册，齐鲁书社 1997 年版，第 873~874 页。

② 张大龄：《玄羽外编》，《四库全书存目丛书》史部第 287 册，齐鲁书社 1997 年版，第 881 页。

下一转语耳'"仿佛系张燧所论，实际上是对张大龄文末之句的简单抄录。

(4)《千百年眼》卷十一"历代宦寺之祸"条，是抄录张大龄《玄羽外编》之《支离漫语》卷三"四代之亡"条的前半部分内容①，仅删去张大龄所引"苏子曰……"但张燧文中"尝试论之"颇具迷惑性，似乎此条乃其所论，其实是对张大龄所论的抄录。

(5)《千百年眼》卷十一"中华名士耻为元虏用"条，是抄录张大龄《玄羽外编》之《支离漫语》卷四"胜国习"②。

(6)《千百年眼》卷十二"理财急务"条，抄录张大龄《玄羽外编》之《支离漫语》卷三"世变"条③，仅删去张大龄文末的感叹之语，"呜呼！世道日趋不知何所底止，虽周、孔复出，不能挽既倒之澜矣，而犹有欲议井田、封建于今日者，抑何腐耶！夫三代盛际，知不可睹，安得复见文景之世与贞观、开元初载，及我孝庙之临御时乎？"

### (三)张燧《千百年眼》源自张大龄《说史隽言》之内容

(1)《千百年眼》卷三"客非负齐"条，是简单删改张大龄《玄羽外编》之《说史隽言》卷十八"史谣"条④。

(2)《千百年眼》卷五"武帝遗命"条，是简单改写张大龄《玄羽外编》之《说史隽言》卷二"遗明"条⑤。

(3)《千百年眼》卷六"杨颙不知孔明"条，其文为：

> 孔明为相，身校簿书。主簿杨颙切谏，以为徒劳。后之览者，无不为孔明惜也。张和仲曰：杨主簿深达相臣之体，而未亮孔明之心。

---

① 张大龄：《玄羽外编》，《四库全书存目丛书》史部第287册，齐鲁书社1997年版，第872页。

② 张大龄：《玄羽外编》，《四库全书存目丛书》史部第287册，齐鲁书社1997年版，第878~879页。

③ 张大龄：《玄羽外编》，《四库全书存目丛书》史部第287册，齐鲁书社1997年版，第872页。

④ 张大龄：《玄羽外编》，《四库全书存目丛书》史部第287册，齐鲁书社1997年版，第729页。

⑤ 张大龄：《玄羽外编》，《四库全书存目丛书》史部第287册，齐鲁书社1997年版，第640页。

夫死生有命，况孔明之死生，何等关系，而谓食少事烦，竟致夭没也？不意死仲达，犹能给后生明眼人！

张大龄《玄羽外编》之《说史隽言》卷十六“纳诲”条，其文为：

汉丞相亮尝自校簿书。主簿杨颙谏曰：“为治有体，上下不可相侵，请为明公以作家譬之。……今公校簿书流汗终日，不亦劳乎！”亮谢之。及颙卒，亮垂泣三日。

玄羽逸史曰：杨主簿深达相臣之体，而未亮孔明之心。孔明有难，告之以其心，而深取于其言①。

按：张燧此论是对张大龄“纳诲”条的简单改写，文中“张和仲曰……”给人的印象此乃张燧所论，其实是对张大龄所论的摘录。

(4)《千百年眼》卷六“晋武以不废立致乱”，是抄录张大龄《玄羽外编》之《说史隽言》卷七“立后”条之“玄羽外史曰”②。

(5)《千百年眼》卷七“王猛死不忘晋”，是抄录张大龄《玄羽外编》之《说史隽言》卷十七“异才”条③。张大龄之原意是论析王猛之异才，但张燧完整抄其原文，仅将标题改为“王猛死不忘晋”。

(6)《千百年眼》卷七“李绩一言之祸”条，是简单删改张大龄《玄羽外编》之《说史隽言》卷一“少俊”条的“玄羽外史曰”④。

(7)《千百年眼》卷九“韩熙载晦于声色”，是抄录张大龄《玄羽外编》之《说史隽言》卷二“识鉴”条的“玄羽外史曰”⑤。

---

① 张大龄：《玄羽外编》，《四库全书存目丛书》史部第287册，齐鲁书社1997年版，第716页。

② 张大龄：《玄羽外编》，《四库全书存目丛书》史部第287册，齐鲁书社1997年版，第665页。

③ 张大龄：《玄羽外编》，《四库全书存目丛书》史部第287册，齐鲁书社1997年版，第722页。

④ 张大龄：《玄羽外编》，《四库全书存目丛书》史部第287册，齐鲁书社1997年版，第635页。

⑤ 张大龄：《玄羽外编》，《四库全书存目丛书》史部第287册，齐鲁书社1997年版，第638页。

(8)《千百年眼》卷九“种放之隐由母”条，是删节张大龄《玄羽外编》之《说史隽言》卷十二“贤母”条①。

张大龄《玄羽外编》皆是先叙史实，然后予以论断。而张燧上述之论多是直接抄录或简单删改张大龄所论(“玄羽外史曰”)，仅是以自己的理解代之以新的标题。

## (四)张燧《千百年眼》源自张大龄《晋五胡指掌》《史论》《唐藩镇指掌》之内容

(1)《千百年眼》卷七“《徙戎论》无救于晋”，其文为：

> 世儒睹郭钦、江统之说不行，深为司马氏惜。不知此曹渐染华夏之风者，仅百年，其文雅博洽，既与中国士大夫埒，而骁悍魁桀、拔山贯铁之勇，非华人可得而仿佛也。即使驱之去，而未必即去；既去，而未必不来。我知其害，必不止侵镐方、犯泾阳、围白登、入甘泉，如周汉之事而遂已也。况中国先乱，而彼有所以乘其隙哉！
>
> 按刘元海父子，总角游京师，已有英雄之望。倘御得其道，不过金日磾、李光弼之俦。奈何以騃童为天下主，贼后煽淫于内，狂宗播祸于外，彼回翔六合，皆出其下，安得不云蒸龙变，以快其翘然之志耶！是天固纵之以翦司马氏也。

张大龄《玄羽外编》之《晋五胡指掌》卷一《总论二·匈奴刘氏》，有文为：

> 玄羽逸史曰：“自古夷狄为中国患者有矣，未闻入而帝中国也者，有之，自刘渊始。当晋全盛时，渊以壮年游京师，与诸名士遨游成均，持论上下，固彬彬俊爽才也，不过谓由余、金日磾之俦耳。焉知窃伏辇毂，睥睨宫阙，私心曰：‘此可取而代乎。’世儒睹郭钦、江统之说不行，深为司马氏惜。不知此曹渐染华夏之风者百来年，其文雅博洽既与中国士大夫埒，而骁悍魁桀，拔山贯铁之勇，非华人可得

① 张大龄：《玄羽外编》，《四库全书存目丛书》史部第287册，齐鲁书社1997年版，第695页。

而仿佛也。即使驱之去，而未必即去；既去，而未必不来。我知其害，必不止侵镐方，犯泾阳，围白登，入甘泉，如周汉之事而遂已也。况中国先乱，而彼有所以乘其隙哉！然渊每闻诸将屠杀之惨，则深戒谕之，用贤纳谏，恭俭勤劳，卓有中国君人之度。聪以荒淫承之，一传而归于曜。曜以沉湎，继之数岁，而歼于勒。彼二子少固雄毅，乃晚节如是，岂真胡虏之运乎！死而无种，虽所自取，不可谓无默宰也已。"①

张大龄《晋五胡指掌·原叙》由张大龄作，落款为万历辛丑(1601)，可见张燧是摘录张大龄之文。

另，"按刘元海父子，总角游京师……"表面上看来是张燧之按语，似乎是张燧之观点。其实是源自张大龄《玄羽外编》之《说史隽言》卷一"少俊"条，其文为：

玄羽外史曰：刘元海父子总角游京师，已有英雄之望。倘御得其道，不过金日磾、李光弼之俦。效节于中国不暇，奈何以騃童为天下主。贼后煽淫于内，狂宗播祸于外，彼回翔六合，皆出其下，安得不云蒸龙变，以快其翘然之志耶？是天固纵之以翦司马氏也。噫！②

张燧"《徙戎论》无救于晋"条可谓一条多引，把张大龄《晋五胡指掌》和《说史隽言》的内容灵活地糅合在一起。

(2)《千百年眼》卷七"苻秦之亡不由慕容垂"条，是删改张大龄《玄羽外编》之《晋五胡指掌》卷二"鲜卑慕容氏"条③。

(3)《千百年眼》卷九"郑綮辞相"条，其文为：

史称郑綮为相，因自言曰："笑杀天下人。"又曰："时事可知

① 张大龄：《玄羽外编》，《四库全书存目丛书》史部第287册，齐鲁书社1997年版，第736页。

② 张大龄：《玄羽外编》，《四库全书存目丛书》史部第287册，齐鲁书社1997年版，第634页。

③ 张大龄：《玄羽外编》，《四库全书存目丛书》史部第287册，齐鲁书社1997年版，第744~748页。

矣。”后竟以不为人所瞻望，三月求罢去。传纪其事，鄙之也。按綮知广州日，值贼黄巢起，所过郡邑，无不残灭。公移檄于巢，戒无犯州境。巢笑为敛兵，州独得完。及岁满去，俸余千缗，置之郡库。他盗过郡，帑藏为竭，而终不敢犯郑使君钱。此必有以厌服其心者，不贤而能若是乎？区区自嘲，盖以掩其瑰玮迈群之器，不忍身为亡国之相，挈神器以归贼也。然而圭角不露，过人远矣。彼史氏何足以知之！

按：张燧“郑綮辞相”条是对张大龄《玄羽外编》之《史论》卷三“郑綮”条的删改，其史实部分“按綮知广州日……而终不敢犯郑使君钱”，是对张大龄所论之简单删改，张大龄文末之论为：

玄羽逸史曰……一则曰笑杀天下人，一则曰时事可知矣。区区自嘲以掩其环玮迈群之器。而本传曰为相之日，侃侃无复故态。又曰自以不为人所瞻望，三月求罢，史氏之谈。总之，游郑公讳匿之天与其不可测之量者也。公非辞相，耻为亡国之相，不忍以神器归贼也。然而圭角不露，其过人远矣①。

(4)《千百年眼》卷八“藩镇之弊”条，是对张大龄《玄羽外编》之《唐藩镇指掌》卷一“总论一”的删改②。

张大龄《史论》《说史隽言》《晋五胡指掌》《唐藩镇指掌》《随笔》《支离漫语》，有的刊于1601年(《晋五胡指掌》)，有的刊于1611年以前(参见曹学佺《张玄羽集序》)，但最后由张养正合刻于1611年(参见张养正《合刻玄羽外编序》)，而张燧《千百年眼》是刊于1614年。根据上文所论，张燧对张大龄《玄羽外编》所收录的六种书皆有抄录，虽然《史论》《说史隽言》《晋五胡指掌》等书在1611年以前已有单行本，但张燧对张大龄《玄羽外编》以外之内容无所关涉，可见张燧《千百年眼》中之内容当是参依张大

① 张大龄：《玄羽外编》，《四库全书存目丛书》史部第287册，齐鲁书社1997年版，第620页。

② 张大龄：《玄羽外编》，《四库全书存目丛书》史部第287册，齐鲁书社1997年版，第773~774页。

龄相关著述之合刻本——《玄羽外编》。

## 三、《千百年眼》征引《玄羽外编》之原因

张大龄乃蜀中学人，而张燧系湖湘学者，虽均属万历时人，但相距甚远，且张燧自视甚高。那么为何张燧《千百年眼》中却有大量内容源自张大龄《玄羽外编》呢？

其一，两者的编纂意图相似。张燧希望《千百年眼》能使“上下几千年，豪杰之恢张擘画、议论文章，一开卷而了然”（张燧《千百年眼·小引》），即以通史体例，“上下五千年，纵横十万里，网罗美备”（孙点《千百年眼·跋》）。而张大龄《玄羽外编》正是“网罗数千载，狱究数十季”之作，为张燧之学术创作提供大量相关资料，张燧《千百年眼》十二卷中，每卷皆有征引《玄羽外编》之内容可证明此说。

其二，两者的学术识见相近。张燧《千百年眼·小引》指出著述立说应“见自己出，而纵笔所如，随手万变，无所规摹，亦无不破的”，“虽能巷议其非，决不能扫除其说”，故“属意经史百家，旁及二氏，与夫稗官小说、家乘野语，不揣荒陋，谬以是意提衡其间。瞥见可喜可悦可惊可怪之语，俗儒所不敢道，与文人之所不能道，目注神倾，辄手录之”。即张燧所看重所摘录的是有学术创见之论，而张大龄之见乃“正而不卑，奇而不诡，宽而不滥，严而不苛。固非循途守辙，亦不至于委辔骀衔。固非拾垂随声，亦不至于举毛炙膘。不敢拟经而乃史中之经也，不必拟子而乃史中之子也，不须为集而岂出于集之外乎！”①这正是张燧所倡导的不囿于世俗的“不可磨灭之见”。加之，张养正颇具煽情的论说，“余何能知史，幸因先生之论史以知史。余何能论史，幸先生之论史以为文，则固为文无少得矣，其敢忘所自哉！”②更使张燧对张大龄之文推崇有加。

但是，为何张燧《千百年眼》刊刻以后颇行于世，而张大龄《玄羽外编》相对却为学界关注不多呢？

---

① 张大龄：《玄羽外编》，《四库全书存目丛书》史部第 287 册，齐鲁书社 1997 年版，第 601 页。

② 张大龄：《玄羽外编》，《四库全书存目丛书》史部第 287 册，齐鲁书社 1997 年版，第 601 页。

张燧《千百年眼》为世人关注颇多的原因，其一，其书中所论多与世俗之观点相异；其二，《千百年眼》一书，自问世以后，自明末迄今，刊刻布印者较多，从传播学的角度言，其可供传播的载体较多。而为张燧所关注的张大龄相关著述，并未引起学界太多的关注，其因不在于张大龄相关著述的学术价值问题，因为我们从张燧抄录张大龄的相关内容，即可窥见其识断之能力及其考据之功夫。遗憾之处是，张大龄相关著述除了《四库全书存目丛书》史部完整收录外，《史论》《说史隽言》《支离漫语》等部分予以单独刊行的甚少，这样无形中使这位蜀中怪才的学问淡出学界的视线，而抄录其文者，反而颇为学人所赞誉。

## 第六节 《千百年眼》与陈继儒著述关系考

陈继儒(1558—1639)①，字仲醇，号眉公，松江华亭人。陈继儒虽未入仕，但与当世达官显贵、社会名流多有交往，诸如徐阶、申时行、王锡爵、朱国桢、王世贞、李维桢、顾宪成、耿定向等。陈继儒一生著述颇丰，有《邵康节外纪》四卷、《逸民史》二十二卷等。陈继儒的著述，在当时颇为流行，万历三十四年，沈孚先、沈德先兄弟搜集陈继儒著作中的16种，合刊为《宝颜堂秘籍》(包括《见闻录》八卷、《珍珠船》四卷、《妮古录》四卷、《群碎录》、《偃曝谈余》二卷、《岩栖幽事》一卷、《枕谭》一卷、《清明曲》一卷、《太平清话》四卷、《书蕉》二卷、《笔记》二卷、《书画史》一卷、《长者言》一卷、《狂夫之言》三卷续二卷、《香案牍》一卷、《读书镜》十卷)②。

晚明时期，心学流行，学者肆意为文，直抒胸臆，究其根底，无关世道，陈继儒力纠时弊，指出"学问如切脉，吏事如药方，知脉审方，然后国家之沉疴痼疾，应手即除，不然未识病夫之生无，不辨庸医之是非，或因循以待亡，或执拗以速祸，是果谁之咎哉？故要做天下第一奇男子，须

---

① 其事迹见于《明史·隐逸传》。

② 参见高明：《陈眉公研究：历史与文献》，复旦大学博士学位论文，2008年，第28页。

要事理圆融，要事理圆融须要讲明学问吏事”①。且强调“大抵著书，上者羽翼世道，次者磨砺身心，又次者淘汰俗气，又次者资辅聪明，又次者摩挲岁月”②。吴从先称陈继儒为：“海内宗匠先生，先生曰玉则玉之矣，先生曰石则石之矣，先生以石为玉，则石亦玉之矣。故敢借高名为海内标，且乞题词，正谓狸质而假之豹文也。”③甚者称其为海内文霸。

但是，四库馆臣对陈继儒著述的评价可谓较低：诸如《见闻录》“其事皆史所未详，然叙次丛杂，先后无绪，仍不出其生平著述潦草成编之习也”④；《珍珠船》“杂采小说家言，凑集成编，而不著所出，既病冗芜，亦有讹舛，盖明人好剿袭前人之书而割裂之，以掩其面目，万历以后往往皆然也”⑤；《笔记》“取杂事碎语钞录成帙，略无伦次”⑥；《读书镜》“以己见折衷其间，欲使学者得以古证今，通达世事，故以镜为名，所言亦不甚精切，特持论尚颇平正，视所著他书，差为彼善于此……此言盖为万历间争国本者，而发于明季台省之可弊云切中，不以继儒而废其言也”⑦；《狂夫之言》“杂论古今得失，才辨亦颇纵横，而见地多失之偏矫。如谓佛家能养鳏寡孤独，殊不免故为异论。至于指颜子端居不动为以身讽孔子，左丘明《春秋内传》非有意于发明孔子，则尤为臆见矣”⑧；《书蕉》“随笔札记，颇无伦次”⑨。

可见，明清学人对陈继儒著述的评价差别极大。张燧和陈继儒属于同一时期的学人，皆以“异端”著述扬名于世，而《千百年眼》中有近三十条与陈继儒《狂夫之言》《太平清话》《偃曝谈余》《闻见录》《书蕉》《读书镜》内容相关。有必要对其两者著述中内容相近部分进行史源学考察，辨析相

① 陈继儒：《读书镜》，《四库全书存目丛书》史部第288册，齐鲁书社1997年版，第407~408页。

② 陈继儒：《读书镜》，《四库全书存目丛书》史部第288册，齐鲁书社1997年版，第413页。

③ 吴从先：《小窗自纪》卷四《书·寄陈眉公书》，《四库全书存目丛书》子部第252册，齐鲁书社1995年版，第798页。

④ 《四库全书总目提要·见闻录》。

⑤ 《四库全书总目提要·珍珠船》。

⑥ 《四库全书总目提要·笔记》。

⑦ 《四库全书总目提要·读书镜》。

⑧ 《四库全书总目提要·狂夫之言》。

⑨ 《四库全书总目提要·书蕉》。

关内容之归属问题，便于更好了解二者的学术思想及其著述之价值。

## 一、《千百年眼》与《狂夫之言》关系考

### (一)张燧《千百年眼》注明源自陈继儒之著述

(1)《千百年眼》卷一“许由让天下非难”条，其文为：

> 尧禅天下于许由，许由不受，天下后世皆高之。陈眉公有云：“当尧之时，尽大地是洪水，尽大地是兽蹄鸟迹。禹荒度八年，水乘舟，陆乘车，泥乘輴，山乘樏，方得水土渐平，教民稼穑。此时百姓甚苦，换鲜食、艰食、粒食。三番境界，略有生理。盖洪荒天地，只好尽力生出几个圣人，不及铺张妆点，粗具得一片乾坤草稿而已，何曾有受用处？茅茨不剪，朴角不斫，素题不枅，大路不画，越席不缘，太羹不和。铏簋之食，聊以充饥；鹿裘之衣，聊以御寒。不惟无享天下之乐，而且有丛天下之忧。尧黧舜黑，固其宜耳。许由亦何所艳美而受之也哉？嗟乎！今之天下浓，浓则诲盗；古之天下淡，淡则拱手以与人，而人不纳。”老氏有云：“不见可欲，使心不乱。”其许由之谓乎？

按：夏君宪对张燧此条的评价是“此论甚新”，但张燧所言：“陈眉公有云……”可见来自于陈继儒《狂夫之言》卷二，其文为：

> 尧禅天下于许由，许由不受，天下后世皆高之，余独以为不难。尧之时，尽大地是洪水，尽大地是兽蹄鸟迹。禹荒度八年，水乘舟，陆乘车，泥乘輴，山乘樏。方得水土渐平，教民稼穑。此时百姓甚苦，换鲜食艰食粒食三番境界，略有生理。盖洪荒天地，只好尽力生出几个圣人，不及铺张妆点。粗粗具得一片乾坤草稿而已，何曾有受用处？茅茨不剪，朴角不斫。素题不枅，大路不画。越席不缘，太羹不和。铏簋之食，聊以充虚。鹿裘之衣，聊以御寒。不唯无享天下之乐，而且有丛天下之忧。尧黧舜黑，固其宜耳！许由亦何所艳美而受之也哉！嗟乎！今之天下浓，浓则诲盗。古之天下淡，淡则拱手以与

人而人不纳。老氏云：不见可欲，使心不乱。许由之谓也。按传尧佐帝挚，始受封于陶。又三载，改国于唐，乃号陶唐氏。又三载而受禅。又曰："帝挚立九载，政既微弱。而尧德日盛，诸侯归之。帝服其义，率群臣以致禅，尧乃即位。都于平阳之安邑。"由此观之，禅天下亦非尧始①。

张燧应该参阅过《狂夫之言》，而"许由让天下非难"则是抄录陈氏之文。张燧把陈氏"余独以为不难"换为"陈眉公曰"，实际其标题"许由让天下非难"便是由"尧禅天下于许由，许由不受。天下后世皆高之，余独以为不难"而来。张燧之删改可能有两点用意：其一证明自己治学之严谨，引文必有来历；其二，通过"许由让天下非难"之标题，似乎是其揭示了这个历史现象。而陈继儒的本意似乎在论证"禅天下亦非尧始"，而是源自许由。

(2)《千百年眼》卷四"秦火后遗书"条，有文"陈眉公山居课儿，有诗曰：'儿曹莫恨咸阳火，焚后残书读尽无'"陈眉公之语可见于《狂夫之言》卷四，其原文：

春日课儿山房，偶谈前事，戏题一绝示之：花满春山酒满觚，一编长对老潜夫。儿曹莫恨咸阳火，焚后残书读尽无。

另外，不仅仅"陈眉公山居课儿，有诗曰：'儿曹莫恨咸阳火，焚后残书读尽无'"源于《狂夫之言》卷四，张燧"秦火后遗书"条完全是抄录《狂夫之言》②，而文中"《丹铅总录》、《双槐岁钞》，亦尝言及之矣"，会给人以误导，似乎是张燧本人阅读了《丹铅总录》《双槐岁钞》，其实不然。

(3)《千百年眼》卷七"《孝经》、《春秋》甚灵"，有"陈眉公曰……"此条是完全抄录《狂夫之言》卷三。

(4)《千百年眼》卷十一"佛典辅儒教而行"条，有"陈眉公曰……余按眉公之言委而风，登之之言切而著，并录之，以动异议者之皈依"，陈眉

---

① 陈继儒：《狂夫之言》，商务印书馆 1936 年版，第 19 页。

② 陈继儒：《狂夫之言》，商务印书馆 1936 年版，第 41 页。

公之论可见于《狂夫之言》卷二①，但遗憾的是张燧删去了陈继儒写作此文的背景，颇为不妥，删去部分为：

余于丁酉筑台小昆山之阴，是岁山寺俄有二祥。稿木蒸芝，插竹布叶。缁素见闻，叹未曾有。无何，董玄宰氏和合北藏至山，则瑞芝灵竹之兆报于斯焉。余自是入草堂，童子不复负携故笈。每当清晨良夜，老雨苦风，拂函展签。作而叹曰："西方之书，其容已乎？……"

(5)《千百年眼》卷十二"我朝胜前代二十二事"条，行文中间有"陈眉公曰：更有十事……"可见于《狂夫之言》卷三。张燧所标出的是陈继儒所论十事，其标题为"我朝胜前代二十二事"，给人的感觉是前面所论"谢铎云"五事、"陆文量又云"七事，系其发现。其实不然，张燧此条是完全抄录《狂夫之言》卷三②，仅把陈继儒所言"予思之"改为"陈眉公曰"。

由上面5条可以看出，张燧所云"陈眉公曰"之类注明征引的条目，皆出自陈继儒的《狂夫之言》。

### (二)《千百年眼》中未注明源自《狂夫之言》之内容

(1)《千百年眼》卷一"殷有三人"条，其文为：

武王迁顽民于洛邑，封箕子于朝鲜。朝鲜辽海外徼，去关洛东西数千余里，名虽不臣，实有屏诸四夷之意，其堤防疑虑可知也。若余所恨者，更有一事。箕子为纣懿亲，不忍言纣之恶，是也。《洪范》之陈，是亦不可以去乎？然则夫子称"殷有三仁"者何？不知此"仁"字，非朱紫阳"至诚恻怛"之解。《论语》如此"仁"字凡三见："井有仁焉"，又"观过斯知仁矣"，又"其为仁之本欤"，"仁"当作"人"看。夫子曰"殷有三仁"，盖言殷有三人如此，具眼者能自辨之。

按：陈继儒《狂夫之言》卷四有文为：

---

① 陈继儒：《狂夫之言》，商务印书馆1936年版，第14页。
② 陈继儒：《狂夫之言》，商务印书馆1936年版，第25~26页。

武王迁顽民于洛邑封箕子于朝鲜，朝鲜辽海外徼，去关洛东西数千余里。名虽不臣，实有屏诸四夷不与同中国之意。武王封兄弟之国十五人，姬姓之国四十人，周之子孙不狂惑者皆为诸侯。独箕子却忍置之海外，其堤防疑虑可知也。武王虚己问殷所以亡，曰吾杀纣是欤非欤。箕子不忍言纣恶，而王亦丑之，乃问以天道作洪范。夫君父子头，悬之太白。箕子又为宗室懿亲，问则泣谢而已。《洪范》之陈，是亦不可以已乎？或曰：夫子称殷有三仁何也？余曰："箕子既已佯狂受辱，则洪范岂佯狂之人所能撰乎？盖此仁字，非朱紫阳至诚恻怛之解。《论语》如此仁字凡三见，井有仁焉，又观过斯知仁矣，又其为仁之本欤。仁当作人看。夫子曰殷有三仁，盖言殷有三人。如此其是是非非具眼者自能辨之。嗟乎！余于此盖有三恨：箕子尝欲立微子，帝乙不从而立纣。此一恨也；武王既杀纣，何不立微子以存商？此二恨也；微子不可，则武庚未闻失德也，不立武庚而自为之。三恨也……"①

相比而言，张燧当是简单删改陈继儒之文，"殷有三人"条中"若余所恨者，更有一事"，似乎此论乃其所发现，颇为不妥。其标题乃是取陈继儒所言"夫子曰殷有三仁，盖言殷有三人"。另，陈继儒对"殷有三人"论之甚详，而张燧仅是简单截取之。

(2)《千百年眼》卷二"管仲知鲍叔尤深"条，其文为：

鲍叔固已识管仲于微时，仲相齐，叔荐之也。仲既相，内修政事，外连诸侯。桓公每质之鲍叔，鲍叔曰："公必行夷吾之言。"叔不惟荐仲，又能左右之如此，真知己也。及仲寝疾，桓公询以政柄所属，且问鲍叔之为人。对曰："鲍叔，君子也。千乘之国，不以其道予之，不受也。虽然其为人好善，而恶恶已甚。见一恶，终身不忘，不可以为政。"仲不几负叔乎？不知此正所以护鲍叔之短，而保鲍叔之令名也。叔之知仲，世知之，孰知仲之知叔之深如是耶！曹参微时与萧何善，及何为宰相，与参隙。何且死，推贤惟参。参闻亦趣治

① 陈继儒：《狂夫之言》，商务印书馆 1936 年版，第 34 页。

行："吾且入相。"使者果召参。参又属其后相悉遵何约束，无所变更。此二人事，与管仲相反而实相类。

按：陈继儒《狂夫之言》卷一，其原文为：

管仲尝曰："吾始困时，与鲍叔贾。分财利自多与，鲍叔不以我为贪，知我贫也。吾尝与鲍叔谋事，而更穷困。鲍叔不以我为愚，知时有利有不利也。吾尝三仕三见逐，鲍叔不以我为不肖，知我不遭时也。吾尝三战三走，鲍叔不以我为怯，知我有老母也。公子纠败，召忽死之。吾尝幽囚受辱，鲍叔不以为无耻，知我不着小节，而耻功名不显于天下也。生我者父母，知我者鲍子也。"管仲相，凡内修政事，外连诸侯，桓公必质之鲍叔。鲍叔曰："公必行夷吾之言，公乃行之。"夫鲍叔之于管仲，不惟知之，又从而荐之；不惟荐之，又从而左右之。交游中感恩知己，孰有过于仲者。及仲寝疾，桓公往问之曰："仲父不幸，而不起此疾，彼政我将安移之?"仲未对。公且问鲍叔之为人，对曰："鲍叔君子也。千乘之国，不以其道予之，不受也。虽然，其为人好善而恶恶已甚，见一恶终身不忘，不可以为政。"鲍叔之待管仲如此，管仲之待鲍叔如彼，正所以护鲍叔之短，而保鲍叔之令名也。世人但解鲍叔之知管仲，而不解管仲之尤知鲍叔。是两人者，真相知也。曹参微时与萧何善，及为宰相有隙，至何且死，推贤惟参。参闻之，亦告人："趣治行，吾且入相。"使者果召参，参去属其后相，悉遵何约束，无所变更。此二人事，虽与管仲相反，而其相知实相类。

按：张燧此条是对陈继儒之文的简单改写，陈继儒之意在于论述管仲与鲍叔子之"真相知"，而张燧仅取其一为篇名。

(3)《千百年眼》卷二"孔子不梦周公非衰"条，其文为：

孔子梦周公，尚是耳中鸣磬，眼中金屑也。直到不梦见周公时，便是一齐放下，所谓"去年贫，未是贫，今年贫，始是贫"耳。其所云"吾衰"，正已到大休歇处也。

按：此条当是摘录陈继儒《狂夫之言》卷一①，其原文为：

> 孔子梦周公，尚是耳中鸣磬，眼中金屑也。直到不梦见周公，便是一齐放下，所谓"去年贫，未是贫，今年贫，始是贫"耳。文中子有疾，召薛收谓曰："吾梦颜回称孔子归休之命，乃寝而终。"吾朝吴与弼亦云："梦见孔子。"议者谓其堕落魔境。乃知孔子云"吾衰"，正到大休歇处矣。至人无梦，愚人亦无梦，以愚人而造至人甚难，以至人而还造愚人，亦甚不易也。

(4)《千百年眼》卷三"孟子辟杨、墨"条，周作人认为张燧《千百年眼》"平论古今颇有见识"，并且完整摘录"孟子辟杨、墨"条②。但是张燧此条完全见于江用世《史评小品》卷四"孟子(眉公一则)"③，而江用世注明乃是源自《狂夫之言》。

(5)《千百年眼》卷四"汉王未尝颠倒豪杰"条，当是摘录《狂夫之言》卷二④。

(6)《千百年眼》卷七"陶渊明不欲诸子仕宋"条，完全抄录陈继儒《狂夫之言》卷二。邹泉《尚论编》卷五"陶渊明(陈继儒)"条完全同于此条⑤。清人陈梦雷编纂《古今图书集成》第32册《明伦汇编·家范典》中收录有此条称源自《狂夫之言》⑥。

(7)《千百年眼》卷八"唐诗之盛不关选举"，其文为：

> 胡子厚曰："人有恒言，曰：'唐以诗取士，故诗盛。今代以经义选举，故诗衰。'"此论非也。诗之盛衰，系于人心与学，不因上之

---

① 陈继儒：《狂夫之言》，商务印书馆1936年版，第7页。

② 周作人著，陈子善、张铁荣编：《周作人集外文1904—1948》，海南国际新闻出版中心1995年版，第499页。

③ 江用世：《史评小品》卷四，《四库未收书辑刊》壹辑第21册，北京出版社2000年版，第53页。

④ 陈继儒：《狂夫之言》，商务印书馆1936年版，第11页。

⑤ 邹泉：《尚论编》，《四库全书存目丛书》史部第282册，齐鲁书社1997年版，第763页。

⑥ 陈梦雷编纂：《古今图书集成》，台湾鼎文书局1977年版，第39142页。

所取也。汉以射策取士，而苏、李之诗，班、马之赋出焉，此岂系于上乎？屈原之骚，争光日月，楚岂以骚取人耶？况唐人所取，五言八韵之律，今所传省题诗多不工，其传世者，非省题诗也。

按：陈继儒《狂夫之言》卷五有文为：

杨升庵云，胡子厚与深论诗曰：人有恒言曰："唐以诗取士，故诗盛，今代以经义选举，故诗衰。"此论非也。诗之盛衰，系于才与学，不因上之所取也。汉以射策取士，而苏、李之诗，班、马之赋出焉，此岂系于上乎！屈原之骚，争光日月，楚岂以骚取人耶！况唐人所取五言八韵之律，今所传省题诗多不工，今传世者非省题诗也。升庵之言其亦未考乎唐之科额乎？叶石林云：五代梁唐晋汉四世，人才无一可道者。盖唐之进士不过明经、进士两汉士也。石林亦如此论，皆未考之故。

陈继儒所论源自杨慎《升庵集》卷五十四"胡唐论诗"，但相比而言，张燧当是参依陈继儒之文。其结论便是陈继儒所论"升庵之言，其亦未考乎唐之科额乎"。

(8)《千百年眼》卷八"肃宗灵武之举非篡"条，当是节选陈继儒《狂夫之言》卷二。

(9)《千百年眼》卷九"天书之兴仿辽俗"条，系摘录陈继儒《狂夫之言》卷四所论①，从张燧之言"及读《辽史》，乃知其意"，给人的印象是张燧通过读《辽史》，发现此意。其实陈继儒之文有"他日修《辽史》，见契丹故俗，而复惟求宋史之微意"，可知并非是张燧读《辽史》得出"天书之兴仿辽俗"的结论。

(10)《千百年眼》卷九"麦舟非范希文父子所难"条，当是摘录陈继儒《狂夫之言》卷三之文②。

(11)《千百年眼》卷九"杀之三，宥之三"条，系简单删改《狂夫之言》

① 陈继儒：《狂夫之言》，商务印书馆 1936 年版，第 42~43 页。
② 陈继儒：《狂夫之言》，商务印书馆 1936 年版，第 22~23 页。

卷二之文①。

(12)《千百年眼》卷十“宋南渡兵饷所出”条，其文为：

> 南宋偏安一隅，且当金人括尽金币之后，仓库贫窘，里巷萧条。史传尝言诸处用兵，每至几十万，不知何从得许多兵？兵既多，又何从得许多饷也？常考《宗泽传》，泽平湖东贼王善，得众七十万，车万乘；平杨进，得兵三十万；平王再兴、李贵、王太郎等，又得兵三万。而河东、京西、淮南、河北之侵掠息矣。共算宗公得贼兵凡一百三万。考《韩世忠传》，世忠平淄青李复贼党，得兵万余；平广西贼曹成，得兵八万；平白面山贼刘忠，又得兵万余。而淄青、闽广、河南之侵掠息矣。共算韩公得兵凡十万。考《岳飞传》，岳飞平武陵贼孔彦舟、襄汉贼张用、江淮贼李成、筠州贼马进，得兵八万；降岭贼曹成，得兵十余万；平吉贼，得兵数千；又平湖贼杨幺，得兵十万余。而江淮、岭表、襄阳之侵掠息矣。共算岳公得兵凡二十八万。其它如二张、刘琦等，皆类是。盖南渡之后，纪纲废弛，巨寇蜂起，皆假团练勤王之名，屯聚草泽，抄劫蓄积。所以宗、韩、岳诸公，未及北伐，唯专意招抚，山砦江海之间，豪杰响应，故百万之兵饷，皆不烦经营措置而得，此所谓先手着也。可见将得其人，虽盗贼可用；若不能御将，虽以韩、岳诸公之才，无救于宋之尺寸，徒使为后世扼腕也！

按：通读张燧此条，对于宋南渡兵饷之来源，张燧用“常考《宗泽传》……共算宗公得贼兵凡一百三万”“考《韩世忠传》……共算韩公得兵凡十万”“考《岳飞传》……共算岳公得兵凡二十八万”等词眼，可见张燧是通过详细考证所得。但是，陈继儒《狂夫之言》卷五有文为：

> 吾友盛伯灵问余曰：“国朝成平，添增一二万兵，兵户二部皆有难色。南宋偏安一隅，且当金人括尽金币之后，仓库贫窘，里巷萧条。史传尝言某将兵几十万，某处兵又几十万，不知何从得许多兵？兵既多，又不知何从得许多饷？此皆不可晓。”余曰：“凡下棋只要先

① 陈继儒：《狂夫之言》，商务印书馆1936年版，第19页。

手，韩岳诸公之先手在收复诸盗贼耳！南渡之后，纪纲既弛，巨寇蜂起，呼集恶少以为兵，剽夺城邑以为饷。其中实有草泽英雄在焉！若得笼而用之，盗之兵即我兵也，盗之饷即我饷也。故猿狙可使驯，虎象可使战，乌堇野葛可使起沉疴而代良药。况凡有血气者乎！吾尝查《宗泽传》，宗泽平湖东贼王善，得众七十万，车万乘；平没角牛贼杨进，得兵三十万；平王再兴、李贵、王大郎等，又得兵三万。而河东、京西、淮南、河北之侵掠息矣！共算宗公得贼兵一百三万。查《韩世忠传》，世忠平淄青李复贼党，得兵万余。平广西贼曹成，得兵八万。平白面山贼刘忠，又得兵万余。而淄青闽广河南之贼侵掠息矣！共算韩公得兵十万。查《岳飞传》，岳飞平武陵贼孔彦丹、襄汉贼张用、江淮贼李成、筠州贼马进，得兵八万；降岭贼曹成，得兵十余万；平吉贼得兵数千；又平湖贼杨幺，得十万余。而江淮、岭表、襄阳之侵掠息矣！共算岳公得兵二十万。其它如二张、刘琦等皆类是。不暇悉数，大约乘舆播迁，京都不守，诏天下小则团练，大则勤王。团练勤王之名既起，则奸雄借名生奸，而盗贼纵横矣！此辈善招谕之，则为我用；不善招谕之，则为敌用。又有不在我，不在敌中立观望者，往往钞劫村墟，梗绝道路。故宗韩岳诸公未及与金人挑战，先收山砦江海间盗贼。盗贼既服，则百万之兵饷，皆不烦经营措置矣！然后鼓动其豪杰之壮心，拨转其忠义之正气，摧锋陷阵，所向无前。此韩岳诸公苦心之极也。汉董卓黄巾之变，二袁孙曹皆以勤王起兵。唐黄巢之变，朱李皆以勤王起兵。宋南渡之后，广之东西，湖之南北，福建江淮越数千里无不勤王。而贼之借名者亦不少，非韩岳诸公招谕诛讨，安知无温操复生其间？今人但知韩岳诸公之善战，而不知其得百战百胜之根本，则以先手平服诸盗故也。是故无大寇不可轻许团练，无大危不可轻诏勤王。团练聚而难散，勤王来而难去。邪正之间，间不容发。古人草庐中，正着眼观察此辈耳①！

比照而言，关于宋南渡兵饷之来源，系陈继儒回答盛伯灵的疑问而查《宗泽传》《韩世忠传》《岳飞传》，并非张燧所考而得。

(13)《千百年眼》卷十一“传注相沿之误”条，其中部分内容“大抵注

① 陈继儒:《狂夫之言》，商务印书馆 1936 年版，第 45~47 页。

书之法……悬解幽微”当是源自陈继儒《狂夫之言》卷四①。

(14)《千百年眼》卷十一“韩侂胄内批之报”条，系摘录陈继儒《狂夫之言》卷三之文②。

综上所述，张燧《千百年眼》源自陈继儒《狂夫之言》的内容较多，虽有注明征引的、亦有完整抄录的，但多是摘录、删减，这样使陈继儒想要表达的意思很难有一个整体的再现。

## 二、《千百年眼》与《读书镜》关系考

陈继儒《读书镜·自叙》中有言：

> 夫天下大事，全赖文章节义人担却，然不可不讲明学问与吏事，若药方，知脉审方，然后国家之沉疴痼疾，应手即除。不然，未识病夫之生死，不辨庸医之是非，或因循以待亡，或执拗以速祸，是果谁之咎哉？故要做天下第一奇男子，须要事理圆融，要事理圆融，须要讲明学问吏事，此愚《读书镜》之所以作也。

由陈继儒《读书镜》的自白可以看出其作此书的目的在于经世，不同于一般文人的激扬文字、空发感慨之论。这恰恰符合张燧的想法，他曾指责“文人者流，矜激于辞艺，标鲜于才锋，往往聪明盖世，而其为论也，迂疏无当，虽雕绘满眼，而精神意绪，曾不足以供醒脾之用”。那么，对于陈继儒这部经世之书，张燧是否参阅过呢？

《千百年眼》卷十“杨龟山论朋党”条有文“陈眉公曰：党之一字，宜论于宰相当路之时，不宜太分别于宰相捐印之后”。而陈眉公之论可见于《读书镜》卷八“余故谓党之一字，宜论于宰相当路之时，不宜太分别于宰相捐印之后”。张燧仅是取陈继儒之结论。

另外，《千百年眼》中还有数条与《读书镜》内容相关而未加注明的，兹列如下：

(1)《千百年眼》卷三“商鞅徙言令便者”，其文为：

---

① 陈继儒：《狂夫之言》，商务印书馆 1936 年版，第 43 页。

② 陈继儒：《狂夫之言》，商务印书馆 1936 年版，第 21 页。

商鞅徙木之后，秦民初言令不便者，有来言令便者。商鞅曰："此皆乱化之民。"尽迁之于边城。夫立法之时，不难徙言不便者，而难徙言便者。鞅一切不顾，直是有豪杰胸胆，要亦厌其变迁不情耳。

按：陈继儒《读书镜》卷二有文为：

……杨畏在熙宁则从熙宁，在元祐则从元祐，在绍圣、元符，则从绍圣、元符，时人目之曰"杨三变"：不顾是非而惟时是徇，此其所以为小人。昔卫鞅徙木之后，秦民初言令不便者，有来言令便者。卫鞅曰："此皆乱化之民。"尽迁之于边城。夫立法之时，不难徙言不便者，而难徙言便者，鞅一切不顾，真是有豪杰胸胆，要亦厌其变迁不情耳。若使杨畏当之，其在首斥之列必矣。故君子宁为独立鹤，毋为两端鼠；宁昂昂若千里之驹，毋泛泛若水中之凫①。

由上可见，张燧当是摘录陈继儒之言。

(2)《千百年眼》卷十"叶石林长厚"条，系摘录《读书镜》卷二之文②。

(3)《千百年眼》卷十一"宋儒不知诲君之义"条，其文为：

高帝欲易太子，张子房但能使太子安耳，不必使帝之必去戚夫人也。袁盎止慎夫人与后并坐，亦不必使帝之必去慎夫人也。盖内阃燕私，人臣之分，自有不敢与者，若果能使二帝去二夫人，亦岂人臣之福乎？孔子不止鲁之女乐，管仲不去齐之六嬖，古圣贤自有深心。而宋之儒者遇此等处，辄以道德仁义之说绳其后，不啻三尺。一旦有滔天之巨祸，与积薪之隐忧，不为纳明之牖，而为激水之石，何怪其百投而一不效也！

---

① 陈继儒：《读书镜》，《四库全书存目丛书》史部第288册，齐鲁书社1997年版，第419页。

② 陈继儒：《读书镜》，《四库全书存目丛书》史部第288册，齐鲁书社1997年版，第423~424页

陈继儒《读书镜》卷四有文为：

> 人主宫闱之中，少有偏昵，臣子不可妄有攀援，亦不可过为排击。如汉高文时，常欲易太子，张子房惟安太子则已耳，不能使帝之必去戚夫人也。袁盎惟止慎夫人不与后并坐则已耳，不能使帝之必去慎夫人也。盖内阃燕私，人臣之分，自有不敢与者。若使果能使二帝去二夫人，亦岂人臣之福乎？孔子不止鲁之女乐，管仲不去齐桓之六嬖四姬，古之圣贤，皆有深见。而少年喜事者，形之章奏，刻之书帙，至遍于辇毂市肆之间，此在布衣交友不能堪，而天子能容之乎？不曰立党，则曰离间；不曰树功，则曰挟制。吾惧国本因之而动摇也①。

相比而言，张燧当是参依陈继儒之论，但陈继儒本意在论述君臣之关系，对明代之言官、党争有所担忧，而张燧则以“宋儒不知诲君之义”来命题。

(4)《千百年眼》卷十二“锦衣卫之横”条，完全同于《读书镜》卷七，仅省去末尾“余尝谓国家忠厚立国，久无此事，如有之，当如何？已发在台省力争，未发在阁臣密救。平日调养圣心，尤在士大夫奏疏间，勿得轻易动称某可拿，某可斩耳”②。

(5)《千百年眼》卷十二“天生人才为世用”条，完全同于《读书镜》卷十之文③。

综上所述，可见张燧《千百年眼》应该是参依了陈继儒《读书镜》。

## 三、《千百年眼》与陈继儒其他著述关系考

陈继儒著述颇多，张燧除了参阅过《狂夫之言》《读书镜》外，《千百年眼》中还有些内容是与陈继儒的其他著述相关的。

---

① 陈继儒：《读书镜》，《四库全书存目丛书》史部第288册，齐鲁书社1997年版，第434页。

② 陈继儒：《读书镜》，《四库全书存目丛书》史部第288册，齐鲁书社1997年版，第451页。

③ 陈继儒：《读书镜》，《四库全书存目丛书》史部第288册，齐鲁书社1997年版，第471页

(1)《千百年眼》卷一“伊尹放君之误”条，其结语为：

按孙季昭《示儿编》云：“《书》所载伊尹放太甲于桐，‘放’当作‘教’，以其篆文相近故讹尔。”其论甚伟，可息纷纷之疑。勾曲外史张天雨取其说，书于伊尹古像之后。

按：《示儿编》可见于宋濂《文宪集》卷十三“题伊尹古像卷后”，张燧用“按……”似乎此论系其从宋濂之文所得。但是，陈继儒《太平清话》卷一，有文：

孙季昭《示儿编》，其言：“《书》所载伊尹放太甲于桐，‘放’当作‘教’，以其篆文相近故讹尔。”其论甚伟。勾曲外史张天雨取其说，书于伊尹古像之后①。

可见，此部分当是抄录陈继儒《太平清话》之文。

(2)《千百年眼》卷六“客星为灾”条，其文为：

桑悦《客星亭记》云：“客星有曰周伯，曰孝子，曰王蓬絮，曰国皇，曰温星。凡有所犯，无不灾凶。《后汉·天文志》：客星居周野，光武崩，应之。于此不书，似因子陵而讳占也，且犯帝之变。刘聪遂亡，光武无应者，岂目前下贤一事，亦可弭其灾患欤?”此论奇特，民怿非徒狂者。

按：陈继儒《笔记》卷一有此论，仅少“此论奇特，民怿非徒狂者”②。但陈继儒《偃曝谈余》卷之上有文③，与张燧所言完全一致。

(3)《千百年眼》卷九“温公行已之度”条，有文为：

---

① 陈继儒：《太平清话》，中华书局 1985 年版，第 20 页。

② 陈继儒：《笔记》，《四库全书存目丛书》子部第 148 册，齐鲁书社 1995 年版，第 498 页。

③ 陈继儒：《偃曝谈余》，中华书局 1985 年版，第 6 页。按：明人黄瑜《双槐岁钞》卷十“子陵太白”条，虽有桑悦《客星亭记》，但相比而言，内容差别较大(中华书局 1999 年版，第 220~221 页)。

温公《资治通鉴》稿，虽数百卷，颠倒涂抹，讫无一字作草，其行己之度盖如此。……

按：陈继儒《书蕉》卷下“温公”条有文：

《资治通鉴》草，虽数百卷，颠倒涂抹，讫无一字作草。其行己之度，盖如此。

可见张燧此论，当是引自陈继儒《书蕉》。

(4)《千百年眼》卷十二“林丘山史笔之重”条，完全同于陈继儒《眉公见闻录》卷一之文①。

遗憾的是，依笔者目前能力所限，仅见上述四条分别同于陈继儒《太平清话》《偃曝谈余》《书蕉》《眉公闻见录》，如果以此认为张燧所论乃出自陈继儒相关著述，是不是有些武断呢？可能有些学者会有疑问，张燧与陈继儒系同时期的学人，且《千百年眼》刊于万历四十二年(1614)，而陈继儒去世于1639年，完全有机会看到张燧的《千百年眼》，到底孰是孰非呢？其实，在开篇时，笔者已指出万历三十四年，沈孚先、沈德先兄弟搜集陈继儒的著作16种，合刊为《宝颜堂秘籍》，这部《宝颜堂秘籍》中包含有《见闻录》八卷、《偃曝谈余》二卷、《太平清话》四卷、《书蕉》二卷、《笔记》二卷、《狂夫之言》三卷续二卷、《读书镜》十卷等。即张燧《千百年眼》中与陈继儒相关著述中内容相同的书目，皆在万历三十四年(1596)刊出，根据著述刊出的先后关系，可见张燧的相关条目应当是源自陈继儒的相关著述无疑。

## 四、张燧参阅陈继儒相关著述原因探析

《千百年眼》中有近三十条是源自陈继儒的相关著述，仅有少数是标明征引，绝大部分都是删改、摘录，甚至是完整抄录陈继儒之文，其原因在何呢？笔者认为，不能简单把张燧、陈继儒相关著述做一比照，更重要

① 陈继儒：《眉公见闻录》，中华书局1991年版，第4页。

的是找出其中的原因。作为一名提倡“豪杰之眼”的文人，能够大量因袭陈继儒之文，其因在于：

### （一）陈继儒在当时声誉极高，影响力很大

陈继儒科考落第后，便放弃科举入仕的道路，基本上属于晚明隐逸或山人之类，但其著述很多，由于王世贞、董其昌等文人墨客的提携及帮扶，陈继儒在学界的声誉很响。与当世名人古虞葛公旦、吴门王百谷，形成三足鼎立，文霸天下的局面。

其著述在当时很有社会影响力，以至于“穷儒老宿隐约饥寒者，使之寻章摘句，族分部居，刺取琐言僻事，荟蕞成书，流传远迩。款启寡闻者，争购枕中之秘。于是眉公之名，倾动寰宇，远而夷酋土司，咸丐其词章；近而酒楼茶馆，悉悬其画像”①。其文章“悬购搜汇者转相秘惜为宝笈灵文，愈传愈广，钟鼎之业乃在山林，孰谓皋夔果贤于箕颍哉？”②甚至拜访陈继儒的学人，“必强令赠言，不得则不欢，眉公一再让，则缓颊不暇计当否”③。陈继儒的著述“远近竞相购写，征请诗文者无虚日”④。

四库馆臣对晚明的学风评道：

> 隆、万以后，运趋末造，风气日偷。道学侈称卓老，务讲禅宗，山人竞述眉公，矫言幽尚。或清谈诞放，学晋宋而不成。或绮语浮华，沿齐梁而加甚。著书既易，人竞操觚，小品日增，卮言叠煽。求其卓然蝉蜕于流俗者，十不二三⑤。

可见明代隆庆、万历时，李贽、陈继儒影响之大，而张燧亦是一位不仕之人，其对李贽的相关著述非常关注⑥，那么对这位同样具有极大社会影响力的“异端”之士，张燧自然会有很大的关注，诸如其文中多次提到“陈眉公曰”，便是例证。

---

① 钱谦益：《列朝诗集小传》丁集下，上海古籍出版社1983年版，第637页。

② 《白石樵真稿叙》。

③ 叶梦珠：《阅世编》卷十《纪闻》。

④ 《明史》卷二百九十八。

⑤ 永瑢等：《四库全书总目》卷九十《史评类存目二》，中华书局1965年版。

⑥ 详情见前文《张燧〈千百年眼〉与李贽著述关系考》。

### (二)价值趋向相近

张燧虽然在名气上与陈继儒难以匹敌，但是从其《千百年眼·小引》中所言为文应“随手万变，无所规摹，亦无不破的，使后世观者如冷水浇背，陡然一惊，虽能巷议其非，决不能扫除其说”，“瞥见可喜可悦可惊可怪之语，俗儒所不敢道，与文人之所不能道，目注神倾，辄手录之”。说明张燧是喜好有创见、不为世俗所拘，敢于挑战传统的思想。

陈继儒的性情如何呢？我们可以看一下陈继儒的自我表白，及他人对其的评价：

> 故余之游于世也，世不知其何如人，余亦不自知其何如人。其五行所不能束，三教之所不敢收者邪？盖宇宙之赘人也①！
>
> 故君子宁为独立鹤，毋为两端鼠；宁昂昂若千里之驹，毋泛泛若水中之凫②。
>
> 大抵著书，上者羽翼世道，次者磨砻身心，又次者淘汰俗气，又次者资辅聪明，又次者摩娑岁月③。

熊文举《眉道人集》中言：

> 读眉公集，具有温然之色，如坐春风饮醇醪，不觉自醉。想其胸罗万卷，游咏太平，无不可接引之人，无不可畅言之事。山村迂腐矫悍之气，至此老而淘汰殆尽④。

范应宫作《题陈眉公读书镜》，有文为：

> 仲醇以文霸海内，尸往古，酌寸心，券物理，镜其齐与不齐之

---

① 陈继儒：《陈眉公全集》卷十二《艺苑赘言序》，明崇祯吴震元刻本。

② 陈继儒：《读书镜》卷二。

③ 陈继儒：《读书镜》卷一。

④ 参见夏咸淳编：《明六十家小品文精品》，上海社会科学院出版社 1995 年版，第 259 页。

间，亦镜其合与不合之际，机锋理溢，咸得悬而解者，其所述者，大概十七经世，十二规世，十一超世，片言绪说，俦非挽江河之趋，虑稀韦之波哉！秉为世鉴，炯然莫遁矣。

由上所述，无论是陈继儒的表白，抑或是他人对其的评判，可见陈继儒和李贽一样是一位敢作敢为、“五行所不能束，三教之所不敢收者”，提倡具有独立见解，反对“两端鼠”“水中之凫”之为，提倡“羽翼世道”之作，反对无病呻吟之“摩娑岁月”之文，故其文“山村迂腐矫悍之气，至此老而淘汰殆尽”，“其所述者，大概十七经世”。这正与张燧的价值取向不无二致，张燧读到陈继儒之文可谓遇到知己。尽管在张燧文中，我们没看到其对陈继儒的赞叹，但依毛元淳所言，“素性读陈眉公书则跃然喜，读李卓吾书则咈然不悦。非有意爱憎，乃气味自有同异”①。我们可以看到，兴趣使然，对于一个读者是多么重要。再如陈继儒对范蠡、鲁仲连、张良、李泌四人皆有高评，称范蠡之“劲吴死，残越生”、鲁仲连之“挫秦帝，解齐厄”、张良之“汉之马，得天下”、李泌之“辟五谷，相三帝”②。而张燧《千百年眼》卷三“仲连使秦不终帝”条称鲁仲连“战国以来，一人而已”；卷四“张良未尝为韩”条极力赞扬张良善于保身；卷八“李泌相业”条称“两京之复，（李）泌谋居多，论功大于鲁连、范蠡。而首谋范阳，三定储君，其最也”。对同一个人物，两者的观点极似，说明他们的价值取向是相近的。

## 第七节 《千百年眼》与明代其他著述关系考

张燧《千百年眼》除了与杨慎、李贽、焦竑、王世贞、胡应麟、张大龄及陈继儒的相关著述有关联外，还与明代其他学者的著述有关，诸如王鏊、郎瑛、陆深、唐顺之、郭良翰、邓伯羔及陈霆等学者。与张燧征引杨慎、李贽等著述相比，源自王鏊、郎瑛等人的内容相对较少，多则六七个条目，少则一两个条目，总计共有四十余个条目。为更好地考察《千百年

① 永瑢等：《四库全书总目》卷一百二十五《寻乐编》，中华书局 1965 年版。
② 《白石樵真稿》卷十五《四先生赞》，杂志公司 1936 年版。

眼》之史源问题，兹将《千百年眼》征引其他明代著述的情况列表如下(见表4.3)。

表4.3　　张燧《千百年眼》源自明代其他著述情况表

| 《千百年眼》卷数及条目 | 明代著述卷数及条目 | 备注 |
|---|---|---|
| 卷一“舜葬苍梧考” | 王鏊《震泽长语》卷上《经传》 | 节选 |
| 卷十“经义取士之弊” | 王鏊《震泽集》卷三十三《杂著·拟皋言》 | 节选 |
| 卷一“武王追王明文” | 郎瑛《七修类稿》卷二十五《辩证类·武王追王明文》① | 节选 |
| 卷三“孟子不行三年丧” | 郎瑛《七修类稿》卷二十六《辩证类·孟子不行三年丧》(276页) | 节选 |
| 卷六“曹操疑冢” | 郎瑛《七修类稿》卷二十《辩证类·曹操疑冢》(205页) | 完整抄录 |
| 卷八“子美不咏海棠有故” | 郎瑛《七修类稿》卷二十六《辩证类·子美不咏父母名》(273页) | 完整抄录 |
| 卷十“宋高宗不欲恢复” | 郎瑛《七修类稿》卷二十一《辩证类·宋高宗不欲恢复》(219~220页) | 简单删改 |
| 卷十一“宋兴亡相类” | 郎瑛《七修类稿》卷五十一《奇谑类·宋兴亡》(536~537页) | 完整抄录 |
| 卷十二“郭英遗功” | 郎瑛《七修类稿》卷二十四《辩证类·郭四箭》(258页) | 节选 |
| 卷二“执礼之执当作埶” | 陆深《俨山外集》卷一《传疑录上》 | 完整抄录 |
| 卷六“高贵乡公文学” | 陆深《传疑录》② | 完整抄录 |
| 卷七“《中庸》自晋已孤行” | 陆深《俨山外集》卷十七《续停骖录下》 | 完整抄录 |

① 郎瑛：《七修类稿》，上海书店出版社2009年版，第264~265页。按：下面源自是书皆随文标注页码。

② 陆深：《传疑录》，中华书局1985年版，第1页。

续表

| 《千百年眼》卷数及条目 | 明代著述卷数及条目 | 备注 |
| --- | --- | --- |
| 卷七“唐封建之善” | 陆深《俨山外集》卷一《传疑录上》 | 完整抄录 |
| 卷九“唐科目不足凭” | 陆深《俨山外集》卷二七 | 简单删改 |
| 卷九“韩、范事业” | 陆深《俨山外集》卷三《河汾燕闻录上》 | 简单删改 |
| 卷十“介甫裁抑宗室” | 陆深《俨山外集》卷一《传疑录上》 | 简单删改 |
| 卷三“儒者说《春秋》之失” | 唐顺之《稗编》卷十二“与梁孟景论《春秋》书(刘永之)” | 节选 |
| 卷三“春秋葬不择时” | 唐顺之《稗编》卷五十八“辩惑论下(罗虞臣)” | 节选 |
| 卷三“子胥、种、蠡皆人杰” | 唐顺之《稗编》卷九十八“名世·伍子胥(苏轼)” | 节选(唐顺之开头便言“子胥、种、蠡皆人杰而扬雄曲士也”，张燧应该是节其开头为标题。此条见于苏轼《东坡全集》卷一百五《志林十三条·论古》①) |
| 卷三“大赦始于春秋” | 唐顺之《稗编》卷一百一十九“刑二·论大赦之非” | 节选 |
| 卷五“汉用吏胥之效” | 唐顺之《稗编》卷一百十三“广士” | 节选，仅在文末加“而后世所以杂流，此士大夫所以耻而不肯为也”。 |
| 卷六“毛、郑说《诗》之妄” | 唐顺之《稗编》卷八“时世论(欧阳修)” | 简单删改 |
| 卷六“汉选法之善” | 唐顺之《稗编》卷一百十二“汉选士之法(《群书考索》)” | 节选 |

① 苏轼:《东坡全集》,《景印文渊阁四库全书》第1108册，上海古籍出版社1987年版，第649页。

续表

| 《千百年眼》卷数及条目 | 明代著述卷数及条目 | 备注 |
|---|---|---|
| 卷三“平原君所失不独毛遂” | 郭良翰《问奇类林》卷十二“材品下”① | 简单改写 |
| 卷五“汉武怜才” | 郭良翰《问奇类林》卷十六“文学上”(353页) | 完整抄录 |
| 卷十“秦桧以悍妇绝后” | 郭良翰《续问奇类林》卷二十七“辨奸佞”条(775页) | 简单删改 |
| 卷五“司马相如《美人赋》” | 邓伯羔《艺彀》卷上“美人赋” | 节选 |
| 卷九“雷简夫知苏明允” | 邓伯羔《艺彀》卷上 | 仅把句末“知简夫于传外可也”改为“其可忽诸” |
| 卷二“秦三良之殉不由缪公” | 陈霆《两山墨谈》卷一 | 简单改写 |
| 卷二“季子之贤有定论” | 何永达《春秋井鉴校注》卷四“知人远害(昭公二十六年)”② | 完整抄录 |
| 卷二“曾点二事俱不类” | 金潮《读礼日知》卷上 | 简单改写 |
| 卷三“夫子贤于尧、舜” | 王畿《王畿全集》卷三　语录《答南明汪子问》三 | 节选 |
| 卷四“坑儒考” | 汤宾尹《睡庵稿》卷二十四《书韩求仲易序》③ | 简单删改 |
| 卷四“九鼎不为秦用” | 凌稚隆《史记评林》卷六“秦始皇本纪” | 简单改写 |
| 卷四“范增智不如儿女子” | 凌稚隆《史记评林》卷七“项羽本纪” | 简单改写 |
| 卷四“韩信威名” | 凌稚隆《史记评林引》 | 简单改写 |

① 郭良翰:《问奇类林》,《四库未收书辑刊》柒辑第15册,北京出版社2000年版,第306~307页。

② 何永达:《春秋井鉴校注》,甘肃教育出版社2006年版,第202~203页。

③ 汤宾尹:《睡庵稿》,《四库禁毁本》集部第63册,第329~330页。

续表

| 《千百年眼》卷数及条目 | 明代著述卷数及条目 | 备注 |
|---|---|---|
| 卷五“文帝不能用李广” | 凌稚隆《史记评林》卷一百九“李将军列传” | 节选 |
| 卷五“袁盎幸免” | 凌稚隆《史记评林》卷一百六“吴王濞列传” | 简单改写 |
| 卷五“七国缓削则不反” | 凌稚隆《史记评林》卷一百六“吴王濞列传” | 节选 |
| 卷八“唐以失形势致乱” | 罗钦顺《困知记》卷上 | 简单删改 |
| 卷九“王朴异才” | 陈全之《蓬窗日录》卷五“事纪卷之一”① | 完整抄录 |
| 卷十“毕仲游格言” | 袁宏道《敝箧集》卷十“送叶使君还朝序” | 节选 |
| 卷十一“儒语似佛” | 管志道《问辨牍》② | 简单删改 |
| 卷十一“宋元亡征” | 叶子奇《草木子》卷三“克谨篇” | 节选 |
| 卷十一“许衡有江汉之思” | 陈绛《金罍子》上篇卷二十 | 简单改写 |
| 卷十二“方孝孺有后” | 黄佐《革除遗事》卷四“魏泽” | 节选 |
| 卷十二“国朝名臣久任” | 郑晓《今言》卷一③ | 简单改写 |

由表4.3张燧《千百年眼》源自明代其他著述的情况，可以发现以下相关问题。

其一，《千百年眼》源自明代其他著述的形式，基本是以节选、完整抄录和简单删改为主。像源自郎瑛《七修类稿》的，标题都是抄录郎瑛之文，但其他相关内容，张燧自己以简洁醒目的语言所归纳的标题，给读者以耳目一新的感觉。

① 陈全之：《蓬窗日录》，《续修四库全书》第1125册，上海古籍出版社2002年版，第147页。

② 管志道：《问辨牍》，《四库全书存目丛书》子部第87册，齐鲁书社1995年版，第745页。

③ 郑晓：《今言》，中华书局1997年版，第29页。

其二，张燧比较关注汇编、类编之书。资料汇编、类编之书，可谓是查阅相关资料的工具书，也可以说是读书的一个“捷径”。古代单本图书流播不广，在不易获得整本图书的情况下，汇编、类编之书无疑成为士子们获取知识的宝库。从《千百年眼》中抄录《史记评林》《稗编》的情况，即可窥豹一斑。

凌稚隆所辑《史记评林》有万历四年(1576)刊本。其“上栏”汇集了万历四年以前研究《史记》的名家之作①，王世贞、茅坤、徐中行、陈文烛等著名文人对《史记评林》皆有很高的评价，《史记评林》成为研习《史记》的重要参考书。张燧对《史记》中相关史事的评析，应该是对《史记评林》有所参依。

唐顺之(1507—1560)为当时著名的藏书家，“嘉靖八才子”之一，所辑《稗编》刊于万历九年(1581)②。对于《稗编》，章学诚指出“明人乡会科试，杂问经史典故，兼取文辞，故唐氏顺之广辑经史序录，旁搜子集成文，汇为《稗编》，以为有备之无患焉”③。四库馆臣称《稗编》“荟萃群言，区分类聚。其大旨欲使万事万物毕贯通于一书。故巨细兼陈，门目浩博。始之以六经，终之以六官。六经所不能尽，则条次以九流诸家之学术。凡为类二十有七。六官所不能尽，则赅括以历代之史传。凡为类二十有五……特以其网罗本富，涉猎攸资。当语录盛行之时，尚不失为征实之学。录备多识之一助，固亦无不可焉”④。《稗编》是选文大家唐顺之精选各类论文而成，又有名家茅坤作《序》，在明代有很大影响。张燧《千百年眼》中源自郑樵、马端临等相关著述的内容，绝大部分又见于《稗编》，因此，笔者认为诸如此类内容，张燧可能是抄录《稗编》，而不是源自原书。

---

① 参见拙文《凌稚隆〈史记评林〉探析》，《古籍整理研究学刊》2009 年第 4 期。

② 有关唐顺之《稗编》的研究，参见李德锋《唐顺之“六编”编纂体系的思想解构》，《淮北煤炭师范学院学报》2008 年第 6 期。

③ 章学诚著，仓修良编：《文史通义新编》外篇二《清漳书院留别条训》，上海古籍出版社 1993 年版，第 502 页。按：张燧《千百年眼 · 小引》中言：“余才不逮人，独于文字之好似有宿缘。帖括之暇，得属意经史百家，旁及二氏，与夫稗官小说、家乘野语，不揣荒陋，谬以是意提衡其间。”张燧在“帖括之暇”，即忙于科举之外，瞩目于经史之文、稗官野史等，而唐顺之《稗编》正是士子们应考的工具书之一，张燧应该会关注此书。

④ 永瑢等：《四库全书总目》卷一百三十六《稗编》，中华书局 1965 年版。

其三，张燧比较关注当时文人的著述。明代图书的刊印数量、流通速度无法与近代相比，但是从“表 4. 3　张燧《千百年眼》源自明代其他著述情况表”中，我们可以发现有些著作刊刻没有几年，张燧就已参阅。据郭良翰《问奇类林》序跋的落款可知其刊于万历庚戌(1610)。据汤显祖所作《睡庵稿序》，可知汤宾尹《睡庵稿》刻于 1611 年。可见，张燧对国内文人的著述是非常关注的。

# 第五章　张燧《千百年眼》的编纂思想

张燧《千百年眼》全书 511 个条目中，源自宋人、明人笔记、文集的有 480 余条。其中源自宋代学者的有 100 余条，源自明代杨慎有 80 余条、李贽有 60 余条、焦竑有 55 条、张大龄有 32 条、陈继儒有约 30 条。《千百年眼》并非机械照搬或随意剪裁而成，是张燧在阅读前人著述时对其中有见地的内容予以抄录、改编，并按照自己的编纂意图予以纂辑①。据《千百年眼》之内容，可以发现张燧在编纂《千百年眼》时，具有浓厚的会通意识、识见意识、批判意识和经世意识。

---

① 如《千百年眼》卷十一“传注相沿之误”条，是将源自《焦氏笔乘》卷一“《尔雅》”条之结语、《焦氏笔乘续集》卷三“传注”条、杨慎《升庵集》卷七十一“先郑后郑”、陈继儒《狂夫之言》卷四的内容杂糅为一条，且前后相承，脉络清晰，可见《千百年眼》虽然征引他人之说未加注明，但并非拼凑之作。钱茂伟指出中国古代的历史叙事传统“最大的特点是，只讲究结构的不同，而不太注意文字表达的不同。在历史编纂中，古代中国人有一个文章内容袭用传统，即直接抄录前人的文字而不以为抄。史家们编纂历史作品时，虽参考过众多的文献作品，但看不见前人话与自己话的区别。他们一般习惯将前人话与自己话一锅煮，出现参考文献失声现象。这在叙事规则上，称为融会贯通。古人只有直接引文，没有间接引文。或者说，表达方式是一样的，只有个别删节问题，偶也有术语的改写问题。编纂过程，也是认知的变化过程。抄撮，背后也有一个选择观念问题。不会全部抄撮，总要选择性地抄撮。这种选择性，反映出不同观念在起作用。一部叙事作品，就是一幅画。选择哪些材料进行组合，完全取决于观念。抄书的过程，是选择的过程。选择是观念支配下的一种筛选活动”(《谁抄谁的：传统历史编纂观念与现代知识观念的冲突》，陈勇、谢维扬主编：《中国传统学术的近代转型》，上海人民出版社 2011 年版，第 198～199 页)。钱氏认为古人的编书活动是在一定意识理念的支配下进行的，即具有一定的编纂思想。

# 第一节　会通意识

《千百年眼》虽然是张燧的读书札记，但其在编纂上体现着“会通”之意。

《千百年眼》十二卷在内容的编排上是依时间顺序，自先秦迄明代，是部通史。通过张燧的摘录与选编，数千年历史中的相关问题跃然纸上，使研习者了解到相关人物、事件、制度等问题的变化情况。

张燧所摘录的条目，比较关注一些跨时代的内容。像卷一“四岳为一人”条，由汉代三公为一人联系到明代五经博士、五官挈壶亦为一人，从而印证孔平仲所言“四岳为一人”为确；卷五“苏武娶胡妇有见”条，由汉代苏武娶胡妇联系到宋代朱绩娶陋妻。

用贯通的角度找寻历史的相似点及不同点。卷五“汉和亲与宋岁币等”条指出为取得边境的安定，汉代与匈奴进行和亲政策，而宋代则采取纳岁币的办法，皆是以备受羞辱为代价；卷六“子房、孔明学术”条从不同的历史背景下，分析张良、诸葛亮辅佐政权所采取的不同政策，前者重黄老，后者重申韩，但“卒能辅其才，而成其志也”；卷七“汉、晋赐金帛各有所盛”条，通过列举汉代赏黄金之多与晋代赏绢布之多，认为系“各因其时之所有而用之”；卷十一“历代宦寺之祸”条，悉据汉、唐、宋亡国之因皆由宦寺，“上下数千年，败亡如出一辙”；卷十一“宋兴亡相类”条，例举宋代前后数百年兴亡之事的相似度，指出“何其事事相符，岂亦报应之说耶？”

# 第二节　识见意识

一部史学著作能够长时间为学人所关注，必定具有其独到之处。有的以史料见长，有的以体例创新，有的以笔法诱人等。而作为一部以摘抄他书为主的《千百年眼》，在刊刻后，深受学界关注，关键是张燧善于从纷繁芜杂的史著中选择出与众不同的内容，即具有犀利的洞察力和高超的学术识见意识。晚明狂人邹元标称面对古往之事，“非有千百年胸次，谁能上下而剖其隐微、晰其源委”，而张燧之《千百年眼》“可谓钩赜索隐，起古人相与论辩，亦必心服”。[①] 日本学人栗元恺《千百年眼·序》认为张燧在众多参差不齐的著述中，能达到“综谈古今，阐扬隐微，引援详确，思之至当。每读之未尝不抚掌称善，卓诚上乎！非文人俗儒之所能仿佛矣”[②]。

晚明时期，文人“追求独特个性的兴趣远远大于对于有规范性的完美人格的兴趣，他们更为欣赏的恰是有特点的狂狷癖病的文人才子人格而不是完美的圣人人格”[③]。被张燧顶礼膜拜的李贽便是具有此种个性，敢于挑战世俗偏见，提出与众不同的见解[④]。张燧非常熟识李贽的相关著述，《千百年眼》中征引李贽之论，常称以“卓吾子曰”“李卓吾”“李卓老”等，认为李贽所论为“至言”“定评”[⑤]“卓老此论甚快”[⑥]“此盖卓老深意”[⑦]，且《千百年眼》最后一卷有一半左右的条目是源自李贽《续藏书》。

《千百年眼》511 个条目中，有五分之三是涉及对历史人物、历史事件及相关制度的批评，且多以反传统的眼光来审视相关问题。张燧能把如此多之“异端”学术观点汇聚一起，足见其识见之高。1987 年河北人民出版社版《千百年眼·出版说明》亦指出《千百年眼》的特点就是“标新立异”。

张燧反对腐儒、俗儒之见[⑧]，倡导有真实见地之论。《千百年眼》卷二“孔子请讨齐桓”条在征引李贽之论后，称李贽所论“至言至言！先正有

---

① 《千百年眼·邹元标序》。

② 《千百年眼·栗元恺序》，日本扩充堂本。

③ 吴承学、李光摩：《晚明心态与晚明习气》，《文学遗产》1997 年第 6 期。

④ 按：李贽曾言：“古今人情一也，古今天下事势亦一也。某也从少至老，原情论势，不见有一人同者，故予每每惊讶……大概读书食禄之家，意见皆同，以予所见质之，不以为狂，则以为可杀也”(《焚书》卷五《蜻蛉谣》，岳麓书社 1998 年版，第 206 页)，“狂者不蹈故袭，不践往迹，见识高矣”(《焚书》卷一《与耿司寇告别》，岳麓书社 1998 年版，第 27 页)。四库馆臣称李贽《藏书》，“贽书皆狂悖乖谬，非圣无法，惟此书排击孔子，别立褒贬。凡千古相传之善恶，无不颠倒易位，尤为罪不容诛”(《四库全书总目》卷五十)。

⑤ 《千百年眼》卷七“《兰亭》未可议”。

⑥ 《千百年眼》卷十一“名教之累”。

⑦ 《千百年眼》卷十二“西杨荐贤”。

⑧ 按：明代杨慎、王世贞、李贽、张大龄等学者皆有类似之观点，张燧《千百年眼》中对上述学者的成果选录很多。

云：三桓之无君，与晋之三大夫，齐之田氏一也。孔子虽去位，而三桓终不敢篡鲁，孔子之功也。则夫请讨之举，未必全无关系，而圣人亦何尝枉却沐浴之劳也？拈出与识者辨之”。卷三“商鞅善托其君”条，张燧的结论：“呜呼！使齐桓、晋文而行汤、武之事，将求亡之不暇，虽欲霸可得乎？第此难与拘儒道耳。”卷三“《孟子》句读”有“特难与迂滞者语耳”（此乃杨慎之论）。《千百年眼》卷九“晋、唐不通字学”，张燧在引用杨慎《六书索隐序》后，称其“引驳甚精，足为字学开一堂奥”。卷十“张商英《无佛论》”条，有“张和仲曰：今之未窥藩篱，而妄加排议者，惜无如商英之妻，从旁下一转语耳”，即张燧之摘录，其目的要“拈出与识者辨之”，反对明代当时学人“未窥藩篱，而妄加排议”的不良学风。

张燧遍寻有争议之观点，力图释疑。《千百年眼》卷一“纳于大麓非山麓”①“舜葬苍梧考”②“微子不奔周”“封建难复”，卷三“西施不随范蠡”，卷四“秦法弃灰有故”③“韩信有后”，卷五“短丧不始汉文帝”④，卷八“退之《淮西碑》失实”，卷九“烛影斧声”“梁灏谢启之讹”“《通鉴》省文之谬”等条目，皆是古往今来争议比较多的历史问题，张燧认为这些“疑似之说，遂至于今，不可以不解”⑤。另外，卷一“武王追王明文”条有“古称马迁良史，其文核，其事实，执此则诸公论说可以尽废。千古以来，览者

---

① 有关舜纳于大麓之事，宋代杨简《慈湖遗书》卷八“尧纳舜于大麓烈风雷雨弗迷”条已对此提出疑问，明代张萱《疑耀》卷二“大麓辨”条、方以智《通雅》卷二十六“虑事录事也，虑囚录囚也”条、赵翼《陔餘丛考》卷一“纳于大麓”条、章炳麟《膏兰室札记》皆有所论，张燧系抄录杨慎《升庵集》卷四十二“纳于大麓”条。

② 有关于舜之葬地，唐代元结《次山集》卷九“舜祠表”、司马光《传家集》卷七十三“虞舜”条、明代陈第《尚书疏衍》卷二“陟方乃死”条、胡渭《禹贡锥指》卷十九、毛奇龄《尚书广听录》卷一、徐乾学《读礼通考》卷八十八、郑敦曜《亦若是随笔·舜藏苍梧考》等皆有论述，张燧所论是节选王鏊《震泽长语》卷上《经传》，尤其是王鏊对于何孟春观点评价，“其说足祛千古之惑”，这也许正和张燧识见相类。

③ 按：有关秦法弃灰之缘由，目前学界论之甚多，顾颉刚曾完整抄录此条，评曰“此说绝佳，古事自当参互考校乃得其情也”（《顾颉刚读书笔记》第五册，中华书局2011年版，第129页）。张燧虽然抄录张萱之论，但能够将这个引起后来学界纷纷争议的问题摘录出来，足见其深邃的学术洞察力。

④ 顾颉刚曾完整抄录此条，评曰“此文识见殊为闳通，似已看出古无三年之丧矣”（《顾颉刚读书笔记》第五册，中华书局2011年版，第128页）。

⑤ 《千百年眼》卷三“鲁郊禘不出成王之赐”。

俱未之及，何哉?"是摘自郎瑛《七修类稿》卷二十五《辩证类·武王追王明文》①，所论"古称马迁良史，其文核，其事实，执此则诸公论说可以尽废。呜呼！纷纷千古，考索无人，簪横吾前，迷而不见，惜哉"的改编。可见，张燧是喜欢抄录比较有创见的观点。

张燧对大量符合自己审判标准的有识见的成果进行摘录、改编，恰如明代孙慎行《玄晏斋集》之《书八大家文抄后》所言"腐文可唾，卑文可扫，奇文可嗜，高文可师，如之何其混而一也?"②其实，从另一种角度也说明张燧具有很高的识见能力③。

## 第三节　批判意识

张燧《千百年眼》中所抄录内容绝大部分是对已有问题之批判，诸如历史批评、史学批评及史实考证。孙点《千百年眼·跋》认为《千百年眼》"网罗美备，持论尤极平允。其抒写心得，独具只眼处，足令阅者惊其新颖，得未曾有"。俞樾《古今史要·弁言》甚至认为《千百年眼》"网罗散失，渊博精详，因考据行其议论，远可追知幾《史通》，近之则赵氏之《劄记》，王氏之《商榷》也"。

在《千百年眼》中涉及历史批评、史学批评的有300余条目，不仅有对历史人物、历史事件、相关制度的评判，亦有对史家、史著之批评。而且从醒目的标题中便可了解到该条目之指向，诸如：巢许非旷士、汤武不可并言、左氏非丘明、子贡不如仪封人、孔子不言乐、庄周未能忘情、孟子性善无定论、孟子不尽信《武城》、平原君所失不独毛遂、范增智不如儿女子、汉王未尝颠倒豪杰、汉高祖尊母不尊父、高光二帝不可优劣、子

---

① 郎瑛：《七修类稿》，上海书店出版社2009年版，第264~265页。

② 孙慎行：《玄晏斋集》，《四库禁毁书丛刊》集部第123册，北京出版社1997年版，第48页。

③ 对于著史的取材方面，明代詹景凤指出"作史在学博，尤贵识高。盖该核在学，删取在识，宜叙在才"(《詹氏性理小辨》卷三十《史学》，《四库全书存目丛书》子部第112册，齐鲁书社1995年版，第396页)。朱国祯《史儗序》亦言"九鼎之味，一染指可得，约者既席之为牟尼，而博者亦不得傲之以不尽，此亦编纂家之要术也"(《四库全书存目丛书》史部第146册，齐鲁书社1997年版，第200页)。

陵不仕有深意、伏波未是烈士、许由让天下非难、孔子不梦周公非衰、曾点二事俱不类、苻秦之亡不由慕容垂、金土不可同价、井田不可行、大赦始于春秋、短丧不自文帝、史迁不解作赋、崔浩受祸不由作史、刘知幾无史才、崔枢白马之祸不足惜等条目，从简洁的标题中所含有“非”“不可”“不”“未是”“未能”等判断性语词，可见其内容是在对相关历史问题提出疑问，做出批判。

《千百年眼》对相关史实考证条目的摘录，亦是通过标题即可了解作者之批判意识所在。诸如：尧不诛四凶、纳于大麓非山麓、象刑辩、舜葬苍梧考、《禹贡》为古今地理之祖、微子不奔周、太王未尝剪商、三监武庚之叛不同情、孟子非受业子思、孙叔敖碑考、孙武入郢之举疑伪、西施不随范蠡、秦先时自有张禄、秦不绝儒生与经籍、黔首之称不自秦始、九鼎不为秦用、长城不自始皇、秦亡不由兵弛、扬雄始末辨、明帝前已有佛典、李杜始末考、吴越改元之证、徐锴征猫事非实、梁灏谢启之讹、赤壁考、《二疏赞》误等条目，通过标题中“非”“辩”“考”“不自”“讹”“误”等词句，即可发现作者选此条目之用意。

张燧之批判意识，应该是受杨慎①、焦竑、李贽、王世贞等明代学人影响较多，杨慎、焦竑、王世贞是以博学考据见长，而李贽则是善于指瑕批评②，《千百年眼》中一半以上的内容洋溢着浓厚的批评意味。

## 第四节　经 世 意 识

晚明时期，为政者勾心斗角，无所作为，社会风气日渐颓废，有良知的学人借助于著书立说，从各个方面直陈现实，纠正社会之弊病，蔚然形

---

① 王重民称“(张)燧著书颇学杨升庵，特学力未及，然亦时有新解”(《中国善本书提要》，上海古籍出版社 1983 年版，第 336~337 页)。

② 参见抽文《张燧〈千百年眼〉因袭杨慎〈升庵集〉考论》(《古籍整理研究学刊》2011 年第 1 期)；《晚明张燧〈千百年眼〉与焦竑著述关系考》(《珞珈史苑》2012 年卷，武汉大学出版社 2013 年版)；《张燧〈千百年眼〉与李贽著述关系考》(《南都学坛》2011 年第 4 期)。

成一股“经世”之风①。如焦竑所言“学不知经世，非学也；经世而不知考古以合变，非经世也”②。即治学应该能有助于经世，经世应该考古鉴今，联系古今之变通，考究其兴衰之因。

张燧在读书过程中，反对那些“迂疏无当，虽雕绘满眼，而精神意绪，曾不足以供醒脾之用”的“文人之眼”，更反对“为拘儒粟红贯朽之用，致令览者未尽先厌”的“俗儒之眼”③。因此，在《千百年眼》中，张燧大量选录了一些有关国家兴衰的人物、史事及制度。如卷一“世官之弊”“封建难复”“井田不可行”，卷三“商鞅善托其君”，卷五“言灾异不当著事应”，卷八“藩镇之弊”“唐不立后之祸”，卷十“均输之害”“介甫废礼经”“青苗之害”，卷十一“元世弊政”“宋仁厚立国之报”等。

另外，《千百年眼》中许多条目在论述其他朝代的事项时，常常会联系到明代，并进行一些比较。再者，《千百年眼》卷十二专门摘录有关明代之事，共48个条目，其中近一半条目是源自李贽《续藏书》④。其内容可谓涉及明代的方方面面，有对历史人物的评价，诸如圣祖待滁阳王之厚、陈遇今之子房、李善长之诬、郭英遗功、圣祖优容解缙、太监云奇、齐黄误国、杨本将才、宋参军奇谋等；有对明代制度的批判，诸如取士良法、待宗藩之法、锦衣卫之横、理财急务等；有对明代相关事项的总结，诸如金陵形势、革除死难之多、国朝名臣久任、国朝相业、我朝胜前代二十二事等。张燧读书摘录中对当代史的关注，是其经世意识的重要体现。

## 第五节　学术主张与编纂实践之悖论

通过张燧有意识的编纂，《千百年眼》从汗牛充栋的著作中脱颖而出，

---

① 按：参见杨艳秋《明代后期的“经世文”汇编》(《聊城大学学报》2005年第1期)；左桂秋《经世视野下的“资治”与“明道”——明代王宗沐与薛应旂续〈通鉴〉异同之探讨》(《山东社会科学》2006年第3期)；杨绪敏《晚明张燧〈经世挈要〉及其经世思想探研》(《史学月刊》2009年第6期)、《明代经世致用思潮的兴起及对学术研究的影响》(《江苏社会科学》2010年第1期)。

② 焦竑：《澹园集》卷十四《荆川先生右编序》。

③ 张燧：《千百年眼·小引》。

④ 参见拙文《张燧〈千百年眼〉与李贽著述关系考》，《南都学坛》2011年第4期。

其会通意识、识见意识、批判意识及经世意识是张燧编纂思想的具体体现。但是，从史源学的角度而言，备受世人欢迎的《千百年眼》在编纂方面却存在着很大缺憾。对于此点顾炎武曾言“其书(《千百年眼》)固有己意，而杂采郑樵、杨慎、李贽之说不少，有出其名者，亦有不出其名者。明人著书，本极随便，宜其如此。此人若生清代，当是姚际恒、崔述之流亚也。……其有志于击破传统思想甚明白。然因杂采之故，颇有矛盾自陷之处……中国书中，能纯出自己的话者甚少，此其一也”①。

明代学人著述比较随意，因袭他人，抄撮而成的著作较多②。面对此种风气，张燧极力反对，认为“影响剿袭，满纸炫然”之作，“直谓之无眼可也”③。但是，通览《千百年眼》一书，张燧完整抄录、简单删改他人之论，而未加任何注明者甚多④，出现了学术主张与编纂实践之悖论：反对因袭，而又存在因袭。

《千百年眼》卷一“帝尧善爱其子”系抄录罗大经《鹤林玉露》乙编卷六“虞宾”，罗氏原文有“余谓帝尧此举，固所以爱天下也，尤所以爱丹朱也”。张燧将其简单改为“窃谓帝尧此举，固所以爱天下，尤所以爱丹朱也”。将罗大经之“余谓”改为“窃谓”，给人一假象，似乎不妥。卷六“杨颙不知孔明”条，有“张和仲曰：杨主簿深达相臣之体，而未亮孔明之心”，实际是源自张大龄《玄羽外编》之《说史隽言》卷十六《纳诲》，其文

---

① 顾颉刚：《顾颉刚读书笔记》第五册卷五“千百年眼”，中华书局2011年版，第122页。

② 参见王嘉川：《明代抄袭之风与胡应麟对治学规范的讲求》，《史学月刊》2009年第11期；王记录、刘云霞：《论明代史钞的价值》，《郑州大学学报》2010年第4期。

③ 张燧：《千百年眼·小引》。张燧《千百年眼》卷八“《阿房赋》蹈袭”条，指出“文章以不蹈袭为难也”。

④ 按：不少学者可能认为在明代没有现在严格的著述规范及知识产权意识，才会出现因袭拼凑之作。但是凌稚隆纂辑的《史记评林》《汉书评林》卷首前有详整的“引用书目”、王圻《稗史汇编》有“引用目录”、曹臣《舌华录》有“所采书目”、诸茂卿《今古钩玄》有“参阅书目”、李默《孤树裒谈》有“引用书目”、凌迪知《国朝名世类苑》有“引用书目”、梅鼎祚《青泥莲花记》有“采用书目”。方以智《通雅》卷首“凡例”中指出《通雅》“必引出何书、旧何训、何人辨之，今辨其所辨，或折衷谁是，或存疑俟考，便后者之因此加详也。士生古人之后，贵集众长，必载前人之名，不敢埋没”。可见明人著述并非肆意蹈袭。

为“玄羽逸史曰：杨主簿深达相臣之体，而未亮孔明之心。孔明有难，告之以其心，而深取于其言”①。卷八“《阿房赋》蹈袭”条称他人文章有蹈袭之嫌，而张燧此条却是完整抄录宋代廖莹中《江行杂录》之内容而未加称引。卷九“希夷《易》说”条完全抄录焦竑《焦氏笔乘》卷一“希夷《易》说”②，未注明征引，但结尾却有“张和仲曰：今之学《易》者，又不过剿紫阳氏规磨之谈，不知视买椟还珠何如也!”卷十“苏文之伪”条完全摘自宋代叶梦得《避暑录话》卷下，而且叶梦得文中指出“文章最忌祖袭……”张燧亦照录不误，自己完全摘抄叶梦得之文，却要辨“苏文之伪”。诸如上述例子，在《千百年眼》中存在尚多。

张燧对宋儒之论多持批评态度。诸如卷二“季子之贤有定论”条，“宋儒拘挛，一倡而雷同至今，特为洗之”；卷三“孟子善言《诗》”条，“使宋儒为之，不知添许多诠释矣”；卷三“孟子不尽信《武城》”条，“虽然，使是说不出孟氏，则宋儒又以为异端之射的矣”；卷五“《过秦论》出《丹书》”条，“贾长沙《过秦论》末所云‘仁义不施，而攻守之势异’，为宋儒所笑。不知其原出于《丹书》也”；卷十“《通鉴》省文之谬”，“今《通鉴》省其文，竟云：‘通小吏牛金，而生元帝。’牛金既枉了一死，又负秽名，殊可笑也”；卷十一“程子静坐之说类禅”，有“程子见人静坐，便叹其善学，盖阳辟禅而阴用之也……然则‘静’之一字，宋儒尚未梦见也”；卷十一“宋儒不知诲君之义”，有“宋之儒者，遇此等处，辄以道德仁义之说绳其后，不啻三尺”等。另外，卷九“新、旧《唐书》优劣”“《五代史》不公”，卷十“元祐诸贤无定见”，卷十一“宋人损益经文”“《纲目》之误”“朱子浅于说经”“名教之累”等条目虽然是抄录他人著述，但亦是对宋人学问之批驳，说明张燧也是持这样的观点。

张燧在学术主张上反对宋儒之学，但是《千百年眼》全书中有100多个条目和宋人的笔记、文集相关，占全书内容的五分之一，且绝大部分没有注明征引。例如抄录苏轼、苏辙的约有30条(以完整抄录和简单删改为主，仅有两条注明征引)，抄录郑樵的有11条(以简单删改为主，均未能注明征引)，抄录陈埴《木钟集》有12条(以完整抄录为主，均未注明征

① 参见拙文《晚明张大龄的〈玄羽外编〉与张燧的〈千百年眼〉关系考》，《西华大学学报》2013年第3期。

② 焦竑撰，李剑雄点校：《焦氏笔乘》，中华书局2008年版，第12~13页。

引）等。可见，张燧学术主张方面反对宋儒，但在编纂实践中，对宋人的成果还是非常重视的，可谓学术主张与编纂实践之悖论。

张燧能将众多富有创见性的成果汇于一书，恰如刘知幾所言："盖珍裘以众腋成温，广厦以群材合构。自古探穴藏山之士，怀铅握椠之客，何尝不征求异说，采摭群言，然后能成一家，传诸不朽。"①张燧按自己的编纂意图，把抄录的内容予以归类，并拟定简短醒目之标题，深得世人好评，可谓善抄书者成佳作②。另一方面，《千百年眼》中绝大部分内容是源自他人著述，虽然有改编及删节，但亦有不少是完整抄录，甚至连标题都没有换，可是文中注明征引的很少，这一定程度上是明代著述不规范之表现③。

总之，《千百年眼》因编纂之优点备受关注，因编纂之缺点备受诟病。

---

① 刘知幾：《史通通释》卷五《采撰》，上海古籍出版社 2009 年版，第 106 页。

② 顾炎武言"善读书不如善抄书"（转引自梁启超：《中国历史研究法·补编》，河北教育出版社 2003 年版，第 134 页）；梁启超亦言"善抄书者可以成创作"（《中国历史研究法》，河北教育出版社 2003 年版，第 22 页）。

③ 按：四库馆臣认为明人之著述多是割裂拼凑，漫无义例之作。顾炎武甚至认为"若有明一代之人，其所著书无非窃盗而已"（《日知录集释》卷十八《窃书》，上海古籍出版社 2006 年版，第 1073 页）。这种评价似乎有点偏激，但确实指出了明人著述不严谨之弊病，张燧《千百年眼》便是一个例证。

# 第六章　张燧《千百年眼》的学术价值

张燧《千百年眼》自刊刻以后迄今，深受学界欢迎，这自然与张燧高超的编辑艺术是分不开的。同时，也说明《千百年眼》具有很高的学术价值，这主要体现在《千百年眼》与历史知识的传播及张燧的学术鉴识对学界的影响方面。

## 第一节　《千百年眼》与历史知识的传播

从张燧编纂《千百年眼》的成书过程方面，我们即可发现其资料来源之处，"帖括之暇，得属意经史百家，旁及二氏，与夫稗官小说、家乘野语，不揣荒陋，谬以是意提衡其间"①。即《千百年眼》的内容主要来自"稗官小说、家乘野语"，从前文对《千百年眼》的史源考究，也证明了《千百年眼》的内容绝大多数是源自宋代、明代学者的笔记、文集等，抄录历代正史的内容很少。相比而言，笔记、文集这类稗官野史是不为学界看好的②，其中的优秀篇章自然也会被一概抹杀，经过张燧"豪杰之眼"的精心选录，使很多学术精粹广播学界。

### 一、《千百年眼》对"异端"问题的选录

《千百年眼》与一般的简单摘抄正史的史钞本不一样，王重民《中国善

---

①　张燧：《千百年眼·小引》。

②　诸如四库馆臣认为明代之著述"割裂剪裁，漫无义例"（《四库全书总目》卷六十五《读史快编》）；"凑集成编，而不著所出。既病冗芜，亦有讹舛，盖明人好剿袭前人之书而割裂之，以掩其面目。万历以后，往往皆然也"（《四库全书总目》卷一百三十二《珍珠船》）。

本书提要》中将《千百年眼》与洪迈《容斋随笔》、王应麟《困学纪闻》、杨慎《丹铅总录》等列入杂家·杂考类，而未将其列入史钞类。王重民对《千百年眼》撰述体例的判断不一定准确，但一定程度上也说明了《千百年眼》不是随意的拼凑之作。张燧在阅读史著时，依据自己的价值评判标准，选录及整理了大量敢于突破传统的学术见解①。随着《千百年眼》在学界的广泛流传，这些原本存在于稗官野史中颇有见地的新解，自然也会随之得以传播。

选录"俗儒所不敢道，与文人之所不能道"之观点②。有关尧欲传位于许由，许由不愿意接受，逃到山野之中，后世对许由的做法多持褒扬之言。陈继儒提出"许由让天下非难"之观点(《千百年眼》卷一)，因为在洪荒时代，生活水平极低，领导者"不唯无享天下之乐，而且有丛天下之忧。尧黧舜黑，固其宜耳!"因此，许由对这样的位置也不会有太大兴趣，让位自然属于很正常的事情。另外，尧也没有将位置传给儿子丹朱，而是传给舜，后人认为尧的境界，可谓"至公无我"。宋代罗大经指出尧此举出于爱丹朱，依丹朱之能力，"若使其以傲虐之资，轻居臣民之上，则毒痡四海，不有南巢之放，必有牧野之诛，尚得为爱之乎?"③《千百年眼》卷一"帝尧善爱其子"条有关尧不传位于子而传位于舜，明人张大龄《玄羽外编》之《随笔》卷七④的结论与罗大经相同。对圣人高大形象之再评价，是需要一定胆识和勇气的，可以说是对传统价值观念的挑战。《千百年眼》卷三"孟子不行三年丧"，选录许竹崖驳斥孟子未行三年丧之论，无疑是对孟子行为的一种批评。以至于清代周广业认为张燧《千百年眼》所载

---

① 按：此方面当然与明代中叶以后受杨慎、李贽等学者的影响，学人逐渐摆脱正统价值观念的约束，颇具猎奇心理。诸如赵维寰《读史快编·陈熙昌序》欲把"数千年来，种种瑰异，足快人心目者，咸精核而节取之，署曰《快编》，志其所自得也"(《四库全书存目丛书》史部第144册，齐鲁书社1997年版，第629~630页)；《史裔·董应举序》言《史裔》"所聚撮，多异事隽语，事料掌故，灿然陈列，可以资博"(《四库全书存目丛书》史部第146册，齐鲁书社1997年版，第205页)。

② 张燧：《千百年眼·小引》。

③ 《千百年眼》卷一。

④ 张大龄：《玄羽外编》，《四库全书存目丛书》史部第287册，齐鲁书社1997年版，第850页。

许竹崖“孟子劝人行三年丧，而其身乃不终丧于家”的观点为“此说固谬”①。

“拨云翳而长清”，辑录祛疑存真之异论②。《千百年眼》卷四“韩信有后”条载：淮阴侯韩信在汉初是军功显著，终因猜忌被夷三族而绝后。张大龄《玄羽外编》中提出“淮阴有后”的说法，并绘声绘色地描述了相关过程，指出南粤韦氏便是韩信的后人③。此观点若是成立，于家谱学而言，可谓是一个重大发现。卷四“淮南厉王未尝反”条，选录王世贞对淮南厉王造反之说的拨正；卷六“昭烈遗命之非”载张萱对刘备临终托孤之言的批驳；卷八“王叔文之冤”载王世贞对正史中王叔文被“极意苛谪，以当权奸之首”论的纠误④；卷十“经义取士之弊”载王鏊对宋代王安石倡导科举以经学取士的批评。

崇尚有自己见解的张燧在众多史著中，选录了罗大经、王世贞、王鏊、陈继儒及张大龄等学人的相关论述，使“所谓不容泯灭之精灵，销沉蠹耗于鱼腹者，若招揭一新”⑤。

在正史尚不易觅得的情况下，一些笔记、文集的刊刻数量更是较少，通过张燧的精心辑录，的确使许多新见得以传播。诸如《千百年眼》源自陈继儒《狂夫之言》的“许由让天下非难”之事⑥，明人贺详《史取》便抄录了张燧的记载⑦；源自张大龄《玄羽外编》“韩信有后”的记载，清人田雯《古欢堂集》卷三十九《黔书下·人物名宦·淮阴侯后》指出“谓其说得诸楚张燧”，梁廷楠指出“阮(元)《志》(《广东通志》)谓此无稽之谈，盖韦氏世为溪岗长，后等齐民其家乘有此说云云。《粤述》亦谓何作书属佗，其何

① 周广业：《孟子四考》卷四，《续修四库全书》第153册，上海古籍出版社2002年版，第143页。

② 邹元标：《千百年眼·序》。

③ 张大龄：《玄羽外编》，《四库全书存目丛书》史部第287册，齐鲁书社1997年版，第874页。

④ 按：对于此事，王鸣盛亦认为“宪宗乘父病，而一监国即斥叔文，父崩，骨肉未寒，又杀叔文，此不孝之尤者，吾不知叔文之死，竟有何罪？”(《十七史商榷》，上海书店出版社2005年版，第641页)

⑤ 张燧：《千百年眼·小引》。

⑥ 陈继儒：《狂夫之言》，商务印书馆1936年版，第19页。

⑦ 贺详：《史取》，《四库全书存目丛书》史部第285册，齐鲁书社1997年版，第31页。

书尚存土司。予见张和仲燧所辑《千百年眼》一书，曾载此说”①，梁学昌《庭立记闻》卷一亦载“相传韩信有后于粤，信乎……王(张)和仲燧所辑《千百年眼》一书曾载此说”，张尔岐《蒿庵集》中《蒿庵集捃逸·韦土官》篇有文“近日文士陈君弘绪《书〈淮阴侯列传〉后》云：‘楚人张燧言，广南有韦土官，自言本淮阴侯后’”②。

## 二、明清学人对《千百年眼》的因袭

《千百年眼》从内容上言，既有高深的考证辩驳，亦有简明的史事记述。张燧对“可喜可悦可惊可怪之语”的搜集，达到“向之所谓不容泯灭之精灵，销沉蠹耗于鱼腹者，若招揭一新”的效果③。明清时期许多学者对其进行收录或转述，还有不少学者因袭张燧之文。

明人贺详《史取》中有大量内容和《千百年眼》相关，《史取》的序跋中又没有明确注明此书刊于何时。那么，贺详《史取》与张燧《千百年眼》的关系到底如何呢？

首先，从刊刻时间而言，《千百年眼》要早于《史取》。《千百年眼》是刻于万历四十二年(1614)④。《史取》的刊刻时间，一般认为是崇祯年间⑤。另外，据张毓睿《史取·序》“壬午岁愚纂次二十一代史瑜成……愚既获与金子班荆道，故而又得先余《史瑜》，乐观其成也，爰是而为之述”，张毓睿《史瑜》刊于崇祯癸未(1643)，可见此壬午年当为崇祯壬午(1642)，即《史取》当是刊于1642年。

其次，从作者的地域而言，张燧系湖南湘潭人，贺详为湖南龙城人(今湘乡)，龙城与湘潭毗邻。《千百年眼》的初刻本即为湘潭“稽古堂”刻本，应该说贺详比较容易看到此刻本。

再者，从编纂角度而言，两者都具有一定的编纂思想。两者都属于读

① 梁廷楠著，杨伟群校点：《南越五主传及其它七种》，广东人民出版社1982年版，第12页。

② 张尔岐著，张翰勋等点校：《蒿庵集》，齐鲁书社1991年版，第250页。

③ 张燧：《千百年眼·小引》。

④ 参见张燧《千百年眼·小引》及邹元标《千百年眼·序》。

⑤ 参见王重民《中国善本书目提要》对《史取》的介绍(上海古籍出版社1983年版，第151页)。

书札记，喜欢摘录稗官野史中素有创见之言①。在编纂体例上，《千百年眼》十二卷是以时间为序，自先秦迄明，每个问题都有一个醒目的标题。《史取》十二卷，卷一“世诠”(记述历代帝王享国之事)，卷二至卷四“世评”(记载唐虞迄元相关史事)，卷五至卷六“经世”，卷七“性行”，卷八至卷十“成务”，卷十一至卷十二“杂纪”，《史取》中记载的相关问题没有标题。另外，《史取·鉴定姓氏》列有蒋德璟、诸葛籔、周应期；《史取·参阅姓氏》列有林任先、黄端伯、陈子龙、蒋鸣玉、李清等二十三人；《史取·校订姓氏》列有徐如珩、吴思穆、戴国士、徐肇森等三十四人。

从史著的编纂方面来说，贺详《史取》应该是比较严谨的，有自己的编排体例，还有众多的鉴定人、参阅人、校订人。但从《史取》的内容而言，其中有六十余条和《千百年眼》相关，为究其史源，兹如表6.1。

表6.1　**张燧《千百年眼》与贺详《史取》关系一览表**

| 《千百年眼》条目 | 《千百年眼》史源 | 《史取》与《千百年眼》之关系 | 备注 |
|---|---|---|---|
| 卷一“井田不可行” | 摘录马端临《文献通考》卷一《田赋考一·历代田赋之制》 | 《史取》卷一有文，仅结尾一句与张燧此条不同②(20~22页) | |
| 卷一“高、光二帝不可优劣” | 摘自陈埴《木钟集》卷十一，仅文末“两者……失之远矣”是张燧所加 | 《史取》卷一有文完全同于张燧此条(25页) | |
| 卷一“历代宦寺之祸” | 张燧抄录张大龄《玄羽外编》之《支离漫语》卷三《四代之亡》 | 《史取》卷一有文完全同于张燧此条(25页) | |

① 张燧《千百年眼·小引》言在“稗官小说、家乘野语”中摘录“可喜可悦可惊可怪之语”；何久郘《史取·序》言《史取》致力于“旁搜异声奇志稗史之言”。

② 按：表6.1中所引《史取》之内容皆出自《四库全书存目丛书》史部第285册，齐鲁书社1997年版。为行文方便，皆随文标注页码。

续表

| 《千百年眼》条目 | 《千百年眼》史源 | 《史取》与《千百年眼》之关系 | 备注 |
| --- | --- | --- | --- |
| 卷一“纳于大麓非山麓” | 完全摘自杨慎《升庵集》卷四十二“纳于大麓” | 《史取》卷一有文仅比张燧此条多一句(31页) | |
| 卷一“许由让天下非难” | 删节陈继儒《狂夫之言》卷二 | 《史取》卷二《世评》中有类似之论，仅结尾不同(31页) | |
| 卷一“尧不诛四凶” | 完全抄录《东坡全集》卷九十二“尧不诛四凶” | 《史取》卷一有文完全同于张燧此条(31页) | |
| 卷一“帝尧善爱其子” | 抄录罗大经《鹤林玉露》乙编卷六“虞宾” | 《史取》卷二有文，仅结尾处不同(33页) | |
| 卷一“汤、武不可并言” | 完全节录罗大经《鹤林玉露》乙编卷五“汤武” | 《史取》卷二有文完整抄录罗大经之文(34页) | |
| 卷一“伊尹放君之误” | 见于《历代名贤确论》卷五及陈继儒《太平清话》卷一 | 《史取》卷二有文完全同于张燧此条(35~36页) | |
| 卷一“帝赉良弼” | 删改《升庵集》卷四十二“高宗梦良弼” | 《史取》卷二有文完全同于张燧此条(36页) | |
| 卷一“太王未尝剪商” | 节录杨慎《升庵集》卷四十二“大王翦商” | 《史取》卷二却是完整抄录杨慎之文而未加注明(36页) | |
| 卷一“夷、齐辨” | 节录王直《抑庵文集》卷三十五“夷齐十辨” | 《史取》卷二则是完整抄录王直之文，并予以注明(38~47页) | |

续表

| 《千百年眼》条目 | 《千百年眼》史源 | 《史取》与《千百年眼》之关系 | 备注 |
| --- | --- | --- | --- |
| 卷一“金滕非古书” | 节录唐顺之《稗编》卷七引王廉“《金滕》非古书” | 《史取》卷二之文完全同于张燧此条(49页) | |
| 卷一“楚子问鼎” | 完全摘自张萱《疑耀》卷二“楚子问鼎” | 《史取》卷二有文完全同于张燧此条(53页) | |
| 卷一“周过其历之谬” | 删改张大龄《玄羽外编》之《随笔》卷一 | 《史取》卷一有文与张燧所论完全相同(23页) | |
| 卷一“上古文籍” | 删改胡应麟《少室山房笔丛》卷一《经籍会通一》 | 《史取》卷十一有文完全同于张燧此条(387页) | |
| 卷三“商鞅徙言令便者” | 节录陈继儒《读书镜》卷二 | 《史取》卷二之文则完全同于张燧之条目(62页) | |
| 卷三“春秋葬不择时” | 节选唐顺之《稗编》卷五十八“辩惑论下(罗虞臣)” | 《史取》卷十二有文完全同于张燧此条(413页) | |
| 卷四“汉王未尝颠倒豪杰” | 节录陈继儒《狂夫之言》卷二 | 《史取》卷三“世评”有文完全同于张燧此条(68页) | |
| 卷四“秦之所以帝” | 节选苏轼《东坡全集》卷四十八《策断三首·策断上》 | 《史取》卷二之文完全同于张燧此条(62~63页) | |
| 卷四“秦不绝儒生与经籍” | 摘自胡应麟《少室山房笔丛》卷二十七《九流绪论上》及节选郑樵《通志》卷七十一《校雠略第一·秦不绝儒学论二篇》 | 《史取》卷三有文完全同于张燧此条目的第一部分(67页) | |

续表

| 《千百年眼》条目 | 《千百年眼》史源 | 《史取》与《千百年眼》之关系 | 备注 |
|---|---|---|---|
| 卷四“左右袒所以令众” | 节选王世贞《弇州四部稿》卷一百六十一《说部·宛委余编六》 | 《史取》卷三有文完全同于张燧此条目（79页） | |
| 卷四“淮南厉王未尝反” | 节选王世贞《读书后》卷二“书淮南厉王传后” | 史取》卷三之文，仅比张燧此条目多开篇“说者又谓”四字（81页） | |
| 卷四“秦世文章” | 《弇州四部稿》卷57《文部·赠李于鳞视关中学政序》及《弇州四部稿》卷145《说部·艺苑卮言二·右谚》 | 《史取》卷十一有文完整地把卷四“秦世文章”条与卷四“秦不绝儒生与经籍”条的后半部分相结合（381页） | 贺详可谓完整抄录了《千百年眼》卷四“秦世文章”条与卷四“秦不绝儒生与经籍”条的后半部分 |
| 卷四“古书之伪” | 完全摘自焦竑《焦氏笔乘》卷六“伪书” | 《史取》卷十一有文仅在开始加“古书之伪，如”，其余完全同于张燧之论（386页） | 贺详所加的即是张燧这个条目的标题 |
| 卷四“古文多譬况” | 节录杨慎《升庵集》卷五十二“古人多譬况” | 《史取》卷十一有文完全同于张燧此条（386~387页） | |
| 卷四“天亡秦” | 抄录张大龄《玄羽外编》之《随笔》卷一 | 《史取》卷十二有文完全同于张燧此条（815~816页） | |
| 卷五“苏武娶胡妇有见” | 节选张萱《疑耀》卷一“苏武娶胡妇” | 《史取》卷三有文完全同于张燧此条（84~85页） | |

续表

| 《千百年眼》条目 | 《千百年眼》史源 | 《史取》与《千百年眼》之关系 | 备注 |
|---|---|---|---|
| 卷五“赵充国屯田是计” | 完全摘自宋代赵彦卫《云麓漫钞》卷十，仅是个别字词的差异 | 《史取》卷三有完整抄录赵彦卫之论(85页) | |
| 卷五“言灾异不当著事应” | 删改郑樵《通志》卷七十四《灾祥略第一·灾祥序》 | 《史取》卷十一有文完全同于张燧此条(387页) | |
| 卷六“扬雄始末辨” | 删改焦竑《焦氏笔乘》卷二“扬子云始末辨” | 《史取》卷三有文完全同于张燧此条(86~87页) | |
| 卷六“昭烈遗命之非” | 节选张萱《疑耀》卷五“汉昭烈顾命” | 《史取》卷三有文完全同于张燧此条，但后面又多举一例子(99页) | |
| 卷六“子房、孔明学术” | 完全摘自宋代叶梦得《避暑录话》卷上 | 《史取》卷三有文同于张燧此条，仅句末为“而成其志者也”，多一“者”字(99页) | |
| 卷六“汉儒解经之陋” | 删改马端临《文献通考》卷一百四十一,《乐考十四·乐歌》，唐顺之《稗编》卷三十七“辨声乐不传之论(马端临)” | 《史取》卷十一有文完全同于张燧此条(381页) | |
| 卷七“王逸少经济” | 大部分截取杨慎《升庵集》卷四十九“王逸少经济” | 《史取》卷四有文完全同于杨慎之论(104~105页) | |

续表

| 《千百年眼》条目 | 《千百年眼》史源 | 《史取》与《千百年眼》之关系 | 备注 |
| --- | --- | --- | --- |
| 卷七“王导遗诛” | 节选杨慎《升庵集》卷四十九“黄东发评王导” | 《史取》卷四之文仅比杨慎之论少“近日阳明王公、后渠崔公皆有此论，与愚见不谋而合，因观黄东发之言，昔人已有此评矣，不厌重著之”(105页) | |
| 卷七“晋室所以败” | 节选苏辙《栾城应诏集》卷二《进论五首·晋论》 | 《史取》卷四有文完全同于张燧此条(107~108页) | 张燧在末尾指出“坡公此论，可为一代定评矣”。似乎认为此论是苏轼所论，不妥。《史取》中诸如坡公此论的错误也是一样 |
| 卷七“崔浩受祸不由作史” | 完全抄录焦竑《焦氏笔乘》卷二“崔浩受祸自有故” | 《史取》卷四有文与张燧之论相近(108页) | 《史取》此条的开篇为“崔浩受祸不由作史”，即是张燧条目的标题 |
| 卷七“卢怀慎先见” | 开篇至“殆亦俗见也乎”是完全摘自杨慎《升庵集》卷五十一“伴食” | 《史取》卷四有文同于张燧此条(117页) | |
| 卷七“梁武杀业” | 此条待查 | 《史取》卷十一有文完全同于张燧此条(397页) | |
| 卷七“沈约《韵书》之谬” | 张燧当是参依屠隆之论 | 《史取》卷十一有文完全同于张燧此条(387页) | |

续表

| 《千百年眼》条目 | 《千百年眼》史源 | 《史取》与《千百年眼》之关系 | 备注 |
|---|---|---|---|
| 卷八“房管用违其才” | 出自张大龄《玄羽外编》之《史论》卷三“房管” | 《史取》卷四有文完整抄录了张燧“房管用违其才”及“房管长策”条(117页) | 贺详之文仅少了张燧“房管用违其才”开篇所言“张玄羽曰”，且张燧对张大龄之文有所改编，而贺详则照录张燧之文，由此可见贺详此文当时源自《千百年眼》 |
| 卷九“郑綮辞相” | 删改张大龄《玄羽外编》之《史论》卷三“郑綮” | 《史取》卷四有文完全同于张燧此条(119~120页) | |
| 卷九“王朴异才” | 抄录明人陈全之《蓬窗日录》卷五“事纪卷之一”，有完全与“王朴异才”条相同之内容。与杨慎《升庵集》卷四十九“王朴”稍异 | 《史取》卷四有文完全抄录杨慎之文(120~121页) | |
| 卷九“丁谓长者言” | 完全抄录元代张光祖《言行龟鉴》卷六“政事门” | 《史取》卷四有类似之文(123页) | |
| 卷九“温公体贴人情” | 源自李廷机、焦竑辑评《论纂》二卷 | 《史取》卷十一有文完全同于张燧此条(129页) | |
| 卷十“毕仲游格言” | 节录袁宏道《敝箧集》卷十“送叶使君还朝序” | 《史取》卷四中有文完全同于张燧此条(129页) | |

续表

| 《千百年眼》条目 | 《千百年眼》史源 | 《史取》与《千百年眼》之关系 | 备注 |
| --- | --- | --- | --- |
| 卷十"岳飞文章" | 此条待查 | 《史取》卷四有文同于张燧之论，仅是颠倒一下语序（132~133页） | |
| 卷十"种师道策虏有见" | 开篇至"无能用者"完全摘自陆游《老学庵笔记》卷四，只是稍微颠倒顺序 | 《史取》卷八有文完全同于张燧此条（第290页） | |
| 卷十"坡公远识" | 此条待查 | 《史取》卷一有文完全同于张燧此条（24页） | |
| 卷十一"程、朱论《周官》法度" | 节选杨慎《升庵集》卷四十四"《周礼》素问" | 《史取》卷一有文完全同于张燧此条（22页） | |
| 卷十一"元世弊政" | 参依杨慎《升庵集》 | 《史取》卷一有文仅开篇和结尾与张燧此条不同（27~28页） | |
| 卷十一"宋儒不知诲君之义" | 参依陈继儒《读书镜》卷四 | 《史取》卷五有文完全同于张燧此条（144页） | |
| 卷十一"程子静坐之说类禅" | 此条待查 | 《史取》卷十一有文，其前半段与罗大经《鹤林玉露》丙编卷三"静坐"之文完全相同，后半段则和张燧之文完全相同（371页） | |

续表

| 《千百年眼》条目 | 《千百年眼》史源 | 《史取》与《千百年眼》之关系 | 备注 |
| --- | --- | --- | --- |
| 卷十一“朱子浅于说经” | 从开篇至“力未必能，遽为而止也”，完全摘录焦竑《焦氏笔乘》卷四“朱子”条，其间仅删去个别字 | 《史取》卷十一有文完全同于张燧此条的第一部分(373~374页) | |
| 卷十一“佛典辅儒教而行” | 从开篇至“皆戏论也”完全抄录焦竑《焦氏笔乘续集》卷二“支谈上”，后文源于陈继儒《狂夫之言》卷二，张燧删去其文背景 | 《史取》卷十一有文完全同于张燧此条(393~394页) | |
| 卷十一“佛语通儒” | 完全抄录焦竑《焦氏笔乘续集》卷二“支谈上” | 《史取》卷十一有文完全同于张燧此条(394页) | |
| 卷十一“吾儒异端” | 王阳明之语见于《王文成全书》卷七“别湛甘泉序(壬申)” | 《史取》卷十一有文完全同于张燧此条(394~395页) | |
| 卷十二“我朝胜前代二十二事” | 完全抄录陈继儒《狂夫之言》卷三，张燧仅把“予思之”改为“陈眉公曰” | 《史取》卷一有文完全同于张燧此条(28~29页) | |
| 卷十二“天生人才为世用” | 源自陈继儒《读书镜》卷十 | 《史取》卷五有文，仅文末与张燧此条文末不同(149~150页) | |

由表6.1可知，《史取》中的内容与《千百年眼》中六十二个条目有联系，涉及《千百年眼》十二卷中的十一卷(仅卷二没有)，其中卷一占十六

条。另外，这两本书中有四十个条目是完全一样的。那么，两者到底是谁参照谁呢？

从刊刻时间上来说，《千百年眼》最早刊于 1614 年。而笔者所参依的《史取》则刊于 1642 年，那么，会不会有更早的《史取》刻本？依笔者目前能力所限，还没有发现更早的刻本。

从两书的内容上来说，首先，两者有关联内容的史源问题，其史源主要是杨慎的著述（九个条目）、陈继儒的著述（六个条目）、张大龄的著述（五个条目）、焦竑的著述（六个条目）等。倘若有更早的《史取》刊本，即《千百年眼》中的内容是源自《史取》，那么张燧除了抄录《史取》的内容外，还要去抄录杨慎、陈继儒、张大龄、焦竑等人的著述。因为在《千百年眼》中和杨慎著述有关的有八十余条，和陈继儒著述有关的有近三十条，和张大龄著述有关的有三十多个条目，和焦竑著述有关的有五十多条。张燧对上述几个学者的著述比较熟悉，应该不会存在对于相同的内容去抄录两个本子的情况。

其次，从两书的内容本身来分析。《千百年眼》卷四“古书之伪”条是完整摘自焦竑《焦氏笔乘》卷六“伪书”，而《史取》卷十一有文仅在开始加“古书之伪，如”，其余完全同于张燧“古书之伪”，而贺详所增加的正是张燧抄录内容的标题①。同样，卷七“崔浩受祸不由作史”，完整抄录焦竑《焦氏笔乘》卷二“崔浩受祸自有故”，《史取》卷四有文与张燧之论相近②，《史取》此条的开篇为“崔浩受祸不由作史”，即是张燧条目的标题。《千百年眼》卷六“扬雄始末辨”，删改焦竑《焦氏笔乘》卷二“扬子云始末辨”，其标题亦是对焦竑所定标题的简单改写，而《史取》卷三有文完全同于张燧此条③。由此可见是张燧参考了焦竑的著述，而贺详则是参考了《千百年眼》；《千百年眼》卷八“房管用违其才”，出自张大龄《玄羽外编》之《史论》卷三“房管”条，张燧开篇便言“张玄羽曰”，即此文源自张大龄的著

---

① 贺详：《史取》，《四库全书存目丛书》史部第 285 册，齐鲁书社 1997 年版，第 386 页。

② 贺详：《史取》，《四库全书存目丛书》史部第 285 册，齐鲁书社 1997 年版，第 108 页。

③ 贺详：《史取》，《四库全书存目丛书》史部第 285 册，齐鲁书社 1997 年版，第 86~87 页。

述，而《史取》卷四有文是完整抄录了张燧“房管用违其才”及“房管长策”条①，仅少了张燧“房管用违其才”开篇所言“张玄羽曰”，且张燧是对张大龄之文有所改编，而贺详则照录张燧之文，由此可见贺详此文当是源自《千百年眼》。

由上可见，贺详《史取》中与《千百年眼》相同的部分，当是贺详因袭张燧之文而未加征引。

另外，清代学者虽然反对明人著述之空虚，但在清人的著述中却有不少因袭张燧《千百年眼》之处。

清人杭世骏《订讹类编含续补》卷上“《易》无周公”条的论证中完全抄录张燧《千百年眼》卷八“古人言《易》不及周公”条②；阮葵生《茶余客话》卷十六抄录魏礼《寄子书》中抄录有张燧《千百年眼》相关条目③；法式善《陶庐杂录》卷六完全抄录张燧《千百年眼》卷十一“历代宦寺之祸”④；尤侗《艮斋杂说》卷九完全摘录张燧《千百年眼》卷四“天亡秦”⑤。遗憾之处是上述诸条，均未有注明出处。

张燧《千百年眼》对众多“异端”观点的抄录，正是通过明清学人对其的转相征引、抄录在学界得以广播，一定程度上对于促进相关历史知识的传播不无裨益。

## 第二节 张燧学术鉴识的影响

张燧《千百年眼》从编纂形式来说不属于史钞，也不能称为著作，应

---

① 贺详：《史取》，《四库全书存目丛书》史部第285册，齐鲁书社1997年版，第117页。

② 杭世骏撰，陈抗点校：《订讹类编含续补》，中华书局1997年版，第279页。

③ 阮葵生：《茶余客话》，中华书局1959年版，第500～501页。按：此书中有许多内容是因袭张燧之文。

④ 按：张燧此条是改编张大龄《玄羽外编》之《支离漫语》卷三《四代之亡》（《四库全书存目丛书》史部第287册，齐鲁书社1997年版，第872页）。

⑤ 尤侗：《艮斋杂说》，《续修四库全书》子部第1136册，上海古籍出版社2002年版，第436页。按：张燧此条是抄录张大龄《玄羽外编》之《随笔》卷一（《四库全书存目丛书》史部第287册，齐鲁书社1997年版，第815～816页）。

该属于介于两者间的纂辑之作。对于纂辑之作，钟惺曾言“夫采辑之难于自运也久矣，未可为俗学读书作文者道也。自运者，局势机格，吾得自主之。若夫采辑古人之辞事，勒成一书，要使览者忘其事辞之出于古，若我所自著之书；而原文又无所删润，寻常口耳，忽成异观。此合述作为一心，聊古今为一人者也”①。“采辑”与“自运”属于这两种不同的编纂形式，即我们通常所言的纂辑之作与专著，钟惺认为一部成功的纂辑之作在编纂上要难于专著，通过“采辑古人之辞事”，达到“聊古今为一人者”。因此，明末金彩《古今史取·跋》中亦言“纂史者视著书之难则加倍也”②。

杰出的纂辑之作成书很难，需要广泛阅读他人之作，同时又要慧眼识材，把有创见的内容选择出来，并按照一定体例予以编纂。在这方面，《千百年眼》应该属于一部典型之作，通贯全书，属于张燧自己的内容很少，但却因观点新颖、不乏识见而备受欢迎，甚者许多学者认为此书即为张燧之专著，张燧真可谓善抄书者也。从明清以来，《千百年眼》在学界广泛流传，学界受惠较多的当属张燧学术之鉴识。

## 一、对张燧研究方法的借鉴

张燧《千百年眼·小引》中强调读书与著述应具有一定的眼光：“豪杰之眼”要“见自己出，而纵笔所如，随手万变，无所规摹，亦无不破的，使后世观者如冷水浇背，陡然一惊，虽能巷议其非，决不能扫除其说”；“文人之眼”不过“矜激于辞艺，标鲜于才锋，往往聪明盖世，而其为论也，迂疏无当，虽雕绘满眼，而精神意绪曾不足以供醒脾之用”；“俗儒之眼”仅能“影响剿袭，满纸炫然。举圣贤富有日新之资，仅为拘儒粟红贯朽之用，致令览者未尽先厌”，可谓“无眼”。张燧倡导“豪杰之眼”，反对“文人之眼”及“俗儒之眼”，在学术研究上不仅要求广博，更需要有自己的创见，这样的学问即便有“巷议其非”，但“决不能扫除其说”。

著名史家金毓黼在论及史学研究五法时，指出：

---

① 钟惺：《隐秀轩集》卷十六《二十一史撮奇序》，上海古籍出版社 1992 年版，第 144 页。

② 贺详：《史取》，《四库全书存目丛书》史部第 285 册，齐鲁书社 1997 年版，第 11 页。

一应寻史眼。所谓史眼，即今之所谓点。然有点不可无线，有线而能贯通，乃知眼之可贵。明人张燧著论史之书，名曰《千百年眼》，亦此意也。二应于他人不注意处注意之。史学千头万绪，若其事已为多人所注意，则必得有解决之方，若他人不注意，而吾注意及之，则必有意外之创获，此研史者所有事也。三应于不明了处求明了。研史之结局不外求得当日之真像，真像亦即所谓原状也，皆不能做到十分，努力为之，不过得其近似，即比较的近于原状而已。四应因小见大。研史之对象，琐屑事多，而大事少，不能就许多琐屑事，窥见一时代之全体，则研究琐屑者，不为徒劳无补，是之谓因小见大。五应就前人已成之绩再事深求。凡历史上一问题，多数人以为解决者，实则并未彻底，尚有从容讨论之余地。吾人万不可过信前说，而因已成之绩，再事深求，有进一步之收获，即可突破前人。果无所获，再笃信其说未晚①。

按：金毓黼谈到研史五法，论及史眼，便以张燧《千百年眼》为例证，说明金毓黼对《千百年眼》还是比较喜爱的。另外，金氏论说研史之法“应于他人不注意处注意之”“应于不明了处求明了”“应因小见大”及“应就前人已成之绩再事深求”。张燧《千百年眼》中可以说即是沿着这种思路来的，诸如“汉王未尝颠倒豪杰”“汉高祖尊母不尊父”“昭烈遗命之非”“帝尧善爱其子”等条目便是择录他人不注意或是不明了之观点，“许由让天下非难”“孟子不行三年丧”“封建难复”“井田不可行”“秦法弃灰有故”等条目便是对已有研究成果作进一步的梳理。

张希鲁在回忆自己的求学经历时指出袁嘉谷(字树五，号澍圃，晚年自号屏山居士)在论述治学方法时，曾把《千百年眼》与《廿二史劄记》和《日知录》相提并论，其文为：

连茂(张希鲁)未及门时，于学茫如也。癸亥春追随左右，先生(袁树五)授以札曰：“读书之法，以记忆通悟为主。所以致此，莫善

① 转引自范寿琨：《金毓黻先生治学道路初探》，邴正、邵汉明主编：《为学与为道：中国学人的学术之路》(下)，人民出版社 2006 年版，第 168 页。此文又见于《社会科学战线》1987 年第 3 期。

于笔记。笔记多则记忆强，而通悟广。加以类比，为欧北《二十二史劄记》；加以论断，为和仲《千百年眼》；加以精确之考证，为亭林《日知录》。即一无所得，亦可及天游书麓。愚甚望有志者之笔记日多也。”①

按：张希鲁(1900—1979)原名连懋，号西楼。张希鲁系袁嘉谷1923年在东陆学校授课的学生，袁嘉谷曾将东陆学校学生的诗作辑为《东陆诗选》，其中就收有张希鲁的《书怀》，袁嘉谷对张希鲁的评价为“张生希鲁，抗心希古，诗有奇气”②。袁嘉谷为学生讲解治学之法，把《千百年眼》与《廿二史劄记》《日知录》相类比，指出读书应该善于做笔记，毕竟此三著皆为读书札记而成。

1933年7月21日，近代教育家、戏曲理论家吴梅在其日记中记载，“下午阅《千百年眼》。是书尚在幼时读过，笔墨深刻，其论史诸条尤为特创，不经人道者，拟交四儿细读，可免格格不吐之病，又可开拓心胸也”③。吴梅认为张燧善择之学术眼光，可以开拓后辈读书之心胸。

顾颉刚对《千百年眼》比较关注，一定程度上也指出了《千百年眼》之史源问题，其读书笔记中大量摘录了《千百年眼》的内容。从研究方法上而言，顾颉刚还是比较赞成张燧之论，《顾颉刚读书笔记》卷五“秦法弃灰有故”条，完全抄录《千百年眼》卷四“秦法弃灰有故”条，然后评论道：

此说绝佳，古事自当参互考校乃得其情也。记某书中谓禁灰于道为颛顼之法，则时代错误矣。或以颛顼与秦同为水德，故同其刑禁耶？此事当检出处④。

互证法，可谓顾颉刚研治史学的一个重要方法。从《顾颉刚日记》我们可以发现顾颉刚1924年、1952年期间，断断续续在阅读摘录《千百年

① 张希鲁著，《西楼文选》编辑组编：《西楼文选》，昭通地区行署文化局1985年版，第94~95页。

② 袁嘉谷：《袁嘉谷文集》第二册《卧雪诗话》卷五，云南人民出版社2001年版，第656页。

③ 吴梅：《吴梅全集》(《日记卷》上)，河北教育出版社2002年版，第320页。

④ 顾颉刚：《顾颉刚读书笔记》第五册，中华书局2011年版，第129页。

眼》之内容，张燧之治学方法应该对其有很大影响。诸如顾颉刚评“张燧论四岳为一人”，“此说甚辩，当录入予前著《二十有二人考》中”①；评“孟子、司马迁误认禹迹”条称“此论殊通，张燧甚有眼光”②；评“短丧不始汉文帝”条“此文识见殊为闳通，似已看出古无三年之丧矣”③。

卜维萍、米有华等编《阅读与写作》引有卷三“孟子善言《诗》”和卷九“柳公权诗意”条，并且以此两条布置“思考与讨论”，其题面为“这两则短文都是作者在阅读时留下的随笔。作者并不是被动地接受书本中的知识，而是在阅读过程中，联想到自己已知的各方面知识，产生了新的认识、新的看法。试联系自己的实际，谈谈读书笔记的作用”④。即便当今读书写作课，也要把张燧之论说作为范文来探讨其治学之法，足见张燧学术研究方法的影响之大。

## 二、对张燧学术视野的借鉴

《千百年眼》的广为传播，不仅仅局限于其内容和研究方法，张燧独特的思维方式和鉴识也被学界所借鉴，诸如以“千百年眼”理念所命名的书籍，以及对《千百年眼》予以摘录直译的情况，便可窥豹一斑。

明末陈际泰纂有《新刻七名家合纂易经讲意千百年眼十六卷》，明金陵书林唐国达广庆堂刻本，十二册一函（藏于中国科学院图书馆）⑤，此书又被称为“易经千百年眼”⑥。明末李光缙纂有《四书千百年眼》、余应科纂辑《镌钱曹雨先生四书千百年眼》20 卷刊于崇祯六年（1633）。日本平泽胜撰《人相千百年眼》（光绪十七年和刻本）和《家相千百年眼》（光绪二十

① 顾颉刚：《顾颉刚读书笔记》第五册，中华书局 2011 年版，第 120 页。

② 顾颉刚：《顾颉刚读书笔记》第五册，中华书局 2011 年版，第 121 页。

③ 顾颉刚：《顾颉刚读书笔记》第五册，中华书局 2011 年版，第 128 页。

④ 卜维萍、米有华等编：《阅读与写作》，中央民族学院出版社 1992 年版，第 480 页。另，日本 2005 年的高考汉文题便出自张燧《千百年眼》卷二“管仲知鲍叔尤深”条（沈振辉：《日本汉文教育的现状与中国古代典籍的对外教学》，朱永生主编：《复旦汉学论丛》第 7 辑，复旦大学出版社 2010 年版，第 202 页）。

⑤ 中国科学院图书馆编：《中国科学院图书馆藏中文古籍善本书目》，科学出版社 1994 年版，第 9 页。

⑥ 山东省图书馆编：《易学书目》，齐鲁书社 1993 年版，第 264 页。

年和刻本)①。上述著述，由于笔者能力有限，未能亲自目睹其书，不知这些书的命名与张燧之《千百年眼》是否有关，只好予以存疑。

周作人著，钟叔河编《周作人文类编》之第二部便题名为“千百年眼”②。其因在于此部书中有周作人所作《千百年眼》一文，周作人称《千百年眼》“评论史事颇有见识”，而此部书所选录周作人的文章基本属于评论经典古籍、杂评史事人物之类，编者应该是通过“千百年眼”命名此著，借以彰显周作人颇具识见的学术视野。

王春瑜曾读过张燧《千百年眼》，深受张燧学术视野的启发，把其主编的系列丛书，命名为“千年眼文丛”，其缘由可从王春瑜《千年眼文丛序》中借以窥探：

> 我读了明代万历时人张燧写的《千百年眼》。此书流传不广，不见于《四库全书总目》，仅有明刻本及《笔记小说大观外集》收录本传世。我供职的单位中国社会科学院历史研究所，刚好藏有明刻本，遂借来阅读。吸引我注意的，是这本书的书名，猜想作者一定是个具有历史眼光的人，否则为什么叫《千百年眼》？等读完全书，我感到我的猜想没错，张燧确实是位具有历史眼光的学者，书中论古议今，穿越千年，经常站在历史的高度，俯视古人、今人，不时闪烁着思想火花。……正因为张燧有深邃的历史眼光，才能在说古道今时，说出深刻的、富有启迪性的见解来。通览《千百年眼》全书，每有真知灼见。联系到太史公的“通古今之变”，无论是治国、治学、作文，若没有历史眼光，肯定是短视的，大则祸国、误国，小则庸浅，不可能有大的作为。因此，我把这套由我主编的历史随笔精选丛书，定名“千年眼文丛”③。

王春瑜正是缘于受张燧《千百年眼》深邃的历史眼光和学术视野所启

---

① 按：张燧《千百年眼》有光绪十四年和刻本，在日本销售行情较好。不知平泽胜之书的命名是否受其影响。

② 周作人著，钟叔河编：《周作人文类编》(二)，湖南文艺出版社 1998 年版。

③ 王春瑜：《今古一线·千年眼文丛序》，上海古籍出版社 2005 年版。此文又见于王春瑜：《王春瑜读史》，安徽人民出版社 2007 年版，第 131~132 页。

发，将其主编的历史随笔丛书，定名为“千年眼文丛”。明宝《历史的“千年眼”》论道：

俗称有“千里眼”，未闻有“千年眼”，其实不然。王春瑜先生即在明人笔记中为我们找到了它，原称“千百年眼”，是明代万历时人张燧所著历史笔记的书名，王春瑜先生剔去一字，即成“千年眼”，较之原名，更简洁醒目；将它作为王春瑜先生主编由上海古籍出版社出版的历史随笔丛书的名称，就更是匠心独到，意蕴无穷了①。

高克勤《回望历史的“千年眼”》中亦论道：

古代神话中有“千里眼”、“顺风耳”之说，令人神往。明人张燧写了一部名为《千百年眼》的历史笔记，想借助历史回望千百年前的人与事，更是奇想。当代著名历史学家、杂文家王春瑜由此得到启发，以“千里眼”作丛书书名，由他主编的历史随笔精选丛书《千年眼文丛》，已由上海古籍出版社出版②。

王子今《千百年眼——皇权与吏治的历史扫描》一书《前言》中有文：

明代学者张燧著书《千百年眼》以进行历史总结，据说一时“盛传于世”。作者治史“不必苟同”的风格，是我们深心赞同的。本书作者也是希望与读者一起，通过细心的历史回顾，看中国怎样经历政治史一步步地走来，中国人怎样经历政治史一步步地走来，中国文化和中国精神怎样经历政治史一步步地走来③。

王子今对张燧《千百年眼》是比较了解的，此书中有专门一目“《千百

① 明宝：《历史的“千年眼”》，《中国经济时报》2005年6月6日。
② 高克勤：《回望历史的“千年眼”》，《新民晚报》2006年3月20日。
③ 王子今：《千百年眼——皇权与吏治的历史扫描·前言》，长春出版社2008年版。

年眼》”条，论述其对《千百年眼》一书的理解①。王子今希望自己的著述应具有张燧所倡言的“不必苟同”的风格，以“千年眼”的鉴识来论析中国政治史。故其书名为“千百年眼——皇权与吏治的历史扫描”。

不管学者怎么评价张燧《千百年眼》，但张燧以自己“豪杰之眼”的学术视野，将分散于众多著述中“俗儒所不敢道，与文人之所不能道”的奇快之语，汇聚于一书，名之曰“千百年眼”，使上下数千年之历史，通过醒目的标题，达到了“一开卷而了然”的效果。因此，学者受张燧之影响，纷纷将其书名以“千百年眼”命名，此亦可以窥见张燧《千百年眼》之学术价值。

① 王子今：《千百年眼——皇权与吏治的历史扫描》，长春出版社 2008 年版，第 221~224 页。此文又见于《千百年眼》(《博览群书》2002 年第 7 期)。

# 余论　明代学术思想研究应关注史料之史源性考察
## ——以张燧《千百年眼》为中心

钱大昕曾言："学问乃千秋事，订讹规过，非以訾毁前人，实以嘉惠后学。"①笔者自视能力有限，对《千百年眼》一书的整理与研究，难以达到嘉惠学界的效果，更谈不上"嘉惠后学"。但是，笔者希冀通过对此书的整理与研究，使学界能够比较清楚地认识到《千百年眼》一书的价值，且能以此为个例，在研究学术思想史、史学史时尽量多考虑一下资料的史源问题。尽量避免由于忽视对史料的考据，而导致一些史学研究走入误区，出现一些不必要的失误②。

通过对张燧《千百年眼》的整理与研究，笔者认为有两个问题值得总结与反思：其一是学界对张燧及其《千百年眼》的误读；其二是明代学术思想研究应该关注史源问题。

## 一、学界对张燧及其《千百年眼》的误读

张燧《千百年眼》自刊出以后，颇受赞誉。学界对其征引、摘录或对其进行通俗化的译注者颇多。但由于没有究其史源，出现"他"冠"张"戴的误读现象甚多。另外，有关张燧的生平，自光绪十四年王惕斋日本铜版缩刻本刊出后，多认为张燧在明末东渡日本，甚至还认为其卒于日本。

有关张燧生平之误解，即认为张燧东渡日本，此说最早提出者当属晚

---

① 钱大昕撰，吕友仁校点：《潜研堂文集》卷三十五《答王西庄书》，上海古籍出版社2009年版，第636页。

② 刘建国、杨祥银、张洁：《第15届全国史学理论研讨会综述》，《史学理论研究》2010年第2期。

清驻日公使黎庶昌的随员孙点[①]。1888 年 6 月，他为王惕斋所刊《千百年眼》的《跋》中指出张燧"时当明末，天下汹汹，不可以朝夕居，浮海东游，籍以避世"。

随着光绪十四年本《千百年眼》在日本及中国的传播，承袭孙点之说者便随之愈多。王承平《古今史要·序》称张燧"生于明末，遁迹扶桑，不求仕进"；胡玉缙《四千年史论惊奇·记》指出"据光绪戊子孙点《跋》，知张君明季避难至日本"；徐凌霄、徐一士据孙点之跋，认为张燧"明末避地日本，携稿自随"[②]；日本馆森鸿亦认为张燧在明末东渡日本[③]；顾颉刚称"张氏(张燧)为明末人，迨明亡入日本，其书传于东土。清末，驻日公使馆职员孙点始得而刊之，乃传于世"[④]；王贻谋据孙点《跋》认为张燧"避世，逃至日本"[⑤]；钱茂伟据孙点《跋》，认为《湘潭县志》所载为误，赞成张燧在明末东渡日本，且卒于日本[⑥]。

钱氏之说提出后，王子今认为"这确是'一个新发现'，值得治学术史者重视"[⑦]；杨绪敏赞同钱氏之说，认为"明亡后张燧东渡日本，最后卒于日本"[⑧]；贾岚生主编，赵子仪编著《笔记小品精粹》共选录张燧《千百年眼》一书 84 个条目，对张燧的简介为"明朝灭亡前夕，为避难，张燧东渡

---

① 有关对孙点之说的批驳，可参见今关天彭《日本流寓之明末诸士》(北京今关研究室 1928 年版，第 1~8 页)、周文象《张燧〈千百年眼〉研究》(武汉大学硕士学位论文，2011 年)及拙文《晚明湘潭学者张燧东渡日本驳议》(《船山学刊》2012 年第 4 期)。

② 徐凌霄、徐一士：《凌霄一士随笔》(1)，山西古籍出版社 1997 年版，第 253 页。

③ 宋恕：《亲灯余录序》，胡珠生编：《宋恕集》，中华书局 1993 年版，第 295 页。

④ 《顾颉刚读书笔记》第五册卷五"千百年眼"，中华书局 2011 年版，第 122 页。按：顾颉刚言光绪十四年日本铜版缩刊本为孙点所刊是错误的，当为王惕斋所刊。

⑤ 王贻谋：《流落在日本的一部中国书》，《人间世》1935 年第 33 期。

⑥ 钱茂伟：《张燧〈千百年眼〉：晚明史学的杰作》，《学术月刊》2001 年第 5 期。又见于钱氏《明代史学的历程》(社会科学文献出版社 2003 年版，第 361 页)、《中国传统史学的范型嬗变》(黑龙江人民出版社 2010 年版，第 285 页)。

⑦ 王子今：《千百年眼》，《博览群书》2002 年第 7 期。

⑧ 杨绪敏：《晚明张燧〈经世挈要〉及其经世思想探研》，《史学月刊》2009 年第 6 期。

日本，终老于彼”①，根据后文作品简介可知赵子仪当是参依钱茂伟之说。严凌君主编《古典的中国 民间人性生活读本》有文“张燧和朱舜水一样，前半生在中国，后半生寓居日本”②，完全承袭钱氏之文。

可见一个观点一旦形成，即便是个不确定的，甚至是错误的观点，只要与众不同，学界之猎奇心理也可能会将其不断传诵，愈传愈信，终为三人成虎之势。

对《千百年眼》相关条目著作权的忽视③，属于对《千百年眼》误读的主要表现。目前研究或征引《千百年眼》者，多存在这样的问题，可谓不胜枚举。略举几例，以窥一斑。

《千百年眼》卷三“孙武入郢之举疑伪”，完全摘自胡应麟《少室山房笔丛》卷二十七《九流绪论上·孙武之谈兵》④。

黄云眉《古今伪书考补正》中有文：

> 张燧曰：“孙武之谈兵，当在穰苴之后，吴起之前。然武为吴将入郢，其说或未尽然。丘明于吴事最详练，又喜夸好奇，以武如此举动，不应尽没其实。盖战国策士以武圣于谈兵，耻以空言令天下，为说文之耳。”(《千百年眼)卷三)此亦足备一说。故孙武之有无其人虽

---

① 贾岚生主编，赵子仪编著：《笔记小品精粹》，海潮出版社2010年版，第134页。

② 严凌君主编：《古典的中国 民间人性生活读本》，海天出版社2012年版，第98页。

③ 日本江户时代学者林春胜认为《千百年眼》“其中虽有吐奇论载异事，而聊为博闻之助，然往往剽掠容斋之笔、升庵之录等先人之论，而不著其出处，以为己所初言，则其学术可知也”(参见林恕：《鹅峰先生林学士文集》卷四十八《论二·论千百年眼》，日本元禄二年刻本)；皆川淇园称张燧“其书(千百年眼)所抄王勉夫、胡应麟、焦竑等之说，诸不复标明其人名，余因大怪焉”(参见《刻〈千百年眼〉序》，明和四年扩充堂刻本)；王子今《千百年眼》一文亦发现《千百年眼》的相关条目存在著作权的疑点，呼吁“学界治明代学术史者”应予以关注(《博览群书》2002年第7期)。王嘉川指出张燧《千百年眼》对胡应麟的承袭(参见《布衣与学术胡应麟与中国学术史研究》，商务印书馆2005年版，第405页)。

④ 胡应麟：《少室山房笔丛》，上海书店出版社2001年版，第267页。

未暇定，而十三篇之非孙武书，则固无可疑者①。

按：黄氏误把胡应麟之文判为张燧之论。

张子侠《商鞅为何“刑弃灰于道者”》对于张燧《千百年眼》卷四“秦法弃灰有故”条给予很高评价，指出“张燧是有心人，在探讨秦刑弃灰的原因时不囿于成说，而另辟蹊径，把秦刑弃灰与养马联系起来考察，颇有启发……”②其实张燧此条完全摘自张萱《疑耀》卷二“秦法弃灰”条。

钱茂伟《张燧〈千百年眼〉：晚明史学的杰作》一文可谓是一篇系统研究《千百年眼》之作，作者用工颇多，从文本解读出发，对《千百年眼》评价甚高③；何木风、陈小蒙著《历史的千年之眼》主要通过诠释的方式来解读《千百年眼》中的内容，作者以此来向读者展示张燧的智慧④。但是都缺乏从史源学角度予以考察，故其所得结论是值得推敲的，甚者可以说是誉非其人。

杨艳秋《明中后期的史学思潮》有文为：

张燧的著作《千百年眼》上自先秦典籍，下迄诸史百家，“钩颐索隐，起古人相与辩论”，道出了“俗儒所不敢道，文人所不能道”的新见。观其书中，卷十一“名教之累”、卷十二“国朝三大功臣”皆引李贽之语，可见他对李贽是非常推崇的。张燧大胆地指出，首倡起义的陈胜为“秦民之汤武”，“天下苦秦之祸，故家遗俗，豪杰侠士，丧气略尽。乃其所不虑之戍卒，犹能为天下首事。虽其人物卑陋，事至浅微，而古今尤幸之。盖积万年之憾，而发愤于陈王，尤曰此秦民之汤、武耳”。其中“朱子浅于说经”“宋儒不知诲君之义”“名教之累”都体现了一种叛逆于传统的精神⑤。

---

① 参见邱复兴主编，苏桂亮、刘庆、庄大川、朴泓霖副主编：《孙子兵学大典》第9册《书录文献》，北京大学出版社2004年版，第166页。

② 张子侠：《商鞅为何“刑弃灰于道者”》，《淮北煤炭师范学院学报》1994年第2期。

③ 钱茂伟：《张燧〈千百年眼〉：晚明史学的杰作》，《学术月刊》2001年第2期。

④ 何木风、陈小蒙：《历史的千年之眼》，广西人民出版社2010年版。

⑤ 杨艳秋：《明中后期的史学思潮》，《史学史研究》2001年第2期。

实际上上述有关张燧之引文，皆非张燧之原创，卷四“陈涉秦民之汤、武”完全抄录陈埴《木钟集》卷十一《史・陈胜》①；卷十一“朱子浅于说经”完全摘录焦竑《焦氏笔乘》卷四“朱子”条②，其间仅删去个别字；卷十一“宋儒不知诲君之义”是简单删改陈继儒《读书镜》卷四之文③；卷十一“名教之累”是节选李贽《焚书》卷五“孔明为后主写申韩管子六韬”条④。

那么张燧的生平如何，《千百年眼》到底是怎样一部书？

笔者认为张燧应该没有去过日本，大概于1640年至1644年之间卒于家。张燧的独特之处在于其学术识见较高，具有“豪杰之眼”，将散存于诸多著作中的几千年来颇有争议之史事纂为一书，按自己的理解进行条贯搭配，“虽说是摘自他人史书而非原创，但是在内容的选择以及对所选录的内容的分类编纂上，蕴含有编者的历史思想和对史学的认识”⑤。在对《千百年眼》厘定史源之后，我们不应该因其完整抄录、节选、删改他人著述未加署名而否定它，而是应该从晚明特定的学术氛围中分析其成书之原因，从历史编纂学、史学知识的传播等方面理性地评估其价值⑥。

## 二、明代学术思想研究应关注史源问题

明代中期以后，随着阳明心学的传播，士人的思想日渐浮躁。在著书立说方面，内容上追求新奇，多作翻案文章，颇有语不惊人死不休之感；形式上趋向随意，抄录、改编他人著述，多没其出处，似乎均为个人之心得。胡应麟给友人俞羡长信中写道“弘、正以还，肤立成风，古今学问之途，靡复一线”⑦。四库馆臣批驳《焦氏笔乘》“多剿袭说部，没其所

---

① 陈埴：《木钟集》，《景印文渊阁四库全书》第703册，上海古籍出版社1987年版，第748页。

② 焦竑撰，李剑雄点校：《焦氏笔乘》，中华书局2008年版，第178~181页。

③ 陈继儒：《读书镜》，《四库全书存目丛书》史部第288册，齐鲁书社1997年版，第434页。

④ 李贽：《焚书 续焚书》，岳麓书社1998年版，第224~225页。

⑤ 王记录、刘云霞：《论明代史钞的价值》，《郑州大学学报》2010年第4期。

⑥ 参见拙文第五章、第六章。

⑦ 胡应麟：《少室山房集》卷一百十七《与俞羡长杂柬五通》。

出……(焦)竑在万历中以博洽称，而剽窃成书至于如是，亦足见明之无人矣”①。《珍珠船》“凑集成编而不著所出，既病冗芜，亦有讹舛。明人好剿袭前人之书而割裂之，以掩其面目。万历以后，往往皆然也”②。对于明人著述不注出处的毛病，四库馆臣认为“万历以后，风气类然，固不足深诘也”③，此乃“明人著书之通病”④。顾炎武甚至认为“有明一代之人，其所著书，无非窃盗而已……皆隐没古人名字，将为己说者也”⑤。

对于明人因袭之风，学界探究较多⑥。下面以张燧《千百年眼》为中心，以证当时的著述之风。

《千百年眼》卷三“秦先时自有张禄”，其文为：

> 《史记》谓“雎入秦，变姓名为张禄”。学者盖不知秦先时自有张禄也。初孟尝君相齐，悦张禄先生之教，奉之黄金百斤、文织百纯，禄辞而不受。他日谓孟尝君曰：“夫秦，四塞国也，游宦者不得入焉。愿君为丈尺之书，寄我于秦王。我往而遇乎，固君之人也；往而不遇乎，虽人求谋，固不遇矣。”孟尝曰：“敬闻命。”因为之书，寄之秦王，往而大遇。考之田文之卒，在范雎未入秦之先，则张禄之入秦，居范雎之前久矣。雎入秦，而踵名张禄，岂禄尝有闻于诸侯，秦特令雎冒其名以诳邻国耶？

焦竑《焦氏笔乘》卷二“张禄”，其文为：

> 《范雎传》：“雎入秦，变姓名为张禄。”学者盖不知秦先时自有张

---

① 永瑢等：《四库全书总目》卷一百二十八《焦氏笔乘》，中华书局1965年版。

② 永瑢等：《四库全书总目》卷一百三十二《珍珠船》，中华书局1965年版。

③ 永瑢等：《四库全书总目》卷一百四十六《庄子翼》，中华书局1965年版。

④ 永瑢等：《四库全书总目》卷一百一十九《名义考》，中华书局1965年版。

⑤ 顾炎武著，黄汝成集释：《日知录集释》卷十八《窃书》，上海古籍出版社2006年版，第1073页。

⑥ 可参见杨绪敏《论明代空疏学风形成和嬗变的原因及影响》(《北方论丛》2006年第4期)、赵旸《顾炎武对明代空疏学风痼疾的深层认识》(《史学集刊》2009年第6期)、王嘉川《明代抄袭之风与胡应麟对治学规范的讲求》(《史学月刊》2009年第11期)。

禄也。初孟尝君相齐，悦张禄先生之教，奉之黄金百斤，文织百纯，禄辞而不受。他日谓孟尝君曰："夫秦，四塞国也，游宦者不得入焉。愿君为吾为丈尺之书，寄我于秦王。我往而遇乎，固君之人也；往而不遇乎，虽人求间谋，固不遇矣。"孟尝君曰："敬闻命。"因为之书，寄之秦王。往而大遇。考之田文之卒，在范雎未入秦之先，则张禄之入秦，居范雎之前久矣。雎入秦，而踵名张禄，岂禄尝有闻于诸侯，秦特令雎冒其名以诳邻国耶①？

陈霆《两山墨谈》卷十有文：

学者但知范雎入秦变姓名为张禄，不知秦在当时先自有张禄也。初孟尝君柄齐，悦张禄先生之教，奉之黄金百斤、文织百纯，禄辞而不受。他日谓孟尝君曰："夫秦四塞国也，游宦者不得入焉。愿君为丈尺之书，寄我于秦王。我往而遇乎，固君之人也；往而不遇乎，虽人求间，谋固不遇矣。"孟尝曰："敬闻命。"因为之书，寄之秦王，往而大遇。考之史传，田文之卒，在范雎未入秦之先，然则张禄之入秦，其居范雎之前久矣。然雎入秦而踵名张禄，岂禄固尝闻于诸侯，秦特俾雎冒其名，以诳骇乎邻国耶？不然，则雎之狙变奚为恰张禄是称也②。

按：通过比较焦竑与陈霆所论，可知焦竑当是征引陈霆之文③，而张燧则是抄录焦竑之论。但是张燧、焦竑之文皆未注明出处。另，郭良翰《问奇类林》卷三十五"谱族姓氏"条，完全同于焦竑之论④，遗憾亦没有注出。

《千百年眼》卷六"杨王孙、文翁史失其名"，完全摘自焦竑《焦氏笔

---

① 焦竑撰，李剑雄点校：《焦氏笔乘》，中华书局 2008 年版，第 64 页。

② 陈霆：《两山墨谈》，中华书局 1985 年版，第 83 页。

③ 按：《两山墨谈》有嘉靖十八年（1529）李檠刻本，《焦氏笔乘》六卷最早刊于万历八年（1580）。方以智《通雅》卷二十一"两张禄"条，指出两张禄之事乃"《笔乘》抄之《南山墨谈》者"。方以智所言"《南山墨谈》"当是《两山墨谈》，疑"两"误为"南"。

④ 郭良翰：《问奇类林》，《四库未收书辑刊》柒辑第 15 册，北京出版社 2000 年版，第 634 页。

乘》卷二“杨王孙、文翁史失其名”条①，但殊不知焦竑此论是因袭宋代姚宽《西溪丛语》卷下。

《千百年眼》卷七“崔浩受祸不由作史”，完全抄录焦竑《焦氏笔乘》卷二“崔浩受祸自有故”②，但郑瑗《井观琐言》卷三有类似之论。因为郑瑗乃明成化辛丑进士，故其言当早于焦竑之说，应该是焦竑摘录郑瑗之言而未注明。

《千百年眼》卷八“《周易举正》”，此文绝大部分与洪迈《容斋随笔》卷五“易举正”相同，又见唐顺之《稗编》卷五“论易经文误字”，但文中张燧却言“此书近世罕见，余友夏君宪有藏本，今录其名妥者若干处”。此条张燧应是引自焦竑《焦氏笔乘》卷一“《周易举正》”③，对于此条张燧明显有作伪之嫌，焦竑原文“今略取其明白者二十处，载于此”，焦竑语末“此书世罕见，晁公武所进《易解》，多引用之”。张燧换为“此书近世罕见，余友夏君宪有藏本，今录其名妥者若干处”。但张燧不晓焦竑此条是因袭洪迈之文④。

《千百年眼》卷九“板本之始”，完全摘自焦竑《焦氏笔乘续集》卷三“板本之始”条⑤，但焦竑此论又是对王应麟《玉海》卷四十三“景德群书漆板刊正四经”的因袭。

《千百年眼》卷十二“天生人才为世用”，陈继儒《读书镜》卷十有文⑥，比照而言，张燧所论当是源自陈继儒《读书镜》。另，郭良翰《问奇类林》卷十二“材品下”⑦，有文完全同于陈继儒此论，但未有注明出处。

焦竑在明代中晚期当属博洽之士⑧，其所著《焦氏笔乘》以考据见长，

---

① 焦竑撰，李剑雄点校：《焦氏笔乘》，中华书局2008年版，第72页。

② 焦竑撰，李剑雄点校：《焦氏笔乘》，中华书局2008年版，第74~75页。

③ 焦竑撰，李剑雄点校：《焦氏笔乘》，中华书局2008年版，第8~9页。

④ 参见永瑢等：《四库全书总目》卷一百二十八《焦氏笔乘》，中华书局1965年版。

⑤ 焦竑撰，李剑雄点校：《焦氏笔乘续集》，中华书局2008年版，第348页。

⑥ 陈继儒：《读书镜》，《四库全书存目丛书》史部第288册，齐鲁书社1997年版，第471页。

⑦ 郭良翰：《问奇类林》，《四库未收书辑刊》柒辑第15册，北京出版社2000年版，第297~298页。

⑧ “焦弱侯自是明代博学高识之士，故昔人辨章学术，常取弱侯与郑渔仲并论。焦氏著述既富，而议论多通”，参见张舜徽：《爱晚庐随笔》，华中师范大学出版社2005年版，第395页。

但其中却有不少条目是源自他书为未出其典。张燧《千百年眼》亦是备受后世关注之书，其间存在众多引文不署出处之瑕疵，其他著述更可想而知。但是“古人著述，不使用标点符号，因此一篇文章中，哪些是作者自己的见解，哪些是属征引，往往容易发生混淆”①。倘若不将作者的见解与作者所征引内容区分开来，笼统地进行思想分析，其结论的准确性便会受到影响。对于此点，刘重来在论析“史源学”的作用时指出“历史科学固然需要理性思考和理论提升，但应该明确：翔实、精确、可靠的史料则是理论抽象的基础，是理论抽象的支撑”②。

由《千百年眼》一书可以看出，在进行学术思想研究、史学史研究、人物思想评介时，如果对史料不加考证，采取“拿来主义”，那么得出的结论是靠不住的，甚至会出现“张”冠“李”戴的现象。尤其是对古代一些名人的著述，不能不加分析地一概征引，像陈垣曾专门开设“史源学”的课程，要求学生对《日知录》《廿二史劄记》进行史源学的考证。台湾学界徐泓、林丽月、吴智和、邱炫煜及陈怡行等学者也早已注意到这个问题，他们对谷应泰《明史纪事本末》进行了史源学的考究③。目前国内学界也有系统对《资治通鉴》等史著的相关内容进行史源考究的成果。另外，司马朝军的相关辨伪学研究涉及史源学的较多④。正如乔治忠所言“文字史料的利用，要立足于对相关文献的审慎研究，考订其可靠性”，而且“为了不被讹误的史料所蒙蔽，以历史文献学的手段追究史籍中史料的来源，也是十分必要的”⑤。钱茂伟亦认为进行史源学考察，“有订正错误来源的意

---

① 杨燕起、高国抗：《中国历史文献学》，书目文献出版社 1989 年版，第 307 页。

② 刘重来：《一门不该消失的学科——论陈垣先生创建的史源学》，《中国大学教学》2011 年第 1 期。

③ 参见徐泓：《〈明史纪事本末〉的史源、作者及其编纂水平》，《史学史研究》2004 年第 1 期。

④ 按：司马朝军对《经解入门》《经义考》《读升庵集》《野处类稿》《黄陵庙记》《伪书通考》等书的辨伪利用史源学方法予以探讨的较多，论证结果令人信服（参见《文献辨伪学研究》，武汉大学出版社 2008 年版）。

⑤ 乔治忠：《对“史料学”、历史文献学与史学史关系的探析》，《学术研究》2009 年第 9 期。

义”“有知识论意义”“有思想史意义”，“开辟了史学史研究的新路”①。

另外，在利用史源学角度考究问题的过程中，并非一些有史源问题的著述就是不好的，因为“伪书也并非完全没有价值，它虽不能真实的记述历史，但却可以藉以了解做伪者的时代和思想”②。研究明代史学史或学术思想史的学者，言及明代学问，便引用清人的观点批驳明代学问的空疏和不严谨。那么，明代学问的空疏和不严谨到底表现在哪些方面？难道由此便把明人学问一棒子打死吗？通过对备受赞誉的《千百年眼》进行史源学的考释研究，我们便可以窥见明代学术的一些弊端，但并不是要否定这个特定背景下的学术产物。

对于《千百年眼》一书，笔者通过对其进行相关的整理与研究，可谓经历了由欣赏的理解到理解的欣赏这样一个转变过程。

---

① 钱茂伟：《谁抄谁的：传统历史编纂观念与现代知识观念的冲突》，陈勇、谢维扬主编：《中国传统学术的近代转型》，上海人民出版社2011年版，第201~202页。但是，钱氏在强调史源学的重要性之后，又“冷静一想”，指出“港台学人重视史源学考察，难以有结果。……要想真正找到第一手记录，是一个相当困难的问题。即便找到了第一手资料来源，又能怎样？所以，史源研究偶尔做一下是可以的——可以发现一个现象，但多做是没有多大意义的。这种考察会降低对某些作品权威性的认可度”，“传统中国的历史编纂观念与现代知识论意义上的学术观念是相冲突的。后人只能尊重前人的习惯，不必做史源学理解和考察”(钱茂伟：《谁抄谁的：传统历史编纂观念与现代知识观念的冲突》，陈勇、谢维扬主编：《中国传统学术的近代转型》，上海人民出版社2011年版，第202页)。钱氏认为因古今编纂观念与学术理念的差异性，为维护相关著述的权威性，没必要进行史源学的理解与考察。笔者觉得对相关存有疑点的著述进行史源学考察，可以同情理解作者的撰述过程及其编纂思想，不会由此而降低作者的学术鉴识及其作品的学术价值，譬如《日知录》《廿二史劄记》《明儒学案》《资治通鉴》等，学界对其多有史源学考察，但并未影响其学术的“权威性”。

② 高明：《陈继儒研究：历史与文献》，复旦大学博士学位论文，2008年，第11页。

# 附　　录

## 附录一：《千百年眼》相关序跋

### 千百年眼·小引[①](张燧)

"顾长康画人，或数年不点目睛，人问其故。顾曰：'四体妍媸本无关于妙处，传神写照正在阿堵中。'"[②]每读此语，未尝不泠然会心！人生堕地来，手捉趾行，口饮鼻嗅，各以其渐。独是眼也，双瞳之微，规之不能一弹丸，而神光所瞩，随地甚远。只此便是千古精灵不容泯灭所在，"存乎人者，莫良于眸子"[③]。子舆氏之言，岂不信哉！余尝因是而极论之[④]：古来豪杰有豪杰之眼，文人有文人之眼，俗儒有俗儒之眼。见自己出，而纵笔所如，随手万变，无所规摹，亦无不破的，使后世观者如冷水浇背，陡然一惊，虽能巷议其非，决不能扫除其说，此之谓豪杰之眼。文人者流，矜激于辞艺，标鲜于才锋，往往聪明盖世，而其为论也，迂疏无

---

① 参见"黄冈市图书馆本"《千百年眼》。另，《四千年史论惊奇》目录后面仅有张燧所作《小引》，落款为："万历甲寅孟秋既中张燧书于稽古堂。"

② 按：上述之句源自《世说新语·巧艺》，其文为"顾长康画人，或数年不点目睛，人问其故，顾曰：'四体妍蚩，本无关于妙处，传神写照正在阿堵中'"。

③ 按：《孟子》卷七有文："孟子曰：'存乎人者，莫良于眸子，眸子不能奄其恶。胸中正则眸子瞭焉，胸中不正则眸子眊焉。'"

④ 对于张燧之论，向燕南等认为"这种力破俗儒、拘儒、腐儒剿袭古人牙慧之陈言，有意标新立异，道迂腐文人之不能道、不敢道的一己之新见的史学现象，正是明代中后期以来历史评论中新文化精神的体现"(白寿彝主编，向燕南、张越、罗炳良著：《中国史学史》第五卷，上海人民出版社 2006 年版，第 147 页)。此论颇确，明代中后期，诸如李贽、陈继儒等人皆有反传统之历史评价意识。

当，虽雕绘满眼，而精神意绪曾不足以供醒脾之用，此之谓文人之眼①。若夫俗儒，则异是矣。目中非真有一段不可磨灭之见②，影响剿袭，满纸炫然。举圣贤富有日新之资，仅为拘儒粟红贯朽之用，致令览者未尽先厌，如此直谓之无眼可也。余才不逮人，独于文字之好似有宿缘。帖括之暇，得属意经史百家，旁及二氏，与夫稗官小说、家乘野语，不揣荒陋，谬以是意提衡其间。瞥见可喜可悦可惊可怪之语③，俗儒所不敢道，与文人之所不能道，目注神倾，辄手录之，积久成帙，名曰"千百年眼"④。上下几千年，豪杰之恢张擘画、议论文章，一开卷而了然。向之所谓不容泯灭之精灵，销沉蠹耗于鱼腹者，若招揭一新，则庶几窃附于长康之遗意乎？亦一快也！虽然，亦聊以志余癖耳。微风度帘，香雪喷户，因倦眼之偶开，手一编而丹铅楮削之，余时何知其为羲皇、为三代，又遑计其当与否也！若向明眼人举似揔成寱语，况眯目而道玄黄，举一而废百者耶！目睫之喻，余不佞，其无敢辞矣。万历甲寅(1614)孟秋既望张燧书于稽古堂。

按：张燧此《小引》应该对唐顺之《荆川集》卷四《书茅鹿门主事书》之

---

① 按：李贽曾言："论赞须具旷古只眼，非区区有文才者所能措也。"(《焚书》卷五《读史·贾谊》，岳麓书社1998年版，第200页)

② 按：唐顺之《荆川集》卷四《书茅鹿门主事书》中有文为："今有两人，其一人心地超然，所谓具千古只眼人也，即使未尝纸笔呻吟，学为文章，但直据胸臆，信手写出，如写家书，虽或疏卤，然绝无烟火酸馅习气，便是宇宙间一样绝好文字；其一人犹然尘中人也，虽其颛颛学为文章，其于所谓绳墨布置，则尽是矣。然翻来覆去，不过是几句婆子舌头话，索其所谓真精神与千古不可磨灭之见，绝无有也，则文虽工而不免为下格，此文章本色也。"即唐顺之已提出见识对读书为文的影响，张燧《小引》应该对唐顺之之文有所参引。另，《刻文海披沙序》中称谢肇淛此书"别存天壤间一种雄情瑰奇不可磨灭之论，广而游海浩淼，约而流沙纤细，不足当也"。此序落款为万历己酉(1609)。

③ 按：明末马嘉松编《十可篇》十卷，书中分"可景可味可快可鄙可泯可坦可远可谐可嘉可册"十篇。前有自序及陈继儒之序。另，《风世类编·祝世禄序》指出作者程时用在读书中对于"可矜可善可骇可愕者，随手笔之，以备观览"。落款为万历庚子(1600)(《四库未收书辑刊》叁辑第29册，北京出版社2000年版，第642页)；《读史快编·董其昌序》指出作者赵维寰读正史时，见有"标新领异角怪斗奇者，随读而随录之"(赵维寰：《读史快编》，《四库全书存目丛书》史部第144册，齐鲁书社1997年版，第624页)。可见当时读书人皆有摘录奇闻异辞之习惯。

④ 按：从张燧的自述之中，亦可见其是摘录之文，而后人却误读之。

文有所参照，兹录其文：

> 熟观鹿门之文，及鹿门与人论文之书，门庭路径与鄙意殊有契合。虽中间小小异同，异日当自融释，不待喋喋也。至如鹿门所疑于我，本是欲工文字之人，而不语人以求工文字者，此则有说鹿门所见于吾者，殆故吾也，而未尝见夫槁形灰心之吾乎！吾岂欺鹿门者哉！其不语人以求工文字者，非谓一切抹杀以文字绝不足为也。盖谓学者先务有源委，本末之别耳。文莫犹人，躬行未得，此一段公案姑不敢论。只就文章家论之，虽其绳墨布置，奇正转折，自有专门师法。至于中一段，精神命脉骨髓，则非洗涤心源，独立物表，具今古只眼者，不足以与此。今有两人，其一人心地超然，所谓具千古只眼人也。即使未尝操纸笔，呻吟学为文章，但直据胸臆，信手写出，如写家书，虽或疏卤，然绝无烟火酸馅习气，便是宇宙间一样绝好文字；其一人犹然尘中人也。虽其颛颛学为文章，其于所谓绳墨布置，则尽是矣。然翻来覆去，不过是这几句婆子舌头语，索其所谓真精神与千古不可磨灭之见，绝无有也，则文虽工而不免为下格，此文章本色也。即如以诗为谕，陶彭泽未尝较声律雕句文，但信手写出，便是宇宙间第一等好诗，何则？其本色高也。自有诗以来，其较声律雕句文，用心最苦，而立说最严者，无如沈约，苦却一生精力，使人读其诗，只见其捆缚龌龊，满卷累牍，竟不曾道出一两句好话，何则？其本色卑也。本色卑文不能工也，而况非其本色者哉！且夫两汉而下，文之不如古者，岂其所谓绳墨转折之精之不尽如哉？秦汉以前，儒家者有儒家本色，至如老庄家有老庄本色，纵横家有纵横本色，名家墨家阴阳家皆有本色。虽其为术也驳，而莫不皆有一段千古不可磨灭之见。是以老家必不肯剿儒家之说，纵横必不肯借墨家之谈，各自其本色而鸣之，为言其所言者，其本色也。是以精光注焉，而其言遂不泯于世。唐宋而下，文人莫不语性命谈治道。满纸炫然，一切自托于儒家。然非其涵养畜聚之，素非真有一段千古不可磨灭之见，而影响剿说，盖头窃尾，如贫人借富人之衣，庄农作大贾之饰，极力装做，丑态尽露，是以精光枵焉，而其言遂不久湮废。然则秦汉而上，虽其老墨名法杂家之说，而犹传今，诸子之书是也。唐宋而下，虽其一切语性命谈治道之说，而亦不传。欧阳永所见唐四库书目百不存一焉者，

是也。后之文人欲以立言为不朽计者，可以知所用心矣。然则吾之不语人，以求工文字者，乃其语人以求工文字者也，鹿门其可以信我矣。虽然吾槁形而灰心焉久矣，而又敢与知文乎。今复纵言至此，吾过矣！吾过矣！此后鹿门更见我之文，其谓我之求工于文者耶，非求工于文者耶。鹿门当自知我矣一笑。鹿门东归后，正欲待使节西上时，得一面晤，倾倒十年，衷曲乃乘夜过此，不已急乎。仆三年积下二十余篇文字债，许诺在前，不可负约。欲待秋冬间，病体稍苏，一切涂抹更不敢计较工拙，只是了债。此后便得烧却毛颖，碎却端溪，兀然作一不识字人矣。而鹿门之文，方将日进，而与古人为徒未艾也。异日吾倘得而观之，老耄尚能识其用意处否耶？并附一笑。

唐顺之此文在当时非常流行，诸如邓元锡《皇明书》、何复征《文章辨体汇选》、张萱《西园闻见录》等收有此文。

## 千百年眼·小序[①]（邹元标[②]）

世有千百年眼其人乎？非眯目阿堵，则泥首典籍作蠹鱼耳。眯于利者无足论。即迷于书籍者多从耳根入，凡经前人舌余即以为定案。而古人言语、古人心神，有人谓然而实不然，有口易而心实难，有迹违而心是者，非有千百年胸次，谁能上下而剖其隐微、晰其源委？张君和仲拮据此书，可谓钩赜索隐，起古人相与论辩[③]，亦必心服。虽然，遂谓为千百年

---

① 参见“黄冈市图书馆本”《千百年眼》。

② 邹元标（1551—1624），字尔瞻，号南皋，江西吉水县人，万历五年（1577）中进士。清人陆世仪《思辨录辑要》卷三十一，称“予尝闻友人述前辈之言以邹南皋（邹元标）为狂”。

③ 湖北省图书馆本、黄冈市图书馆本、北大本，此处“辩”为“办”。王氏刻本为“辩”。

眼[1]。则为夫[2]目之所贵者清虚灵爽，金虽贵也[3]，着目则翳[4]。古有天眼、道眼、慧眼、法眼[5]，超于形体外，不以一切言语文字求。和仲乃穷无穷、极无极，有不以历数尽者，超天地而独存也[6]，和仲勤之□生东明，湘和仲幼好奇，秋里闬□□，知和仲进未可量，予于是书觇之。[7] 万历甲寅吉水臞农邹元标书。

## 论《千百年眼》[8]（林恕）

服次幽忧茅屋经营之暇，偶得大明张燧所著《千百年眼》于书肆，一览之，历三夕而了，叶叶随见点朱句。燧者，万历末年之人也。自谓具千百年之眼，故班、马以下之史臣，韩、欧以下之文人，程、朱以下之先贤，无不议之，至孟子犹有不满之意。虽禹、汤、文、武之圣，恣以己意为其优劣，况其余乎！凡历代君臣将相名士等，或讥人之所誉，或誉人之所讥，或贬人之所长，或褒人之所短，可谓旁若无人也。其中虽有吐奇论载异事，而聊为博闻之助，然往往剽掠容斋之笔、升庵之录等先人之论，而不著其出处，以为己所初言，则其学术可知也。彼既以前人为无眼，而又以后人为无眼乎！如余亦有眼，知彼所言不为定论，则后贤亦岂无眼乎？况先贤若有灵，则何不开眼于地下乎！呜呼！孟子、程、朱之贤，

---

① 湖北省图书馆本、黄冈市图书馆本、北大本，“遂谓为千百年眼犹未也”为“遂谓为千百年眼”。王氏刻本为“遂谓为千百年眼犹未也”。

② 湖北省图书馆本、黄冈市图书馆本、北大本，“夫”前有“则未”二字。

③ 湖北省图书馆本、黄冈市图书馆本、北大本，为“金虽贵也”。王氏刻本为“睛虽贵也”。

④ 湖北省图书馆本、黄冈市图书馆本、北大本，“着云则翳”为“着目则翳”。王氏刻本为“着云则翳”。

⑤ 焦竑在《焦氏笔乘别集》中有文“释氏所说五种眼，唯天眼、肉眼在面，慧法、佛眼皆在心”（《焦氏笔乘》，中华书局 2008 年版，第 593 页）。

⑥ 湖北省图书馆本、黄冈市图书馆本，“存”后有“也”字。

⑦ 湖北省图书馆本、黄冈市图书馆本，为“和仲勤之□生东明，湘和仲幼好奇，秋里闬□□，知和仲进未可量，予于是书觇之”。王氏刻本为“拨云翳而长清，功诚伟欤！和仲幼好奇，读书里闬，铮铮有声，吾知其固未可量也，于是乎书以觇之”。

⑧ 参见林恕：《鹅峰先生林学士文集》卷四十八《论二・论千百年眼》，日本元禄二年（1689）刻本。

班、马、韩、欧之才，虽累百张燧之谔谔，何为之轻重哉？似蚍蜉撼树，精卫填海之谓者乎！谁不胡、卢乎？彼自谓儒者也，阳尊朱子，或称先生或称夫子而不信其学术，却推举象山、阳明，且以老庄释氏为非异端，其眼何明乎？昏冥之甚，以何加之想。夫《四书五经大全》者，永乐天子之所辑，专以程、朱之说为主，当时名儒之公论也。若象山、阳明之说，则一家之私言也。燧非啻朱子之罪人也而已，永乐诸儒之罪人也，岂徒燧而已乎，阳明之徒亦然也。至若老庄、释氏为非异端，则尧舜孔孟之罪人也，以何可谓儒者乎！彼亦谓杨升庵优于程朱，何崇之甚也！而窃其所言以为己语，岂夫人情乎？彼亦为宋儒之理学与晋世之清谈，同为夷狄乱中华之先兆，可谓似有辨。然奈何阳明之学行，而闯贼鞑虏夺明朝也。赵氏之亡，犹有天祥、秀夫、世杰、叠山等之忠臣亡。闻崇祯之乱，文武百官二百人降于闯贼，未闻有几多义士也。若使燧在此时，以何解之？唯恐初学之士躐等，驰虚远者见此等之书，则其害甚于博弈酒色乎！故今一览之后，缄封之，藏于匣底，不使儿辈见之，伊川先生不见杂书之戒，宜哉！（丁酉十月下旬）

## 千百年眼·序（清田儋叟①）

《千百年眼》者，明张燧所纂。其书集诸家说，而《笔乘》《笔丛》《五杂俎》居多，其言亦非一端，而言史者居多。概而论之，所录率奇说快语，易以悦人。盖人之奇快者，其言亦尔。然而其人不易多得，若又徒以其言乎！或由之而入，雅躁放肆。如王始兴、宋广平、王子明以大才明识，久居机轴，号名宰相，三君所论以温厚，君实真可以师法矣。虽然豪杰之士有时而出，不可拘以俗套。以武侯之盛洁，其出身颇亦奇快，卖畚者扪虱兴桓②，太司马诸氏酋朵而任之，摧慕容，取姚凡，攀凉吞代，如探囊中物。姚相尊首十事，开元之理俪美贞观。张元一无赖子，一旦入西夏，使宋君臣内热饮冰。读史至诸君事，如冷水浇背。呜呼！奇快之人固不易恒，则奇快之言以发助吾才气者，不亦可乎！读斯书者由之而发，助

---

① 参见日本明和四年北若扩充堂本。按：清田儋叟（1719—1785），曾著有《孔雀楼笔记》《唐土行程记》《艺苑谈》等。此序跋落款为明和丙戌之夏。

② 按：李白《赠张相镐二首》中有云："扪虱对桓公，愿得论悲辛。"

其才气，盖亦在善择之尔。明和丙戌之夏，播磨清绚。①

## 刻《千百年眼》序（皆川淇园②）

先是余闻《千百年眼》之书，所有多伟论可采，而屡索之贾肆，莫能得矣。及栗玄瑞自若狭来京也，为余言其友人有田君修，其人嗜书，曾购得一本，而居恒所谈多出其中，人比之蔡中郎《论衡》矣③。余闻益无一见，而顾君修乃不秘之帐中也。甲申冬，使人斋之入京谋翻刻，且介栗生寄书，书余属以校阅之事，余于是得遍览焉。盖明万历时人张燧所著，其书皆纂录，凡前儒之考辨，时贤之论述，于经史百家及二氏杂家之言，而其旨与已心会者。又有旧闻之遗逸，近事之睹记。其命名之说，大要以为千百年间诸儒之所目注心仪，而吾通览之，默略之，以吾精神是犹我有千百年之眼也。而其书所抄王勉夫、胡应麟、焦竑等之说，诸不复标明其人名，余因大怪焉。昔人有讥著书集它人之说，不署其名者，此殆其类也。岂亦以如向所说，而谓前儒之说，亦犹我之说也，是以不署其名耶。然及细详，反复究其先后，则其人亦类有识者矣。夫饰以狡狯之说而为斯，所为者独何哉！况及睹其剧赏李贽之言，乃始得其说。盖李贽之言盛行当时，想其人狡猾之雄也。其学多怪癖，其论多矫险，常以快人心为务。其辞气都似大声□詈者。而其所同为圣愚者，率世之正人善士也；所目为大贤者，率世之奸贼慝民也。其乃以浮图所称如来菩萨，与儒者所称圣贤君子混淆并合，而莫之辨，则大悖乱近于失心矣。然而当时名士焦竑、顾起元辈谬附和之，而轻俊少年靡然向风云，张燧殆其弟靡之徒也欤。则其立议论以为异同，彼我以为一者，固不足以怪尔。是故其书语经义谈道德率皆浮图空寂之说也，论史籍辨得皆亦采奇探僻，忘于轨常，惑于隽特矣。然其考核驳辨之间，时又多精警刻核者。如其言二氏杂家与旧闻逸事，皆可以裨闻见，扩知识。大抵杂家之说，莫不足以资谈论也，况诙博谲奇如

---

① 落款有“清绚之印”和“君锦”两个印章。

② 参见日本明和四年北若扩充堂本。按：皆川淇园（1734—1807），曾著有《名畴》《易学阶梯》《易学开物》《易原》《淇园诗话》等。

③ 按：张大龄《玄羽外编》之《支离漫语》卷四“《论衡》秘玩”有文：“《汉书》称王充著《论衡》，蔡邕得之秘玩，以为谈助，不以轻示一人。”（《四库全书存目丛书》史部第287册，齐鲁书社1997年版，第880页）

此书者乎！余恐读者悦其华辨而谌于异流也，及刻，乘遂以此书之其端。明和三年丙戌孟夏既望，平安皆川愿书于有斐寓中。①

## 千百年眼·序②(栗元恺)

视思明离娄云乎，其(诚)视诸外而思诸内，思而不昧，谓之明，□双瞳，虽了然而楚璞为证，□不为珍，欲谓之矇瞍亦可也。若夫载籍之用以鉴古昔也，而六艺以降，百家迭兴，若化弥春，可谓传矣。然而其间讹舛之言，附会之语，不一而足。后之学者又各殊所见，则说之不齐，是非纷纭，见而犹却，依违在几希矣。譬犹九市开场，瑰宝奇玉□□鳞萃，鬻良杂著，而观在曾不眩曜焉！是《千百年眼》之所以作也。余不佞窃谓其间博而通，瞻而明，综谈古今，阐扬隐微，引援详确，思之至当。每读之未尝不抚掌称善，卓诚上乎！非文人俗儒之所能仿佛矣。所谓豪杰之眼，张子自道也。吾乡田君修雅好学，涉猎群书，向获此书，尤贵重焉，而不秘之帐中，遂捐赀授梓，以公于世。呜呼！和仲之于古人，可谓千载识鉴矣，而君之与张子无乃旷代知己乎！□□也，所嘉惠后学，在不浅鲜矣。□名定敏，与余墨也通家云。明和丙戌初秋若狭栗元恺撰。

## 千百年眼·跋③(孙点)

明张君和仲燧，籍潇湘，读书好古，不求闻达。尝著有《千百年眼》一书，上下五千年，纵横十万里，网罗美备，持论尤极平允。其抒写心得，独具只眼处，足令阅者惊其新颖，得未曾有。然核其事实，按之情理，并无一毫偏倚于其间，洵杰作也。时当明末，天下汹汹，不可以朝夕居，浮海东游，籍以避世。此稿适在行箧中。日本为同文国，当时朝政未

① 落款有“皆川愿印”及“伯恭”印章。

② 参见日本明和四年北若扩充堂本卷末。按：此文中辨识不清的字用“□”代替。

③ 按：此跋据王氏刻本。另，此跋又见上海史学社光绪乙巳本《重校千百年眼》，最后收录有孙点此跋；王贻谋《流落在日本的一部中国书》(《人间世》1935 年第 33 期)中亦录有此跋。

改，崇尚儒术，列藩建学，优礼名流。胜朝遗民，若朱舜水[①]、陈升庵[②]、戴曼公[③]、张非文[④]等，先后来东，昌明汉学。海滨文物，于焉极盛。酒井藩主与张君善，得读所著，忻然心赏，即付梨枣，以饷同好。未几，复毁于兵火。后三百年，四明王子惕垒来游[⑤]，从旧侯家得初印善本，宝之多年，欲再搜访其一，竟不可得。中原坊肆及藏书家非特未见，且未之闻。因用铜版缩刊二册，将以传播四方，扩人眼界，其意良厚。刊将成，乞余校正。原本讹谬，亦所不免。偶举所见，略为更易。即竣事，为志其缘起以逿之。至其佳处，美不胜收，明眼人自当共赏，不待赘言矣。时圣清光绪十有四年(1888)太岁在戊子六月既望，来安孙点异甫识于日东江户使署[⑥]。

## 千百年眼·跋[⑦](松浦诠)

夫眼者五藏之精华也，精华之所注，可以照映万物、通观古今焉。余

---

① 朱之瑜(1600—1682)字鲁屿，号舜水，浙江余姚人。

② 陈元赟(1587—1671)字义都，号升庵，别号既白山人，浙江余杭人，1638年乘船到达日本长崎。

③ 戴笠(1596—1673)字曼公，浙江杭州人。谢国桢《明末清初的学风》中对戴曼公在日行医事迹叙之较详(上海书店出版社2006年版，第204~205页)。

④ 张斐，字非文，号霞池，浙江余姚人，著有《张斐笔语》，1686年到日本，在日本江户时代有力地传播中国朱子学。

⑤ 按：中国国家图书馆所藏明治二十一年抄本，此处“垒”为“斋”。王贻谋所录此处为“四明王子惕斋”为确。王仁乾，字惕斋，浙江慈溪人，明治初年到日本，1877年创建“凌云阁”店，主要经营书籍，对中日文化交流起到很大作用。吕顺长《王仁乾与日本文人的交往》一文，对王惕斋明治初年到日本的活动介绍较为详细(吕顺长：《清末浙江与日本》，上海古籍出版社2001年版，第245~249页)。据舒习龙《晚清中日文化交往视域中的皖人与日本》所载，1887年4月由王韬介绍，孙点与浙江慈溪商人王惕斋一起来到日本(《史林》2008年第3期)。由上可知，“四明王子惕垒来游”指的应是王仁乾。另丹波元简《诊病奇侅·孙点叙》中明确指出四明王惕斋让其校订《千百年眼》，孙点用一个月的时间完成此事。《诊病奇侅·孙点叙》落款为光绪十四年九月。

⑥ 孙点，字君异，别号玩石，安徽来安人，著有《历下志游》。

⑦ 按：此跋据中国国家图书馆藏《千百年眼》四册抄本所得。此本系明治二十一年日本抄本。

尝读斯编，可以观治乱，可以识成败，可以考存亡，可以辨得失，可以知世变。苟自非识之卓学之精焉，能至于此哉！和仲尝论眼有三等，而所谓豪杰眼者，夫子自谓也。读者当为如是观。明治二十一年从三位勋四等伯爵松浦诠识。

## 千百年眼·题识[①](马道纯)

古今坟典汪洋百川尧尧，是筴足千百年尚论，知人不颇不偏，旧椠毁火邈矣寡传，中土惕斋搜获重镌，目所共赏，了然灿然。明治二十一年正四位子爵马道纯识[②]。

## 千百年眼·跋[③](长冈护美)

王惕斋浮槎东海居我京城多年，与余友善。身虽在红尘十丈中，潜心典籍，爱张燧所著书《千百年眼》，缩刻之，而后示余。呜呼！张燧评古人言语，云古人精神，固杰作而谁无偏倚。王惕斋眼力亦可谓穷千百年矣。前驻扎荷兰国特命全权公使从三位勋二等男爵长冈护美[④]。

## 古今史要·弁言[⑤](俞樾)

《古今史要》一书，明张仲甫先生之所纂也。网罗散失，渊博精详，因考据行其议论，远可追知幾《史通》，近之则赵氏之《劄记》，王氏之《商榷》也。原书本名"千百年眼"，久佚无传本。有友人以重价购自东瀛，将付石印，意犹豫，因贻书嘱予审定。予曰此葫芦秘本也，幸而得之，夜光之出重渊，郧骑之来宝玦矣。不公诸世，可乎！或疑是书前二卷斠诠经

① 按：此《题识》据中国国家图书馆藏《千百年眼》四册抄本所得。"题识"二字系笔者所加，原文未有。

② 应为丸冈藩主有马道纯。

③ 按：此跋据中国国家图书馆藏《千百年眼》四册抄本所得。

④ 长冈护美(1842—1906)又名监物，熊本人，系日本皇后之兄长，曾任驻荷兰公使。1901年曾到苏州访问俞樾。

⑤ 参见上海史学社光绪乙巳本《重校千百年眼》。

传，不尽史家言，不知古人记事之书，皆史也。自后世始分四部之目。《尚书》为四代古史，而有经名，此其例也。予因取韩氏提要钩元之意，颜之曰《古今史要》，非敢窜乱原书也，盖以徇友人之请然尔。光绪己亥(1899)五月阳羡宋树槐①时客暨阳，德清俞樾重阅。

## 古今史要·序②(王承平)

以铜为鉴，可以正衣冠；以古为鉴，可以知得失。第通今而不博古，非全才也。溯自国政维新以来，有志之士于东西各国，若历史若杂著，几于家置一编，而于我中土历代之典章，名人之著述，以及土俗民风街谈巷议之关于世道者，反忽焉。此所以授食古不化者以口食欤！间尝思之，今之新学旧学各树一帜，若不两立者，皆由于古学、今学之未能一贯也。欲泯新旧之迹，必于古今之学融合而贯通之，乃可以无党派，乃可以为通儒。是书为前明张和仲先生所著，上下数千年，碎玉零金，无美不备，原名“千百年眼”，其命名之意深焉矣。先生生于明末，遁迹扶桑，不求仕进。三百年于兹是书乃得以由东岛而入中土，然则吉光片羽之幸未泯灭者，彼都人士珍藏之意可见，好古之意亦可见矣。上元王承平识于沪寓。

---

① 宋树槐(1867—1926)于光绪二十一年(1895)就读于南菁书院。据高时良、黄仁贤编：《洋务运动时期教育》(《南菁书院学生名单》，上海教育出版社2007年版，第842页)。

② 参见上海史学社光绪乙巳本《重校本千百年眼》。

# 附录二：今关天彭与《千百年眼》(译文)①

## 小 序

不用说，中国和日本古往今来一直交往密切，兴亡之际，关系更加微妙，这一点在明末以后更加明显。明末诸士心怀大志来到日本，给我国的学问思想造成了重大影响。早前罗振玉翁等来日，不仅促成了金石诸学的新发展，加上反清复明的志士也来往频繁，对我国造成的影响一定不小。记录下来，日后和明末比较评价其影响，也可窥见两国的微妙关系。

大正十三年的除夕，和馆森袖海谈话以后，觉得很有兴趣，立即起稿，将文章刊载在《北京日报》《日本》和《日本人》上。现在将这些文章收集成一卷，发现有一些地方材料不足，研究不透彻。

去年除夕，拜访了馆森袖海，谈到流寓我国的明末诸士时，馆森袖海问我知不知道《千百年眼》的作者张燧。我不仅不知道这个作者，而且没有看过《千百年眼》，所以有幸将此书作为今年要读之书的第一本。

读过之后发现不过是从各种书中抽取关于经史百家的新奇说法，并不是什么特别值得关注的书，但是值得注意的是其作者曾来日，和酒井侯有深交。据说酒井侯印刷了此书。

朱舜水之后的明治二十一年，王惕斋来到东京，翻刻再版了《千百年眼》，由当时的清国公使馆参赞官孙点写序，序中写明了《千百年眼》的由来。

“时值明末，天下风云突变……(此处为中文序)”

孙点的记述是否属实呢？我立即找到这本书的日本刻的酒井版本，卷首有清田儋叟、皆川淇园两人所作的序，卷末有栗元恺的序。儋叟对于此书的出版没有任何描述。淇园在序文中写道：

① 原文参见今关天彭《日本流寓的明末诸士》，北京今关研究室 1928 年版，第 1~8 页。此书系武汉大学 2011 届史学理论与史学史专业硕士毕业生周文象所赠，此文系北京外国语大学 2011 级日本文学硕士研究生李晓春译，特以致谢。

> 这之前听说《千百年眼》这本书中收录了许多伟大的论说。但是我找《千百年眼》找了很久，始终都没找到。栗玄恺从若狭来到东京，对我说他的友人田君修爱书，曾买过一本书，平常的诸多言论都出自这本书……我听说以后想看看这本书，请求君修不要将这本书束之高阁。1764 年冬天，通过栗生田君修寄给我这本书，带到东京请人校阅出版。

在玄恺的序中，“我的同乡田君修，好风雅，众多书籍均有所涉猎，从他这儿得到了这本书。虽然这本书很珍贵，但是不能束之高阁，最终割爱公诸于世。”

根据这段序，毫无疑问，是若狭小滨的田君修买了这本书的木版图书，皆川淇园校订翻刻。那是明和四年(1767)的事情，出版单位是若州小滨的扩充堂吹田傅右卫门。这么看来，孙点所说的酒井侯翻刻了张燧的稿本是完全错误的。至于和酒井侯的关系，除了酒井侯也出身于小滨外，基本上没有关系。

我在这里可以毫不犹豫地断言孙点的话不过是一席笑话，是虚构的，不是事实。张燧曾来日本的事情除了在这篇序文中有所提及，目前为止，还未发现在其他书中有所记载。这是可以断言的事情。

明治二十年前后，清国公使馆里有很文雅的人，如黎庶昌(莼斋)公使、孙点参赞，围绕着这些，东京的许多汉学学者年轻时创作了许多汉文汉诗。如岛田重礼、重野安绎、冈千仞等。而且这些人酷爱古书。从黎公使的古佚丛书的出版就可想象出当时的风气。因为《千百年眼》在中国并不流行，王惕斋由于酷爱古书将其出版。作者张燧的传记不详，从朱舜水和水户的义公(德川光圀)，陈元赟和名古屋的敬公(德川义直)的事情来看，为了附会这本书的翻刻地小滨的藩主，不知是日本的某人杜撰的故事，还是孙点杜撰的，结果就是序文中所看到的那样。想象一下当时的风气可见这种事并不稀奇。也许作为一桩风流韵事成为大家的谈资，没有必要深究下去。

张燧是湖南人，写《千百年眼》的时候是万历末年。关于他的事迹不太清楚。但是在这本书的序中邹元标说：“和仲(张燧的字)幼时好奇心旺盛，饱读诗书，铮铮有声。”从文字来看一定是出自崇拜李卓吾的人之手，李卓吾是当时非常有名的思想家。李卓吾因为是异端而受到排挤，其眼光的犀利机警都让人钦佩。在明末的诗坛，袁宏道和钟惺等反对前七子的诗风，鼓励新旧交织的诗风，同时李卓吾也融合儒道佛，涉猎小说野史，激荡当时的思想界。

在日本，享保年间(1716—1736)，狄生徂来倡导修辞学，尊崇明朝的七大才子，一度非常盛行，但是没有多久兴起了反对浪潮，有人开始宣扬袁宏道等的诗风。本来袁宏道的诗风早前就已经传入日本。宽文年间(1661—1673)，在名古屋的陈元赟传播袁宏道的诗风，深草的元政也曾模仿过，但是没有成大势，徂来之后才兴起。这时也有人提倡钟惺的诗风，写这本书序文的清田儋叟也是其中之一。于是我认为在明和(1764—1772)前后，在东京和大阪地区和明末思想有共鸣的人非常多。在这种背景下，这本书的名字也为人所知，但是因为和中国的海运交往很少，所以看过这本书的人也很少。这个时候小滨的田君修得到了这本书将其翻印出版的吧。清田儋叟是京都名门伊藤龙洲之子，和哥哥锦里都是福井的儒官。小滨因为离京都福井很近，加上伊藤家的学风很受推崇，君修因为钦佩儋叟的学风，请儋叟写的序吧。无论如何，东京大阪和关东相比，更喜好小才子风格的诗文。这本书的翻刻不也正是说明了这个倾向吗？因此这本书被加进乾隆的全毁书目中，在中国绝迹也是理所当然。

也难怪孙点先生会说：“不仅中原的读书人和藏书家没有见过这本书，而且从来没有听说过。”写下序文制造一段佳话，另外这段序文引起中国人的兴趣，以至于有了王惕斋的铜印版本，后来更有石刻版本，在现在的上海书店中经常能见到(大正十四年一月，即1925年1月)。

涉及张燧是否来日本的序中，孙点举出了朱舜水、戴曼公(独立和尚)、陈升庵(陈元赟)、张非文等人，下面介绍一些他们的事迹，先从朱舜水开始。

# 附录三：日本所藏《千百年眼》[1]

1. 笔记小说大观一百五十一种 □ 历代名家 撰 一九六〇年 台北新兴书局 景印

第十四册

千百年眼十二卷

明 张和仲 撰(藏于东北大)

2. 笔记小说大观 阙名 辑 一九六〇年 台北新兴书局 用文明本景印

第四册

千百年眼十二卷

明 张和仲 撰(藏于神外大)

3. 笔记小说大观 □ 阙名 辑 一九六〇年 台北新兴书局 用文明书局石印本改编景印

第十四册

千百年眼十二卷

明 张燧 撰(藏于一桥大)

4. 和刻本汉籍随笔集 日本 长泽规矩也 辑 昭和四十七至五十三年 东京古典研究会 景印本

第五集

千百年眼十二卷

明 张燧 撰　明和四年京师海老屋善七等覆明刊本(藏于一桥大)

5. 笔记小说大观 □ 阙名 撰 上海进步书局 石印本

千百年眼十二卷

明 张燧 撰(藏于京产大)

6. 和刻本汉籍随笔集第一期 日本 长泽规矩也 辑 昭和四十七年四十八年 东京古典研究会 景印本

第五集

千百年眼十二卷

---

① 据日本所藏中文古籍数据库整理所得。

明 张燧 撰　明和四年京师海老屋善七等覆明刊本(藏于京产大)

7. 和刻本汉籍随笔集 日本 长泽规矩也 辑 昭和四十七至五十三年(一九七二至一九七八)东京汲古书院 景印本

第五集

千百年眼十二卷

明 张燧 撰 明和四年京都海老屋善七等覆明刊本(藏于神户市立中央)

8. 笔记小说大观一百五十一种 □ 阙名 辑 一九六〇年 台北新兴书局用文明书局石印本改编景印 一九六二年 再版

千百年眼十二卷

明 张燧 撰(藏于京大人文研 东方)

9. 子部 杂家类 杂说之属

千百年眼十二卷

明 张燧 撰 钞本 4 册(藏于京大人文研 东方 松元文库 松元至一六八一)

10. 和刻本汉籍随笔集 日本 长泽规矩也辑 昭和四十七年至五十三年东京汲古书院 景印本

第五集

千百年眼十二卷

明 张燧 撰 明和四年京师海老屋善七等覆明刊本(藏于京大人文研 东方)

11. 笔记小说大观 □ 阙名 辑 一九八三年一九八四年 扬州江苏广陵古籍刻印社 用上海进步书局石印本改编景印

第三十一册

子部 杂家类 杂说之属

千百年眼十二卷

明 张燧 撰(藏于京大人文研 东方)

12. 笔记小说大观 阙名 辑 台北新兴书局 景印本

二十一编第七册

子部 杂家类 杂说之属

千百年眼十二卷

明 张燧 撰(藏于京大人文研 东方)

13. 和刻本汉籍随笔集 长泽规矩也 撰 昭和四十七至五十三年 东京古典研究会 影印

第五集

千百年眼十二卷

明 张燧 撰 明和四年刊

p1021 右(藏于国会 东京)

14. 笔记小说大观 阙名 辑 一九八三至一九八四年 扬州江苏广陵古籍刻印社 用民国二十□年上海进步书局石印本校勘景排印

第三十一册

千百年眼十二卷

明 张燧 撰(藏于东洋文库)

15. 子部 杂家类 杂说之属

千百年眼十二卷

明 张燧 撰 光绪三十一年 上海史学社 石印　6 册

p447 左

国会 东京 222. 004-Ty963s (副本)特 2-1525

16. 子部 杂家类 杂说之属

千百年眼十二卷

明 张燧 撰 光绪十四年 四明王氏于东京 铜板缩刊 2 册(藏于高知大小岛)

17. 千百年眼十二卷

明 张燧 撰 光绪十四年(一八八八) 四明王氏 缩刻铜板本 2 册 1 帙(藏于关大 内藤文库 L21＊＊2＊533 )

18. 子部 杂家类 杂说之属

千百年眼十二卷

明 张燧 撰 光绪十四年 四明王氏 铜板缩刊 光绪三十一年 上海史学社印本　1 册

《千百年眼》阙卷第七至第十二(藏于二松学舍)

19. 子部 杂家类 杂说之属

千百年眼十二卷

明 张燧 撰 光绪十四年 四明王氏 铜板缩刊 光绪三十一年 上海史学社印本　1 册 (藏于京大人文研 东方 子-X-3-38 )

20. 子部 杂家类 杂说

千百年眼十二卷

明 张燧 撰　明和三年 刊　12 册（藏于静嘉堂文库 中村敬宇旧藏本 四七函 二五架）

21. 史部 史评类 议论之属

千百年眼十二卷

明 张燧 撰 明和四年 若州小滨吹田传右卫门 刊本 3 册(藏于京大文中哲文)

22. 子部 杂家类 杂说之属

千百年眼十二卷

明 张燧 撰 明和四年 京都海老屋善七等刊本　扩充堂藏板　12 册(藏于高知大 小岛)

23. 子部 杂家类 杂说之属

千百年眼十二卷

明 张燧 撰　明和四年 京师海老屋善七等刊本　扩充堂藏板　12 册(藏于京大人文研 东方 子-X-3-37 )

24. 子部 杂家类 杂说之属

千百年眼十二卷

明 张燧 撰　明和四年 京师海老屋善七等刊　北若扩充堂藏板 12(合 4 册)

p447 左(藏于国会 东京 174-37)

25. 子部 杂家类 杂说

千百年眼十二卷

明 张燧 撰 明和四年 若狭吹田传右卫门等刊本 12 册(藏于市立米沢 セ 79 )

26. 和刻本汉籍随笔集 日本 长泽规矩也 辑 昭和四十七年至五十三年 东京汲古书院 景印本

第五集

千百年眼十二卷

明 张燧 撰 明 范明泰 等校 明和四年京都海老屋善七等覆明刊(藏于新潟大)

27. 子部 杂家类 杂说之属

千百年眼十二卷

明 张燧 撰 明 范明泰 等校 光绪十四年 四明王惕斋东京铜版印本　2册（藏于东大総 A90-1320 冈）

28. 千百年眼十二卷

明 张燧 撰 明 范明泰 阅 明和四年(一七六七) 若州吹田传右卫门 刊本　扩充堂藏板 12 册(藏于关大 内藤文库 L21＊＊4＊1758)

29. 和刻本汉籍随笔集第五集日本 长泽规矩也 辑 昭和四十七年至五十三年(一九七二至一九七八) 东京汲古书院 景印本

千百年眼十二卷

明 张燧 撰 昭和四十九年(一九七四) 覆明和四年(一七六七)京师海老屋善七等据明刊重刊本重印第二刷（藏于千叶县立 中央）

30. 子部 杂家类 杂说

千百年眼十二卷

明 张燧 撰 清光绪十四年刊 石印　2 册(藏于静嘉堂文库 四七函 二五架)

31. 子部 杂家类 杂学 · 杂说之属

千百年眼十二卷

明 张燧 撰 万历四十二年 潇湘张氏稽古楼 刊本 6 册(藏于蓬左文库 161 · 32)

32. 子部 杂家类 杂说之属

千百年眼十二卷

明 张燧 撰 贺新天 校点 一九八七年 石家庄河北人民出版社 排印本 1 册（藏于京大人文研 东方 子-X-3-38-A ）

33. 和刻本汉籍随笔集第五集 日本 长泽规矩也 解题 昭和四十七至四十九年 东京汲古书院 景印本

千百年眼十二卷

明 张燧 撰 明 范明泰 等校 景明和四年京都海老屋善七刊本（藏于神外大)

34. 子部 杂家类 杂说

千百年眼十二卷

明 张燧 撰 明 范明泰 等校 明和四年刊 北若狭扩充堂 12 册

忍藩旧藏

［藏于东京都立 中央 特别买上文库 江田勇二（文雅堂）旧藏 特 7651］
35. 子部 宋元明清百家类一 儒杂小说释道诸家之属
千百年眼十二卷
明 张燧 明万历版 6 册（藏于前田育德会 尊经阁）
36. 子部 杂家类 杂说
千百年眼十二卷
明 张燧 明万历四十二年序刊　4 册
林鹅峰手校本［藏于公文书馆 林（大学头）家本 内阁文库 307-257］①
37. 子部 杂家类 杂说之属
千百年眼十二卷
明 张燧 编 光绪十四年刊　2 册（藏于东北大 本馆 甲 D・2・28）
38. 子部 杂家类 杂说
千百年眼十二卷
明 张燧 著 明万历四十二年序 刊 5 册
一帙 大［藏于东京都立 中央 市村文库 049-IW-34（市 1187）］

① 按林鹅峰（1618—1680），可知当时万历本是有四册本。

# 参考文献

## 一、古籍类


张燧:《千百年眼》，万历四十二年稽古堂本，四册(黄冈市图书馆藏)。
张燧:《千百年眼》，万历四十二年刻本，五册(湖北省图书馆藏)。
张燧:《千百年眼》，万历四十二年刻本，六册(国家图书馆藏)。
张燧:《千百年眼》，万历四十二年刻本，《四库禁毁书刊》子部第11册。
张燧:《千百年眼》，日本明和四年(1767)扩充堂刊本。
张燧:《千百年眼》，光绪十四年(1888)王惕斋铜版缩刻本。
张燧:《千百年眼》，日本明治二十一年(1888)抄本。
张燧:《千百年眼》，光绪二十八年(1902)朱知雄校阅本。
张燧:《四千年史论惊奇》(《千百年眼》改名本)，光绪乙巳胡玉缙校阅本。
张燧:《千百年眼》，光绪乙巳(1905)本，上海史学社印。
张燧:《千百年眼》，上海进步书局1921年铅印本。
张燧著，周郁浩标点，沈芝楠校阅:《千百年眼》，大达图书供应社1934年版。
张和仲纂，樊尔勤校阅:《千百年眼》，新文化书社印行1934年版。
张燧:《千百年眼》，日本古典研究会1972年长泽规矩也解题本(《和刻汉籍随笔集》第五集)。
张燧:《千百年眼》，笔记小说大观第三十一册(收录)，广陵古籍刻印社1983年版。
张燧著，贺天新标点:《千百年眼》，河北人民出版社1987年版。
张燧著，邱崇丙译注:《千百年眼》，昆仑出版社2001年版。
邓显鹤:《沅湘耆旧集》卷二十四，清道光二十三年邓氏南邨草堂刻本。

王闿运：光绪《湘潭县志》卷八《张嘉言传》，清光绪十五年刻本。
林恕：《鹅峰先生林学士文集》，日本元禄二年(1689)刻本。
陈继儒：《狂夫之言》，商务印书馆 1936 年版。
陈继儒：《读书镜》，《四库全书存目丛书》史部第 288 册，齐鲁书社 1997 年版。
陈继儒：《太平清话》，中华书局 1985 年版。
陈继儒：《笔记》，《四库全书存目丛书》子部第 148 册，齐鲁书社 1995 年版。
陈继儒：《偃曝谈余》，中华书局 1985 年版。
陈继儒：《眉公见闻录》，中华书局 1991 年版。
阮葵生：《茶余客话》，中华书局 1959 年版。
沈德符：《万历野获编》，中华书局 1959 年版。
王夫之：《思问录》，中华书局 1956 年版。
永瑢等：《四库全书总目》，中华书局 1965 年版。
吴从先：《史纲评要》，中华书局 1974 年版。
李贽：《续藏书》，中华书局 1974 年版。
李贽：《焚书》，岳麓书社 1998 年版。
胡应麟：《诗薮》，上海古籍出版社 1979 年版。
胡应麟：《少室山房笔丛》，上海书店出版社 2001 年版。
梁廷楠著，杨伟群校点：《南越五主传及其它七种》，广东人民出版社 1982 年版。
罗大经：《鹤林玉露》，中华书局 1983 年版。
周密：《齐东野语》，中华书局 1983 年版。
钱谦益：《列朝诗集小传》，上海古籍出版社 1983 年版。
叶梦得：《避暑录话》，中华书局 1985 年版。
陆深：《传疑录》，中华书局 1985 年版。
王楙：《野客丛书》，中华书局 1987 年版。
张尔岐著，张翰勋等点校：《蒿庵集》，齐鲁书社 1991 年版。
钟惺：《隐秀轩集》卷十六《二十一史撮奇序》，上海古籍出版社 1992 年版。
章学诚著，仓修良编：《文史通义新编》，上海古籍出版社 1993 年版。
焦竑：《澹园集》，中华书局 1995 年版。

焦竑撰，李剑雄点校：《焦氏笔乘》，中华书局 2008 年版。
郑晓：《今言》，中华书局 1997 年版。
徐凌霄、徐一士：《凌霄一士随笔》，山西古籍出版社 1997 年版。
杭世骏撰，陈抗点校：《订讹类编含续补》，中华书局 1997 年版。
董康著，王君南整理：《董康东游日记》，河北教育出版社 2000 年版。
李慈铭：《越缦堂读书记》，辽宁教育出版社 2001 年版。
周广业：《孟子四考》，上海古籍出版社 2002 年版。
周广业：《冬集纪程》，中华书局 2012 年版。
陆游撰，杨立英校注：《老学庵笔记》，三秦出版社 2003 年版。
王鸣盛：《十七史商榷》，上海书店出版社 2005 年版。
顾炎武：《日知录集释》，上海古籍出版社 2006 年版。
王瓒、蔡芳编，胡珠生校注：《弘治温州府志》，上海社会科学院出版社 2006 年版。
陈志坚主编：《诸子集成》第一册，北京燕山出版社 2008 年版。
郎瑛：《七修类稿》，上海书店出版社 2009 年版。
刘知幾著，浦起龙释：《史通通释》卷五《采撰》，上海古籍出版社 2009 年版。
钱大昕撰，吕友仁校点：《潜研堂文集》，上海古籍出版社 2009 年版。
郑樵：《六经奥论》，《景印文渊阁四库全书》第 184 册，上海古籍出版社 1987 年版。
郑樵：《通志》，《景印文渊阁四库全书》第 374 册，上海古籍出版社 1987 年版。
陈埴：《木钟集》，《景印文渊阁四库全书》第 703 册，上海古籍出版社 1987 年版。
姚宽：《西溪丛语》，《景印文渊阁四库全书》第 850 册，上海古籍出版社 1987 年版。
洪迈：《容斋随笔》，《景印文渊阁四库全书》第 851 册，上海古籍出版社 1987 年版。
方以智：《通雅》，《景印文渊阁四库全书》第 857 册，上海古籍出版社 1987 年版。
周婴：《卮林》，《景印文渊阁四库全书》第 858 册，上海古籍出版社 1987 年版。

郑瑗：《井观琐言》，《景印文渊阁四库全书》第 867 册，上海古籍出版社 1987 年版。

陶宗仪：《说郛》，《景印文渊阁四库全书》第 877 册，上海古籍出版社 1987 年版。

王应麟：《玉海》，《景印文渊阁四库全书》第 944 册，上海古籍出版社 1987 年版。

苏轼：《东坡全集》，《景印文渊阁四库全书》第 1107 册，上海古籍出版社 1987 年版。

苏轼：《东坡全集》，《景印文渊阁四库全书》第 1108 册，上海古籍出版社 1987 年版。

苏辙：《古史》，《景印文渊阁四库全书》第 371 册，上海古籍出版社 1987 年版。

苏辙：《栾城应诏集》，《景印文渊阁四库全书》第 1112 册，上海古籍出版社 1987 年版。

苏辙：《栾城集》，《景印文渊阁四库全书》第 1112 册，上海古籍出版社 1987 年版。

苏辙：《栾城后集》，《景印文渊阁四库全书》第 1112 册，上海古籍出版社 1987 年版。

苏辙：《栾城应诏集》，《景印文渊阁四库全书》第 1112 册，上海古籍出版社 1987 年版。

杨时：《龟山集》，《景印文渊阁四库全书》第 1125 册，上海古籍出版社 1987 年版。

杨慎：《升庵集》，《景印文渊阁四库全书》第 1270 册，上海古籍出版社 1987 年版。

王世贞：《弇州四部稿》，《景印文渊阁四库全书》第 1281 册，上海古籍出版社 1987 年版。

赵维寰：《读史快编》，《四库全书存目丛书》史部第 144 册，齐鲁书社 1997 年版。

朱国祯：《史脔》，《四库全书存目丛书》史部第 146 册，齐鲁书社 1997 年版。

何详：《史取》，《四库全书存目丛书》史部第 285 册，齐鲁书社 1997 年版。

张大龄:《玄羽外编》,《四库全书存目丛书》史部第 287 册,齐鲁书社 1997 年版。
邹泉:《尚论编》,《四库全书存目丛书》史部第 289 册,齐鲁书社 1987 年版。
管志道:《问辨牍》,《四库全书存目丛书》子部第 87 册,齐鲁书社 1995 年版。
詹景凤:《詹氏性理小辨》,《四库全书存目丛书》子部第 112 册,齐鲁书社 1995 年版。
李贽:《读升庵集》,《四库全书存目丛书》子部第 124 册,齐鲁书社 1995 年版。
吴从先:《小窗自纪》,《四库全书存目丛书》子部第 252 册,齐鲁书社 1995 年版。
汤宾尹:《睡庵稿》,《四库禁毁书丛刊》集部第 63 册,北京出版社 2000 年版。
郭金台:《石村诗文集》,《四库禁毁书丛刊》集部第 84 册,北京出版社 2000 年版。
孙慎行:《玄晏斋集》,《四库禁毁书丛刊》集部第 123 册,北京出版社 1997 年版。
陈全之:《蓬窗日录》,《续修四库全书》第 1125 册,上海古籍出版社 2002 年版。
尤侗:《艮斋杂说》,《续修四库全书》第 1136 册,上海古籍出版社 2002 年版。
江用世:《史评小品》,《四库未收书辑刊》壹辑第 21 册,北京出版社 2000 年版。
郭良翰:《问奇类林》,《四库未收书辑刊》柒辑第 15 册,北京出版社 2000 年版。

## 二、论著类

### 1. 专著

国学扶轮社校辑:《古今说部丛书》第 9 集第 6 册第 2 版,中国图书公司和记 1915 年版。

[日]今关天彭：《日本流寓之明末诸士》，北京今关研究室1928年版。
陈群：《受古书店旧书目录》，上海受古书店1934年版。
叶楚伧：《历代名家笔记类选》，正中书局1945年版。
孙殿起：《清代禁书知见录》，商务印书馆1957年版。
复旦大学图书馆编：《复旦大学图书馆善本目录》，复旦大学图书馆编印1959年版。
吴慰祖：《四库采进书目》，商务印书馆1960年版。
《笔记小说大观》，台北新兴书局1978年版。
谢国桢编：《明代社会经济史料选编》，福建人民出版社1981年版。
章炳麟：《章太炎全集》，上海人民出版社1982年版。
王重民：《中国善本书提要》，上海古籍出版社1983年版。
刘烜：《闻一多评传》，北京大学出版社1983年版。
郑振铎：《西谛书话》，三联书店1983年版。
光明日报社史学专刊编：《史坛纵论》，重庆出版社1984年版。
武亿：《授堂文钞》，中华书局1985年版。
丹波元简：《诊病奇侅·孙点叙》，山西科学教育出版社1986年版。
马叙伦：《读书续记》，中国书店1986年版。
陈振孙：《直斋书录解题》，上海古籍出版社1987年版。
冈田武彦：《贝原益轩》，东大图书股份有限公司1987年版。
申畅：《中国目录学家传略》，中州古籍出版社1987年版。
陈登原：《颜习斋哲学思想述》，东方出版中心1989年版。
陈登原：《中国文化史》，辽宁教育出版社1998年版。
陈登原：《国史旧闻》，辽宁教育出版社2000年版。
杨燕起、高国抗：《中国历史文献学》，书目文献出版社1989年版。
安平秋、章培恒主编：《中国禁书大观》，文化出版社1990年版。
北京图书馆编：《民国时期总书目1911—1949文学理论·世界文学·中国文学》，书目文献出版社1992年版。
孙中田、关德富主编：《中外文艺禁书大观》，吉林文史出版社1992年版。
卜维萍、米有华等编：《阅读与写作》，中央民族学院出版社1992年版。
宋恕：《亲灯余录序》，胡珠生编：《宋恕集》，中华书局1993年版。
闻一多：《闻一多全集》，湖北人民出版社1993年版。

周作人著，陈子善、张铁荣编：《周作人集外文 1904—1948》，海南国际新闻出版中心 1995 年版。
李晴编：《新疆大学图书馆藏古籍书目》(第 3 辑)，新疆大学出版社 1996 年版。
吴文治主编：《明诗话全编》，江苏古籍出版社 1997 年版。
中国第一历史档案馆编：《纂修四库全书档案》，上海古籍出版社 1997 年版。
阳海清主编：《中南、西南地区省、市图书馆馆藏古籍稿本提要》，华中理工大学出版社 1998 年版。
钟书河编：《周作人文类编 · 千百年眼》，湖南文艺出版社 1998 年版。
新井白石著，周一良译：《折焚柴记》，北京大学出版社 1998 年版。
朱家溍：《故宫退食录》上册，北京出版社 1999 年版。
杨子江编纂：《何新批判——研究与评估》，四川人民出版社 1999 年版。
徐有富：《闻一多 1899—1946》，江苏文艺出版社 1999 年版。
武新立编著：《明清稀见史籍叙录》，江苏古籍出版社 2000 年版。
董志翘：《中古文献语言论集》，巴蜀书社 2000 年版。
郑振铎：《中国文学研究》，人民文学出版社 2000 年版。
陈寅恪：《冯友兰〈中国哲学史〉上册审查报告》，《金明馆丛稿二编》，三联书店 2001 年版。
袁嘉谷：《袁嘉谷文集》第二册，云南人民出版社 2001 年版。
吴梅：《吴梅全集》(《日记卷》上)，河北教育出版社 2002 年版。
顾颉刚：《当代中国史学》，上海古籍出版社 2002 年版。
顾颉刚：《顾颉刚日记》，联经出版事业公司 2007 年版。
顾颉刚：《顾颉刚读书笔记》，中华书局 2011 年版。
梁启超：《中国历史研究法》，河北教育出版社 2003 年版。
钱茂伟：《明代史学的历程》，社会科学文献出版社 2003 年版。
钱茂伟：《中国传统史学的范型嬗变》，黑龙江人民出版社 2010 年版。
清华大学图书馆编：《清华大学图书馆藏善本书目》，清华大学出版社 2003 年版。
内藤湖南著，夏应元、刘文柱、徐世虹、郑显文、徐建新译：《中国史通论》，社会科学文献出版社 2004 年版。
李庆：《日本汉学史》第 2 部《成熟和迷途 1919—1945》，上海外语教育出版社2004年版。
孔凡礼：《三苏年谱》，北京古籍出版社2004年版。
张舜徽：《爱晚庐随笔》，华中师范大学出版社2005年版。
王嘉川：《布衣与学术——胡应麟与中国学术史研究》，商务印书馆2005年版。
莎日娜主编：《蒙古学金石文编题录》，内蒙古大学出版社2005年版。
闻黎明、侯菊坤：《闻一多年谱简编》，中国社会科学院近代史研究所近代史资料编辑部编：《近代史资料》总第72号，知识产权出版社2006年版。
于北山：《陆游年谱》，上海古籍出版社2006年版。
余嘉锡：《余嘉锡论学杂著》，中华书局2007年版。
王克忠主编：《小故事大人生》，新世界出版社2007年版。
赵传仁、鲍延毅、葛增福主编：《中国书名释义大辞典》，山东友谊出版社2007年版。
陆耀东、李少云、陈国恩主编：《闻一多殉难六十周年纪念暨国际学术研讨会论文集》，武汉大学出版社2007年版。
傅增湘：《藏园群书题记》，上海古籍出版社2008年版。
李月琪：《苏轼〈东坡志林〉研究》，花木兰文化出版社2008年版。
[日]松下忠：《江户时代的诗风诗论：兼论明清三大诗论及其影响》，学苑出版社2008年版。
天一阁博物馆编：《别宥斋藏书目录》，宁波出版社2008年版。
司马朝军：《文献辨伪学研究》，武汉大学出版社2008年版。
王伯祥：《庋榢偶识》，中华书局2008年版。
钟书河编订：《周作人散文全集》第8册，广西师范大学出版社2009年版。
白撞雨：《翕居读书录》，石油工业出版社2009年版。
刘咸炘：《推十书》增补全本，上海科学技术文献出版社2009年版。
袁树珊：《命谱》，北京燕山出版社2010年版。
何木风、陈小蒙：《历史的千年之眼》，广西人民出版社2010年版。
王世儒编：《蔡元培日记》，北京大学出版社2010年版。
贾岚生主编，赵子仪编著：《笔记小品精粹》，海潮出版社2010年版。
何木风、陈小蒙：《历史的千年之眼》，广西人民出版社2010年版。

陈勇、谢维扬主编：《中国传统学术的近代转型》，上海人民出版社 2011 年版。
谢贵安：《中国史学史》，武汉大学出版社 2012 年版。
严凌君主编：《古典的中国民间人性生活读本》，海天出版社 2012 年版。

2. 论文

敌公：《谭丛·张和仲》，《复报》1906 年第 1 期。
邹毓和：《读史偶笔》，《学生杂志》1916 年第 5 期。
赵万里：《国立北平图书馆图书展览会目录》，《国立北平图书馆馆刊》1930 年第 5 期。
陈登原：《秦始皇评》，《金陵大学金陵学报》1931 年第 2 期。
王贻谋：《流落在日本的一部中国书》，《人间世》1935 年第 33 期。
钱时言：《谈剽窃》，《越风》1936 年第 18 期。
陈蝶野：《东游诗草》，《越风》1937 年第 4 期。
熊德基：《追念张劼老师》，《南昌大学学报》1980 年第 3 期。
葛兆光：《明代中后期的三股史学思潮》，《史学史研究》1985 年第 1 期。
邓长风：《少年英才的奇文》，《云南师范大学学报》1985 年第 4 期。
王蔚：《千载得失利弊之“异说”》，《读书》1988 年第 12 期。
李文衡：《清代禁书版本丛谈》，《四川图书馆学报》1989 年第 5 期。
鄢烈山：《张燧的“异端”说》，《群言》1991 年第 9 期。
吴承学、李光摩：《晚明心态与晚明习气》，《文学遗产》1997 年第 6 期。
毛庆耆：《〈疑耀〉著作权之“张”冠“李”戴》，《中国典籍与文化》1998 年第 3 期。
向燕南：《焦竑的学术特点与史学成就》，《文献》1999 年第 2 期。
董恩林：《历史编纂学论纲》，《华中师范大学学报》2000 年第 4 期。
陈广宏：《明代文学东传与江户汉诗的唐宋之争》，《上海师范大学学报》2010 年第 6 期。
钱茂伟：《张燧和〈千百年眼〉》，《社会科学报》，2000 年 7 月 27 日。
钱茂伟：《张燧〈千百年眼〉：晚明史学的杰作》，《学术月刊》2001 年第 5 期。
钱茂伟：《论明中叶史学的转型》，《复旦学报》2001 年第 11 期。
钱茂伟：《明末清初明史编纂特点三论》，《史学月刊》2009 年第 4 期。
胡玉冰：《浅谈清代学者王仁俊对敦煌学、西夏学的贡献》，《西北第二民族学院学报》2001 年第 2 期。
杨艳秋:《明中后期的史学思潮》,《史学史研究》2001 年第 2 期。
杨艳秋:《明代后期的“经世文”汇编》,《聊城大学学报》2005 年第 1 期。
司马朝军:《〈读升庵集〉是伪书吗?——为一件长达 200 年的冤案平反》,《古籍研究》2002 年第 3 期。
王子今:《千百年眼》,《博览群书》2002 年第 7 期。
徐泓:《〈明史纪事本末〉的史源、作者及其编纂水平》,《史学史研究》2004 年第 1 期。
陈正宏:《域外汉籍及其版本鉴定概说》,《中国典籍与文化》2005 年第 1 期。
陈志强:《研究视角与史料——“查士丁尼瘟疫”研究》,《史学集刊》2006 年第 1 期。
王明辉、刘俭:《胡应麟与王世贞的关系考论》,《安庆师范学院学报》2006 年第 1 期。
左桂秋:《经世视野下的“资治”与“明道”——明代王宗沐与薛应旂续〈通鉴〉异同之探讨》,《山东社会科学》2006 年第 3 期。
田同旭:《论杨慎对李贽异端思想的影响》,《晋阳学刊》2007 年第 1 期。
廉敏:《明代的论史风气》,《学习与探索》2007 年第 2 期。
陈文忠:《接受史视野中的经典细读》,《江海学刊》2007 年第 6 期。
李德锋:《唐顺之“六编”编纂体系的思想解构》,《淮北煤炭师范学院学报》2008 年第 6 期。
刘殿祥:《论闻一多历史意识的生成》,《沈阳大学学报》2009 年第 1 期。
杨绪敏:《明中叶以来史学考据的兴起及其成就与缺失》,《安徽史学》2009 年第 4 期。
杨绪敏:《晚明张燧〈经世挈要〉及其经世思想探研》,《史学月刊》2009 年第 6 期。
关峰:《周作人战时思想散论以〈药堂语录〉〈书房一角〉为中心》,《南京师大学报》2009 年第 4 期。
乔治忠:《对“史料学”、历史文献学与史学史关系的探析》,《学术研究》2009 年第 9 期。
王嘉川:《明代抄袭之风与胡应麟对治学规范的讲求》,《史学月刊》2009 年第 11 期。

王记录、刘云霞：《论明代史钞的价值》，《郑州大学学报》2010 年第 4 期。
刘重来：《一门不该消失的学科——论陈垣先生创建的史源学》，《中国大学教学》2011 年第 1 期。
王兆鹏：《建构文学接受史研究的范式——尚永亮〈中唐元和诗歌传播接受史的文化学考察〉的方法论启示》，《北京大学学报》2012 年第 1 期。
李典蓉：《〈清史稿·刑法志〉史源问题探析》，《清史研究》2012 年第 4 期。
朱志先：《张燧〈千百年眼〉因袭杨慎〈升庵集〉考论》，《古籍整理研究学刊》2011 年第 1 期。
朱志先：《张燧〈千百年眼〉与李贽著述关系考》，《南都学坛》2011 年第 4 期。
朱志先：《晚明张燧〈千百年眼〉与焦竑著述关系考》，《珞珈史苑》2012 年第 1 期。
朱志先：《晚明湘潭学者张燧东渡日本驳议》，《船山学刊》2012 年第 4 期。
朱志先：《晚明张大龄的〈玄羽外编〉与张燧的〈千百年眼〉关系考》，《西华大学学报》2013 年第 3 期。
朱志先：《晚明张燧〈千百年眼〉与王世贞、胡应麟著述关系考》，《湖北科技学院学报》2013 年第 5 期。
朱志先：《晚明张燧〈千百年眼〉版本述要》，《史志学刊》2015 年第 2 期。
朱志先：《张燧〈千百年眼〉在日本的传播与接受》，《史志学刊》2015 年第 4 期。
朱志先：《张燧〈千百年眼〉在明清时期的传播与接受》，《史志学刊》2015 年第 5 期。

3. 未刊学位论文

周文象：《张燧〈千百年眼〉研究》，武汉大学硕士学位论文，2011 年。
高明：《陈眉公研究：历史与文献》，复旦大学博士学位论文，2008 年。

# 后　　记

面对一本将要出版的书稿，虽然它不是我的首部书稿，但聊叙之间仍洋溢欣喜；亦不是我最后的收笔之作，但挥洒间仍稍盈伤感。那么，有没有必要浪费笔墨写个后记，如果要写，我该写点什么。思考再三，觉得还是要啰嗦几句，其由有二。其一，此书稿系我博士后出站报告的部分内容，也算是对这段学术经历留下点记忆；其二，时至今日，已是我博士毕业十年之时，人生能有多少个十年，面对当下无甚成就，展望未来一片茫茫，惟有回顾过去，权作阿Q式自慰。

十多年前撰写博士毕业论文时，我发现明代学术著作之间相互承袭的现象比较严重。后来仔细研读张燧《千百年眼》之后，觉得这本书在史源学方面值得予以探究，追索之余并非是要解决"谁抄谁的"问题，而是希望借助史源学的考察，更清楚了解明代学术著作的真实面貌。非常感谢我的导师王玉德先生同意我选择这样的题目，并鼓励我深入研究下去。博士后出站之后，授课之余，我仍在思索如何修改这部书稿，尽可能使自己满意，无奈水平识见有限，仅能以目前的面貌呈现于世。

2008年博士毕业来到咸宁工作，这十年之间，在读书与研究方面，我始终走着两个路径：其一，沿着博士论文的余响，继续从事明代史学史研究。以"明代史学批评研究"为题获得了教育部青年社科基金，已结项，完成三十余万字的书稿，目前仍在修改完善中。以"史源学视野下张燧《千百年眼》整理与研究"为题获得湖北省社科基金，已结项，形成姊妹篇：《〈千百年眼〉校释》及《史源学视野下张燧〈千百年眼〉研究》，均由武汉大学出版社出版。其二，为稻粱谋，在楚言楚，从事明代鄂东南地方史研究。有幸参与华中师范大学国家社科基金重大项目"《荆楚全书》编纂"，主要负责"明清鄂南籍文献点校"，其中《李承箕集》被纳入《荆楚文库》，由湖北人民出版社出版。《明代李大厓先生诗文集整理与研究》获得湖北科技学院鄂南文化研究中心专项资助，亦将由湖北人民出版社出版。虽然，我在学习研究中走的是两条路径，但最终还是归于一途，即从事明代史学方面相关问题的研究。

来咸宁工作的十年，工作之余，自感所为最乐意的事情只有两件：读书为文与强身健体。我给学生讲授论文写作时，曾多次提到鄙人许多论文的构思，包括题目的拟定、思路的铺叙等，是源自在操场上跑步所得，一边枯燥的跑圈，一边思索读书感悟。就这样一些幼稚、碎片化的想法，逐渐形成为文字。我很清楚地认识到，在科研成果如井喷式的时代，在论文凭权威、项目唯国社的风气中，我的研究不过沧海一粟，不值得一提，惟有自娱自乐处之，且是乐此不疲处之。毕竟，这是我生活的一部分。

感谢宁波大学钱茂伟先生对《千百年眼》一书系统的开创性研究，对我学习及研究张燧及其《千百年眼》提供了很好的借鉴。缘于研究《千百年眼》，我和钱茂伟先生建立了学术联系。同时，因为对《千百年眼》一书的辨伪，使我又认识了在辨伪学方面卓有成就的司马朝军先生。学术研究的确是件有意思的事情，天南海北没有任何联系的人，可能因为某个共同的兴趣点，自然便走到一起来。

作为异乡人，感谢十年间在生活及工作中，给予各种帮助的诸位师友、领导及同事；感谢爱人张霞女士繁忙的工作之余，既要照顾孩子，又要帮助我审读相关书稿。

感谢湖北省社科基金的立项资助，感谢武汉大学出版社在拙著出版中给予的诸多帮助。

**朱志先识于湖北科技学院双璧斋**

2018 年 6 月 1 日